ullstein

THEA BLUM, 1958 in Köln geboren, studierte Kunstgeschichte und Ethnologie. Da die Kultur und der Alltag vergangener Epochen sie schon immer interessiert haben und sie von Kindesbeinen an gerne Geschichten erfand, lag es nahe, all dies zu verbinden. So kam sie zum Schreiben historischer Romane.

Thea Blum

Die Tucherbin

ROMAN

Ullstein

Besuchen Sie uns im Internet:
www.ullstein.de

Wir verpflichten uns zu Nachhaltigkeit

- Klimaneutrales Produkt
- Papiere aus nachhaltiger Waldwirtschaft und anderen kontrollierten Quellen
- ullstein.de/nachhaltigkeit

MIX
Papier
FSC FSC® C083411

Originalausgabe im Ullstein Taschenbuch
1. Auflage August 2022

Umschlaggestaltung: zero-media.net, München
Titelabbildung: © Joanna Czogala / Trevillion Images (Frau); © FinePic®, München (Himmel); © akg-Images (Köln, Blick über Rhein auf Dom / 1855)
Gesetzt aus der Albertina powered by *pepyrus*
Druck und Bindearbeiten: CPI books GmbH, Leck
ISBN 978-3-548-06534-2

Ich bitte nicht um Glück auf Erden;
Nur um ein Leuchten dann und wann:
Daß sichtbar deine Hände werden,
Ich deine Liebe ahnen kann.

Annette von Droste-Hülshoff (1797–1848)

I

Es war jedes Mal dasselbe.

Immer wenn Corinna einen Brief nach Bonn aufsetzen musste, schwebte ihre Feder so lange unschlüssig über dem Bogen, bis sich ein Tropfen Tinte löste und auf das Blatt fiel. Diese Flecken ließen ihre Episteln äußerst lustlos erscheinen.

Das waren sie allerdings auch. Nicht dass Corinna nicht hätte schreiben *wollen*, aber es war – strapaziös. Seit dem Unfall, dem ihr geliebter Mann Felix und ihr einziger Sohn Johann zum Opfer gefallen waren, hatte sie den Kontakt zu ihren Schwiegereltern so gut es ging vermieden. Sie waren darauf aus, zu reden. Stellten Fragen, vor allem die eine, die ihr die Kraft zum Weitermachen raubte. Warum hatte ihr Sohn mit ihrem Enkel unbedingt die Kutsche besteigen müssen, trotz des Sauwetters, das ihnen schließlich zum Verhängnis geworden war? Weil sie nach Hause gewollt hatten, so einfach war das. Zurück zu ihr, Corinna, die zu Hause in Krefeld geblieben war. Wäre sie mitgefahren, hätten sie alle gemeinsam in Bonn ausgeharrt und bessere Bedingungen abgewartet.

Das schlechte Gewissen brachte sie schier um. Und der Verlust sowieso.

Deshalb war dieser Brief so schwierig. Corinna seufzte unglücklich und untersagte es sich, am Federkielende zu knabbern.

Die bevorstehenden Weihnachtstage blieben besser unerwähnt. Weihnachten, das Fest der Familie, des heimeligen Beisammenseins, der glänzenden Kinderaugen. Darüber konnte sie nichts zu Papier bringen. Es ging einfach nicht. Nicht, nachdem das einzige Kind, mit dem sie diesen Tag hätte verbringen mögen, nicht mehr da war.

Sie strengte sich an, ruhig weiterzuatmen, was ihr schwerfiel, wenn die Erinnerungen an ihren Sohn sie überschwemmten. Drei Jahre hatte sie sich an ihm erfreut, ihm unbekümmert ihre grenzenlose Liebe schenken, ihn verwöhnen dürfen. Drei Jahre waren kurz. Viel zu kurz.

Sosehr sie auch grübelte, ihr fiel nichts ein, was sie hätte schreiben können. Jedenfalls nichts, was über Allgemeinplätze hinausging; jedes Wort blieb fad und blass. Erkundigungen nach dem Wetter, gemeinsamen Bekannten, den aktuellen Geschehnissen, das alles interessierte sie nicht, sie wollte diese Fragen nicht stellen. Bonn allgemein war ihr zuwider, obwohl die Stadt hübsch und sie dort glücklich gewesen war. Das war lange her. Und sie wollte nicht darüber nachdenken.

Angestrengt blickte sie aus dem Fenster, auf der Suche nach Inspiration. Ein paar vereinzelte Schneeflocken tanzten unentschlossen vom Himmel herab, und Corinna zog fröstelnd den Schal enger um die Schultern. Daran kann man sehen, wie überspannt ich bin, dachte sie. Das Zimmer war warm genug, es gab keinen Grund, sich kalt und verloren zu fühlen.

Auf der Treppe waren Schritte zu vernehmen, bedächtige, feste Tritte. Corinna steckte die Feder zurück ins Tintenfass und wandte sich hoffnungsvoll zur Tür. Welch eine Erleichterung, wenn ausgerechnet jetzt jemand käme und sie von der unangenehmen Pflicht entbände, ihren Brief fertigzustellen. Oder ihn wenigstens zu beginnen.

Die freudige Erwartung verblasste, als ihr Onkel den Raum betrat. Er kam ihr plötzlich so dünn vor, trotz des kleinen Embonpoint, der sich durch die elegante Weste drückte. »Ist dir nicht wohl?«, fragte Corinna besorgt.

»Unsinn.« Er legte ihr kurz die Hand auf den Nacken, als er an ihr vorbei zum Sofa schritt. »Mit mir steht alles zum Besten. Wie war dein Tag?«

Grau und öde. Es auszusprechen, würde indes nichts ändern, dafür aber Theodor ein schlechtes Gefühl verursachen. Das wollte sie nicht, denn er hatte sie bereitwillig bei sich aufgenommen, als ihre Welt zerbrach, und ihr mehr geholfen, als sie jemals hätte in Worte fassen können.

»Ich hatte es wirklich behaglich«, erklärte sie daher. »Denn ich war so schlau, das Haus nicht zu verlassen. Stattdessen habe ich brav die Wäsche sortiert, ein wenig an meinem Aquarell gearbeitet und erfolgreich vermieden, mich den Noten zu widmen.«

»Du weißt, ich spekuliere auf ein Weihnachtskonzert.« Ihr Onkel blickte sie erwartungsvoll an, und Corinna war klar, dass sie ihn enttäuschen würde. Mit dem Klavierspiel kam sie zurecht, doch wenn er sie zwang, selbiges am Weihnachtsabend stimmlich zu begleiten, würde er es bitter bereuen. Sie traf keinen Ton, sosehr sie sich auch bemühte. Theodor konnte das nicht wissen. Seit er sie nach Köln geholt und in seinem Haushalt aufgenommen hatte, kurz nach dem Unfall, bei dem sie ihre Familie verlor und in der Folge beinahe sich selbst, hatte sie kaum mehr musiziert. Dazu gehörte eine gewisse Lebensfreude, und Corinna fand es schwer, diese in sich zu wecken.

»Es wird nicht besser, wenn du nicht übst.« Ungeachtet der strengen Worte sah Theodor sie liebevoll an.

»Es wird auch nicht besser, *wenn* ich übe.«

Er lachte leise, die Miene harmlos und liebenswürdig wie immer, wenn er argwöhnte, Corinna könne irgendetwas beunruhigen. Gleichwohl lagen unter seinen Augen Schatten, die nicht dorthin gehörten. Es konnte nicht sein, dass ausstehende Weihnachtsgesänge ihn derart aus der Fassung brachten.

Corinna schob den Brief in die Mappe mit unerledigter Korrespondenz und erhob sich. »Ich lasse dir eine heiße Schokolade bringen. Und dann erzählst du mir, was dich bedrückt.«

• • •

Der Morgen war von einem klaren hellen Grau, die Frühnebel hatten sich gerade erst verzogen, und es war sehr kalt. August Wohlfert spürte davon nichts. Mit großen Augen stand er auf dem Hof, ergriffen, glücklich und nervös. Vor allem nervös.

Er tastete nach seinem perfekt geschlungenen Halstuch, zog die Weste zurecht und war sich bewusst, dass er den großen Moment hinauszögerte. Wie ein Knabe, der vor einem kunstvoll verpackten Geschenk steht und innehält, weil er dessen Geheimnis ein Quäntchen länger bewahren will. War es gelüftet, verlor sich vielleicht der Zauber.

Er stand tatsächlich vor einem Geschenk. Einem sündhaft teuren, das er sich selbst beschert hatte. Vor einer halben Stunde erst waren ihm die Schlüssel ausgehändigt worden. Noch einen Augenblick, und er würde zum ersten Mal als Eigentümer in das Gebäude treten.

Ein tiefer Atemzug. Dann schritt August seiner Zukunft entgegen.

Sie bestand aus einer Halle von Ausmaßen, die geradezu einschüchternd wirkten. Der Raum, hoch und weit, lichtdurchflutet durch die eng aneinandergereihten Lanzettfenster, war vollkommen leer, doch er sah bereits Tische entlang der Westwand vor sich, gegenüber erst eine Reihe Maschinen, später eine zweite, eine dritte gar – bis die Halle zur Gänze ausgefüllt wäre und er eine zusätzliche anbauen ließe. Noch existierte das alles nur in seiner Fantasie, aber bald würde dieser Raum mit Menschen bevölkert sein, die für andere Menschen Kleidung anfertigten. Für solche, die nicht selbst Hand anlegen wollten, sich einen Schneider jedoch nicht leisten konnten.

Zukunftsmusik, sphärische Klänge. August, der sich als nüchternen, vernunftgeleiteten Geschäftsmann sah, gestattete sich für den Moment, sich daran zu berauschen. Das Glücksgefühl würde ohnehin nicht andauern. Zu viel war noch unklar, die Finanzierung sehr knapp kalkuliert, die Suche nach Partnern nicht abgeschlossen, das ganze Projekt längst nicht in trockenen Tüchern. Aber hier und jetzt, da erlaubte er es sich, das Morgen in glühenden Farben zu malen. Ohne Zuversicht wurde aus der besten Geschäftsidee nichts.

Und seine war hervorragend. Dabei war er gar nicht der Erste, der darauf gekommen war. Nur der Erste in Köln, den eine Berliner Manufaktur inspirierte, in der in serieller Herstellungsweise Mäntel angefertigt wurden. Die Sache ließe sich ausweiten, hatte er sofort gedacht. Nicht nur Wollmäntel konnten auf diese Weise preisgünstig produziert werden, auch einfache Kleidungsstücke aus einfachen Stoffen für einfache Männer. In verschiedenen Größen gefertigt und bevorratet, ohne umständliche Anproben und Absprachen an den Kunden gebracht. *Confection* nannte man das, hatte August sich belehren lassen.

Kurz drifteten seine Gedanken ab zu seinem Vater. Er hatte nicht mit ihm über seine Pläne gesprochen, und das würde er auch erst tun, wenn es sich nicht länger umgehen ließ. Unmöglich, dass Wohlfert senior sein Vorhaben guthieß. Das tat er nie, da konnte August anpacken, was er wollte, inzwischen sollte er daran gewöhnt sein. War er sogar, aber schmerzen tat es immer, auch wenn er sich in seinen Entscheidungen schon lange nicht mehr davon beeinflussen ließ. Unternehmer mussten alles daransetzen, fortschrittliche Wege zu gehen. Bliebe alles stets beim Alten, müsste

Fleisch heute noch roh verspeist werden, weil die Menschheit verabsäumt hätte, das Feuer zu erfinden.

Der Grundstein für den neuen Geschäftszweig war gelegt, die Sache angelaufen. August hatte zwei Schneider und zwei Frauen eingestellt, die vorerst in einer gemieteten Hütte im Hinterhof einer Bäckerei untergebracht waren und auf engstem Raum ihrer Arbeit nachgingen. Die Schneider entwarfen bereits die Modelle und sollten später die Stoffe vorbereiten, die Frauen das Zubehör zusammenstellen, alles in handliche Pakete schnüren und diese an eine Vielzahl von Näherinnen ausliefern, die August hatte anwerben lassen. Vorerst mussten sie die Kleidung in Heimarbeit herstellen, in Serie zwar, doch in gewohnter Weise von Hand genäht. Verlagssystem nach Altväterart eben. Aber damit war in absehbarer Zeit Schluss.

War die Halle endlich ausgestattet, fanden die Näharbeiten nicht länger an verschiedenen Orten statt, was regelmäßig zu Verzögerungen und Komplikationen führte, sondern hier an Ort und Stelle. Und sie würden nicht manuell ausgeführt werden, sondern mithilfe von Maschinen. August war nach einigem Hin und Her auf eine gänzlich neue Technik gestoßen, hatte sich gründlich informiert und wenig später durch einen leicht windigen Kontaktmann in Paris eine der neumodischen Nähmaschinen erhalten. Sie war nicht sehr handlich, auf einem Holzgerüst befestigt und mit einer großen Kurbel ausgestattet, doch auch wenn sie nicht danach aussah, so konnte sie doch ein Vielfaches der Stichanzahl in einer Minute hervorbringen, als es einem noch so geübten Schneidermeister von Hand gelang.

Zu dieser einen Nähmaschine hatte August – vorerst – ein Dutzend weitere bestellt, und er hegte die Absicht, seine wunderbare Halle à la longue zur Gänze damit zu füllen. Noch war nichts davon zu sehen – es gab nur graues Licht, Leere und Staub, der durch die kalte Luft tanzte. Es musste dringend gefegt werden, bevor der Betrieb aufgenommen wurde.

»Meister, gut, dass ich Sie erwische.«

Die Stimme zwang August, aus seiner Schwelgerei aufzutauchen, und etwas unwillig richtete er den Blick auf seinen neuen Werksleiter. Gustav Linnemann stand breitbeinig und ehern da, der Ausdruck seiner Miene schwankte zwischen Zuversicht und banger Erwartung. »Die erste Lieferung ist da.«

Einen köstlichen Moment lang nahm August an, er spräche von den Nähmaschinen. Dann dämmerte es ihm. »Die Stoffe?«

Linnemann nickte. »Zu überhöhten Preisen, wie ich anmerken möchte.«

»Ich weiß.« Auf die Schnelle hatte er nichts Besseres aushandeln können. Wer unter Zeitdruck stand, war in der ungünstigeren Position.

Neben allem anderen musste er sich auch noch darum kümmern, wirtschaftlicher an die Rohmaterialien zu kommen. Die ihm allerdings nur etwas nutzten, wenn endlich die Maschinen in seiner Halle standen. Die Devise »eins nach dem anderen« war nicht so leicht zu leben, wie es klang.

»Bringen Sie das Zeug ins Lager. Dort ist es wenigstens sauber.«

• • •

Frau Reuther stand in der Küche, versuchte, nicht allzu offensichtlich die Hände zu ringen, und wich Corinna nicht von der Seite.

»Ich kann das machen«, bot die Köchin zum wiederholten Male an. »Gnädige Frau haben bestimmt Besseres zu tun.«

Ganz und gar nicht. Selbst den leidigen Brief an ihre Schwiegereltern hatte sie gestern Abend endlich in Angriff genommen und sogar geschrieben. Eine Aneinanderreihung freundlicher Floskeln, und jede einzelne schnitt Corinna ins Herz. »Ich will Sie nicht in Unruhe versetzen, Frau Reuther. Überwachen Sie mich, damit ich nichts durcheinanderbringe.«

»Ich wollte nicht andeuten, dass gnädige Frau … ich meine …«

»Dann ist es ja gut. Line, bist du mit den Mandeln fertig?«

Das Küchenmädchen kurbelte schneller. »Fast. Bin gleich so weit.«

»Fein.« Corinna ließ den Schlagbesen sinken. »Das Eiweiß steht. Geben Sie mir den Zucker.«

»Soll ich nicht …«, fing Frau Reuther wieder an, aber jetzt hatte Corinna genug.

»Ich möchte meinem Onkel etwas Gutes tun und ihm *höchstpersönlich* seinen Lieblingskuchen backen. Seien Sie doch so nett und sehen Sie nach, ob der Ofen nicht zu stark eingeheizt ist.«

Sie wartete einen weiteren Einwand nicht ab und schlug beharrlich und rhythmisch Zucker und Eiweiß zu einer schimmernden, üppigen Masse, zog dann die staubfein gemahlenen Mandeln unter. »Line, hol das Kirschwasser. Und die kandierten Kirschen.«

Frau Reuther musste sich damit abfinden, wenn ihre schmucke Küche vorübergehend in Unordnung geriet. Theodor benötigte freundliche Zuwendung, er quälte sich mit irgendwelchen Unannehmlichkeiten herum, weigerte sich allerdings, es zuzugeben. »Was soll mich denn bedrücken, Liebes?«, hatte er sie am Vortag gefragt und sie mit großen erstaunten Augen angesehen, als sie ihn mit einer Tasse heißer Schokolade gesprächsbereit stimmen wollte. »Alles ist in absolut vollkommen bester Ordnung, das versichere ich dir.«

»Absolut vollkommen beste Ordnung« – war das nicht reichlich dick aufgetragen?

Corinna schob sich eine am Morgen sorgfältig gebrannte Locke hinters Ohr und schaffte es einfach nicht, sich keine Sorgen zu machen. »Line, ist die Form eingefettet?«

War sie, und während Corinna die Teigmasse einfüllte, betrat plötzlich Henni den Raum. »Hier riecht es aber lecker … oh.« Das Stubenmädchen blieb abrupt stehen. »Ich wusste nicht, dass gnädige Frau … backt.«

Die Herstellung von simplem Kuchen schien im Hause Neuburg eine verstörende Angelegenheit zu sein. Vielleicht kommen gleich noch Hausknecht und Kutscher dazu, um mich zu bestaunen, dachte Corinna bissig und begann, die Kirschen auf dem Teig zu platzieren.

»Is aber gut, dass ich die Gnädige antreffe«, fuhr Henni unerschrocken fort. »Wollte sowieso was fragen.«

Corinna gab einen ordentlichen Schuss Kirschwasser über die Mandelmasse. »Bitte?«

»Ist viel liegen geblieben an Wäsche, wegen dem Wetter und so«, erklärte Henni. »Ich weiß nicht, wie ich das Zeug drüsch kriege. Wenn's dauernd schüttet.«

Corinna blickte auf. »Wir trocknen auf dem Dachboden. Wie immer in Regenperioden.« Sie musste das Mädchen unbedingt zu mehr Eigenständigkeit erziehen, dies war eine Entscheidung, die es selbst hätte treffen können. »Für das übrig gebliebene Weißzeug bestellst du die Wäscherin. Sie soll ein- oder zweimal zusätzlich kommen, und dann ist der Schwung weg.«

Henni knickste – ziemlich nachlässig – und verschwand, wobei sie beinahe mit ihrem Dienstherrn zusammenstieß, der im Flur vor der Küche aufgetaucht war.

»Ich kann mir gar nicht vorstellen, wie dein Schwung je versiegen könnte«, sagte er und betrachtete unter hochgezogenen Brauen das Durcheinander in der Küche.

Das Kompliment fiel in dieselbe Kategorie wie »alles in absolut vollkommen bester Ordnung«: Es war eine forsche Beschönigung. Corinna fand es nach wie vor äußerst schwierig, genug Elan zu entwickeln, um am Morgen ihr Bett zu verlassen.

»Sehe ich da etwa Mandelkirschkuchen?« Theodor leckte sich erfreut die Lippen.

»Wollen wir uns auf eine Tasse Kaffee in den Salon setzen?« Corinna band die Schürze ab, wartete Theodors Nicken nicht ab und lief eilig die Treppe empor, während Frau Reuther mit mehr Energie als nötig die Kuchenform in den Ofen schob und die Tür zuschmetterte. Oben kam die bekleckerte Schürze in den Korb, dann ordnete Corinna ihr Haar und wusch sich rasch die Hände. Als sie im Salon eintraf, war sie frisch und adrett und genau so, wie Theodor es von ihr erwartete und erwarten durfte.

»Wir müssen etwas besprechen«, sagte er, kaum dass sie den Raum betreten hatte, und klopfte neben sich auf das Sofa, damit sie sich zu ihm setzte. »Es geht um den Sekretär.«

Sie hatte gehofft, er zöge sie endlich ins Vertrauen und weihe sie in die namenlosen Umstände seiner Nöte ein. Doch hinter dem milden Auftreten ihres Onkels verbarg sich eiserne Entschlossenheit – wenn er etwas nicht wollte, wollte er es nicht. Auch jetzt würde sie auf Granit beißen, wenn sie ihn drängte, das sah sie ihm an. Corinnas gespannte Erwartung schwand, und sie setzte sich bequemer hin.

»Welcher Sekretär?«

»Oje, es ist dir entfallen.« Theodor runzelte betrübt die Stirn. »Ich hatte dir versprochen, du müsstest deine Korrespondenzen nicht länger an diesem winzigen Tischchen erledigen.«

»Das ist reizend, aber ganz und gar unnötig.« Theodor hatte keine Kosten und Mühen gescheut, ihr ein behagliches Zuhause herzurichten, hatte die schönsten Möbel zusammengesucht, sogar neue dazugekauft, damit sie es so angenehm wie möglich fand. Er war rührend und einfühlsam und manchmal ein wenig erdrückend. »Ich kann meine schnöden Briefe sehr gut an diesem Platz hier schreiben.«

»Oder am liebsten gar nicht, ich weiß.« Theodor sah sie

streng an. »Aber vielleicht fallen sie dir leichter, wenn du dich in der Umgebung wohlfühlst, in der du sie verfasst.«

»Theodor.« Corinna erhob sich und setzte sich neben ihn. »Du hast eine Umgebung für mich geschaffen, in der kein Mensch sich *nicht* wohlfühlen könnte, ich schon gar nicht. Niemand hätte mehr tun können, du musst nicht nach immer Neuerem und Schönerem suchen. Mir geht es gut, ehrlich.«

»Nichts höre ich lieber«, erwiderte er und drückte ihre Hand. »Den Sekretär bekommst du trotzdem. Nur ist er leider zu Weihnachten nicht fertig, was ich eigentlich gehofft hatte. Der Tischler ist in Verzug. Er bittet darum, ihn aufzusuchen, um einige letzte Entscheidungen zu treffen. Es geht um Fragen des Dekors, glaube ich.«

Sie wollte da nicht hin. Der Tischler Christoph Baumgärtner war ihr zu blond, zu breitschultrig, zu *intensiv*, und er sah sie zu schmachtend an.

»Es ist *dein* Sekretär. Und du wirst viele, viele Stunden daran sitzen. Jedenfalls, wenn du immer so viel Zeit benötigst, um ein paar simple Weihnachtsbriefe zu Papier zu bringen.«

Corinna stöhnte auf. »Es ist nicht nett von dir, darauf herumzureiten.«

»Da hast du recht. Gehst du nun zu Baumgärtner?«

• • •

Natürlich folgte sie seinem Wunsch, sie konnte es ihm schlecht abschlagen. Am Mittwoch hüllte Corinna sich in wärmendes Kaschmir, es hatte in der Nacht zuvor gefroren. Sie liebte den Schal nicht nur seiner wundervollen Farben wegen, Pflaumenblau, Smaragdgrün und ein Hauch von Burgunderrot, sondern auch, weil er ein Geschenk von Felix war. Ein Abschiedsgeschenk, denn er hatte ihn ihr kurz vor seiner Abreise nach Bonn um die Schultern gelegt. Der Schal war ihr zur Rüstung geworden, ein Halt, Bollwerk gegen alles Mögliche. Die Kälte, die Einsamkeit, die Leere. Und Christoph Baumgärtners Blicke.

Wie sich herausstellte, erwies sich die Verteidigung gegen Letztere als unnötig: Der Tischler war nicht da. Gut so, fand Corinna, sie ging ihm sehr gern aus dem Weg. Für Männer brachte sie nur wenig Interesse auf, doch natürlich war das nicht immer so gewesen. Als junges Mädchen, damals, als ihre Familie auf der Suche nach einem geeigneten Gatten für sie gewesen war, da hatte sie es durchaus aufregend gefunden, im Zentrum der Galanterien junger Herren und potenzieller Anwärter zu stehen. Auch wenn sie schon damals nur Felix gewollt hatte.

Damit der Marsch durch die eisige Winterluft nicht völlig umsonst gewesen war, könnte sie auf dem Rückweg bei Bäckermeister Ahrens vorbeigehen. Der stellte die köstlichsten Vanillekipferl her, die in Köln zu finden waren, und hatte für diese und andere exquisite Leckerbissen eigens einen Gesellen aus Wien eingestellt.

Corinna beeilte sich und achtete penibel auf den Weg, denn auch wenn das Eis der vergangenen Nacht in der fahlen Wintersonne getaut war, so glänzten die Pfützen im Schatten silbrig und waren spiegelglatt. Kurz bevor sie an der Comödienstraße und damit bei der Bäckerei angekommen war, bemerkte sie, wie auf der gegenüberliegenden Straßenseite eine Frau, unachtsamer als sie selbst, auf ein paar liegen gebliebenen Herbstblättern ausrutschte und stürzte. Dem armen Wesen entglitt der Korb, und in den Straßendreck ergossen sich Winteräpfel und ein in blutiges Wachspapier eingewickelter Klumpen, vermutlich Fleisch, das sie zum Abendessen besorgt hatte. Ohne lange zu überlegen, überquerte Corinna die Kreuzung, ignorierte einen Kutscher, der ihr Unverschämtheiten hinterherrief, weil er scharf um sie herumlenken musste, und hatte nach wenigen Schritten die Frau erreicht.

Sie lag wie ein Käfer auf dem Rücken, war kreideweiß im Gesicht und gab keinen Ton von sich.

Corinna zögerte, unschlüssig, wie sie mit so jemandem umgehen sollte. Frauen wie diese kannte sie nicht. Ihre Bekannten waren gut situiert und elegant, deren Bedienstete adrett und ordentlich – niemand sah dort so abgerissen aus wie die Person zu ihren Füßen, war so verhärmt, so schmuddelig, so … bedürftig. »Kann ich Ihnen helfen?«, fragte sie nach einer Weile, denn sie konnte sie schließlich nicht hilflos im Dreck liegen lassen. Alle anderen Passanten begnügten sich mit neugierigen Blicken und eilten weiter.

Als die Frau Corinna endlich wahrnahm, klärte sich ihr etwas glasiger Blick. »Vielen Dank, Gnädigste«, sagte sie schwach. »Geht schon.« Sie rappelte sich auf, versuchte es wenigstens, und als Corinna sah, wie schwer sie sich damit tat, überwand sie ihre Vorbehalte, griff nach ihrem Arm und half ihr auf.

Die Frau sog scharf die Luft ein, als ihr Fuß den Boden berührte.

»Es geht also *nicht*«, erkannte Corinna und blickte sich ratlos um. »Was machen wir denn jetzt?«

»Entschuldigung, darf ich?«, mischte sich ein Mann ein, der Erste, der nicht nur gaffte, sondern anhielt und seine Hilfe anbot.

Ohne weitere Umschweife fasste er nach dem Knöchel der Frau und glitt mit der Hand ihr Bein empor.

Corinna stockte der Atem. »Was erlauben Sie sich?«, fuhr sie ihn an. »Sie können doch nicht ... ich meine, es geht doch nicht, dass Sie diese arme Frau einfach so *anfassen*!«

»Was?«, fragte er zerstreut. Seine Finger kamen unter dem fadenscheinigen Rock der Frau wieder zum Vorschein. Sie ließ das Ganze klaglos über sich ergehen, als sei sie Schlimmeres gewöhnt.

»Sie dürfen nicht ...«

»Ach so. Ich verstehe, was Sie meinen.« Der Mann nickte Corinna zu – weit davon entfernt, manierlich zu grüßen – und wandte sich an die Verunfallte, die inzwischen damit beschäftigt war, auf einem Bein schwankend ihre Einkäufe vom Boden aufzusammeln. »Mein Name ist Philipp Ludewig, ich bin Arzt. Und Ihr Knöchel ist böse verrenkt. Sie können nicht auftreten, nehme ich an?«

»Doch.«

Das war ein Irrtum, wie deutlich wurde, als sie es versuchte und einen unterdrückten Jammerlaut ausstieß. »Halt ich aus«, sagte sie jedoch störrisch.

»Dennoch tut es sicher ausgesprochen weh«, meinte

Doktor Ludewig. »Sie lagern das Bein am besten hoch und schonen es die nächsten Tage.«

Die Frau nickte.

Doktor Ludewig bückte sich und zog ihren Rocksaum ein Stück höher. Der Knöchel war geschwollen, genau wie ihre abgearbeiteten Hände, mit denen sie rastlos an ihrem Korb herumfingerte. »Sehen Sie? Ich lasse jemanden holen, der Sie nach Hause bringt«, bot er an.

»Das ist nicht nötig«, winkte sie ab. »Da ist auch niemand, der kommen könnte. Ich geh einfach langsam. Macht mir nichts aus.«

»Soso.« Er blickte sie ernst an. »Bei einer Verrenkung verschieben sich die Knochen aus ihrer korrekten Position, und das verursacht die Schmerzen. Sie müssen dafür Sorge tragen, dass die Schwellung zurückgeht, die Stelle mit einem kalten Lappen kühlen, besser noch mit Eis. Außerdem sollten Sie den einzelnen Teilen die Gelegenheit geben, sich wieder zurechtzurücken. Dafür muss der Fuß mit einem Kompressionsverband ruhiggestellt und hoch gelagert werden.«

»Wie lange denn?«, fragte die Frau ergeben.

»Acht bis zehn Tage.«

Sie lachte auf.

»Der Fuß ist ein hochkomplexes System aus unzähligen Knochen, Bändern und Sehnen, die ihn beweglich machen«, erklärte der Arzt. »Aber Sie müssen ihn jetzt pfleglich behandeln, damit er beweglich *bleibt*.«

Sie nickte. »Ist gut. Danke, Doktor. Ich geh jetzt.« Sie tat einen Schritt und zuckte zusammen.

»Wo müssen Sie denn hin?«, erkundigte sich Ludewig.

»Malzbüchel«, erklärte sie und ruckte mit dem Kinn in Richtung Süden.

»Ich rufe nach einer Kutsche«, kündigte Corinna resolut an und sah sich suchend um.

»Nein! Ich meine, nein, danke. Ich komme zurecht.«

Doktor Ludewig richtete sich zu seiner gesamten schlaksigen Länge auf und schob sich das etwas wirre Haar aus der Stirn. »Diese freundliche Dame hier wird sicher gern dafür aufkommen«, behauptete er und sah Corinna zum ersten Mal an, als wäre sie mehr als überflüssige Staffage.

»Selbstverständlich.« Warum auch nicht? Sie würde sich nichts vergeben, wenn sie einer Frau half, deren Wangen immer noch keine vernünftige Farbe angenommen hatten und trotz der Winterkälte schweißnass glänzten.

Die Frau schüttelte den Kopf und verschränkte die Arme vor dem Leib.

Corinna seufzte, ihre Füße wurden allmählich feucht, die dünnen Ledersohlen waren nur ein dürftiger Schutz gegen die Kälte. Ungeduldig blickte sie sich nach einer Kutsche um. Bei diesem Wetter war eine solche allerdings schwer zu bekommen.

Nicht so für den energischen Doktor Ludewig. »Wir machen es anders«, erklärte er, steckte skandalöserweise zwei Finger in den Mund und stieß einen gellenden Pfiff aus, um einen Wagen heranzuwinken, der gerade in die Straße einbog. »Ihr Ziel liegt auf meinem Weg. Also nehme ich Sie mit.«

Die Frau war es jetzt leid. Sie winkte ab und begab sich auf den mühsamen Gang nach Hause, mit winzig kleinen, hinkenden Schrittchen, von denen bestimmt jeder höllisch schmerzte.

»Sie haben ihr zuliebe geflunkert«, sagte Corinna leise zu Doktor Ludewig. »Das war … nett.«

»Das habe ich nicht getan. Ich will wirklich in die Richtung.«

Corinna musterte ihn wortlos, und er antwortete bereitwillig auf die nichtgestellte Frage. Anscheinend las er ihr die Skepsis vom Gesicht ab. »Ich will ins Armenviertel. Kaum jemand fühlt sich dazu verpflichtet, und der von der Stadt bestallte Armenarzt kümmert sich mehr ums große Ganze, nicht so sehr um die einzelnen Patienten. Aber diese Leute verdienen es, dass man sich ihrer annimmt. Es sind Menschen wie Sie und ich, nur weniger vom Schicksal begünstigt.«

»Tatsächlich.« Über Schicksale wollte sie nicht sprechen, schon gar nicht über ihr eigenes. »Aber …«, begann sie und brach wieder ab. So unverschämt, danach zu fragen, wie der Mann an seine Bezahlung kam, konnte sie einfach nicht sein.

Er sah sie an und verstand sie auch so. »Ich erkenne Ihr Dilemma«, erklärte er. »Schlimm, wenn Neugierde und anständiges Betragen im Widerstreit liegen, oder?« Er grinste sie an, beinahe jungenhaft. »Ich will Ihnen das Leben nicht schwerer machen als nötig. Sie haben völlig recht, man kann mich dort nicht entlohnen. Aber ich verrate Ihnen ein Geheimnis.« Er beugte sich vertraulich vor. »Meine anderen Patienten machen das wett. Der eine mehr, der andere weniger, und wissen tut es keiner.«

Ohne eine Antwort abzuwarten, lüftete er knapp den Zylinder und stieg in die wartende Kutsche. Nach nur wenigen Augenblicken hatte er seine armselig humpelnde Patientin eingeholt und zog sie mit großer Selbstverständlichkeit in den Wagen.

Corinna blickte ihnen verblüfft hinterher, bis sie bei der nächsten Kreuzung einbogen und verschwunden waren. Dann raffte sie die Röcke und machte sich auf den Heimweg.

2

Das Weihnachtsfest stand nun kurz bevor, und die Geschäftigkeit im Hause Neuburg nahm zu. Die Kristallgläser mussten poliert, das Silber geputzt, die neuen Servietten gesäumt werden. Dann kam auch noch Henni in den Salon und fragte, ob Frau Reuther kurz vorsprechen dürfe wegen des Festmenüs zum Jahreswechsel. Corinna unterdrückte ein Stöhnen. Das Weihnachtsessen lastete schon genug auf ihr. Sie hatte zu wenig Appetit, um sich auf Forelle blau und gesottene Kalbsbäckchen zu konzentrieren. Theodor dagegen setzte sich auf dem gemütlichen Sofa aufrechter hin und rieb sich erfreut die Hände.

»Richte ihr aus, ich komme später in die Küche.« Als Henni verschwunden war, gab Corinna mit einem kläglichen Lächeln zu: »Ich hatte vergessen, mich darum zu kümmern.«

»Das macht doch nichts. Du hast genug zu tun«, sagte Theodor fürsorglich.

Er behandelte sie stets wie ein rohes Ei. Als ob sie den simpelsten Anforderungen ihres Tagesablaufs nicht gewachsen wäre. Er unterschätzte sie, sie hatte sich längst im Griff.

Corinna ließ ihre Stickarbeit in den Schoß sinken. »Habe ich nicht«, widersprach sie.

Theodor sah sie prüfend an. »Aber …«

Sie wollte sich seine sanften Beschwichtigungen nicht anhören und ließ ihn nicht aussprechen. »Nein! Kein Aber. Ich … langweile mich.«

Das entsprach der Wahrheit. Sie *langweilte* sich. Nur war ihr das bis jetzt nicht klar gewesen. Aber plötzlich wusste sie es und fühlte sich schrecklich dabei. Sie hatte keine Sorgen, keine Nöte – außer denen, die in der Vergangenheit lagen, und die spielten in ihrem Alltag kaum eine Rolle. Sah man davon ab, dass sie die Fähigkeit verloren zu haben schien, glücklich zu sein. Die Hölle der Trauer war zwar vorüber, doch geblieben war ein blinder Fleck auf ihrer Seele, der jede Freude und jedes Interesse an der Welt erstickte.

»Wir sind ein so kleiner Haushalt«, erklärte sie in versöhnlicherem Ton und sah, wie Theodor die Schultern hochzog. Das tat er, wenn er befürchtete, *das Thema* könnte zur Sprache kommen. Er vermied es, wann immer es möglich war. »In einem kleinen Haushalt sind die Dinge schnell erledigt. Ich wünschte, ich hätte mehr zu tun.«

Theodor war so beunruhigt, dass er vergaß, seine hauchdünne Teetasse zum Mund zu führen, und sie vor seiner Nase schweben ließ.

»Ich möchte einen Beruf ergreifen«, fuhr Corinna entschlossen fort. Eine Augenblickseingebung. Eine *Erkenntnis.* Auch wenn die wahrscheinlich sonderbar war – für andere –, so gefiel sie ihr selbst ausnehmend gut.

Henni, die sich unauffällig in der Nähe herumdrückte –

sie war entsetzlich neugierig –, verschluckte sich und bekam einen Hustenanfall.

Theodor entsann sich des Tees und setzte die Tasse ab. »Das kann ich nicht zulassen.«

»Als Modistin vielleicht«, überlegte Corinna, als habe sie ihn nicht gehört. Sie machte sich zwar nicht besonders viel aus Hüten, aber es war das Erste, was ihr in den Sinn kam. Vermutlich, weil an ihrer Lieblingsschute ein Band abgerissen war, das sie befestigen musste.

»Aber das ist …« Theodor fehlten die Worte.

»Unsinn«, gab sie zu. »Natürlich. Ich habe keinerlei Ahnung vom Modistinnengewerk. Aber ich könnte dir im Geschäft zur Hand gehen.«

»Nein, Corinna.« Seine Stimme nahm den Tonfall nachsichtiger Güte an. Als sei Corinna ein kleines Kind ohne Vernunft oder Verstand. »Du weißt, ich habe genug Kontorgehilfen, Schreiber und Einkäufer.«

»Aber …«

»Es gehört sich einfach nicht.«

»Bekümmert es dich mehr, was die Leute sagen, als dass es mir gut geht?« Dies war schweres Geschütz. Theodor hatte nie den geringsten Zweifel daran gelassen, wie sehr ihm ihr Wohl am Herzen lag.

»Darauf gehe ich nicht ein«, wehrte er sich prompt und hielt es doch nicht aus. »Wenn die Leute Schlechtes über dich tratschen, bereitet mir das ernsthafte Sorgen. Es bedeutet dein gesellschaftliches Aus.«

»Ich interessiere mich nicht für die Gesellschaft«, wandte Corinna ungeduldig ein. »Das wirst du bemerkt haben.«

»Schlimm genug. Darüber hinaus würde es mir ebenfalls schaden. Wenn mein Mündel einer Erwerbstätigkeit nachgeht, wirft dies ein merkwürdiges Licht auf meine geschäftliche Reputation.«

»Onkel Theodor.« Obwohl sie sich darauf geeinigt hatten, den »Onkel« wegzulassen, schadete es nicht, darauf hinzuweisen, dass er zwar ihr Vormund war, aber nicht ihr Vater. »Um deine Geschäfte ist es gut bestellt. Da wird ihnen eine exzentrische Nichte nicht den Garaus machen.«

Verunsicherung huschte über seine Züge. Flüchtig. Vielleicht hatte sie es sich auch nur eingebildet. Sie vergaß den Gedanken, als Theodor schließlich über seinen Schatten sprang und aussprach, was er normalerweise so gern ungesagt ließ. »Corinna, mir ist bewusst, dein Mann und auch … ich meine, ich *weiß*, sie fehlen dir …«

»Das hat nichts damit zu tun«, unterbrach ihn Corinna sofort. Sie schaffte es immer noch nicht, unbefangen über die Vergangenheit zu sprechen. Konnte kaum daran denken. Es zerriss ihr das Herz.

Wenn auch nicht mehr in derselben Intensität wie in der Zeit, die auf Felix' und Johanns Unfall folgte. Während der hastigen Reise zu ihnen. Der Beerdigung, an die sie sich kaum erinnern konnte. Der Wochen und Monate danach, in denen sie sich fühlte, als sei sie ebenfalls gestorben. Unwillig feststellte, dass dem nicht so war, weil man nicht einfach starb, nur weil man es sich wünschte. Erst ganz allmählich hatte sie begriffen, was man von ihr verlangte. Sie sollte weitermachen. Weiter*leben*. Ohne die beiden. Es war ihr unvorstellbar erschienen, doch nach und nach hatte sie sich daran gewöhnt. Ertrug allerdings den Gedanken kaum, aus Johann, diesem munteren, vorwitzigen, wissbegierigen, manchmal quengeligen, oft zärtlichen kleinen Jungen würde kein größerer Junge mehr werden. Kein Halbwüchsiger, dem der Bart spross und die Stimme versagte, der seiner Mutter auf die Nerven ging mit seinen Frechheiten und seinen Bedürfnissen, der langsam zum Manne heranreifte, eine Frau fand und Kinder zeugte. Enkel für seine Mutter, die diese mit der gleichen stürmischen Liebe überziehen konnte, wie sie es schon bei ihm selbst getan hatte.

»Natürlich hat es mit ihnen zu tun«, tastete sich Theodor weiter vor. »Sie fehlen dir, Corinna, das ist doch nicht verwerflich. Es gibt eine Leere in dir …«

»Lass es gut sein.«

» … eine Leere, die du auszufüllen suchst«, fuhr er unbeirrt fort. »Aber arbeiten, nein, das musst du nicht. Ich erlaube es auch nicht. Weil ich es Felix nicht zumuten kann.«

Wie billig, ihren Mann als Munition zu benutzen.

»Er würde es nicht gutheißen«, beschwor Theodor sie, aber seine Stimme war jetzt leise.

»Du hast keine Ahnung, wie seine Ansichten dazu waren«, widersprach Corinna heftig. »Niemand hat das. Wir werden sie auch nicht erfahren, denn er kann sich nicht mehr dazu äußern.«

Sie hatte sich aufs Glatteis führen lassen. Fort von dem Thema, um das es eigentlich ging. Theodor war ein geschickter Verhandler.

Und sie eine würdige Gegnerin. »Ich weiß, er hätte mich

gern glücklich gesehen«, schlug sie zu. »Wenn mir eine Arbeit guttäte, hätte er … hätte er mir erlaubt, eine auszuüben.«

Theodor seufzte. »Das mag sein. *Ich* möchte es dir jedoch nicht erlauben. Aber auch nicht verbieten, denn das Letzte, was ich will, ist Unfrieden in meinem Haus. Suchen wir einen Kompromiss. Wir lassen es uns durch den Kopf gehen und sprechen im neuen Jahr darüber.«

Theodor Neuburg gedachte, das Problem auszusitzen. In der Hoffnung, sie würde ihren abstrusen Plan vergessen, wenn nur genug Zeit ins Land ginge.

So einfach ließ sie sich nicht abspeisen. »Was für ein Kompromiss mag das sein? Arbeit oder keine Arbeit, da scheint es mir nur wenige Übergänge zu geben.«

»Nun, womöglich irrst du da«, erklärte Theodor und lächelte fein.

• • •

Die Weihnachtstage und Silvester lagen gerade erst hinter ihnen, und Theodor war schon nervös.

Das allumfassende Tannengrün in seiner Studierstube übte auch nicht die erhoffte beruhigende Wirkung auf ihn aus, für seinen Geschmack war es eine Spur zu grell ausgefallen. Grüne Vorhänge, grün-schwarz gestreifte Polstermöbel, grüne Ornamente im Teppich unter der Sofagarnitur. Gottlob hatte er sich bei der Tapete für ein helles perlgraues Muster auf cremefarbenem Grund entschieden. Wenigstens das hatte einen besänftigenden Einfluss auf sein Gemüt.

Denn Theodor war nicht nur nervös. Er war *sehr* nervös.

Natürlich war nicht ausgeschlossen, dass alles noch gut endete, insgesamt liefen die Geschäfte nicht schlecht. Möglicherweise hatte er sich in diesem einen Fall jedoch verspekuliert.

Grob verspekuliert.

Weil er auf hohle Worte hereingefallen war. Hatte hereinfallen *müssen*, denn Stadtbaumeister Weyers Urteil war gewichtig, über allen Zweifel erhaben. Der Mann hatte ihm versichert, durch die sich abzeichnenden Entwicklungen in der Geschäfts- und Arbeitswelt würden sich die Grenzen der Stadt ausweiten. Schließlich konnten nicht sämtliche Unternehmen ihre neuen Fabrikhallen auf dem eng bebauten Areal innerhalb der Kölner Stadtmauern errichten. Das war plausibel gewesen und hatte Theodor sofort überzeugt. Umgehend – da sie noch günstig zu erwerben waren – sicherte er sich mehrere Grundstücke nördlich vor den Toren der Stadt in der Bürgermeisterei Longerich.

Bislang hatte jedoch niemand seine Werkstätten, Hallen oder andere Fabrikgebäude dort hochziehen mögen.

Theodor Neuburg saß auf Brachflächen und damit auf totem Kapital. Jeder Menge totem Kapital, denn günstig oder nicht, es war viel Geld geflossen, als er sich ein fettes Stück vom Kuchen hatte einverleiben wollen. Zu gierig gewesen war. Inzwischen bereute er sein stürmisches Vorgehen inständig und musste sich die bange Frage stellen, ob er sich nicht verrechnet hatte.

Seit Monaten schoss er Geld aus den Rücklagen zu, um den allgemeinen Betrieb am Laufen zu halten, allmählich wurde seine Lage bedrückend. Ein Tuchhändler brauchte

Ware, *teure* Ware in seinem Fall, denn Theodor befasste sich nur mit dem Hochwertigsten. Er musste liquide sein, reisen, Fabrikanten und Zwischenhändler aufsuchen, um die geforderten stattlichen Preise gut zu verhandeln. Außerdem hatte er auf dem gesellschaftlichen Parkett zu glänzen, seine Kunden zu verwöhnen und zu charmieren, damit sie sich am Ende hinreißen ließen, unbescheidene Mengen an schimmernder Seide, hauchzartem Organdy, Samt, Moiré, Taft oder irgendeiner anderen Art luxuriöser Gewebe zu erwerben, um ihrerseits Eindruck zu schinden und ihre Umgebung zu blenden.

Ohne Kapital keine Ware, ohne Ware keine Abnehmer. Ohne Abnehmer kein Kapital. Es war ein Teufelskreis.

Ein Klopfen riss ihn aus den trüben Gedanken, und sein »Herein« klang krächzend und flach. Das war dumm, denn ein geübter Zuhörer konnte dem Ton mühelos entnehmen, dass es mit ihm nicht zum Besten stand.

Anton war ganz gewiss dazu in der Lage, und er sah auf sehr konzentrierte Weise an Theodor vorbei. »Ich darf Kohlen nachlegen, gnädiger Herr?«

Jetzt erst fiel Theodor auf, wie kühl es in der Studierstube geworden war. »Bitte.«

Während der Hausknecht mit Bedacht die glühend heiße Tür des eisernen Zimmerofens öffnete und Kohlestücke hineinkullern ließ, riss sich Theodor zusammen. Es galt, Mut zu fassen, denn noch war nichts verloren. Wenn es gar nicht anders ging, veräußerte er eines der Anwesen, die er in der Nähe der Severinskirche besaß. Stadtbaumeister Weyer verfolgte stur seine ehrgeizigen Pläne, das Erscheinungsbild der Stadt zu verändern. Köln sollte lichter werden, weiter, weniger gedrängt, weniger altväterlich. Die bedeutenden Monumente der Stadtgeschichte mussten nach Weyers Ansicht freier atmen können, breite Straßen sollten auf sie zulaufen wie ein Strahlenkranz. Auch auf Sankt Severin. Theodor besaß zwei Häuser in der Nähe der Kirche, eines auf der Hauptstraße direkt neben der *Deutzer Gaststätte* mit ihrem hübschen, aber altmodischen Erker. In einer aufstrebenden Gegend wie dieser dürften sie eine ordentliche Stange Geld einbringen.

Es widerstrebte Theodor zutiefst, sich am Familiensilber zu vergreifen, doch gab es nichts zu beschönigen: Das Haus Neuburg war in eine Schieflage geraten. Und ihm wollte im Moment einfach nicht einfallen, wie er das Desaster sonst abwenden sollte.

• • •

Es dauerte seine Zeit, bis Corinna herausfand, welcher Art Theodors Kompromiss zwischen Arbeit und doch keiner Arbeit sein sollte. »Lass mich nur machen«, lautete seine Antwort stets auf ihre Fragen. »Du wirst schon sehen.« Inzwischen mutmaßte sie, er wolle sie schlicht vertrösten, bis ihr Vorhaben von selbst in Vergessenheit geriete.

Doch Mitte Januar, als der Winter das Land fest im Griff hielt und spitze Eiszapfen vom Dachfirst hingen, sagte er an einem klirrend kalten Montagmorgen: »Zieh dir etwas Hübsches an, wir bekommen heute Nachmittag Besuch.«

Pünktlich um drei klopfte Kerres – er war Haus- und Kammerdiener und würdevoller als jeder andere hier, Theodor eingeschlossen – an die Tür zum Salon und führte eine Schar Damen hinein, deren Röcke derart ausladend waren, ihre Ärmel so gewaltig, die ganze Erscheinung in einer Weise raumgreifend, dass Corinna im ersten Moment glaubte, sehr viel mehr Gäste zu empfangen, als es der Fall war. In Wahrheit handelte es sich lediglich um Gertrude Misendorf samt ihrer Tochter Helene sowie Auguste Drehsal, die von den dreien in jeder Hinsicht die Misslichste war.

Falls dies Theodors Überraschung sein sollte, so war sie keine angenehme. Er selbst jedoch strahlte wie die Sonne und rieb sich geschäftig die Hände. »Ich bin entzückt, Sie bei uns begrüßen zu dürfen«, rief er überschwänglich – und verlogen, denn anschließend drehte er sich schleunigst um und verschwand in den behaglichen Tiefen seines Arbeitszimmers. Corinna beneidete ihn glühend.

Sie kannte die Damen von den sonntäglichen Gottesdienstbesuchen und war sich mit äußerster Klarheit bewusst, wie zäh der Nachmittag sein würde, der vor ihr lag. Frau Misendorf war eine reizlose Person ohne jeden Humor, ihre Tochter eine rosarote Wolke aus Eitelkeit und Frau Drehsal derart salbungsvoll, dass Corinna sich schon oft gefragt hatte, ob sie ihr Gegenüber damit auf den Arm nahm. Wahrscheinlich nicht.

»Wie charmant von Ihnen, uns einzuladen«, eröffnete Frau Misendorf zwitschernd den Austausch von Höflichkeiten.

»Und wie entzückend, dass Sie dieser Einladung Folge geleistet haben«, konterte Corinna artig und wusste, sie brauchte auf einen Ausweg nicht zu sinnen. Es gab keinen.

Die Damen waren hier, und irgendwann würden sie wieder gehen. Das war das Einzige, was zählte.

»Ihr gütiger Onkel hat uns zu verstehen gegeben, ihm läge außerordentlich viel daran, dass Sie nach Ihrem tragischen Verlust beginnen, wieder am Leben teilzunehmen«, sagte Frau Drehsal munter.

Corinna stockte der Atem. Theodor hatte sie allen Ernstes diesen Wölfinnen zum Fraß vorgeworfen?

»So schwerwiegend Ihr Verlust auch sein mag«, Frau Misendorf tätschelte begütigend Corinnas Arm, »so liegt das Trauerjahr doch hinter Ihnen, nicht wahr, meine Liebe?«

Corinna nickte knapp. Der Unfall war vor genau zwei Jahren, sechs Wochen und einem Tag geschehen, und sie hätte sich lieber selbst vor eine Kutsche geworfen, als dies auszusprechen.

»Wie bewundernswert, diesem Umstand nicht durch ungebührlichen Putz zu frönen.« Frau Drehsal betrachtete unter hochgezogenen Brauen Corinnas grau-weiß gestreiftes Kleid, in dem sie sich neben Helenes Rosenwolke in der Tat wie eine unauffällige Taube vorkam. »Nur ist den Verstorbenen nicht damit gedient, wenn sich ihre gramgebeugten Hinterbliebenen dem Leben verweigern.« Frau Misendorf besaß tatsächlich die Stirn, sich mit einem spitzengesäumten Tüchlein die Augen zu tupfen.

»Und da haben wir überlegt, wie wir Ihnen zur Seite stehen können. Nicht lange überlegt allerdings, denn die Lösung liegt auf der Hand.« Frau Drehsal blickte Beifall heischend in die Runde.

Ihre Freundin Gertrude nickte emsig, Helene ließ die Augen flink wie ein Vögelchen durch den Raum wandern, und Corinna wünschte sich weit, weit fort.

»Sie machen sich Gedanken um mein Wohl, ich bin gerührt«, sagte sie so verbindlich, wie es irgendwie ging. »Nur ist dies ganz und gar unnötig. Mir geht es sehr gut im Haus meines Onkels, und ich vermisse nichts.«

»Das glaube ich«, tat Helene inbrünstig kund. »Sie wohnen wunderschön hier. Und besitzen sogar ein Klavier! Spielen Sie auch?«

»Zu selten«, erklärte Corinna wahrheitsgemäß.

»Wie schade. Darf ich vielleicht?« Helene lächelte bescheiden. »Man sagt mir nach, ich hätte eine hübsche Singstimme.«

»Ganz gewiss hübscher als meine. Wenn Sie es wünschen, spielen Sie nur.«

»Bleib sitzen, Kind.« Die zwitschernde Frau Misendorf beherrschte auch einen despotischen Tonfall, der ihre Tochter sofort kuschen ließ. Schmollend blieb sie auf dem Sofa sitzen und würdigte die Runde fortan nicht länger mit der Ehre, sich am Gespräch zu beteiligen.

»Nicht wegen leichtfertiger Vergnügungen sind wir hier«, ergriff Frau Drehsal wieder das Wort und führte geziert ihr Teetässchen an die Lippen, »sondern beseelt von einem Anliegen, für das wir Ihr Herz erwärmen wollen.«

Das würde nicht gelingen. Egal, um was es sich handelte, ihr Herz war und blieb gegenüber sämtlichen Anliegen dieser Frauen hart und kalt wie ein Stein. Zeit, das Thema zu wechseln. »Darf ich Sie bitten, zuzugreifen? Die Biskuitschnitten sind köstlich. Frau Reuther hat sie mit Pfirsichmarmelade gefüllt, die sie letzten Sommer aus italienischen Früchten eingekocht hat.«

»Sie dürfen sich glücklich schätzen, eine so wundervolle Köchin in Ihrem Haushalt zu beschäftigen«, seufzte Frau Misendorf und lud sich das größte Stück auf den Teller.

»Andererseits sollte man auf weltliche Genüsse nicht allzu viel Wert legen«, widersprach Frau Drehsal schmallippig und nahm sich das kleinste.

Helene war nach wie vor beleidigt und widerstand der Versuchung, wenn ihre Blicke auch etwas Sehnsüchtiges bekamen.

Frau Drehsal hatte jetzt endlich die geschickte Überleitung gefunden, nach der sie möglicherweise die ganze Zeit gesucht hatte. »Einen Lebenszweck erfährt unser Dasein, wenn wir uns einer höheren Sache widmen. Höher als die Befriedigung unserer Gelüste«, sie warf einen strafenden Blick auf ihre Freundin, die mit begehrlichem Blick die Kuchenplatte musterte und offenbar ein zweites Stück ins Auge fasste, »und höher als unsere persönlichen Belange, so verständlich sie auch sein mögen.«

Wenn sie jetzt anfängt, von Felix zu reden, gehe ich einfach weg, dachte Corinna und stopfte sich einen Happen Biskuitschnitte in den Mund, um sich daran zu hindern, es auszusprechen.

Glücklicherweise war Frau Drehsal zu durchdrungen von ihrer Mission, um sich um die Gefühle ihrer Gastgeberin zu scheren. »Es ist beträchtlich erhebender und bedeutsamer, sich für die Gemeinschaft einzusetzen, als sich auf die Erfüllung der unmittelbaren Pflichten zu beschränken. Gutes zu tun, gibt uns Kraft und Antrieb und ein reines Gewissen.«

»Da haben Sie sicher vollkommen recht.« Corinna, erleichtert, weil sich der Fokus nicht mehr auf sie und ihre traurige Vergangenheit richtete, stimmte aus vollem Herzen zu.

»Ich wusste, dass Sie das so sehen!«, jubilierte Frau Misendorf, die sich nicht länger ausgeschlossen fühlen wollte. »Habe ich es nicht gesagt?« Sie blickte Beifall suchend in die Runde. »Frau Winterfeldt ist eine honorige Person, sie wird sich uns anschließen. Genau das habe ich gesagt! Oder, Helene?«

»Worum geht es eigentlich?«, fragte Corinna alarmiert.

»Um unsere Gemeindearbeit. Hat Ihr Onkel Ihnen nicht davon berichtet?« Frau Drehsal hob die zu dünn gezupften Brauen.

Nein, hatte er nicht. Corinna schwor sich, ihm die Hölle heißzumachen, sobald sie seiner habhaft würde. Sie so ins offene Messer laufen zu lassen! »Was bedeutet das genau?«, erkundigte sie sich etwas unlustig.

»Sie wissen, nicht jeder und jede hat es so gut wie Sie und ich. Wie wir alle«, übernahm Frau Misendorf das Ruder. »Denken Sie nur an all die armen Bauernmädchen, die aus der Eifel oder dem Bergischen hier zu uns in die Stadt strömen auf der Suche nach Arbeit und einem Auskommen. Oft genug finden sie dieses nicht und müssen in bitterer Not ihr Dasein fristen. Oder sie sind zum … Schlimmsten gezwungen.« Sie warf einen Blick auf ihre Tochter, vor der sie unmöglich das Unaussprechliche äußern konnte. Helene war unverheiratet und mit diesen Dingen nicht vertraut.

»Wir müssen sie unterstützen, damit sie nicht in der Gosse landen«, fuhr Frau Drehsal fort, offensichtlich erkannte sie keine Verpflichtung gegenüber Helenes verletzlicher Seele.

»Ein sehr löbliches Unterfangen«, meinte Corinna vorsichtig.

»Wir haben es uns zum Beispiel zur Aufgabe gemacht, für Unterkünfte zu sorgen, damit sie eine sichere Übernachtungsmöglichkeit haben«, erläuterte Frau Drehsal und hob gouvernantenhaft den Zeigefinger.

»Dafür benötigen wir Geld«, kam Frau Misendorf jetzt endlich zum Wesentlichen. »Für ein Haus, für Essen und für die Reisekosten zurück in die Heimatdörfer.«

»Aber wie willst du an dieses Geld kommen?«, fragte Helene, die nicht länger unbeachtet bleiben wollte. »Denk dran, was Papa gesagt hat.«

Ihre Mutter errötete zart. Anscheinend zog Herr Misendorf es nicht ernsthaft in Betracht, eine größere Summe in Aussicht zu stellen. »Wir bitten Menschen, die es sich leisten können, ihren Teil beizusteuern«, erklärte sie. »Zum Beispiel auf einem Kirchenbasar. Den Erlös der Verkäufe zahlen wir dann in einen Spendentopf ein.«

»Das ist eine gute Idee«, gab Corinna zu. Das hätte sie den Damen gar nicht zugetraut.

»Demnach werden Sie sich bestimmt gern engagieren!«, rief Frau Misendorf enthusiastisch.

»Sicher.« Corinna überlegte fieberhaft. »Ich habe zwar anders als Fräulein Misendorf keine schöne Singstimme, aber ich kann recht gut zeichnen und malen«, sagte sie nur ein ganz klein wenig widerstrebend. »Ein oder zwei Aquarelle stelle ich gern zur Verfügung.«

»Ihr Onkel hatte gehofft, Sie schlössen sich uns an, wenn wir diesen jungen Frauen helfen«, begann Frau Drehsal. »Sie werden sehen, wir treffen die faszinierendsten Menschen, während wir für unsere Sache tätig sind. Denken Sie nur an die Wohltätigkeitsbälle, die wir veranstalten! Es gibt aber auch Damenkränzchen, die den armen Wesen nahrhaftes Essen zur Verfügung stellen oder sich um Kleidung kümmern, wenn sie nur noch Lumpen am Leibe tragen. Am wichtigsten, und das könnte ich mir als Ihre Aufgabe vorstellen, ist natürlich das Sammeln von Spenden. Dazu tragen wir unser Anliegen den honorigsten Männern der Stadt vor«, fügte sie an und warf Corinna einen bedeutsamen Blick zu. »Es wäre sicher von Vorteil für Sie, wenn …«

»Ich wäre bereit, am Tag des Kirchenbasars Porträts der Besucher zu zeichnen«, unterbrach Corinna rigoros, denn das hier lief in eine Richtung, die sie auf keinen Fall einschlagen wollte. »Mein Onkel behauptet, ich sei recht gut darin.«

»Was für eine wundervolle Idee!«, rief Helene. »Wollen Sie es uns zeigen? Sie könnten gleich damit anfangen, eine von mir anzufertigen. Was meinst du, Mama?«

»Ich habe kein Geld dabei, um sie zu bezahlen«, wies Frau Misendorf sie zurück.

»Oh, das macht nichts«, sagte Corinna mit strahlendem Lächeln. »Sie können später eine Summe, die Ihnen angemessen erscheint, in den Spendentopf legen. Nicht wahr, Frau Drehsal?«

• • •

August stand in seinem Büro, das erhöht und hinter Fenstern geschützt eine ungehinderte Sicht auf das Schaffen in der Halle zuließ, und betrachtete den wimmelnden Betrieb. In der Nadelfabrik herrschte stets ein Höllenlärm, die dünnen Glasscheiben konnten ihn kaum eindämmen. Sein Blick ruhte auf den Reihen schwerer, gusseiserner Maschinen, deren Schleifsteine von müde im Kreis trottenden Pferden angetrieben wurden. Dazwischen wuselten Frauen und Mädchen herum, wobei vor allem Letztere die filigrane Arbeit durch ihre kleinen flinken Finger mit großem Geschick ausführten. Männer gab es kaum, nur einige wenige gut ausgebildete Fachleute, um die Maschinen zu warten, dazu zwei schmächtige Jungen, die sich um die Pferde kümmerten. Und Karl Ottmann, den Werksleiter, der mit seinem kompromisslosen Regiment für einen reibungslosen Ablauf sorgte.

Davon ließ sich in Bezug auf die neue Confectionsmanufaktur nur träumen. Vorerst war schiefgegangen, was hatte schiefgehen können. Die Lieferung der Nähmaschinen verzögerte sich, die, die er besaß, gab schon am zweiten Tag den Geist auf. Sie musste repariert werden, was sich als schwierig erwies, weil sich niemand damit auskannte. Gustav Linnemann, der sich Technik und Maschinenwesen mit einem Ernst hingab wie andere Menschen religiösem Eifer, war schließlich ausgefuchst genug gewesen, das Problem nach ein paar Tagen Grübeln und Probieren gelöst zu haben. Aber bis dahin hatte August Blut und Wasser geschwitzt. Was, wenn er aufs falsche Pferd gesetzt hatte und die nicht-manuelle Arbeit keine Verbesserung, sondern ein Irrweg war?

Die Verschuldung, die er eingegangen war, konnte ihn den Hals kosten.

Inzwischen funktionierte das Gerät zwar wieder, doch die längst angekündigte Lieferung der anderen Maschinen blieb aus. Angeblich hatte es erst Schwierigkeiten in der Produktion gegeben, nun beim Transport. Zu allem Überfluss hatte ihm Linnemann vorgestern erklärt, dass einige der angeworbenen Näherinnen abgesprungen waren. Sie hatten nicht länger warten wollen und sich einem Konkurrenten verpflichtet.

Ich versteh's ja, dachte August erbittert. Wer eine Familie satt machen musste, durfte sich nicht an einen Unternehmer binden, dessen Geschäft nicht in Gang kam.

Aber hätten sie nicht noch ein paar Tage ausharren können?

Besorgt beobachtete er Linnemann, der mit schwerem Schritt die Werkshalle durchquerte und die acht Stufen zu seinem Büro erklomm. In den letzten Tagen und Wochen hatte sein Erscheinen stets eher Unangenehmes bedeutet.

»Sie sehen ganz danach aus, als hätten Sie eine weitere Hiobsbotschaft zu vermelden«, begrüßte August ihn. Sein Mut sank vollends, als Linnemann ohne jedes Zögern nickte.

»Die Wollstoffe, auf die wir ein Vorkaufsrecht hatten, sind anderweitig verscherbelt worden. Da hätten wir schneller zusagen müssen.«

Das war richtig. Doch was sollte er mit einer gewaltigen

Menge minderwertigen Stoffes, wenn er ihn nicht verarbeiten konnte?

August atmete tief durch. Er bekam das hin. Irgendwie bekam er das noch hin.

• • •

Sie wusste noch nicht, wie sie es ihm beibringen sollte, aber Theodors »Kompromiss zwischen Arbeit und doch keiner Arbeit« kam überhaupt nicht infrage. Ein Schauder des Widerwillens überlief Corinna bei dem Gedanken, einem »Kränzchen« älterer Matronen beizutreten; auf Soireen oder Wohltätigkeitsbällen mit Anschluss suchenden Junggesellen zu parlieren, mochte sie sich gar nicht erst vorstellen. Dennoch zog sie sich am Vormittag nach dem Besuch der Damen in ihre Wohnstube zurück und widmete sich, wenn auch mit mäßiger Konzentration, dem Aquarell, das sie versprochen hatte. Nach einigem Überlegen wählte sie eine Ansicht des Botanischen Gartens als Sujet, die reizvoll war wegen des Blickes zwischen Baumwipfeln auf den unfertigen Dom und gefällig durch ein paar flanierende Spaziergänger in hübschen Kleidern. Das Motiv war nicht allzu schwierig, da sich die Perspektivlinien ganz von selbst aus den Wegen und dem Gewirr der Äste ergaben, doch auch nicht einfach wegen der Fülle der Details und einer Vielzahl von Grünschattierungen. Den genauen Ton zu treffen, war nicht leicht.

Während sie sich mit der Vorskizze beschäftigte, kreisten Corinnas Gedanken unablässig um die Entwicklung einer Strategie, wie sie Theodors Plänen entkommen könnte. Bei der Androhung, endlose Zeit mit der salbungsvollen Frau Drehsal, der geistlosen Frau Misendorf oder gar ihrer gezierten Tochter Helene zuzubringen, wurde ihr schlecht, und sei deren karitative Arbeit noch so lobenswert.

In einem hatte die grässliche Frau Drehsal jedoch recht: Einen Sinn verlieh man seinem Dasein nur, sofern man Sinnvolles *tat*. Corinna war sich sehr wohl darüber im Klaren, dass dies auf sie nicht im Allergeringsten zutraf. Sie führte ihrem Onkel den Haushalt und hielt sich ansonsten aus allem heraus.

Frauen wie sie waren dazu da, hübsch auszusehen, charmant zu plaudern, sich manierlich zu benehmen und ihrer Familie ganz allgemein zur Ehre zu gereichen, wenn sie aus ihrem Elternhaus in das eines gleichermaßen kultivierten, gut situierten Ehemannes wechselten. Als ein Faustpfand, das möglichst klug eingesetzt wurde, um die familiären Verbindungen zu stärken. In ihrem Fall war das gelungen. Die Neuburgs wie die Winterfeldts waren im Tuchhandel tätig, die einen in Köln, die anderen in Bonn, eine Dependance gab es in Krefeld, weitere sollten dazukommen – es lag also nahe, sich zusammenzutun und die Nachkommen miteinander zu verheiraten. Corinna wusste, sie hatte Glück gehabt – Felix und sie hatten zusammengepasst, als wären sie eigens füreinander erschaffen worden. Sie hatten schon als Kinder zusammen gespielt, allerhand Unsinn angestellt, sich gezankt und wieder versöhnt, und als sie älter wurden, waren aus den freundschaftlichen Gefühlen tiefgründigere geworden. Schon früh hatte sie ihren Mann aufrichtig geliebt und er sie ebenso.

Die Aussicht auf eine Zukunft, deren verstreichende Jahre und Jahrzehnte sie allein und in mattfarbene Kleider gehüllt verbrachte, während sie Dinge tat, die auch jede Haushälterin vollbringen konnte, war nicht gerade erhebend. Männer hatten es eindeutig besser – verloren sie ihre Frau, konnten sie die langen einsamen Stunden des Tages mit Arbeit ausfüllen, und ihnen drohten weder unverschuldete Armut noch eine instabile Stellung in der Gesellschaft. Außerdem durften sie sich mehr oder weniger mit allem befassen, was ihnen beliebte: Niemand belächelte oder kritisierte oder *bemitleidete* sie, was am schwersten auszuhalten war. Manch einen trieb es sogar, Ehrenvolles zu tun.

So wie Doktor Ludewig. Nicht nur übte er einen angesehenen Beruf aus, er nutzte seine privilegierte Stellung auch, um weniger Begünstigten zu helfen. *Das* war gemeinnützige Arbeit, die einen Wert hatte. Nicht die Herstellung eines Aquarells, in dem das Blattwerk unangenehm grell zu geraten drohte. Corinna stellte den Pinsel ins Wasserglas, zerknüllte den verunzierten Botanischen Garten und warf ihn in die Ecke. Wer sorgfältige Arbeit leisten wollte, musste aufmerksam bei der Sache sein.

Das war sie aber nicht. Geistesabwesend wischte sie sich die Hände an einem alten Handtuch ab und dachte an die ruhige, entschiedene Art des Doktors, die seinen Patienten gewiss guttat. Zwar wusste Corinna nur wenig über das Leben derer, die in den einfachen Vierteln der Stadt ihr Dasein fristeten, doch erlaubten es die Verhältnisse der armen Frau gewiss nicht, sich zurückzuziehen, um zu genesen. Daher würde sie den ärztlichen Ratschlägen nicht folgen. Weil sie es nicht konnte.

Corinna fand das nicht richtig, wusste aber nicht, was sich dagegen tun ließ. Sie hätte ihre Kraft und ihren Tatendrang gern in den Dienst dieser Menschen gestellt, nur wie? Schließlich konnte sie nicht wie Doktor Ludewig Medizin studieren. Frauen an Universitäten hätten die Verantwortlichen bestenfalls empörend, wahrscheinlicher aber lächerlich gefunden. Zwar hatte sie von einem Pastor namens Theodor Fliedner gelesen, der im letzten Jahr eine »Bildungsanstalt für evangelische Pflegerinnen« gegründet hatte, um sie in die professionelle Versorgung Kranker einzuweisen, doch drängte es Corinna weder ins ferne Kaiserswerth noch zu einer geistlichen Lebensform.

Wenn sie auch nicht selbst Ärztin werden durfte, so war sie jedoch imstande, einen praktizierenden Arzt bei seiner Arbeit zu entlasten. Einfache Handreichungen traute sie sich durchaus zu, sie konnte Besorgungen und Organisatorisches erledigen, Material sortieren, Botengänge übernehmen. Dinge, die viel Zeit kosteten und einen Arzt davon abhielten, seiner eigentlichen Tätigkeit nachzugehen.

Das war etwas Sinnvolles.

Gleich morgen würde sie Doktor Ludewig aufsuchen. Entschlossen schob sie die Mappe von sich, aus der sie eben noch einen neuen Bogen jungfräuliches Aquarellpapier hatte nehmen wollen, und öffnete das Fenster. Kalte, klare Winterluft drang in den Raum, und zum ersten Mal seit Langem hatte Corinna das Gefühl, frei atmen zu können.

3

Corinna grübelte eine Weile über der Frage, wie sie Kontakt zu Doktor Ludewig aufnehmen sollte. Schließlich konnte sie nicht in der Hoffnung, ihm zufällig über den Weg zu laufen, ganz allein durch finstere Straßenzüge streifen. Doch fiel ihr am Ende die Lösung ein: Felix Mandel, Kaufmann für Kurzwaren, feines Weißzeug und Brüsseler Spitze, wusste über alles und jeden in der Stadt Bescheid. Außerdem kannte sie ihn recht gut und vertraute ihm rückhaltlos.

Am folgenden Morgen trödelte sie gerade lange genug mit ihrer Morgentoilette herum, um das gemeinsame Frühstück mit Theodor zu verpassen, stürzte anschließend eine Tasse Schokolade hinunter, wobei sie sich in der Eile die Zunge verbrannte, und verließ das Haus. Es war noch frostig, direkt vor der Haustür dampfte ein gewaltiger Haufen Pferdeäpfel, und Corinna überlegte kurz, ob sie Anton rufen lassen sollte, damit er ihn entferne. Die vage Furcht, Theodor zu begegnen, siegte, und so machte sie sich umgehend auf den Weg zur Glockengasse, in der Felix Mandel seinen Laden führte. Ein Katzensprung.

Seit sie ihr Unbehagen darüber abgeschüttelt hatte, dass

er den gleichen Vornamen trug wie ihr verlorener Ehemann, pflegten sie ein freundschaftliches Verhältnis, auch wenn sie nie und nimmer imstande wäre, ihn mit Felix anzusprechen. Mandel verstand sie, ohne dass sie sich hätte erklären müssen. Er war ein warmherziger, zierlicher Herr mit rosigem Gesicht und schlohweißem Haar, und er freute sich stets, Corinna zu sehen.

»Wie schön, Sie in meinem Laden begrüßen zu dürfen. Es geschieht selten genug. Sie legen viel zu wenig Wert auf hübschen Putz.« Er sah sie strafend an, aber seine Äuglein funkelten verschmitzt, und sie wusste, er wollte sie nur necken.

»Ich habe keinen Sinn für Tand«, entschuldigte sie sich, doch Mandel ließ das nicht gelten.

»Das kommt wieder.«

»Ich glaube kaum.«

Seine Angehörigen waren unter den Ersten gewesen, die sich während der napoleonischen Herrschaft in Köln niedergelassen hatten, nachdem Juden dies seit Ewigkeiten verboten gewesen war. Da selbst heute noch Ressentiments in der Bevölkerung verbreitet waren, mussten sie wachsam sein, um unliebsamen Überraschungen von vornherein aus dem Weg gehen zu können. Auch für Felix Mandel war die feine Beobachtungsgabe zur zweiten Natur geworden, und so wusste er ohne jeden Zweifel, wie sehr Corinna nach wie vor unter dem Verlust ihrer Familie litt. Trotzdem wollte er, dass sie zu Leichtigkeit und Lebenslust zurückfand, ihr gottgewolltes Leben als Frau wieder aufnahm, und setzte ihr immer wieder – mehr oder weniger subtil – damit zu.

Sie blickte ihn fest an. »So hübsch die Spitzen und Bänder

auch sind, die Sie verkaufen, so will ich doch etwas anderes von Ihnen. Eine Auskunft. Ich wüsste niemand Geeigneteren, den ich fragen könnte, denn von allen, die ich kenne, sind Sie stets am besten auf dem Laufenden.«

»Sie sind eine durchtriebene Schmeichlerin. Mir um den Bart zu gehen, ist ein kluger Schachzug. Doch nicht klug genug, denn ich werde nicht müde werden, Sie zu traktieren. Sie dürfen sich nicht für alle Zeiten vor der Welt verstecken.«

»Sie haben doch gar keinen Bart, um den ich gehen könnte …« Corinna lächelte, als sich die Farbe seiner Wangen vertiefte. »Und ich brauche Ihre Hilfe wirklich. Ich suche nämlich einen Arzt namens Doktor Philipp Ludewig. Wissen Sie, wo ich ihn finden kann?«

Prompt wurde Mandels Ausdruck besorgt. »Ihr Onkel ist doch nicht krank? Oder am Ende gar Sie selbst?«

»Aber nein.« Corinna winkte ab. »Wir erfreuen uns alle bester Gesundheit. Ich möchte nur … Sehen Sie, ich habe Doktor Ludewig neulich sozusagen in Aktion erlebt, als er einer Frau einfachsten Standes half, die auf der Straße einen kleinen Unfall erlitten hatte. Er tat es ganz ohne Widerwillen oder Eigeninteresse, denn sie konnte ihn nicht bezahlen. Das hat mich beeindruckt. Ich frage mich, ob ich ihm nicht meine Unterstützung anbieten kann.«

Herr Mandel maß sie mit einem nachdenklichen Blick. »Ich bin recht gut mit ihm und seiner Frau Fanny befreundet, wissen Sie. Er ist ein guter Mann, der Doktor, da haben Sie recht. Knapst für die Armen von seiner Zeit ab, was nur möglich ist, und ist oft bis in die Dunkelheit hinein in den Elendsvierteln unterwegs.«

»Ich hatte bislang noch gar nichts von ihm gehört«, bekannte Corinna. »Offenbar sperre ich meine Ohren nicht weit genug auf.«

»Das sind keine Dinge, die jungen Damen unbedingt zugetragen werden.«

»So jung bin ich nicht mehr.«

»Ach was. Sie tun so, als seien Sie alt wie die Welt, doch sind Sie bedeutend jünger, als Sie sich fühlen.«

Corinna seufzte tief und vernehmlich auf. »Wie Sie meinen. Sagen Sie mir nun, wo Doktor Ludewig praktiziert?«

• • •

Die Wirkungsstätte des Arztes lag nicht weit entfernt, und Corinna machte sich dorthin auf, bevor sie es sich wieder anders überlegen konnte. Zum Glück blieb es trocken, obschon nach dem Regen der vergangenen Nacht die Pfützen auf den Straßen standen und das Wasser hoch aufspritzte, wenn Kutschen hindurchfuhren. Corinna hielt sich eng an den Hauswänden, dennoch wurde ihr weiter Rock reichlich feucht und der sanftblaue, weiß abgesetzte Stoff schwer. Es war ein hübsches Kleid und stand ihr ausgezeichnet, war aber schlicht und unprätentiös und unterstrich ihre Absichten. Aufwendiger gekleidet hätte sie allerdings besser in die Trankgasse gepasst. Sie lag in einer ausgesprochen guten Gegend, wirkte bürgerlich und gediegen, und die Patienten, die Doktor Ludewig aufsuchten, waren sicher wohlhabend und zahlungsfähig. Demzufolge war sein Haus zwar schmal, aber schmuck und gepflegt, und es besaß drei Stockwerke. In jedem glänzten drei blank geputzte Fenster im trüben Wintermorgenlicht.

Corinna war angespannt, auch wenn sie nicht genau wusste, warum. Von diesem Besuch hing im Grunde gar nichts ab. Oder eine ganze Menge, jedenfalls schien das ihr heftig pochendes Herz auszudrücken. Sie konnte nur hoffen, es würde sich mit der Zeit beruhigen, sonst war sie wohl kaum in der Lage, sich für die Aufgabe zu empfehlen, die ihr vorschwebte. Sie atmete tief ein, hob die Hand und betätigte den Klopfer.

Beinahe umgehend wurde die schimmernd lackierte Tür von einem Dienstmädchen in grauem Kleid mit makellos weißer Schürze und einer Mehlspur auf der Stirn geöffnet.

»Guten Morgen.« Corinna, nicht bereit, sich abwimmeln zu lassen, wollte nicht abwarten, bis sie nach ihren Wünschen gefragt wurde. »Ich möchte Doktor Ludewig sprechen. Ist er da?«

»Haben Sie einen Termin?«

»Nein. Doch bin ich nicht krank und suche ihn … in einer anderen Angelegenheit auf.«

»Worum geht es denn?«

»Das werde ich ihm selbst sagen, wenn ich ihm gegenüberstehe.« Corinna hob sehr viel resoluter das Kinn, als sie sich fühlte.

Das Mädchen sah sie unschlüssig an. »Der Doktor hat viel zu tun. Ich werde ihn fragen, ob er Zeit für Sie erübrigen kann.«

Dagegen war nichts einzuwenden, doch hatte sie nicht die Absicht, wie eine Bittstellerin in der ungemütlichen Januarluft zu warten. Energisch trat Corinna auf das Mädchen zu, und dem blieb wenig anderes übrig, als die Tür hastig weit genug zu öffnen, damit Corinna an ihm vorbei in die Diele rauschen konnte.

Während der hübsche Zerberus in den hinteren Teil des Hauses eilte, hatte Corinna Muße, sich umzublicken. Rechts von ihr lag ein kleiner Salon, allem Anschein nach ein Wartezimmer, denn an den Wänden waren bequem aussehende Stühle aufgereiht. In den rückwärtigen Teil des Hauses führte ein schmaler Flur, an dessen Ende das Mädchen hinter einer Tür verschwunden war. Es dauerte kaum länger als einen Wimpernschlag, da stand sie schon wieder vor ihr.

»Der Doktor lässt bitten.«

Als Corinna den Raum betrat, erhob sich Doktor Ludewig und strich mit einer nachlässigen Geste den Gehrock glatt. »Ach, Sie sind's«, sagte er, und sie hätte nicht zu sagen vermocht, ob er erfreut war oder nicht. »Ich erinnere mich. Der verrenkte Knöchel.«

»Sie wundern sich sicher, dass ich bei Ihnen auftauche …«

»Ich hoffe, Sie plagen keine Beschwerden? Erna meinte zwar, Sie hätten angegeben, nicht krank zu sein, aber vielleicht mochten Sie sich meinem Hausmädchen gegenüber nicht äußern. Sie wären nicht die Erste.«

»Nein, nein. Ich bin vollkommen gesund.«

»Wie schön. Was kann ich denn dann für Sie tun? Bitte, nehmen Sie Platz.«

»Vielen Dank.« Vor dem Kamin, in dem ein munteres Feuer loderte, standen zwei bequeme Sessel, und Corinna wählte den, von dem aus sie einen besseren Blick auf den Raum hatte. Er war von großzügigem Ausmaß und eher spärlich, aber gemütlich möbliert, strahlte Gelehrsamkeit, Vertrauen und Ruhe aus. Hinter dem mächtigen Schreibtisch, an dem Doktor Ludewig mit der Niederschrift von irgendetwas beschäftigt gewesen war, hatte er Schränke über die Länge einer ganzen Wand einbauen lassen, durch die verglasten Türen waren ein wenig schlampig geordnete Bücher in schier unübersehbarer Zahl zu erkennen. Es gab diese Sitzecke, außerdem eine Chaiselongue, und der Blick vom Hinterhof durch die Fenster wurde durch hauchzarte Musselinvorhänge verhindert, die von unmodern schweren Samtportieren flankiert wurden. Dazu ein paar hübsche, doch nichtssagende Bilder an den Wänden, gemusterte Teppiche auf dem schimmernd polierten Parkett und ein Vogelkäfig, dessen Bewohner aus Porzellan und daher still waren wie bei ihr zu Hause. Theodor hielt das Gezwitscher auch nicht aus.

»Ich glaube, ich habe mich seinerzeit nicht vorgestellt«, begann sie. »Mein Name ist Corinna Winterfeldt …«

»Was für ein Glück, dass Sie ihn erwähnen. Ich hatte befürchtet, ich hätte ihn vergessen, und wusste nicht, wie ich aus dieser Klemme wieder herauskommen sollte, ohne grob unhöflich zu sein.« Er lächelte strahlend und beugte sich vertraulich ein Stückchen vor. »Sie müssen wissen, mitunter bin ich bei gesellschaftlichen Anlässen nicht ganz so bei der Sache, wie ich sein sollte.«

»Oh, das macht nichts«, erwiderte Corinna völlig aufrichtig. »Es geht mir zum Entsetzen meines Onkels ähnlich.«

»Sie leben bei Ihrem Onkel?« Er legte die Fingerspitzen aneinander und musterte sie interessiert.

»Seit dem Tod meines Mannes.«

»Mein Beileid.«

Corinna nickte bloß. Das Thema würde sie nicht weiter vertiefen. »Ich möchte mich entschuldigen, da ich Sie bei Ihren wichtigen Tätigkeiten unterbreche, aber ich habe Ihnen einen Vorschlag zu unterbreiten.«

»Sie machen mich neugierig. Und meine Aufzeichnungen können warten, es geht um nichts Eiliges. Ich führe lediglich Buch über die Zustände und Krankheiten, denen ich während meiner Besuche in den Armenvierteln begegne. Eine administrative Arbeit, lästig und wichtig zugleich. Ich hoffe, damit genügend Munition zu sammeln, um irgendwann einmal den Stadtrat für Verbesserungen im Gesundheitswesen zu erwärmen.«

»Mit diesem akribischen Einsatz wird Ihnen das gewiss gelingen.« Corinna lächelte ihn an, fand es unerwartet leicht, ohne Scheu zu sprechen. »Es ist ein äußerst lohnenswertes Unterfangen«, fügte sie mit Wärme hinzu.

»Und viel weniger barmherzig als von Eigennutz geprägt«, gab er zu. »Ich will unbedingt mehr darüber herausfinden, ob zwischen den beklemmenden Lebensumständen dieser Leute und dem Auftreten bestimmter Gebrechen Zusammenhänge bestehen.«

Das war der Einstieg, nach dem sie gesucht hatte. »Mir scheint, als hätten Sie sich sehr viel aufgehalst«, begann Corinna. »Diese Praxis«, sie wies auf den Raum um sie herum, »die Besuche in den Elendsvierteln, dazu die wissenschaftliche Aufarbeitung all dessen. Woher nehmen Sie die Zeit für derart viele Aufgaben?«

Doktor Ludewig schlug bequem ein Bein über das andere. »Irgendwie klappt's meistens«, erklärte er ungezwungen. »Jetzt erzählen Sie mir aber, warum Sie hier sind. Sicher nicht, um die Überlastung eines schwer arbeitenden Arztes zu beklagen.«

»Doch, gewissermaßen ist genau das der Grund für meinen Besuch.« Corinna sah ihn unverwandt an. »Ich möchte Sie gern unterstützen. Ihnen zur Hand gehen, wo es Ihnen geraten scheint.«

»Sie wollen mir bei der Pflege der Kranken in den Armenvierteln helfen?«

»Richtig.«

»Gut. Schön.« Er überlegte und fixierte sie mit ernstem Blick. Es war nicht einmal unangenehm. »Doch wissen Sie vermutlich nicht, was das bedeutet. Darf ich Ihnen die Augen öffnen? Diese Arbeit ist nicht einfach und vor allem nicht immer erbaulich. Und sie hat mit Ihrem behaglichen Leben in einem ohne Zweifel geschmackvollen und gesitteten Zuhause nicht viel gemein.«

Corinna nickte.

»Sie ist schmutzig, armselig und deprimierend«, fuhr Ludewig fort und betrachtete Corinna mit gerunzelter Stirn. »Manchmal eklig. Ziemlich oft sogar, um ehrlich zu sein.«

»Das ist mir klar.« Corinna verschränkte die Hände und sah ihn offen an. »Aber wenn es Menschen gibt, die so leben müssen, sollte es anderen Menschen möglich sein, es sich wenigstens *anzusehen*.«

»Das entspricht vollkommen meiner Meinung, nur ist diese nicht sehr verbreitet. Ich frage mich, was die Beweggründe für Ihre Absicht sind, sich so weit außerhalb Ihrer Lebenswirklichkeit begeben zu wollen.«

»Ich habe die arme Frau mit dem verrenkten Knöchel gesehen, und sie tat mir leid.« Doch das war es nicht allein, und nach kurzem Stocken warf Corinna ihre Zurückhaltung und Skepsis über Bord. Wo, wenn nicht hier, und wann, wenn nicht jetzt, konnte sie offen sein? »Ich brauche eine Aufgabe«, erklärte sie. »Ich habe meinen Mann … verloren.« Selbst nach all der Zeit war sie nicht in der Lage, den Verlust ihres Sohnes anzusprechen, es riss ihr immer noch den Boden unter den Füßen weg. »Und wenn auch mein Leben frei von materiellen Sorgen ist, so ist es doch ebenso frei von jedwedem Nutzen. Als ich Sie sah, wie Sie ohne Dünkel oder Zaudern dieser Frau halfen, bin ich mir der mangelnden Zielgerichtetheit meines eigenen Lebens bewusst geworden. Auf beschämende Weise bewusst geworden. Das, was Damen gemeinhin beschäftigt, kann mich einfach nicht gleichermaßen fesseln. Ich möchte etwas tun, das nicht nur mir, sondern auch anderen guttut. Also würde ich Ihnen gern bei Ihrer Arbeit beistehen.«

Er schwieg und betrachtete sie. Es war ungehörig, eine Dame derart ungeniert zu mustern, doch störte es Corinna nicht im Allergeringsten. Es handelte sich um eine herausfordernde Aufgabe, zu der sie sich bereit erklärte, da war es nur legitim, wenn er sich einen Eindruck von ihr verschaffen wollte. Also saß sie still da und erwiderte seinen Blick so ruhig und freundlich, wie sie es vermochte.

»Ich könnte tatsächlich Hilfe gebrauchen«, entschied er schließlich. »Nicht bei den Schreibtischarbeiten, die Büroarbeit kann meine Frau Fanny übernehmen. Sie ist guter Hoffnung«, er lächelte verhalten, offensichtlich ebenso stolz wie bang, »und ist den Hausbesuchen nicht länger gewachsen. Nur ist es von Vorteil, wenn mich eine Frau begleitet, wissen Sie. Es schafft Vertrauen bei den Patientinnen. Manch eine ist nicht gern allein mit einem fremden Mann, so gut und ehrenvoll dessen Absichten auch sein mögen.«

»Sie stimmen also zu?«, fragte Corinna und fühlte förmlich, wie ihre Augen zu leuchten begannen.

»Verdeutlichen Sie sich, warum meine Frau mich nicht länger begleiten soll.« Er beugte sich wieder vor. »Die mangelnde Schicklichkeit daran stört weder sie noch mich. Aber die Arbeit ist anstrengend und bedrückend, es ist eng und dunkel dort, und es riecht hässlich. Ach, was sage ich, hie und da stinkt es pestilenzartig. Auch sind die Ehemänner nicht immer damit einverstanden, dass ich während der Behandlung ihrer erkrankten Frauen in ihre Privatsphäre eindringe, und einige von ihnen werden ausfällig. Es gibt Verunfallte, die schwerst betrunken sind, zwischen Hilfe und Angriff nicht zu unterscheiden wissen und zum Randalieren neigen, wenn man sich an ihnen zu schaffen macht. Das alles ist häufig unangenehm, oft auch gefährlich. Dazu kommen die Bedrohungen durch übertragbare Krankheiten und ganz allgemein durch die mangelhafte Hygiene. Ich setze meine Gemahlin dem nicht gern aus.«

Corinna richtete sich auf. »Aber bevor sie empfangen hat, kam sie mit?«

Er lächelte schuldbewusst, wie ertappt. »So ist es. Ich darf hinzufügen, besonders glücklich, nunmehr ans Haus gefesselt zu sein, ist sie nicht.«

»Wenn Ihre Frau die Zustände ertragen konnte, kann ich es auch«, erklärte Corinna mit fester Stimme.

»Ich sage es ein letztes Mal: Sie haben keine Ahnung, worauf Sie sich einlassen.«

»Aber wenn Sie mir eine Chance dazu geben, finde ich es heraus.«

• • •

Corinna war aufgeregt wie ein junges Mädchen kurz vor der Begegnung mit einem schmucken Galan, als sie sich am folgenden Montag auf den Weg zu Doktor Ludewig machte, um ihre Arbeit aufzunehmen. Sie hatte sich sorgfältig vorbereitet, innerlich wie äußerlich, hatte rekapituliert, was sie über Krankenpflege wusste – es war wenig genug –, und sich das unauffälligste Kleid angezogen, das sie besaß. Auf den Glockenschlag pünktlich betrat sie wie vereinbart um halb drei Doktor Ludewigs Praxis, und nach nur wenigen Augenblicken eilte er ihr auch schon mit forschem Schritt über die Treppe von den Privaträumen im Obergeschoss entgegen.

»Ich hoffe, Sie mussten nicht zu lange warten«, begrüßte er sie mit einem warmen Lächeln. »Vor allem, da Sie sich die Mühe machten, zu erscheinen. Ich gestehe, mir nicht sicher gewesen zu sein.«

»Sie beschämen mich.« Corinna lächelte ebenfalls, es fiel ihr sogar leicht. Doktor Ludewig hatte ein außerordentlich einnehmendes Wesen. »Ich habe es Ihnen versprochen. Erwecke ich einen so wankelmütigen Eindruck?«

»Keineswegs. Doch ist Ihr Vorhaben wahrhaftig ungewöhnlich, und es hätte mich nicht verwundert, wenn Sie das erkannt hätten und davon zurückgetreten wären. Aber Sie sind hier, und so können wir aufbrechen. Ich hoffe, ein ordentlicher Fußmarsch macht Ihnen nichts aus? Gelegentlich benutze ich auch den Zweispänner, aber meistens kommt man zu Fuß besser voran.«

Wie um diese Überzeugung zu illustrieren, hatte sich auf dem Wallrafplatz eine stattliche Anzahl von Kutschen und Karren hoffnungslos ineinander verkeilt, während ihre Fahrer unter größtmöglichem Gebrüll den Urheber des Chaos beschimpften. »Sehen Sie, was ich meine?«, rief Ludewig munter und umrundete das ausladende Hinterteil des inzwischen abgeschirrten Ackergauls, dessen Karren in einem unmöglichen Winkel auf der Kreuzungsmitte allen im Weg stand und dessen Besitzer im Begriff war, mit einem besonders unflätig krakeelenden Kutscher in Raufhändel zu geraten.

Corinna verzichtete auf eine Antwort, die in dem herrschenden Lärm vermutlich ohnehin untergegangen wäre. Direkt neben ihr begann ein Straßenköter hysterisch zu kläffen, in der Luft lag der Geruch von den dampfenden Tierleibern, und über die Kreuzung huschte eine Ratte. Corinna schauderte, wickelte ihren Schal – einen einfachen aus Wolle, nicht Felix' Kaschmirschal – fester um die Schultern und beeilte sich, um Doktor Ludewig im Gedränge nicht aus den Augen zu verlieren.

Sie liefen durch erst großzügige, dann behäbige, später schlichte Straßen und gelangten unversehens in Gassen abseits der schmucken Kaufmanns- oder Handwerkerhäuser und all dessen, was Corinna bekannt und vertraut vorkam. Sie fühlte sich so fremd, als befände sie sich in einer ihr völlig unbekannten Stadt. Die Frauen auf den Straßen waren zunehmend ärmlich gekleidet, Männer sah man nicht allzu viele, sie gingen ihrer Arbeit auf den Märkten oder im Rheinauhafen nach. Hatten sie keine, waren sie zerlumpt und abgerissen, und mehr als einmal wich Corinna einem schwankenden Betrunkenen aus.

Schließlich blieb Doktor Ludewig an der Einmündung zu einer besonders schmuddeligen Gasse stehen und blickte Corinna unter hochgezogenen Brauen an. »Bereit?«

Sie nickte wortlos, weil sie ihrer Stimme nicht traute. Das Ganze kam ihr plötzlich derart hanebüchen vor, dass sie am liebsten umgekehrt und fortgelaufen wäre. Doch großartige Ankündigungen zu machen und dann im letzten Moment zu kneifen, war schlechterdings unmöglich. Sie hätte sich nicht länger in die Augen blicken können.

Also raffte sie die Röcke, damit der Saum nicht durch den Modder schleifte, betrat die Gasse noch vor Doktor Ludewig und war doch froh, als er zu ihr aufschloss und sich so dicht neben sie setzte, wie es gerade noch schicklich war.

Die deutlichen Worte, mit denen er sie in seiner gemütlichen warmen Praxis vor dieser Arbeit gewarnt hatte, waren drastisch gewesen, aber nicht drastisch genug. Nacheinander besuchten sie eine alte Frau, die mit dem Leben abgeschlossen zu haben schien und das Essen verweigerte, einen Halbverhungerten mit eitrigem Ausschlag an den Händen und Armen und einen Mann mit gebrochenem Bein. Er war viel zu früh wieder seiner Arbeit nachgegangen, weshalb sich die Knochen verschoben hatten und augenscheinlich entsetzlich schmerzten.

»Was hätte ich tun sollen?«, keuchte er. »Ohne Arbeit kein Geld, ohne Geld kein Brot.«

Doktor Ludewig erwiderte nichts, weil sich vernünftigerweise nichts darauf erwidern ließ, und berührte sachte den Schenkel des Kranken, um abzuschätzen, wie schlimm der Schaden war. Offenbar sehr schlimm, denn der Mann stieß ein wildes, heiseres Brüllen aus.

»Also, Mährens, morgen werde ich Sie in meine Praxis holen lassen«, kündigte Ludewig an, und sein bestimmter Ton ließ keinen Widerspruch zu. »Ich kann Sie hier nicht behandeln. Es wird nicht angenehm werden, ich sag's Ihnen lieber gleich. Die Knochen müssen abermals gebrochen werden, um sie anschließend korrekt zusammenzufügen.«

Die Blässe des Mannes wechselte ins Grünliche, und Doktor Ludewig sah mitleidig auf ihn hinab. »Ich werde das Bein dann schienen. Sofern Sie die Stütze lange genug tragen, wird der Bruch verheilen, und Sie können Ihre Arbeit wieder aufnehmen. Ich weiß, all das muss erschreckend auf Sie wirken, aber es ist Ihre einzige Chance, um am Ende wieder einwandfrei laufen zu können.«

»Mieser kann's nicht werden, oder?«, murmelte der Kranke erschöpft.

»Aber besser«, erklärte Ludewig. »Halten Sie sich morgen

früh bereit. Ich schicke Ihnen meinen Hausknecht und meine Assistentin, Frau Winterfeldt. Sie haben doch Zeit?«

Corinna nickte stumm, auch wenn ihr schlecht wurde bei dem Gedanken, was dem armen Mann bevorstand. Und sie hatte keine Ahnung, was sie bewirken konnte, außer ihm das Gefühl zu geben, nicht allein zu sein. Entsetzt über die Bedingungen, unter denen die Menschen hier lebten, über den Dreck auf den Straßen und in den Wohnungen, über die verwanzten Strohlager, den Zustand der Kleidung und den Geruch nach etwas, von dem sie gar nicht wissen wollte, was es war, wäre sie nach diesem dritten Besuch am liebsten in Tränen ausgebrochen.

»Geht's noch?«, erkundigte sich Doktor Ludewig nach einem Blick in ihr Gesicht, als sie wieder auf der Straße standen. »Eine Patientin hätten wir noch.«

»Natürlich«, erwiderte Corinna knapp und schwor sich, nicht einzuknicken. Sie hatte nach einer Aufgabe verlangt. Hier war sie.

Doktor Ludewig hielt unversehens vor einem baufällig wirkenden Gebäude, fast einer Hütte, wie es viele in dieser Gasse gab. Über den winzigen Hof stolzierten ein paar zerzauste Hühner, übellaunig beobachtet von einer Katze mit nur einem Ohr. Aus dem Schornstein stieg trotz der Kälte kein Rauch auf, und bis auf das Federvieh machte das Haus einen völlig unbewohnten Eindruck.

»Was wollen wir denn hier?«, fragte Corinna beklommen. Dieser Ort wirkte nicht sehr einladend, selbst im Vergleich zu den Wohnstätten, in denen sie zuvor gewesen waren. »Es sieht nicht so aus, als würde hier jemand leben.«

»Oh doch, meine Liebe. Hier wohnen sogar zwei Familien. Das heißt, zwei Restfamilien, denn beide Väter fehlen leider. Folgen Sie mir.« Er überquerte den schmuddeligen Hof, als befände er sich auf dem Weg zu einer Tanzveranstaltung, und öffnete ohne anzuklopfen die schief eingehängte Haustür. »Guten Tag, Frau Schmeder«, sagte er in das Halbdunkel des Raumes hinein. »Ich will zu Frau Behrend. Ist sie oben?«

»Is Sonntachnammittach. 'türlich is se oben. Tut nix den janzen Tach.« Die Stimme war weiblich, aber tief, und vor allem unfreundlich.

Corinna hielt sich dicht hinter Ludewig und warf an seiner Schulter vorbei einen neugierigen Blick auf Frau Schmeder, die unansehnlich und undefinierbaren Alters auf einen Besen gestützt mitten im Raum stand und Corinna mit einem zutiefst ablehnenden Blick maß. An der Wand neben dem Fenster lehnte ein älterer Junge, zwei jüngere Geschwister hockten im Stroh und spielten mit etwas, das verdächtig nach einer toten Maus aussah. Corinna konnte ein Schaudern nicht unterdrücken und hastete die schmale Stiege ins Obergeschoss empor. Dort war der ehemalige Speicher in zwei Kammern unterteilt, und an die Tür der rechten klopfte Ludewig an, bevor er sie durchschritt.

Der Raum dahinter war winzig und roch muffig nach dem Schimmel an den Wänden; der Eimer für die Notdurft war mit einem Stück Pappe abgedeckt und stank zum Glück nur mäßig streng. Es gab keinerlei Zierrat, auch kaum Möbel, und auf dem einzigen Bett hockte eine ausgemergelte Frau, an ihrer Seite zwei Kinder. Alle drei blickten ihnen ernst und ohne ein Wort zu sagen entgegen.

»Frau Behrend, ich hatte versprochen, noch einmal nach Ihnen zu schauen«, begrüßte Doktor Ludewig sie freundlich und strich den Mädchen über die zerzausten Köpfe. Beide sahen aus, als ginge es ihnen nicht gut. Sie waren zu schmal und zu blass, und zumindest die Augen der Größeren waren entzündet. Doch war ihre Verfassung nicht annähernd so bedenklich wie die ihrer Mutter, deren Wangen vor Erschöpfung eingefallen waren.

Die Frau sah Doktor Ludewig mit zusammengekniffenen Brauen an. »Is noch lange hin, Doktor, aber ich fühl mich so prall, als würd ich jeden Moment platzen«, sagte sie, und prompt fing das Jüngere ihrer Kinder an zu weinen.

»Aber nein.« Doktor Ludewig legte der Kleinen tröstend die Hand auf die schmale Schulter. »Menschen bersten nicht so einfach. Darf ich?« Er schob die Schwestern sachte, aber unmissverständlich beiseite, tastete den sich vorwölbenden Leib ihrer Mutter ab und blickte mit halb geschlossenen Augen in die düstere Zimmerecke, ohne etwas zu sehen. Anschließend griff er nach dem Handgelenk seiner Patientin, fühlte nach ihrem Puls und lächelte mitleidig, als Frau Behrend mit müder Stimme und ohne jede Überzeugung sagte: »Nich so schlimm alles. Wird mit der Zeit beschwerlich, is doch normal.«

»Sie müssen allgemein mehr auf sich achten, Frau Behrend. Essen Sie genug?«

Statt einer Antwort begann sie zu husten. Auf die Frage

ging sie gar nicht erst ein, denn sie aß *nicht* genug, das war leicht zu erkennen.

Ludewig war das ebenfalls klar. »Ich weiß, Sie dürfen Ihre Arbeit nicht verlieren, aber sie müssen kürzertreten«, beharrte er, aber Corinna nahm nicht an, dass er sich einbildete, die Frau könne seinen Anweisungen Folge leisten.

Dennoch nickte sie. Vermutlich, weil sie keine Lust hatte, sich auf eine fruchtlose Diskussion einzulassen.

»Sehen Sie zu, mehr zu essen, Sie sind zu dünn«, wiederholte er. »Sie brauchen Kraft für die Geburt und auch für das Kleine.«

»Wir schaffen das schon.«

»Sie wissen, es gibt mildtätige Stiftungen, die Ihnen bei einem Engpass helfen können. Das ist keine Schande, Frau Behrend. Es wäre nur für den Übergang.«

»So was brauchen wir nich. Wir haben alle Arbeit. Es wird schon gehen.« Frau Behrend, ausgezehrt, müde und schwach wie ein Windhauch, erwies sich als widerspenstig.

Doktor Ludewig insistierte nicht, es hatte keinen Zweck. Er erhob sich – vorsichtig, denn er stieß mit dem Kopf fast an die Decke – und sagte freundlich: »Schicken Sie nach mir, wenn es Probleme geben sollte. Ich komme entweder selbst oder schicke Ihnen Frau Winterfeldt, die mich bei meiner Arbeit unterstützt. Begleitet ihr mich nach unten, Gretchen? Rosa?«

Folgsam standen die Mädchen auf, und Corinnas Herz zog sich schmerzhaft zusammen. Wie alt sie wohl waren? Die Körper klein, die Augen alt, es ließ sich schlecht abschätzen.

Unten in der Stube mieden die beiden den Blick auf die Alte und den halbwüchsigen Jungen, der unverändert neben dem Fenster lehnte und auf einem Strohhalm kaute. Stattdessen rückten sie an Doktor Ludewig heran, ob unwillkürlich oder sorgsam bedacht, wusste Corinna nicht zu sagen.

Er führte die Kinder bis zur Straße und außer Hörweite der übellaunigen Frau Schmeder und sah die beiden feierlich an. »Eurer Mutter geht es im Grunde gut, ihr müsst euch keine Sorgen machen. Aber wenn sich das ändert, wenn sie Schmerzen hat, vielleicht nicht mehr essen mag, oder wenn es ihr schwerfällt, morgens aufzustehen, kommt ihr zu mir. Habt ihr das verstanden?«

»Ich weiß nicht, ob Mama das erlaubt«, sagte die Ältere zögernd.

»Tja, Gretchen, man muss seiner Mama natürlich gehorchen, das weiß ich.« Doktor Ludewig maß die Kinder mit einem ernsten Blick. »Aber wenn ihr euch große Sorgen macht, holt ihr mich besser. Ihr seid nicht ungehorsam, ihr gehorcht ja mir. Ich erkläre das dann eurer Mutter.«

»Manchmal will sie jetzt schon nicht aufstehen«, erklärte die Kleinere und hob den Daumen zum Mund. »Wenn sie frühstückt, wird es besser, aber wir haben nicht immer was.« Der Daumen verschwand zwischen den blassen Lippen, und sie begann hektisch zu saugen. Das Kind hatte Hunger. Und Angst.

»Das wird sich ändern«, erklärte Corinna entschlossen. »Gerade heute Morgen haben bei mir ein paar Gäste abgesagt. Sollen die Sachen verderben, die ich für sie eingekauft habe? Nein. Ich mache einen Korb zurecht und lasse ihn euch bringen. So kann die Mama ordentlich frühstücken, und ihr beide auch.«

Gretchen nickte unsicher, aber Rosa war nicht so zurückhaltend. »Das wäre schön«, nuschelte sie sehnsüchtig.

Corinna fröstelte. Der Nachmittag war inzwischen weit vorangeschritten, die blasse Wintersonne stand zwar noch am weißlichen Himmel, doch in den dunklen Gassen lagen tiefe Schatten. Sie wollte fort von hier.

»Wenn ihr mich nicht vorher ruft, sehen wir uns in zwei Wochen wieder«, verabschiedete sich Doktor Ludewig. »Bis dahin passt ihr auf eure Mutter auf.«

»Und auf euch«, fügte Corinna an. Gleichermaßen aufgebracht wie verschreckt blickte sie den Kindern hinterher, die durch die einsetzende Dämmerung zurück in ihre armselige Behausung strebten. Es war deutlich später, als sie gedacht hatte.

»Ich bringe Sie nach Hause«, erklärte Doktor Ludewig, als habe er ihre Gedanken gelesen.

»Ich hoffe, das bereitet Ihnen nicht zu viele Umstände«, sagte Corinna verlegen. »Ich möchte nicht, dass Sie zu dem Schluss kommen, ich brächte Ihnen mehr Mühe als Nutzen ein.«

Er sah sie an, und schließlich schüttelte er den Kopf. »Es bringt mich nur zu einer Einsicht. Wir müssen Ihre Arbeit auf die hellen Tagesstunden beschränken. Sie machen Ihre Sache nämlich gut.«

»Ich habe doch gar nichts getan.«

»Noch nicht viel, das ist wahr.« Er lächelte sie aufmunternd an. »Aber Sie zeigen keine Scheu vor den Leuten, und falls Sie welche verspüren, kämpfen Sie sie nieder. Ich werde Sie dabei einsetzen, Medikamente zu überbringen, zu prüfen, ob meinen Anordnungen Folge geleistet wird, und bald werden Sie einschätzen können, ob meine Konsultation erneut erforderlich ist. Sie werden mir eine Menge Arbeit abnehmen.«

Corinna starrte ihn entsetzt an. Sie hier? Allein?

»Hannes wird Sie begleiten.« Abermals schien er genau zu wissen, was in ihr vorging. »Aber Ihnen werden die Kranken, vor allem die Frauen, mehr Vertrauen entgegenbringen als ihm. Er hält sich im Hintergrund und greift nur ein, wenn Sie es wünschen oder er es für geboten hält.«

Corinna nickte stumm.

Dann setzten sie sich in Bewegung und schlugen den Weg in Richtung Innenstadt ein. Dorthin, wo die Häuser gepflegter waren, die Straßen breiter und das Licht zahlloser Gaslaternen auf gut und sauber gekleidete Menschen fiel. Dort war es heller. Eindeutig heller.

• • •

Am nächsten Morgen ließ Corinna die leise murrende Frau Reuther einen Korb mit Lebensmitteln zusammenstellen und trug diesen eigenhändig zu Familie Behrends. Natürlich war ihr klar, dass ein bisschen Brot und Pastete deren allgegenwärtige Not nicht besiegten, jedenfalls nicht dauerhaft. Aber sie konnte einfach nicht tatenlos zusehen, wie die Mädchen und ihre Mutter hungerten.

Niemand war zu Hause, alle waren bei der Arbeit. Corinna stellte ihre Gabe hinter der unverriegelten Tür ab und unterdrückte ihr schlechtes Gewissen, als sie die Schmeder streng anwies, die Finger davonzulassen. Immerhin ging es ihr mit den Einkünften durch ihre Mieter und den Lohn ihres ältesten Sohnes besser als den Behrends. Das unbestimmte Gefühl, es läge auch daran, dass die Frau so ein Besen war, ließ sie lieber unbeachtet und brach mit ängstlichem Herzklopfen auf zu Prünn Mährens, um ihn zu seiner peinvollen Operation zu begleiten. Heroisch überwand sie ihre Hemmungen und hielt während der ganzen Fahrt seine Hand, selbst dann noch, als Doktor Ludewig ihm in seiner Praxis sorgfältig abgezählte Tropfen Laudanum verabreichte. Sie hörte, wie sein Atem langsamer wurde, sah, wie sich das Schwarze in seinen Pupillen verengte. Und sie zögerte, seine Hand loszulassen, als Doktor Ludewig sich mit einem resoluten Griff an seinem krumm zusammengewachsenen Bein zu schaffen machte. Mährens riss die Augen auf, röchelte und verlor das Bewusstsein. Seine Finger entglitten Corinnas und fielen mit einem klatschenden Geräusch auf die Chaiselongue.

»Die Dosis war wohl doch zu gering«, bemerkte Ludewig selbstkritisch. »Aber mehr schien mir unangemessen.«

»Schlimmer als das hier hätte es kaum sein können«, wandte Corinna ein und strich sich das Haar aus der schweißnassen Stirn.

»Doch. Eine zu hohe Dosierung kann zum Atemstillstand führen«, erklärte Ludewig zerstreut und befestigte rasch und, soweit Corinna es beurteilen konnte, geschickt die Schiene am Bein seines Patienten.

»Ein Segen, dass er in Ohnmacht gefallen ist.« Corinna vermochte den Blick nicht abzuwenden von dem offen stehenden Mund des Mannes und den gruselig verdrehten Augen, in denen zu viel Weiß zu erkennen war.

»Wie wahr. Ich bin jedes Mal erleichtert«, stimmte Ludewig bereitwillig zu.

Die Qual des Kranken nahm Corinna wirklich mit. Es war schwer, jemandem dabei zuzusehen, wie ihn der Schmerz zerriss. Die Erkenntnis, dass ihn nur ein winziger Schritt von der ewigen Dunkelheit trennte, lag ihr schwer im Magen. Und dennoch waren die Lebensbedingungen der Menschen, die ohne Ludewig völlig ohne medizinischen Beistand hätten auskommen müssen, der eigentliche Skandal, und er machte ihr mehr zu schaffen, als sie erwartet hatte. Weil sie es nicht hatte einschätzen können. Sie lebte auf einem anderen Stern.

»Hören Sie mir eigentlich zu?«, fragte Doktor Ludewig.

Corinna lächelte verlegen. »Jetzt schon.«

»Gut. Zunächst müssen wir sehen, ob sich der Zustand des Patienten stabilisiert. Verläuft alles zufriedenstellend, suchen Sie ihn erst zweimal, später einmal wöchentlich auf, am besten an verschiedenen Tagen, damit er das Gefühl hat, kontrolliert zu werden.«

Mährens auf seiner Chaiselongue glitt von der Ohnmacht in einen tiefen Schlaf, und er begann, leise zu schnarchen.

Ludewig warf ihm einen prüfenden Blick zu, fand aber offenbar alles normal. »Ich bin mir nämlich nicht sicher, ob er sich der Schiene nicht entledigt, wenn er sich unbeobachtet glaubt«, meinte er.

»So dumm wird er doch hoffentlich nicht sein.«

»Das hat wenig mit Dummheit zu tun. Eher damit, ob er eine gute Seele gefunden hat, die ihn versorgt. Andernfalls wird er es selbst tun müssen und seine Arbeit im Hafen aufnehmen, ob er Schmerzen hat oder nicht. Was nutzt ihm ein gesundes Bein, wenn er verhungert.«

»Es tut mir leid«, entschuldigte sie sich und spürte, wie ihre Wangen heiß wurden. »Meine Bemerkung war wohl nicht sehr feinfühlig.«

»Sie sind feinfühlig genug«, beschied er zu ihrer Überraschung. »Sonst wären Sie nicht hier. Der Rest ist Erfahrung und kommt von allein.«

• • •

Theodor saß wie jeden Sonntagnachmittag im Kreise einiger Geschäftsfreunde in einem für sie reservierten Raum des Gasthofes *Zum Rheinanker* und hatte Mühe, sich zu entspannen. Oder wenigstens das Gespräch einigermaßen zu verfolgen, das schließlich – wie meistens – an der vor zwei Jahren gegründeten Eisenbahngesellschaft haften blieb. Bei der geplanten Streckenführung Richtung Belgien war Aachen ausgelassen worden, was den dortigen Kaufleuten naturgemäß nicht gefiel. Ohne langes Fackeln hatten sie trotzig ein Konkurrenzunternehmen gegründet, und selbstredend waren die Städte darüber postwendend in erbitterten Streit geraten. Trotz ausgiebiger Verhandlungen konnte man sich zu keiner Einigung durchringen. Deshalb waren David Hansemann auf Kölner und Joseph von Gülpen auf Aachener Seite nach Berlin gereist, um König Friedrich Wilhelm III. zu konsultieren, in der Hoffnung auf eine salomonische Entscheidung.

»Vermutlich gehen sie ihm gehörig auf den Geist«, seufzte Hermann Wrede und unterdrückte ein Aufstoßen. Er hatte sein Weinglas bereits zum dritten Mal gefüllt. »Aber so oder so wird es gut sein, wenn das leidige Thema glücklich hinter uns liegt.«

»Und endlich mit dem Streckenbau begonnen werden kann«, fügte Richard Ghey an. »Was nützt uns die schönste Eisenbahngesellschaft, wenn wir keine Gleise haben, auf denen Züge verkehren können?«

Er hatte das alles schon tausend Mal gehört. Theodors Gedanken schweiften wieder ab.

Zu Corinna. Er liebte sie wie die Tochter, die er nie hatte haben dürfen, doch beschlich ihn gelegentlich das Gefühl, sie entferne sich von ihm. War zu einem Ziel unterwegs, zu dem er ihr nicht folgen konnte, weil er nicht verstand, was sie dorthin zog.

» … halte ich für eine Schnapsidee«, drang die missmutige Stimme Martin Kogels in seine ruhelos mäandernden Gedanken.

Vielleicht sollte er sich doch an der Unterhaltung beteiligen. Das würde ihn davon abhalten, ständig um ein Problem zu kreisen, von dem er gar nicht genau wusste, ob es eines war. »Die Bahnlinie nach Belgien?«, fragte er. »Warum? Sie ist doch in unser aller Interesse. Die Geschäfte mit Brüssel laufen gut und könnten noch besser sein, wenn die Transportwege sich vereinfachen würden.«

»Haben Sie geschlafen, Mann?« Kogel sah ihn unter hochgezogenen Brauen an. »Wir sprachen über August Wohlfert und seine verqueren Ideen.«

Theodor hatte keine Ahnung, wovon die Rede war, und auch keine Lust, so zu tun, als wäre es anders, nur damit die Kollegen ihn nicht für einen Trottel hielten. »Was ist denn so verquer an Wohlfert?«, erkundigte er sich und erkannte belustigt, wie in Hermann Wredes Miene Erleichterung aufschien. Offenbar wusste er ebenfalls nicht, worum es ging.

»Der Mann errichtet eine Fabrik ...«

»Er hat doch schon eine«, unterbrach Wrede mit gerunzelter Stirn.

»Eine *Nadelfabrik.*« Kogel schob mit spitzen Fingern seinen Kneifer hoch. »Jetzt will er, ich weiß kaum, wie ich es ausdrücken soll, eine weitere für Kleidung errichten.«

»Er geht in die Tuchherstellung?«, hakte Theodor nach und wachte vollends auf. Tuche waren sein Metier.

Kogel schnalzte mit der Zunge. »Nicht in die *Herstellung* von Tuch. Er will Kleider daraus fertigen«, erklärte er, und die Art, wie er süffisant die Brauen hochzog, zeigte deutlich, was er davon hielt.

Theodor verstand immer noch nicht, aber Wrede nahm ihm eine weitere Frage ab. »Er will das Schneiderhandwerk erlernen?«, fragte er ungläubig.

Kogel lachte, und weil das selten geschah, klang es ungeübt und schnarrend. »So ähnlich. Er will Näherinnen in eine Halle setzen und sie Kleidungsstücke herstellen lassen, die niemand bestellt hat.«

»Die Näherinnen arbeiten nicht in Heimarbeit für ihn? Und ohne Zwischenmeister?«, hakte Wrede nach.

»Es heißt *Confection*«, mischte sich Paul Erden ein, der bislang still in ihrer Runde gehockt und sich wie üblich nicht am Gespräch beteiligt hatte, es aber offenbar aufmerksam verfolgte. »Es gibt derartige Manufakturen bereits. Nur eben nicht hier.« Er errötete, da er den Schneid besessen hatte, sich zu äußern. Paul Erden war schüchtern, und Theodor hatte sich schon häufig gefragt, wie es ihm gelang, als Geschäftsmann derart erfolgreich zu sein.

»Was sollen sie denn nähen?«, wollte Theodor wissen. Er mochte Erden, der Mann war bei Weitem nicht so penetrant wie Kogel mit seinem ständigen Missmut oder der umständliche Wrede. »Ich meine, ohne Maß zu nehmen oder Schnitt wie Stoffauswahl mit dem Kunden zu besprechen?«

»Darum geht es«, erklärte Erden. »Weniger Aufwand, schnellere Herstellung, niedrigere Preise. Großer Markt.«

»Was für ein Unsinn«, befand Hermann Wrede säuerlich. »Wer soll das kaufen? Schlecht sitzende Kleidung in minderer Stoffqualität. Das wird sich niemals durchsetzen, meine Herren, so viel ist gewiss. Wir werden August Wohlfert dabei zusehen, wie er koppheister geht, so leid es mir tut.«

Theodor sah ihn nachdenklich an.

4

Corinna war ständig beschäftigt, ein Zustand, den sie seit Felix' Tod gar nicht mehr kannte. Die Möglichkeiten, die einer Frau wie ihr offenstanden, waren Müßiggang und oberflächliche Zerstreuung, und sie hatte genug davon gekostet, um zu wissen, dass eine derartige Leere nichts für sie war. Aquarellmalerei und gefälliges Klavierspiel waren schön – und Schönheit war wichtig! –, aber letzten Endes nicht sinnstiftend. Nicht für sie.

Die Arbeit, die sie nun verrichtete, ließ sie dagegen teilhaben am Leben, wie es wirklich war, und ihr eigenes spielte sich nicht länger unter einer Glasglocke ab. Bis zur Erschöpfung unterwegs zu sein, hatte weitere Vorzüge: Sie kam nicht zum Grübeln. Abends fiel sie todmüde ins Bett und schlief wie ein Stein bis zum nächsten Morgen, unbelästigt von den Albträumen, die sie seit zwei Jahren regelmäßig heimsuchten. Allein oder gemeinsam mit Doktor Ludewig ging sie an den Sonntagen zu den Patienten, die noch Arbeit hatten, und montags zu denjenigen, die das Haus nicht verlassen konnten. Sie fand tröstende und zunehmend die passenden Worte, während der Verbandswechsel hob sich ihr bei kaum verheilten Wunden nicht länger der Magen, sie verabreichte zahnlosen Greisen ihren Brei und stand als Botin für allerlei Nachrichten zur Verfügung, sowohl in die eine wie in die andere Richtung. Ihre Überzeugung, das Richtige zu tun, wuchs von Besuch zu Besuch, auch, wenn sie viel zu lernen hatte, begann sie allmählich, sich ihrer Aufgabe gewachsen zu fühlen. Zu Hause ging sie dem Thema entschlossen aus dem Weg, nachdem sie mit der ersten Schilderung ihrer Erfahrungen und Erlebnisse auf Unverständnis gestoßen war. Theodor hätte sie sehr viel lieber inmitten respektabler Frauen und an der Seite des Pfarrers gesehen. Seiner Ansicht nach hatte eine Dame in den übel beleumundeten Gegenden, in die sie ihre Tätigkeit brachte, nichts verloren.

Gottlob schritt er nicht ein, doch beobachtete er sie – offenbar in der irrigen Annahme, es geschähe unauffällig –, und Corinna achtete mit äußerster Sorgfalt darauf, ihre häuslichen Pflichten nicht zu vernachlässigen. Oder ihre Erscheinung. Sie kleidete sich sorgfältiger denn je, verbarg den Aufruhr in ihrem Inneren hinter einer freundlichen Miene und argloser Konversation und bot Theodor keinerlei Anlass, gegen ihr Tun einzuschreiten.

Es dämmerte bereits, und sie beschleunigte ihre Schritte, wollte zu Hause sein, bevor es dunkel war, um Diskussionen aus dem Weg zu gehen. Sie und Ludewig waren ein weiteres Mal bei Frau Behrend und ihren Töchtern gewesen; der Anblick dieser Kinder schnitt ihr mehr ins Herz als alles andere. Sie waren so mickrig. Auch wenn Johann schlank und geschmeidig gewesen war, so hatte sein Körper im Vergleich zu ihnen proper und kraftstrotzend gewirkt.

»Wie alt sind die beiden?«, fragte sie mitten in Doktor Ludewigs Ausführungen, warum er sich dagegen entschieden hatte, als offiziell bestallter und entlohnter Armenarzt tätig zu sein.

» … verdient man zu wenig, um auf effektive Weise Gutes zu tun«, führte er seinen Satz zu Ende. »Wer? Rosa und Gretchen?«

»Ja. Es fällt mir schwer, ihr Alter einzuschätzen«, gab Corinna zu.

»Gretchen ist neun und Rosa sechs.«

Corinna blieb stehen. »Ich hätte beide für mindestens zwei Jahre jünger gehalten.« Rosa war nicht viel größer als Johann. Als Johann hatte werden dürfen. Er war drei Jahre alt gewesen, als er starb. Fast vier.

Davon wusste Philipp Ludewig nichts, und so nahm er wohl an, ihre entsetzte Miene beruhe auf einem ganz allgemeinen Mitleid mit den beiden Kleinen. »Sie wachsen unter schlechtesten Bedingungen auf«, erklärte er in sachlichem Ton, aber Corinna konnte spüren, wie zornig es ihn machte. »Sie haben ihre Behausung kennengelernt. Kalt und feucht und ihrer Entwicklung absolut nicht zuträglich. Oder der Gesundheit ihrer Mutter.«

»Ich will nicht unsensibel klingen, aber können sie … können sie denn nichts Besseres finden?«, fragte Corinna verlegen.

»Nein. Oh weh, ich hatte gar nicht bemerkt, wie spät es ist. Die Laternen werden schon angezündet.« Das stimmte, ihr trüber Schein lag auf den im aufkommenden Abendwind zitternden Pfützen. Inzwischen hatten sie wenigstens einen belebteren Teil der Stadt erreicht. Auf den Straßen ratterten Kutschen vorbei, ein Ausrufer pries eine Gazette an, von der Corinna noch nie gehört hatte, neben ihr lungerte ein Junge in einem Hauseingang und bot schmuddelige Bänder zum Verkauf. »Frau Behrend strengt sich ja an«, fuhr Doktor Ludewig fort, ohne auf all das zu achten. »Sie hat immerhin Arbeit und ein Dach über dem Kopf.«

»Was tut sie denn?«, fragte Corinna und platschte durch eine Wasserlache, weshalb sie prompt nasse Füße bekam.

»Sie arbeitet in einer Baumwollspinnerei. Mit Gretchen.«

»Und wo bleibt Rosa solange? Doch nicht bei der schrecklichen Frau Schmeder?« Corinna dachte an die ausgezehrte Kleine, ihre großen Augen, die Schatten darunter, die sich deutlich gegen die weiße, beinahe durchscheinende Haut abhoben.

Doktor Ludewig schnaubte unfein. »Wo denken Sie hin? Das Weib würde Geld dafür wollen, Geld, das Frau Behrend nicht hat. Nein, Rosa arbeitet ebenfalls. In einem anderen Betrieb.«

Sie versuchte, sich ihren Sohn vorzustellen, zwischen rasenden Maschinen. Zwang sich, den Erinnerungen an Johann nicht auszuweichen, weil sie diese nicht ertrug. Zwang sich, sie nicht wieder und wieder auf später zu verschieben. Auf einen Zeitpunkt, an dem es leichter fallen würde. Einen Zeitpunkt, der nie kam.

»Finden Sie … finden Sie es sinnvoll, dass diese Kinder arbeiten?«, fragte sie. »Ich meine, wenn ich an Johann denke …« Ihre Stimme verlor sich.

»Wer ist Johann?«, fragte Doktor Ludewig überrascht.

»Mein Sohn.«

»Ich wusste gar nicht, dass Sie Kinder haben.«

»Habe ich auch nicht. Nicht mehr.«

Er blieb stehen und schwieg. Blickte sie mitfühlend an und legte kurz eine Hand auf ihren Ellenbogen. »Das tut mir leid.«

Corinna nickte, seltsam getröstet durch diese kleine, unaufdringliche und doch so warmherzige Geste. »Er war drei, als er … Ich hätte nicht vermutet, Rosa sei drei Jahre älter als er.«

»Ihr Sohn wurde angemessen ernährt, er hatte ein warmes Bett, Eltern, die sich um ihn kümmerten. All das haben Rosa und Gretchen nicht.«

Corinna, die sonst kaum seinen Namen über die Lippen brachte, konnte plötzlich nicht aufhören, über ihn zu sprechen. »Ich mag mir Johann in einer Fabrik gar nicht vorstellen. Ist es nicht schrecklich gefährlich dort?«

»Ich hoffe, die Fabrikanten sind im eigenen Interesse darauf bedacht, die Verhältnisse einigermaßen sicher zu gestalten«, sagte er stirnrunzelnd. »Aber ich muss gestehen, ich weiß es nicht. Ich bin nie in einer Fabrik gewesen.«

»Was ist denn mit dem Vater der beiden?«, wechselte Corinna das Thema, um das Bild ihres Sohnes zwischen ratternden Höllenmaschinen zu verdrängen.

»Kommen Sie, wir gehen hier entlang, das ist eine Abkürzung. Herr Behrend ist Rheinschiffer. Oder war es zumindest, bis er in Rotterdam in Richtung Übersee angeheuert hat. Da war seine Frau schon schwanger, aber das hat ihn offenbar nicht weiter bekümmert.«

»Er ist ein Mann. Die denken oft an die naheliegendsten Dinge nicht, wenn es um ihre Frauen geht«, warf Corinna ein.

»Leider ist das so. Jedenfalls hat er ihnen versichert, er könne dort mehr verdienen, und daher hätten alle etwas davon. Nur haben sie seitdem nichts mehr von ihm gehört, und es ist wirtschaftlich knapp bei den Behrends. Deshalb arbeitet Rosa ja auch mit. Sie ist eigentlich noch zu jung. Wobei anderswo schon Vierjährige beschäftigt werden. Nur weiß ich nicht, wie sie die einsetzen wollen. So kleine Kinder sind nicht sonderlich geschickt.«

»Vielleicht darf sie wieder aufhören, wenn ihr Vater zurückkehrt«, sagte Corinna hoffnungsvoll.

»*Falls* er zurückkehrt. Derzeit wissen sie nicht einmal, ob er überhaupt noch lebt.«

• • •

Gottlob waren die Nähmaschinen endlich eingetroffen, und August hatte die gewaltigen Holzkisten, in denen sie verstaut waren, nach viel Palaver und der Zahlung erheblicher Zollgebühren vom Stapelhaus nahe dem Fischmarkt abgeholt. Sie standen nun in der Halle, warteten darauf, ausgepackt und in Betrieb genommen zu werden, und August war aufgeregt wie ein Kind. Er betrachtete sie mit leuchtenden Augen, während er zusammen mit Gustav Linnemann auf den Mann wartete, der den Werksleiter unterstützen sollte. Peter Schenker war jung und eifrig und besaß ein helles Köpfchen, weshalb ihn sein vorheriger Arbeitgeber nur sehr ungern hatte ziehen lassen. Wie so oft hatte sich die Sache mit Geld regeln lassen. August zahlte einfach mehr, auch wenn er sich das vorerst gar nicht leisten konnte. Wenn er jedoch nicht die besten Leute nahm, die zu kriegen waren, durfte er das Ganze gleich vergessen.

Wie vorauszusehen, war Linnemanns Reaktion auf Schenker verhalten. »Er soll Sie nicht ersetzen, er soll Ihnen das Leben erleichtern«, erklärte August. »Sie werden ihn anlernen, wie Sie es für nötig halten, und auch nur bei den Tätigkeiten, die Sie aus der Hand geben wollen.«

Linnemann zog eine halbwegs versöhnte Miene, und in diesem günstigen Moment öffnete sich das Hallentor. Ein junger Mann schob sich halb hindurch und hob grüßend die Hand. »Hallo?«, rief er munter. »Darf ich eintreten?«

»Schenker, da sind Sie ja endlich«, begrüßte August den neuen Mitarbeiter. »Das hier ist Werksleiter Gustav Linnemann, der Sie einweisen wird und an dessen Seite Sie arbeiten.«

»Ich freue mich darauf.« Peter Schenker wirkte ungemein selbstbewusst, aber warum auch nicht. Er hatte bisher großes Lob erhalten, nun eine herausfordernde Stellung angeboten bekommen und war offensichtlich begierig, sich ihrer anzunehmen.

»Zunächst geht es darum, die Nähmaschinen auszupacken und in der Halle geschickt zu platzieren, damit sich die Näherinnen weder ins Gehege kommen noch zu komplizierte Wege zurücklegen müssen, wenn ein fertiges Teilstück zum nächsten gebracht wird.«

Schenker nickte. »Haben Sie einen Mechaniker eingestellt, der sich mit den Geräten auskennt?«

August schüttelte den Kopf. »Nein. Aber ich erwarte morgen oder übermorgen einen Mitarbeiter des Herstellers, der Linnemann instruieren wird.«

»Die Maschinen müssen gewartet und notfalls repariert werden, wenn mal irgendetwas unrund läuft.« Schenker wippte unternehmungslustig auf den Zehenspitzen. »Wenn der Mann kommt, möchte ich ihm assistieren. Ich tüftle recht gern herum.«

»Einverstanden«, stimmte Linnemann mit unbewegter Miene zu. »Vier Augen sehen mehr als zwei.«

»Wunderbar«, sagte August. »Stellen Sie die Nähmaschinen auf, und machen Sie sich damit vertraut. Sobald Sie einen Überblick gewonnen haben, geben Sie den Näherinnen und Zuarbeiterinnen Nachricht, wann voraussichtlich mit der Produktion begonnen wird. Doch vorher muss ich ein weiteres Problem lösen, mit dem ich in diesem Ausmaß nicht gerechnet habe, um ganz offen zu sein. Uns fehlen noch Materialien.«

»Sie haben keine Tuche?«, platzte Schenker heraus und hatte anscheinend keine Hemmungen, gleich an seinem ersten Arbeitstag unverschämt zu werden.

August nahm ihm seinen Unglauben nicht einmal übel. »Doch, aber nicht genug. Eine Lieferung haben wir erhalten, aber bei einer anderen ist der Verkäufer von seiner mündlich vereinbarten Zusage zurückgetreten, als er ein besseres Angebot erhielt«, erklärte er. »Einem Weiteren ist das Lager ausgebrannt.«

»Jesses. Das ist ein verdammtes Pech, Meister. Entschuldigung.«

»Wofür? Es *ist* verdammtes Pech. Wenigstens bin ich bei den ausstehenden Bestellungen nicht in Vorkasse gegangen. Aber wir stehen ohne Ware da, und ich setze zurzeit Himmel und Hölle in Bewegung, um an meine Rohmaterialien zu kommen. Im Moment scheint der Markt wie leer gefegt.«

»Man müsste eine feste Partnerschaft mit einem Tuchfabrikanten installieren. Mit vereinbarten jährlichen Stückzahlen Ballen.« Schenker zog die Stirn kraus.

»Sie sagen es. Einen Teil der Unwägbarkeiten schlösse man damit aus.« August versuchte, damit aufzuhören, sich Sorgen zu machen. Bis jetzt hatte er noch für jedes Problem eine Lösung gefunden, nur nicht immer die, die zunächst auf der Hand gelegen hatte. Wenn er sich nicht ins Bockshorn jagen ließ, würde es diesmal nicht anders sein.

• • •

Rosa huschte die Treppe hinunter, leise wie ein Mäuschen. Oder doch nicht wie ein Mäuschen. Mäuse raschelten, aber sie wollte unbedingt lautlos sein, damit niemand auf sie aufmerksam wurde. Heute noch weniger als sonst, denn gestern war die Schmeder sehr böse auf sie geworden. Dabei hatte Rosa gar nichts Schlimmes getan, hatte bloß zufällig danebengestanden, als Frau Schmeder der Milchkrug hinfiel. Sie hatte gezetert wie eine alte Hexe und Rosa furchtbar beschimpft, dabei war sie doch selbst schuld. Jetzt roch Rosas Kittel schlecht, weil ein Schwall Milch daraufgespritzt war.

Rosa war die Erste, die das Haus verließ, ihr Weg zur Arbeit war der weiteste, Gretchen und die Mutter mussten erst später los. Vorsichtig schlich sie durch den dunklen Raum, um die Schmeder nicht zu wecken. Die schlief gern lang, musste nicht fort und lebte von dem, was Mama ihr zahlte. Manchmal brachte Kreß ihr dazu seinen Verdienst, wenn er auf der Werft Arbeit fand. Kreß war der Übelste von allen, und jeden Morgen hatte Rosa aufs Neue Angst, ihm zu begegnen.

Hatte sie ihn erst einmal hinter sich gelassen, war alles gut. Die meisten Leute hasteten eilig ihrem Ziel entgegen, waren nicht betrunken und pöbelig wie abends, wenn sie den umgekehrten Weg nach Hause lief. Auch allein. Keines der Kinder, mit denen sie arbeitete, wohnte in der Nähe. Außerdem sprachen die sowieso nicht mit ihr. Sie war die Jüngste, und die anderen nahmen sie nicht für voll.

Sie trat aus dem Haus und zog leise die morsche Holztür ins Schloss. Der Hof war beinahe vollkommen finster, die schmale Mondsichel warf zwischen den Wolken kaum ein Licht. Rosa mochte die Dunkelheit nicht. Man konnte nicht sehen, was in den Ecken lauerte.

Unversehens löste sich aus der Schwärze etwas Großes, ein langer Schatten, der in den Himmel wuchs. Er kam direkt auf sie zu. *Schwebte* auf sie zu. Ein Ungeheuer. Oder eine Hexe.

Rosa vergaß zu schlucken.

Der Schatten kam näher. »Uuaarrgh«, grollte er tief und drohend.

Rosa vergaß auch zu atmen. Gleich würde der Schatten sie verschlingen. Auslöschen. Sie wollte das nicht. Vielleicht wurde Mama dann traurig, aber ganz sicher war sie nicht.

»Was bist du doch für ein blöder Nichtsnutz«, sagte der Schatten und brach in brüllendes Gelächter aus.

Keine Hexe, kein Zauberer, kein Lindwurm. Ein ganz normaler Teufel. Kreß.

Der Sohn der Schmeder war riesengroß, größer noch als Mama, und furchtbar dünn. Er hatte sich im letzten Sommer mit einem anderen Raufbold geprügelt, ihm fehlte jetzt ein Schneidezahn. Deshalb zischte er beim Sprechen. Das zusammen mit seiner Stimme, die andauernd zwischen schrill und tief wechselte, fand Rosa gruselig.

Jetzt stand er vor dem Durchgang zur Gasse und ließ Rosa nicht durch. Das machte er oft, und sie hatte stets Angst, er ließe sie eines Tages tatsächlich nicht vorbei. Dann käme sie zu spät zur Arbeit, und das bedeutete Ärger, und am Ende verlöre sie die Stelle. Sie ging nicht gern in die Fabrik, aber wenn sie es nicht tat, strich ein anderer den Verdienst ein, und Mama wäre deswegen enttäuscht. Rosa strengte sich sehr an, ein gutes Mädchen zu sein. Sie wollte Mama nicht unglücklich machen. Die weinte sowieso dauernd. Das war schon so gewesen, bevor der Vater weggegangen war, aber seitdem hörte sie gar nicht mehr richtig auf.

Kreß verschränkte die Arme vor der Brust und grinste breit. Der eine Vorderzahn, den er noch hatte, glänzte im schwachen Licht. »Na, was is?«, fragte er hämisch. »Jetz weißte nich, was de machen sollst, was?«

Ohne es zu wollen, schüttelte Rosa den Kopf.

»Wenn du mir was von deinem Verdienst gibst, lass ich dich durch.«

»Das geht nicht«, flüsterte sie angstvoll. »Das Geld kriegt meine Mama.«

»Hast du was zu essen?«

Hastig griff sie in die Tasche in ihrem Kittel und hielt ihm den alten Kanten Brot hin, den sie eingesteckt hatte. Hunger zu haben, war nicht so schlimm. Daran war sie gewöhnt. »Hier.«

»Das ist alles?«, fragte er ungnädig, griff aber sofort danach und schlug die Zähne hinein. Die Backenzähne, vorne wollte er wohl nicht. Schade. Es hätte ihr gefallen, wenn sein verbliebener Vorderzahn darin stecken geblieben wäre.

Sie nickte.

Zu ihrer Überraschung trat er einen Schritt zur Seite. »Hau schon ab.«

Das tat sie. Sie lief so schnell sie konnte und blendete das höhnische Gelächter, das ihr bis zur nächsten Ecke folgte, einfach aus.

• • •

Seit dem letzten Sonntag war Theodor grüblerisch und in sich gekehrt und Corinna beinahe froh darüber, weil er sie nicht länger mit prüfenden Blicken oder aufmunternden Worten traktierte. Immerfort und ständig trachtete er danach, sie zu schonen, hielt alles von ihr fern, von dem er annahm, es könne sie belasten. Als sei sie ein Püppchen aus feinem Gespinst, das allzu leicht zerriss.

»Madame Petit wäre jetzt da, gnädige Frau.« Corinna hatte

Henni wie so häufig nicht herankommen hören, das Mädchen bewegte sich geschmeidig und lautlos wie eine Katze.

»Ich lasse bitten.«

Matilde Petit war sehr schlank, sehr blond, sehr elegant und sprach mit starkem französischem Akzent, wobei Corinna sicher war, dass sie Frankreich genauso wenig kannte wie sie selbst.

»Ich bin so glücklich, ein neues Kleid für Sie arbeiten zu dürfen, Frau Winterfeldt«, zwitscherte sie und bemühte sich, den eher strengen Ausdruck ihres hageren Gesichts Lügen zu strafen. »Es geht um ein Abendkleid?«

»Nicht ganz. Um ein Tageskleid, aber für Einladungen, nicht für den gemütlichen Nachmittag zu Hause.« Theodor hatte ihr stolz einen wunderbaren Ballen lavendelfarbenen Moiré zu Füßen gelegt.

»Was für ein exquisiter Stoff«, rief Madame Petit entzückt und ließ die Hand darübergleiten, als liebkose sie das Fell eines Schoßhündchens. »Er wird eine ganz außerordentliche Wirkung zu Ihrem Haar entfalten.«

»Meinen Sie?« Corinna nickte wenig enthusiastisch und kam zum Eigentlichen. »Vorher müssen Sie jedoch eines meiner alten Kleider für mich ändern«, erklärte sie und griff nach dem Klingelzug, um Henni herbeizurufen.

Postwendend war sie da, wahrscheinlich hatte sie wie üblich vor der Tür gestanden und gelauscht. »Bring mir aus der Kleidertruhe in der oberen Kammer das hellgraue Kleid.«

Das fragliche Modell brachte Madame Petit dazu, pikiert die Nase zu kräuseln. »Sie haben völlig recht. Das ist aus der Mode. Aber, Madame Winterfeldt, was soll ich damit tun? Es ist viel einfacher, ein neues Kleid zu schneidern, als ein altes abzuändern. Und, wie soll ich es sagen, Sie haben es doch nicht nötig, ich meine …« Sie verstummte, als sie Corinnas Blick bemerkte.

»Madame Petit, Sie dürfen Ihre Ideen bei dem Lavendelfarbenen in vernünftigem Maß ins Werk setzen. Aber vorher möchte ich das Graue umgearbeitet haben. Der Saum muss gekürzt werden.«

»Gekürzt?« Madame Petits Brauen wölbten sich schockiert. »Aber schon so sind die Fußknöchel kaum bedeckt, und …«

»Sie kürzen es«, befahl Corinna. »Eine Handbreit. Gerade so viel, dass es nicht im Dreck schleift.«

»Das wird nicht einfach sein wegen der Volants«, wandte die Schneiderin voller Hoffnung ein.

»Das macht nichts. Die müssen sowieso ab.«

»Aber so sieht das Kleid nach nichts aus!« Allmählich verblasste vor lauter Empörung der französische Akzent.

»Genau so will ich es haben. Dazu setzen Sie in das Dekolleté ein Stück Stoff ein, ich möchte die Schultern bedeckt haben. Nehmen Sie etwas in einer gedeckten Farbe, ich will kein Weiß. Ach ja, und die Ärmel trennen Sie bitte ab und arbeiten sie eng.«

»Eng«, wiederholte Madame mit Grabesstimme.

Corinna tat sie fast ein wenig leid. »Die weiten Keulenärmel sind entsetzlich unpraktisch. Ich brauche dieses Kleid, um uneingeschränkt hantieren und arbeiten zu können.«

»Arbeiten«, flüsterte Madame Petit.

»Diese Art Ärmel sind im Weg«, fuhr Corinna fort.

»Beim … Klavierspielen. Und bei allem anderen. Selbst wenn Sie sich ein Stückchen Kuchen vom Teller nehmen wollen, müssen Sie darauf achten, nicht das Geschirr vom Tisch zu fegen.«

»Lassen Sie sich den Kuchen doch anreichen!«

»Das tue ich. Danke für den Rat.« Corinna schaffte es so gerade eben, nicht die Augen zu verdrehen. »Aber ich benötige das Kleid für Gelegenheiten, bei denen kein Kuchen serviert wird. Und ich brauche es schnell.«

Madame Petit verließ das Reich der Eleganz und wurde geschäftstüchtig. »Dann müsste ich andere Aufträge zurückstellen«, sagte sie lauernd.

»Ich bin sicher, das ließe sich mit einer Aufwandsentschädigung meinerseits zufriedenstellend lösen.«

»Wenn Sie dieses … Arbeitskleid«, sie rümpfte tatsächlich die Nase, »wirklich bald haben müssen – und ich Tag und Nacht arbeite –, könnte ich es Ihnen am Samstag bringen. Aber für das Lavendelfarbene …«

»Auch bei dem fertigen Sie bitte schmalere Ärmel«, unterbrach Corinna und beobachtete belustigt, wie ihre Schneiderin erbleichte.

»Ich wollte sagen, für das Lavendelfarbene werde ich längere Zeit benötigen«, verkündete sie dann resigniert.

»Naturellement«, erwiderte Corinna.

• • •

Theodor wusste, die Menschen unterschätzten ihn häufig, weil er ein freundliches Gesicht hatte, harmlos auftrat und niemals den Eindruck erweckte, er sei ausschließlich auf seinen Vorteil bedacht. Aber das war er natürlich. Jeder Geschäftsmann war das.

Eigentlich blickte er auf eine makellose Laufbahn und ein ausgesprochen lukratives Kaufmannsleben zurück. Der derzeitige finanzielle Engpass verunzierte das Bild zwar, doch dies war das erste Mal, dass sich eine seiner Investitionen als Fehleinschätzung entpuppte. Entpuppen *könnte*. Ohnehin war er dabei, an anderer Stelle das Blatt zu seinen Gunsten zu wenden, und sehr zufrieden mit sich. Weil er immer noch imstande war, die effektivsten Rädchen zu erkennen und an ihnen zu drehen.

Auf seine Anregung hin hatte Hermann Wrede ein gemeinsames Mittagessen mit August Wohlfert arrangiert. Wrede, der nur mühsam zu einer eigenen Meinung kam, ließ sich leicht lenken und war schließlich überzeugt gewesen, er sei selbst auf die Idee gekommen. So oder so, am Ende hatten sie zusammen mit Kogel und Erden im *Gasthof Silberbär* gespeist, der sich neben der hervorragenden Küche durch ein gefälliges Ambiente auszeichnete. Ein gemütlicher Raum, angenehm gewärmt durch ein kräftig loderndes Kaminfeuer, auf den Tischen schimmerten blütenweiße Decken, in den kostbaren Gläsern brach sich funkelnd das Licht, und an den Wänden hingen Ölgemälde mit Rheinansichten von lobenswerter Qualität.

Alles in allem eine teure, luxuriöse Atmosphäre, die Theodors Möglichkeiten derzeit nicht widerspiegelte, doch wäre es unklug, dies irgendjemanden hier spüren zu lassen.

Wie so oft hieß es, unter allen Umständen den Schein zu wahren.

August Wohlfert erwies sich als Mann von ernst zu nehmendem Format. Er sprach intelligent, kenntnisreich und mit beträchtlichem Feuer von dieser sogenannten *Confection*, die er für segensreich genug hielt, seine Zukunft darauf aufzubauen. Nur bei Fragen, die seinen Zeitplan betrafen, wurde er schwammig, und Theodor konnte es ihm nicht verdenken. Anders als Kogel sah er das Ganze jedoch nicht als Schnapsidee an und hielt sich während des Gesprächs zurück, um keinen seiner Kollegen auf dumme Gedanken zu bringen.

Als sie schon bald nach dem Dessert – Apfelauflauf mit Meringue – und einem herrlich fruchtigen Dessertwein aufbrachen, hielt er Wohlfert unauffällig zurück. »Darf ich Sie noch zu einem Armagnac einladen?«, fragte er leise. »Ich hätte Sie gern gesprochen. Unter vier Augen.« Erleichtert erkannte er, wie Neugier in Wohlferts Miene aufleuchtete. Genau darauf hatte er gesetzt. Dass Wohlfert ein Mann von beweglichem Geist war.

»Sie haben bemerkenswert anschaulich von Ihren Plänen bezüglich der Confection berichtet«, begann er ohne Umschweife, kaum waren sie an ihren Tisch zurückgekehrt und hatten sich den Armagnac in Gläsern von unbescheidenem Ausmaß servieren lassen. »Und Sie erweckten den Eindruck, das Unterfangen sei in seiner Konzeption schon sehr weit gediehen.«

»So ist es«, bestätigte Wohlfert, und sein wachsamer Blick ließ keinen Moment von seinem Gegenüber ab.

»Ich frage mich, warum Sie noch nicht mit der Produktion begonnen haben.« Theodor lächelte freundlich, aber Wohlfert war sicher klar, dass er nicht in Plauderlaune war. »Sie verfügen über die Räumlichkeiten, die Maschinen, die Näherinnen«, fuhr er fort. »Wären Sie so überzeugt von Ihrer Geschäftsidee, wie es den Anschein hat, hätten Sie doch längst mit der Herstellung begonnen. Nicht zuletzt, damit sich die Anschaffungen amortisieren.«

»Oh, ich *bin* überzeugt von der Idee. Und ja, alles steht bereit.« Wohlfert hob die Schultern. »Ich könnte umgehend die Umsetzung in die Wege leiten. Und das würde ich auch, wenn nicht eine winzige Kleinigkeit dagegenspräche.«

»Ihnen fehlen die Rohmaterialien«, feuerte Theodor seinen Schuss ins Blaue ab.

August Wohlfert zögerte keine Sekunde. »Das stimmt leider. Einige Lieferanten sind abgesprungen.«

»Aus mangelndem Glauben an Ihre Unternehmung«, vermutete Theodor.

Wohlfert winkte ab. »Dem einen brannten die Lagerbestände weg, und der andere erhielt kurz vor der Unterzeichnung des Vertrages ein anderes Angebot in unverschämter Höhe, bei dem ich nicht mithalten konnte, um der Wahrheit die Ehre zu geben.«

»Nun. Ich halte Ihr Vorhaben für ein äußerst verheißungsvolles Unterfangen«, sagte Theodor bedächtig und warf seine letzten Bedenken über Bord. »Neu, irritierend, nicht ohne Risiko, aber letztlich – die Zukunft.«

»Nur durchgesetzt hat sich diese Meinung noch nicht. Aber wenn andere Unternehmer es ebenfalls erkennen – und dazu wird es unweigerlich kommen –, werde ich längst etabliert sein.« August Wohlfert verzog keine Miene, dabei war das der Punkt, auf den es ankam.

Theodor erwiderte seinen Blick unbeirrt. »Und die Kollegen können sich dann nur noch eine dünne Scheibe vom Kuchen abschneiden, ich verstehe.« Es war an der Zeit, die Karten auf den Tisch zu legen. »Ich schätze Ihre Unternehmung als überaus aussichtsreich ein und spiele mit dem Gedanken, mich daran zu beteiligen«, erklärte er. »Ich bin Tuchhändler, wie Sie wissen.«

»Sie handeln mit Stoffen gehobener und höchster Qualität«, erwiderte Wohlfert und bekundete damit, dass er seine Hausaufgaben gemacht hatte. »Das passt mit seriell hergestellter Kleidung einfachster Manier nicht zusammen.«

»Ich habe Kontakte«, erwiderte Theodor schlicht. »Außerdem spricht nichts dagegen, ausgetretene Pfade zu verlassen.« Nun, da er den Ball ins Rollen gebracht hatte, erwärmte er sich mehr und mehr für die Idee. »Ich liefere das Material, Sie die fertige Ware. Das Erzeugnis in meinen Geschäftsräumen zu vertreiben, kann ich jedoch nicht anbieten. Das passt nicht zusammen. Doch könnte ich mir vorstellen, einen Laden einzurichten, der genau auf Ihr Produkt zugeschnitten ist.«

Wohlfert nickte. »Ich würde mich auf die Herstellung konzentrieren, Sie auf den Vertrieb.«

»Richtig. Wie die Vergangenheit bestens erwiesen hat: Verkaufen kann ich.«

Wohlfert, der sein Glas bisher nicht angerührt hatte, stürzte jetzt einen gewaltigen Schluck des sanftseidigen Armagnacs hinunter. »Das klingt … Gott, was soll ich darum herumreden, das klingt wunderbar. Sind Sie sicher, die Lieferung einer ausreichenden Anzahl Ballen einfachsten Tuches garantieren zu können?«

»Oh ja, das bin ich. Ich werde meine Kontakte in die Eifel nutzen. Man wird mein Angebot dort mit offenen Armen aufnehmen, davon bin ich überzeugt.«

Die Geschäftsbeziehung mit Conrad Simoni, einem Monschauer Tuchhersteller, bestand seit vielen Jahren und hatte sich seit jeher bewährt. Der Mann war bekannt für die Fabrikation feinster Stoffe in klaren Farben und mit gefälligen Mustern, gewirkt aus hochwertigster Wolle, die zumeist aus Spanien stammte. Doch hatte er in seinen Anfangszeiten eher grobes Tuch aus einheimischer Schur für den regionalen Bedarf erzeugt, und ohne Zweifel war er in der Lage, sich auf die alten Fertigkeiten zu besinnen.

»Ich nehme an, Ihr Vorstoß beinhaltet eine exklusive Partnerschaft?«, fragte Wohlfert, und Theodor erkannte erfreut einen gewieften Geschäftsmann und schnellen Denker in ihm.

»Das halte ich für sinnvoll. Kurze Entscheidungswege«, stimmte er zu und legte mit voller Absicht ein treuherziges und einnehmendes Lächeln in seine Züge.

Wohlfert nickte, doch billig verkaufen wollte er sich nicht. »Das sind unerwartete Aussichten«, sagte er. »Unerwartet und erfreulich. Ich schlage vor, wir lassen uns das Ganze durch den Kopf gehen. Es gibt eine Unzahl von Details, die genau umrissen und vertraglich festgelegt werden sollten. Treffen wir uns in einer Woche wieder, um das Ergebnis dieser Überlegungen zu besprechen?«

»Hervorragende Idee. Ich werde unterdessen eine Eildepesche nach Monschau schicken und sehen, wie sich die Lage dort darstellt.«

5

Am Ende eines besonders trostlosen Nachmittags lief Corinna durch die Gassen nach Hause und versuchte, nicht mutlos zu werden. Ein Mann in verwahrlostem Zustand hatte sie fortgeschickt, vermutlich weil er sich vor ihr schämte; eine Frau hatte sie wüst beschimpft und ihr unterstellt, sie wolle sich auf ihre Kosten ein reines Gewissen verschaffen. Eine andere, die letzte Woche entbunden hatte, machte gar nicht erst die Tür auf, und Corinna trieb die Sorge um, ob sie und ihr kümmerlicher Säugling das Wochenbett überhaupt überlebt hatten.

Wie so oft schweiften ihre Gedanken ab und landeten bei den Behrend-Mädchen. Was könnte nicht alles aus ihnen werden, bekämen sie nur genug zu essen, ein warmes Bett, Kleider, die nicht in tausendfach geflickten Fetzen an ihren Leibern hingen. Dürften sie die Zuversicht haben, alles würde einmal besser werden.

Das Licht der Straßenlaternen ließ die Geschirre der Kutschpferde aufblitzen, ein Lumpensammler schleppte sich müde die Straße entlang, in einem Hauseingang hockte ein Halbwüchsiger und setzte einen Krug an die Lippen, der vermutlich billigen Branntwein enthielt. Es war schon fast dunkel, das erste Mal, dass Corinna so spät allein unterwegs war, und Theodor durfte das niemals erfahren. Er würde ihr die Hölle heißmachen.

Sie machte einen großen Bogen um einen Säufer, der betrunken genug schien, um Ärger zu verursachen – jedenfalls lallte er in einer endlosen und unverständlichen Rede vor sich hin und klang zunehmend hitzig. Kaum hatte sie ihn hinter sich gelassen, lief sie beinahe in ein Mädchen hinein. Es stand vor dem Eingang eines erbärmlichen Lebensmittelgeschäftes und kaute auf der Unterlippe, während es mit großen Augen in das Innere spähte. Auf Fässer, die vermutlich Mehl enthielten, Holzkisten mit verschrumpelten Kartoffeln, gestapelte Kohlköpfe und Schinken, die an gefährlich aussehenden Fleischerhaken von der Decke hingen.

Es dauerte einen Moment, bis Corinna bewusst wurde, dass es sich bei dem Kind nicht um die Ausgeburt ihrer Fantasie handelte. »Rosa, was machst du hier?«, fragte sie streng. »Warum bist du nicht längst zu Hause?«

Das Mädchen wandte sich aufgescheucht um, und nach einem Moment zeigte sich Erkennen in seinen Zügen. »Ich soll auf dem Heimweg von der Arbeit was zu essen holen. Aber das geht nicht.«

Dafür konnte es nur einen Grund geben. »Du hast kein Geld.«

Rosa schüttelte den Kopf.

»Wie kann deine Mutter dich denn ohne Geld einkaufen schicken!«

»Sie hat mir aber was mitgegeben.« Rosa senkte das Kinn.

»Und wo ist es jetzt?«

Rosa starrte auf den Boden und hob langsam die Schultern.

»Du hast es verloren?«

»Nein! Ich pass darauf auf, ehrlich! Ich hab das nicht verbummelt!«

»Aber es ist weg?«

Die Kleine begann, am Saum ihres Kittelchens zu zupfen. Sie sah aus, als hätte sie Angst.

»Es hat dir jemand abgenommen«, erkannte Corinna. »Wer war das?«

»Weiß nicht«, flüsterte Rosa und warf ihr einen scheuen Blick zu.

»Wenn ich diesem Jemand die Hammelbeine lang ziehen soll, damit er dir dein Geld wiedergibt, muss ich wissen, wer es war.«

Rosa schüttelte den Kopf. »Ich hab's vielleicht doch verloren«, meinte sie zögernd.

So kamen sie nicht weiter. »Wir gehen jetzt in den Laden und besorgen, was du mitbringen sollst. Was war es denn genau?«

»Hafer«, wisperte Rosa. »Der ist am billigsten.«

»Dann kaufen wir Hafer«, sagte Corinna entschlossen. »Und Möhren. Und ein Stück Speck, damit könnt ihr euch einen schönen Eintopf bereiten.«

In Rosas Mundwinkel stahl sich die winzige Andeutung eines Lächelns. Sie hatte noch ihre Milchzähne, und dieser Anblick machte Corinna plötzlich fuchsteufelswild. Ein Kind im Wachstum sollte nicht darben müssen. Es kostete sie einiges an Kraft, genug Selbstbeherrschung aufzubringen, um Rosa ihren Zorn nicht spüren zu lassen. Am Ende dachte sie noch, er richte sich gegen sie. Sie atmete tief durch und zwang sich zu einem Lächeln.

»Wenn wir schon mal dabei sind, holen wir uns drüben beim Bäcker süße Weckchen«, kündigte sie an. »Ich habe Hunger, du nicht?«

»Doch.«

»Na, dann komm«, sagte Corinna und streckte die Hand aus.

• • •

Theodor Neuburg wohnte in einem repräsentativen, sehr schönen Haus, und August wertete es als positives Zeichen, dass er ihn dorthin gebeten hatte, um ihre Zusammenarbeit zu erörtern. Zu besiegeln, wenn es nach ihm selbst ging, denn er hatte sofort erkannt, wie groß die Vorteile waren, die in der Verbindung lagen. Es ließ sich schneller auf die Anforderungen des Marktes reagieren, wenn nicht immer wieder aufs Neue die Konditionen mit den Zulieferern verhandelt werden mussten. Neuburgs Vorschlag, ihm den Vertrieb abzunehmen, war ein zusätzlicher Pluspunkt. Diese Frage hatte August beträchtliches Kopfzerbrechen bereitet, auf dem Gebiet fühlte er sich nicht zu Hause. Nur nutzten ihm die schönsten Kleidungsstücke nichts, wenn er sie nicht an den Mann zu bringen verstand.

Alles in allem hatte er sich bloß nicht unter Wert verkaufen wollen, als er die Woche Bedenkzeit erbat und nicht direkt in die ausgestreckte Hand einschlug. Und deswegen jede Nacht danach schlecht schlief, weil Neuburg es sich noch anders überlegen könnte.

Hatte er aber offenbar nicht.

Deshalb stand August jetzt hier und betätigte einen blank geputzten Messingklopfer. Kaum hatte ihm der Hausdiener geöffnet, ein überaus vornehm an seiner sehr geraden Nase entlangblickender Mann mit grauem, wie mit dem Lineal nach hinten gesträhntem Haar, eilte der Hausherr August auch schon entgegen. Ein weiteres gutes Omen. Einem Mann, den man als Geschäftspartner ablehnte, bereitete man nicht ein derart charmantes Willkommen.

In dem geschmackvoll in freundlichen Grüntönen gehaltenen Arbeitszimmer stand schon eine Karaffe mit Cognac bereit, in den Gläsern aus feinstem Kristall brach sich funkelnd das Licht des anheimelnd knisternden Kaminfeuers. August nahm Platz in dem ihm angebotenen Sessel und blickte Neuburg scheinbar gleichmütig an. »Lassen wir es kurz machen«, sagte er. »Ich entnehme den Umständen, die Sie sich mit meinem Empfang machen, dass Sie einer Zusammenarbeit wohlwollend gegenüberstehen.«

»So ist es.« Neuburg strahlte ihn an. »Ich bin schlecht darin, mich zu verstellen«, räumte er fröhlich ein. »Allerdings sehe ich in diesem Fall auch nicht ein, warum ich es versuchen sollte. Ein Zusammenschluss wäre zu unser beider größtem Vorteil. Und den will ich nicht durch mangelnde Offenheit beschmutzen.«

August lächelte versonnen. »Sie sind ein Optimist.«

»Ohne Optimismus kommt man nicht weit, Wohlfert.

Nirgendwo, und im Geschäftsleben erst recht nicht. Wer sollte etwas wagen, wenn er beständig nur das mögliche Scheitern bedenkt?«

Sie stießen an, weich und dennoch angenehm feurig rollte der Cognac über Augusts Zunge. »Kommen wir vom Grundsätzlichen zum Konkreten«, sagte er. »Haben Sie sich um Monschau schon bemüht?«

»Das habe ich«, erklärte Neuburg zufrieden. Erwartungsgemäß war Simoni begeistert gewesen, als er Neuburgs Eildepesche erhielt. Die Lage in seinem beschaulichen Heimatstädtchen spitzte sich allmählich zu, die Konkurrenz drängte von überall auf den Markt und war häufig leichter zu erreichen als die kleine Stadt in der Eifel. Es hatte nur drei Tage gedauert, da war die Zusage gekommen.

Kaum eine halbe Stunde später war alles gesagt, sogar einiges an Details besprochen, und August konnte ein breites Grinsen kaum unterdrücken. »Setzen wir uns so bald als möglich mit einem Notar zusammen und machen es schriftlich.« Er erhob sich und streckte Neuburg die Hand hin. »Schlagen Sie ein.«

»Das tue ich gern.« Neuburgs Händedruck erwies sich als ermutigend kräftig. »So sei es also.« Er ließ August los und zog an der Klingelschnur. »Sie bleiben doch zum Mittagessen? Leider ist meine Nichte nicht zugegen, aber Sie werden sie sicher bald kennenlernen. Ich muss gestehen, in weiser Vorausschau habe ich ein zusätzliches Gedeck auflegen lassen. Optimist, Sie wissen schon.«

August lachte. Er fühlte sich befreit wie lange nicht.

• • •

Die Probleme rissen jedoch nicht ab, und Augusts Hochgefühl wurde überlagert von den Anforderungen, die mit jedem Tag neu an ihn herantraten.

»Wir werden wirtschaftlicher arbeiten müssen«, sagte Karl Ottmann und runzelte die Stirn. »Wenn wir nicht achtgeben, kauft uns die Konkurrenz den Schneid ab.«

August stand in seinem Büro und blickte auf den wuselnden Betrieb in der Halle. Sie war bis auf den letzten Winkel bestückt mit Schachtmaschinen, Schleifmaschinen, Lochmaschinen – und was man sonst noch zur Herstellung von Näh- und Stecknadeln benötigte. »Der Platz ist ausgereizt«, sagte er. »Wir können nicht noch mehr Gerätschaften unterbringen. Und daran, eine weitere Halle anzubauen, ist im Moment nicht zu denken.« Später vielleicht. Wenn die Confectionsmanufaktur Gewinn abwarf, wovon sie allerdings noch sehr weit entfernt war.

In Ottmanns verhärmtem Gesicht, stets sorgenvoll, egal, was passierte, vertieften sich die Furchen. »Reinecker in der Glockengasse expandiert«, gab er zu bedenken. »Und man hört, Adolph Poppe will dieses Jahres ebenfalls ins Geschäft einsteigen.«

August nickte.

»Und in Westfalen kämpfen sie darum, ihre Vorrangstellung auf dem Markt nicht zu verlieren.«

Allerdings strebten die Iserlohner eher ins internationale Geschäft, was August wenig bekümmerte. Sein Absatzmarkt lag im näheren Umfeld, doch auch hier musste er sich einem

Wettbewerb stellen. »Ich sehe es selbst, wir müssen die Produktion steigern«, stimmte er Ottmann zu. »Was schlagen Sie vor?«

»Wenn wir das Quantum an Maschinen nicht erhöhen können, müssen wir die vorhandenen besser auslasten«, erwiderte Ottmann wie aus der Pistole geschossen. Offenbar hatte er sich bereits seit geraumer Zeit Gedanken gemacht und war froh, diese seinem Arbeitgeber endlich schmackhaft zu machen. »Wir müssen die Arbeitszeit der Leute verlängern.«

August sah ihn an. »Sie sind bereits zwölf Stunden täglich hier.«

»Außer sonntags.«

»Richtig.«

»Sie könnten …«

»Nein. Erschöpfte Leute machen Fehler und arbeiten langsam. Den einen Tag sollen sie haben, um Kräfte zu sammeln.«

»Andere Unternehmer sehen das nicht so eng.«

August nickte und schwieg.

Ottmann starrte unzufrieden zu Boden und wechselte die Strategie: »Die Stunden ließen sich natürlich auch aufstocken, wenn wir den Arbeitstag verlängern.«

»Zwölf Stunden sind reichlich«, erwiderte August, aber seine Stimme mutete weniger kategorisch an als bei der Sonntagsfrage, er hörte es selbst.

»Andernorts werden vierzehn geschafft, und das ist nicht einmal die Spitze. Es gibt Baumwollspinnereien, in denen stehen die Leute sechzehn Stunden in der Halle.«

August schüttelte den Kopf. »Das ist zu viel. Aber vierzehn … Ich denke, das ist machbar. Außerdem sollten wir die Belegschaft aufstocken. Wir brauchen Springer. Und wir müssen Ausfälle kompensieren können.«

Erst beiläufig, dann konzentriert beobachtete er einen Mann, der durch die Halle hastete und dabei geschickt den Mädchen auswich, die mit flinken Händen die Schächte bedienten, in denen Drähte gebündelt und gezogen wurden, bevor sie sich einige Arbeitsschritte später in Nadeln verwandelten. Sein Hausdiener hatte es eilig, er rannte beinahe. August beschlich ein ungutes Gefühl.

Lehen eilte die Stufen zum Büro empor und betrat den Raum, ohne um Einlass zu fragen. »Ich bitte vielmals um Verzeihung, gnädiger Herr«, sagte er atemlos, und Unbehagen malte sich überdeutlich in seiner Miene ab. »Aber ich habe eine wichtige Nachricht zu überbringen.«

August streckte unwillkürlich den Rücken durch. »Ja, bitte?«

Lehen schluckte, der Adamsapfel hüpfte in seinem mageren Hals. »Sie betrifft Ihren Vater, gnädiger Herr.«

Dann musste es eine schlechte Nachricht sein, so oder so. Karl Wohlfert war ein sehr strenger Mann, hatte von seinem einzigen Sohn stets alles gefordert und seiner Ansicht nach nichts erhalten. Er war nie, wirklich niemals mit ihm zufrieden.

»Was will er?«, fragte August. Niemand hätte ahnen können, wie ihm allein die Erwähnung seines Vaters einen Schauder den Rücken hinabjagte.

»Nun.« Bertram Lehen begann, von einem Fuß auf den

anderen zu treten, als würde er gern davonlaufen. »Uns hat ein Bote erreicht, der Ihnen mitteilen lässt, Ihr werter Herr Vater sei vergangenen Sonntag verschieden.«

• • •

Schneller, als ihr lieb war, fand das Mittagessen mit Theodors Kompagnon statt, zu dem ihr Onkel sie gebeten hatte, und Corinna hoffte inständig, es bedeute nicht das, was sie befürchtete.

Das Lavendelfarbene war noch nicht fertig. Madame Petit war gestern extra noch einmal vorstellig geworden und hatte immer noch vor Empörung gebebt. »Ich kann das nicht zulassen, Madame! Die von Ihnen bestellten Ärmel sind nicht … modern. Ich werde das alte Kleid abändern, weil Sie es so wünschten, aber ein neues … Das geht nicht!« Es klang, als brächte sie es kaum fertig, für dieses verabscheuungswürdige Verbrechen Worte zu finden. Als beschmutze Corinna sie und sich selbst mit dem allerschlimmsten Frevel, wenn sie Keulenärmel ablehnte.

»Diese Mode ist derart unpraktisch, sie wird sich auf Dauer nicht halten«, prophezeite Corinna gelassen.

»Aber jetzt …«

»… bin ich die Erste, die einen neuen Akzent setzt. Ecke ich damit an, nehme ich die alleinige Schuld auf mich«, hatte sie versprochen. »Es wird kein Schatten auf Ihr Geschick oder Ihren modischen Instinkt fallen.«

Das Lavendelfarbene harrte also seiner Vollendung, aber ihrem Onkel zu Gefallen wählte sie ihr modischstes Kleid mit dem weitesten Rock und den ausladendsten Ärmeln und setzte ein blasses Lächeln auf. Sie schwieg während der Vorspeise, die aus einer gut gewürzten Rinderbouillon bestand. Erst als sie schon fast zum Ende des Hauptganges gelangt waren, schien ihrem Gast die Anwesenheit der Nichte des Hausherrn aufzufallen und dass dieser das schier unerschöpfliche Thema Manufakturbetrieb kontra Verlagswesen nicht so sehr am Herzen lag wie ihm selbst.

»Wir langweilen Sie, Frau Winterfeldt«, sprach er sie plötzlich an. »Das ist unverzeihlich, ich bitte Sie dennoch, uns zu vergeben. Die Etablierung eines neuen Geschäfts oder sogar eines neuen Geschäfts*zweiges* ist eine aufregende Sache. Allerdings offenbar nur für die Betreiber.«

Anscheinend war ihr der Überdruss deutlich ins Gesicht geschrieben gewesen. Corinna errötete, weil das in einer Weise ungehörig war, die zumindest Theodor nicht verdient hatte. »Ich sollte mich bei Ihnen entschuldigen, weil ich offenbar den Eindruck erweckte, nur wenig Interesse für Ihre Pläne aufzubringen«, winkte sie wohlerzogen ab und log forsch: »Doch das ist ganz und gar nicht der Fall.«

»Wie reizend.« August Wohlfert verzog keine Miene, und Corinna hätte nicht zu sagen gewusst, ob er sie lächerlich, hohlköpfig oder am Ende gar stupide fand. Sie straffte die Schultern und setzte sich aufrechter hin.

»Ich frage mich, ob die Arbeit in einer Manufaktur für Näherinnen überhaupt vorteilhafter ist«, sagte sie. »Im Verlagswesen können sie zu Hause bleiben und die Versorgung ihrer Familien damit in Einklang bringen.«

»Das ist natürlich richtig«, bestätigte Wohlfert und säbelte unbeirrt an der Scheibe Schweinebraten auf seinem Teller herum. »Doch ist der Druck, dem die Frauen dann ausgesetzt sind, höher. Sie leben von Auftrag zu Auftrag, in der Fabrik dagegen sind sie fest angestellt und erhalten konstant den vereinbarten Lohn. Allerdings dürfen die Lohnkosten bei der Confection nicht allzu hoch ausfallen, damit die Erzeugnisse für den einfachen Mann erschwinglich bleiben. Der ist der Käufer, der mir vorschwebt.«

»Das verstehe ich.« Corinna erwärmte sich allmählich für das Thema. »Doch müssen die Frauen, die für Sie nähen, von ihrem Lohn auch leben können.«

Wohlferts Miene wurde säuerlich. »Ich habe nicht die Absicht, meine Arbeiterinnen in den Hungertod zu treiben«, erwiderte er brüsk.

Offenbar fand Theodor es angezeigt, sich in das Gespräch einzumischen, bevor die Wogen hochschlugen. »Da sind wir alle einer Meinung«, sagte er nachdrücklich. »Ich bin überzeugt, unser Unternehmen wird positive Auswirkungen für sämtliche Beteiligten haben. Nicht nur für uns, Corinna, für die Näherinnen ebenso. Und für die Kunden. Die Männer bekommen eine vernünftige Lösung präsentiert, wie sie ohne großen Aufwand zu einer geeigneten Ausstaffierung kommen.«

Corinna hob die Brauen. »Und was ist mit Mode für Frauen?«

»Ich denke, Madame Petit ist die bessere Wahl, wenn es darum geht, sich um deine Garderobe zu kümmern«, wandte Theodor erstaunt ein, und säße er näher bei ihr, hätte er wahrscheinlich ihre Hand getätschelt.

»Davon rede ich nicht.« Corinna vergaß das aufgespießte Stück Möhre auf ihrer Gabel. »Ich habe durchaus begriffen, dass es sich bei euren Produkten nicht um hochwertige Modelle handelt, und du kannst ganz beruhigt sein: Ich werde meine Kleidung weiterhin bei einer Schneiderin anfertigen lassen. Aber es gibt genug Ladenbesitzerinnen, Modistinnen, Verkäuferinnen, Lehrerinnen, Gesellschafterinnen, für die Manufakturmode ebenfalls interessant sein könnte.«

Wohlfert legte das Besteck auf seinen leeren Teller und lehnte sich zurück. »Daran ist nicht gedacht«, erklärte er. »Frauen sind in der Lage, sich selbst mit Garderobe zu versorgen. Anders als Männer.« Der Wunsch, das Thema zu wechseln, leuchtete förmlich in seinen Augen, und er erfüllte ihn sich ohne große Eleganz.

»Darf ich Sie fragen, ob die Aquarelle an der Wand dort drüben von Ihnen sind? Ihr Onkel hat mir erzählt, Sie seien eine begabte Malerin.«

»Wie schmeichelhaft.« Corinna warf Theodor einen strengen Blick zu. Er hob die Schultern und prostete ihr mit seinem fast geleerten Weinglas zu. »Und übertrieben. Allerdings sind die Bilder tatsächlich von mir. Mein Onkel hat drauf bestanden, sie rahmen zu lassen, obwohl dieser Aufwand wohl kaum angemessen war.«

»Sie sind zu bescheiden«, widersprach Wohlfert zuvorkommend. »Die Ansichten sind außerordentlich hübsch.«

Corinna nickte, dazu gab es nichts weiter zu sagen. Das Kompliment war hohl und sie nicht Künstlerin genug, um sich darüber zu ärgern. »Vielen Dank.«

Wohlfert befand sich jetzt erbarmungslos auf der Suche

nach Gesprächsthemen, die unverfänglicher waren als ihre Einstellung gegenüber seiner Geschäftsplanung. »Im Salon habe ich ein Piano gesehen. Spielen Sie?«, fragte er, und offenbar konnte er der Musik mehr abgewinnen als der Malerei, denn er klang nicht ganz so gleichgültig wie zuvor.

»Das tue ich. Allerdings zu meinem Wohl und dem der Zuhörer ohne Gesang.«

Wohlfert lachte auf, es war die erste halbwegs unbeschwerte Regung, die sie bei ihm wahrnahm. Gleichwohl war sie erleichtert, dass Kerres begann, die geleerten Teller abzutragen. Bald würde er das Dessert servieren, und kurz darauf lag dieses Essen endlich hinter ihr.

»Bei meiner Mutter war es ebenso«, sagte Wohlfert, und Corinna war belustigt, weil es sie überraschte, dass er eine Mutter *hatte*. Der Mann wirkte wie eine seiner Maschinen. Emotionslos, funktional, effizient.

»Sie spielte sogar ausgesprochen gern«, fuhr er unerwartet vertraulich fort. »Und ausgezeichnet. Mein Vater hielt Musik allerdings für einen bedeutungslosen Zeitvertreib und hat sie ihr schließlich damit verleidet.«

»Sie hörte auf zu spielen?«, fragte Corinna. »Es muss ihr sehr fehlen.«

»Nicht mehr. Sie ist tot.«

»Das tut mir leid. Ich wollte Ihnen nicht zu nahe treten.«

»Sie ist schon vor Jahren gestorben, der Schmerz über ihren Verlust ist längst verblasst.«

Was für ein hässlicher, beinahe gemeiner Satz. Keine Mutter hatte es verdient, so schnell in Vergessenheit zu geraten. Corinna, von dem unwürdigen Wunsch getrieben, es

Wohlfert mit gleicher Münze heimzuzahlen, sah ihn liebenswürdig an. »Und hat Ihr Vater es bereut, seiner Frau das Klavierspiel verdorben zu haben?«

»Eher nicht.« Gelassen tupfte Wohlfert sich die Lippen mit seiner Serviette ab. »Doch werden wir es niemals erfahren. Er ist ebenfalls verstorben. Vor Kurzem erst.«

»Oh. Mein Beileid.«

Wohlfert nickte und schwieg.

Corinna begann, sich unbehaglich zu fühlen. Der Mann war ein kraftraubender Gesprächspartner und sie selbst nicht sehr entgegenkommend oder auch nur höflich, was das Ganze noch unangenehmer machte.

Der Ansicht war Theodor wohl auch. »Ich gehe sonntags nach dem Essen häufig noch in den *Rheinanker* und treffe mich mit ein paar Herren von der Handelskammer auf ein Glas. Hätten Sie Lust, mich zu begleiten?«

6

Nach dem Mittagessen mit Theodors neuem Mitstreiter benötigte Corinna unbedingt eine Aufmunterung, und sie wusste, bei Herrn Mandel würde sie diese finden.

»Wie schön, Sie zu sehen«, begrüßte er sie mit Wärme. »Ich habe Sie bereits vermisst.«

»Ich war sehr beschäftigt, da habe ich Sie wohl vernachlässigt, das tut mir leid.« Sie sollte viel öfter herkommen, nirgendwo konnte sie sich so gut entspannen wie hier. »Aber jetzt bin ich da, und Sie können mir helfen. Denn ich benötige dringend ein blassgelbes Band.«

»Endlich. Ich wünsche mir schon lange, dass Sie die gedeckten Farben hinter sich lassen.« Mandel begann, in Schubladen und Schachteln zu kramen, und legte in Windeseile Bänder in unterschiedlichen Breiten, Materialien und Farbtönen auf den blank gewienerten Ladentisch.

Corinna ließ eines davon durch die Finger gleiten. »Dieses hier gefällt mir zwar, doch stelle ich mir eigentlich einen sanfteren Farbton vor. Ich möchte eine meiner Schuten mit einer etwas frühlingshaften Note versehen. Das hier vielleicht?«

»Die Ripsbindung ist zu fest, lässt sich schlecht zur

Schleife binden. Für Kleider aus leichtem Stoff wäre ein Seidenband passend, ich hätte da noch … Ach.« Mandel seufzte. »Da sind sie ja schon wieder.«

Überrascht blickte Corinna ihm hinterher, als er zur Tür schritt, sie öffnete und mit herrischen Bewegungen, die nicht im Mindesten zu seinem sanften Wesen passten, ein paar Kinder fortscheuchte, die ihre Nasen an seiner Schaufensterscheibe platt drückten. »Ich kann sie einfach nicht davon abhalten«, sagte er entschuldigend, als er zurückkam.

»Lassen Sie sie doch«, bat Corinna.

»Nicht alle Damen sind so nachsichtig wie Sie, liebe Frau Winterfeldt. Das Gesindel stört das Geschäft.«

»Ich wüsste nicht, warum. Die Mädchen tun doch nichts Böses. Sie stehen nur da und weiden sich am Anblick einer Schönheit, die ihrem Leben ganz gewiss fehlt. Ihr wunderbarer Laden ist vermutlich das Erfreulichste, was sie je zu sehen bekommen.« Unschlüssig betrachtete Corinna ein cremefarbenes Band und legte es beiseite.

Herr Mandel verschränkte die Arme. »Das ist eine ungewöhnliche Haltung. Ich bin überrascht. Verzeihen Sie, wenn ich Sie mit meiner Offenheit kränke.«

»Das tun Sie nicht.« Corinna vergaß ihr eigentliches Anliegen und dachte an Gretchen und Rosa. »Erinnern Sie sich noch, wie ich mich nach Doktor Ludewigs Praxis erkundigte? Seitdem arbeite ich für ihn. Sprechen Sie's nicht bei meinem Onkel an, er sieht es nicht gern, denn wenn man mit so viel Jammer konfrontiert wird, bleibt es nicht aus, dass der Blick auf die Dinge ein anderer wird.«

»Nur bei Menschen mit einem großen Herzen«, wandte Herr Mandel leise ein.

»Das aber nicht ausreicht. Man braucht neben einem großen Herzen auch Einfluss, um eingreifen zu können. Etwas zu *bewirken*. Veränderungen anzustoßen, die das Dasein dieser Leute erleichtern. Ihnen wenigstens Zugang zu gesunder Ernährung und sauberem Wasser zu verschaffen. Das ist doch nicht zu viel verlangt, oder?« Corinna starrte Herrn Mandel voller Empörung an. »Davon sind wir jedoch sehr weit entfernt. Und Menschen, die noch nie in ihrem Leben Sorgen hatten, haben etwas dagegen, wenn kleine Mädchen sich für einen winzigen Moment an bunten Stoffen und feinen Spitzen erfreuen, um der Düsternis zu entfliehen?«

»Bei vielen ist das so.« Mandel begann, die Bänder aufzurollen, er musste nicht einmal hinschauen. »Ich gebe es zu, auch ich habe gerade nur daran gedacht, meine Kundinnen nicht abzuschrecken. Sie dagegen sehen diese Kinder und erkennen deren Elend. Und Sie beschämen mich.«

»Machen Sie mich nicht verlegen durch ein Übermaß an Lob«, widersprach Corinna. »Das habe ich nicht verdient. Was ich leiste, ist dürftig genug.«

»Ich erlaube mir, das anders zu sehen.« Mandel legte eine Hand auf ihre, das hatte er noch nie getan. »Ich hoffe sehr, dass andere ähnlich empfinden wie Sie. Oder es bald tun werden.«

»Ich habe noch nie von jemandem gehört, dem das Schicksal von Lumpenkindern nicht gleichgültig war«, wandte Corinna ein.

»Sie sind eben feinfühliger. Und wenn Sie *mir* die Augen öffnen können, dann vielleicht auch anderen.«

• • •

Corinna arbeitete nun schon mehr als sechs Wochen für Doktor Ludewig und hatte begonnen, ihre Stadt mit anderen Augen zu sehen.

War sie früher achtlos an Menschen vorbeigegangen, die das heitere, geschäftige Gesamtbild der Straßen beschmutzten, so erkannte sie nun an allen Ecken die Gestrauchelten, Versehrten, Zukurzgekommenen. Sie übersah nicht länger Kinder, die sich ihr aufdrängten, um Streichhölzer oder Bänder zu verkaufen – sie benötigte sie nicht und kaufte sie dennoch; inzwischen besaß sie eine stattliche Sammlung. Sie machte keinen Bogen mehr um Frauen, die mit stumpfem Blick an einer Hauswand lehnten und in die nur Leben kam, wenn sich ihnen ein Mann näherte und sie müde begannen, mit den Hüften zu wippen. Sie wandte sich nicht ab, wenn sie einen Trunkenen in einem Hauseingang hocken sah, und war inzwischen der Ansicht, es ginge sie nichts an, wenn er seine dürftige Barschaft lieber für billigsten Branntwein verwendete als für Brot. Das Dasein der Ärmsten der Armen war hart. Manch einer hatte nicht die Kraft, es wachen Sinnes zu ertragen.

Andere schon. Andere schufteten und rackerten sich ab, und es gelang ihnen zwar, einigermaßen in Würde zu leben, doch kamen sie nie auf einen grünen Zweig. Frau Behrend und ihre Töchter waren so ein Fall. Hier wenigstens konnte sie helfen, und mit neuem Schwung beschloss Corinna, herauszufinden, was die Behrends am dringendsten benötigten. Warme Decken vielleicht, Leinentücher für das neue Kind, fürs Erste eine gehaltvolle Mahlzeit. Frau Reuther hatte die Brauen zusammengezogen, aber schließlich einen köstlichen Eintopf gekocht, den Corinna in einem Korb verstaute. Inzwischen hing der ihr schwer am Arm.

Als sie am Mühlenbach eintraf, stieß sie jedoch nur auf die abscheuliche Frau Schmeder. Schmuddelig und ausladend – woher nahm sie eigentlich das Geld, sich eine derartige Leibesfülle anzufuttern? – stand sie mit verschränkten Armen im Eingang und schüttelte den Kopf. »Die Behrend is nich da. Wat glauben Se denn? Dat die annem stinknormalen Freitag hier rumliegt und Süßichkeiten frisst?«

Frau Behrend war ungefähr im siebten Monat, und die Schwangerschaft verlief nicht gut. »Sie muss sich schonen. Sind Sie sicher, dass sie nicht doch oben in ihrer Kammer ist?«, fragte Corinna. Sie dachte gar nicht daran, sich durch diese Person mit ihrem lästerlichen Maul beirren zu lassen.

»Klar bin ich sicher.« Frau Schmeder griff nach einem Besen und begann nicht etwa, damit ihren verwahrlosten Hof zu fegen, sondern zog es vor, ein Huhn zu verscheuchen, das sich ihnen auf dem kargen Boden fleißig pickend genähert hatte.

»Wo finde ich sie denn?«, fragte Corinna beinahe freundlich, obwohl es sie einiges an Selbstbeherrschung kostete.

»Also, Sie stellen Fragen. Arbeiten ist die.«

»Frau Behrend ist in anderen Umständen.«

»Na und? Wennse Glück hat, kricht se das Balg inne Fabrik. Da isses warm.«

»Aber dort ist niemand, der ihr hilft.«

»Hier auch nich. Ich hab keine Zeit für so wat.«

Jetzt verlor Corinna die Geduld. »Sagen Sie ihr, sie soll ab morgen zu Hause bleiben«, stieß sie zwischen knirschenden Zähnen hervor. »Ich werde wiederkommen. Sagen Sie ihr das!«

Frau Schmeder zuckte mit den Schultern und versetzte dem Huhn einen Stoß.

• • •

Zum Entsetzen des Dienstpersonals hatte Corinna sich direkt nach dem sonntäglichen Kirchgang in die Küche verzogen, um die Verbände und Bandagen auszuwaschen, die sie bei ihren Krankenbesuchen verwendet hatte und wieder verwenden wollte. Sie benutzte dafür großzügig die Seife, die ihre Waschfrau aus Asche und Fett hergestellt hatte und in der Vorratskammer aufbewahrte. Sie würde sich bestimmt wundern, wenn sie merkte, wie leer der Topf war.

Während Corinna die Stoffstreifen einweichte, schlug und stampfte, hatte sie genug Zeit, über die Behrends nachzudenken. Wie sie es auch drehte und wendete, sie landete immer wieder an ein und demselben Punkt: Sie sorgte sich um die Mädchen. Und selbst wenn deren Mutter es aufdringlich fand, sie wollte sich um die beiden kümmern.

Sie richtete sich auf, schob mit dem Unterarm eine Strähne aus der Stirn und drehte sich um. »Frau Reuther, Sie machen mich nervös.« Die Köchin schlich die ganze Zeit um sie herum, so dicht, dass Corinna sie mehr als einmal mit dem Ellenbogen angestoßen hatte.

»Ich muss jetzt das Mittagessen vorbereiten.« Frau Reuther nutzte die Gunst des Augenblicks. »Buchweizenküchlein mit Speck und danach Hering.«

»Ich bin bald fertig. Rufen Sie Anton, er soll den Kessel ausleeren.« Corinna fischte den letzten Verband aus der Lauge und warf ihn in den Bottich mit klarem Wasser.

»Reichen Sie mir den Essig.« Ein Schuss Essig ins letzte Spülwasser machte die Verbände weicher, und das tat verletzter Haut gut.

»Frau Reuther, Sie herrschen bald wieder allein über Ihr Reich. Helfen Sie mir noch, die Verbände aufzuhängen, danach sind Sie mich los.«

»Ich?«

»Rufen Sie meinetwegen Henni. Ach was, rufen Sie auf jeden Fall Henni. Sagen Sie ihr, sie soll die Verbände glatt streichen, sie dürfen nicht völlig verkrumpelt über die Leine geworfen werden. Ich muss los.«

Sie ordnete ihr Haar, griff nach der Schute und machte sich auf den Weg, erleichtert, weil sie Fingerspitzengefühl gegenüber Theodor derzeit nicht aufwenden musste. Voll und ganz mit seinem neuen Kompagnon beschäftigt, wirkte ihr Onkel geradezu beflügelt. Diese Partnerschaft war anscheinend eine große Sache für ihn. Ob das auf Gegenseitigkeit beruhte, hätte Corinna nicht zu sagen vermocht, August Wohlferts Miene war verschlossen und unnahbar. Doch das spielte keine Rolle. Er gefiel Theodor, und darauf kam es an.

Zum Glück hatte die durchdringende Winterkälte die Stadt nicht mehr ganz so fest im Griff. Schien die Sonne, war es beinahe milde. Auch heute war ein schöner Tag, der blassblaue Himmel strahlend hell, und in den Gärten wippten die gelben Blütenköpfe des Winterlings im frischen Wind. Mitten auf der Straße wälzte sich ein großes wolliges Schaf geruhsam im Dreck und fühlte sich offenbar genauso beschwingt wie Corinna selbst. Sogar die ersten Stare waren zurückgekehrt und schossen pfeilschnell durch die Luft. Im Garten hinter Theodors Haus hatten sie sich wie jedes Jahr im Schutz einer efeuberankten Mauer eingenistet und verursachten die halbe Nacht einen Höllenlärm.

Es war nicht weit bis zum Mühlenbach, und als Corinna vor der schäbigen Behausung angekommen war, stieß sie als Erstes auf den halbwüchsigen Schmeder-Sohn, der auf dem äußerst wenig anheimelnden Hof herumlungerte und offensichtlich keine Lust verspürte, dort aufzuräumen. »Die Behrend is nich da«, murmelte er.

»Dann hol mir die Kinder«, befahl sie und drehte sich zu ihm um.

»Sin auch nich da.«

Unter seinem ungepflegten Blondschopf warf er ihr einen lauernden Blick zu. Man musste kein großer Menschenkenner sein, um zu wissen, dass er log, und Corinna ging an ihm vorbei, ohne ihm weitere Beachtung zu schenken.

»Sie könn'n da nich einfach rein. Is privat. Un es is keiner da. Hab ich schon gesacht.«

Corinna gedachte nicht, sich in eine Diskussion verwickeln zu lassen, und schritt der Haustür entgegen, die sich einen Spalt öffnete, noch bevor sie sie erreicht hatte. Rosa steckte ihre Nase heraus, und über diese winzige Nase verlief eine hässliche Schramme.

Hinter Corinna ertönte spöttisches Gelächter. »Is wohl doch wer da.«

»Was ist denn mit deinem Näschen passiert?«, fragte Corinna beunruhigt und beugte sich hinunter, um den Schaden zu begutachten.

Rosa zuckte mit den Schultern. »Ist nicht so schlimm.« Das war es wohl auch nicht, vermutlich hatte es ein wenig geblutet, dann hatte sich Schorf gebildet. Bald würde es verheilt sein und keine Narbe hinterlassen, die Wunde war nicht tief. Und doch hätte Corinna gern gewusst, was dem Kind zugestoßen war.

Nur wollte Rosa es nicht erzählen. »Tut gar nicht weh«, erklärte sie. »Wollen Sie zu meiner Mama?«

»Ist sie denn zu Hause?«

Rosa schüttelte den Kopf, und der Junge lachte wieder. »Sehen Se!«

Kretin! »Hol Gretchen. Wir drei machen einen Spaziergang.«

»Gretchen ist nicht da«, erklärte Rosa aufgeregt. »Können wir auch ohne sie gehen?«

»Natürlich können wir das. Jetzt sofort. Komm.« Sie hatte keine Lust, unter den wachsamen Ohren dieses grässlichen Rüpels eine Unterhaltung mit dem Kind zu führen.

Sie erstarrte, als Rosas Finger vertrauensvoll nach ihrer Hand tasteten. Es war lange her, dass sie ein Kind gehalten hatte, die Empfindung vertraut und fremd zugleich. Einen quälenden Moment ließ sie es zu, dass ihr die Erinnerung an ihren Sohn den Atem nahm, sie nicht Rosas, sondern Johanns süßes Kindergesicht sah, so klar, als stünde er tatsächlich vor ihr.

Zu viele Gefühle. Gab sie ihnen nach, verlor sie verlässlich die Fähigkeit zum Handeln. Also schob sie sie allesamt beiseite und fasste Rosas Händchen fester.

»Wo sind Gretchen und deine Mutter denn? Warum haben sie dich nicht mitgenommen?«, fragte sie.

»Die sind arbeiten.«

»Es ist Sonntag.«

»Deswegen arbeiten sie nur den halben Tag. Das ist gut, oder?« Rosa begann, mit kleinen, eckigen Bewegungen neben ihr herzuhüpfen. Sie hatte wenig Übung in kindlicher Lebensfreude.

»Das *ist* gut«, bestätigte Corinna, auch wenn Frau Behrend ein ganzer Tag Ruhe sicher besser getan hätte, schwanger oder nicht. »Wenn die anderen zur Arbeit gegangen sind, warum nicht du?«

Rosa blieb stehen und blickte sie erschrocken an. »Ich muss nicht! Ehrlich nicht. Ich schwänze nicht. Das geht auch gar nicht. Dann schmeißt der Otto mich raus.«

»Aber wie kommt es denn …« Corinna brach ab.

»Das ist doch ganz einfach.« Plötzlich klang Rosa wie eine Erwachsene. »Der Otto von Gretchen und Mama will, dass man sonntags arbeitet, und *mein* Otto sagt, wir sollen in die Kirche gehen.«

Es gab also keine allgemeingültigen Regelungen. Und Fabrik*arbeiter* taten das, was Fabrik*besitzer* anordneten.

»Bist du sonntags regelmäßig allein?«, hakte Corinna nach, und als Rosa gleichgültig nickte, fuhr sie fort: »Auf jeden Fall machen wir uns jetzt ein paar schöne Stunden. Mir knurrt der Magen, dir auch? Sehen wir zu, dass wir ein paar Leckereien auftreiben.«

• • •

Frau Winterfeldt war eine sehr feine Dame und ihre Hand so weich, wie Rosa noch nie eine berührt hatte. Die von ihrer Mutter war rau und voller Schwielen und kleiner Schnittwunden und die von Gretchen meistens irgendwie schmutzig. Frau Schmeders Hand war hart und schnell, und oft benutzte sie sie, um Rosa zu ohrfeigen.

Frau Winterfeldt sah auch ganz anders aus als alle anderen Frauen, die Rosa kannte, und sie hätte sie sehr gern die ganze Zeit betrachtet. Vielleicht mochte sie das aber nicht. Die meisten Menschen wollten nicht angestarrt werden. Sie taten dann so, als hätte man Böses im Sinn, dabei war Rosa nur wachsam. Wer gut aufpasste, der wurde nicht hinterrücks überrascht.

Sie konnte es einfach nicht lassen und sah Frau Winterfeldt immer wieder verstohlen von der Seite an. Aber die lächelte dann und schien gar nichts dagegen zu haben. Und sie war so hübsch. Ihre Haut war ganz weiß, wie Sahne. Und die Haare erst! Sie sahen aus wie dunkler Honig. Rosa hatte schon welchen im Kaufladen gesehen. Sie wusste, Honig war ganz süß. Das hatte ihr der Kaufmann erzählt. Anschließend hatte er sie davongejagt, weil er dachte, sie wollte welchen stehlen.

Das hatte sie gar nicht vorgehabt. Sie hatte zu viel Angst. Vor dem Gefängnisturm und vor der Hölle sowieso.

»Wir sind da.«

Rosa erschrak. Sie wäre lieber endlos neben der duftenden Frau Winterfeldt hergelaufen, ganz so, als gehöre sie zu ihr. Doch war ihr Ziel erreicht und Rosa plötzlich in einer fremden Welt. Sie hatte noch nie so große und so schöne Häuser gesehen. Oder Kutschen, die im Sonnenlicht schwarz blitzten. Mit Pferden, die riesig waren und sehnig und deren Fell schimmerte. Am Mühlenbach gab es nur grobe Karren und struppige Brauereipferde.

Das Haus, vor dem sie stehen geblieben waren, hatte dieselbe Farbe wie der blasse Winterhimmel, und das weiche Grau sah ganz anders aus als das schmuddelige Grau von Frau Schmeders Haus. Oder dem aller anderen am Mühlenbach. Vielleicht weil es Fensterrahmen gab, weiße Fensterrahmen, und sie waren von einem gelben Rand umrahmt. Auch die Tür war weiß, und sie glänzte, als wäre sie nass, aber als Rosa sie mit dem Zeigefinger anstupste, war sie ganz trocken.

Drinnen liefen sie durch einen großen Raum, der fast vollkommen leer war und von dem viele Türen abgingen, dann durch einen Gang, und an dessen Ende lag eine Küche, die größer war als das gesamte Haus von Frau Schmeder.

Dort war es warm, richtig schön warm. Und es roch gut. Nach frisch gebackenem Brot und dem Fleisch, das auf dem

Herd brutzelte. Rosa lief das Wasser im Munde zusammen. Sie schluckte hektisch.

»Frau Reuther, ich habe einen Gast«, erklärte Frau Winterfeldt und schob Rosa ein Stückchen weiter in den Raum. »Was können Sie uns kurzfristig zurechtmachen? Wir sind hungrig.«

»In einer Stunde wird das Mittagessen serviert.« Es hörte sich an, als wolle die Köchin Frau Winterfeldt daran erinnern, weil sie vielleicht so dumm gewesen war, die Zeit zu vergessen. In Wahrheit lag es jedoch an Rosa, das spürte sie genau. Die Köchin wollte sie hier nicht haben.

Es war besser, sie sich nicht zur Feindin zu machen. »Ich hab gar nicht so viel Hunger«, flüsterte Rosa und zupfte an Frau Winterfeldts Hand.

»Aber ich«, erklärte diese mit fester Stimme. »Und ich möchte nicht bis zum Mittag warten. Bitte, machen Sie uns einen Teller zurecht und lassen Sie ihn in meine Wohnstube bringen. Kommst du, Rosa?«

Und dann gingen sie zurück in den Flur, stiegen eine breite Treppe empor und betraten das Paradies.

• • •

Theodor konnte es einfach nicht lassen, und Corinna schüttelte den Kopf. »Du verwöhnst mich zu sehr«, sagte sie. »Ich habe schon so viele Kleider und brauche wirklich nicht noch ein weiteres.«

»Aber sieh doch nur, wie wunderschön dieser Stoff nach Frühling aussieht«, sagte er und strich ihr liebevoll über die

Schulter. »Dieses zarte Grün steht dir sicher wunderbar. Zu deinen Haaren kann ich mir nichts Passenderes vorstellen.«

Sie blickte ihn an. »So viel modischen Überschwang hatte ich bei dir gar nicht vermutet.«

»Ich bin Tuchhändler. Wenn ich auf etwas stoße, das für meine Nichte wie gemacht zu sein scheint, kann ich unmöglich daran vorbeigehen.«

Corinna legte den Pinsel weg, mit dem sie gerade versuchte, einem Gartenbild den letzten Schliff zu geben, verschränkte die Arme vor dem Leib und sah Theodor unter hochgezogenen Brauen an. »Das ist … reizend von dir.«

Er schaute sie unschuldig an. »Ich möchte nur das Beste für dich.«

»Ich bin nicht undankbar, ganz gewiss nicht«, sagte Corinna eilig. »Und ich weiß sehr wohl zu schätzen, wie großzügig und gütig du zu mir bist.«

Das war er gewesen, immer. Als sie nach Felix' und Johanns Tod in einem Meer aus Gram ertrank, war es Theodor, der sie daraus errettete. Der stoisch an ihrer Seite blieb, während sie die Tatsachen erst leugnete, dann in Wehklagen ausbrach und schließlich in stumpfer Betäubung versank. Nie hatte er die Geduld verloren, nie das Verständnis. Er war da gewesen, hatte ihr die Hand gereicht, sich gefallen lassen, wenn sie danach griff, und auch, als sie sie erbittert wegschlug. Ohne ihn hätte sie es nicht geschafft, da war Corinna sicher.

»Ach, Kind, das ist doch selbstverständlich. Ich handele auch nicht ganz uneigennützig. Seit du hier lebst, ist aus diesem Haus wieder ein Heim geworden.« Sein Lächeln wurde ein wenig unsicher, normalerweise vermied er es, die Einsamkeit nach dem Tod seiner geliebten Frau anzusprechen.

»Madame Petit wird bald eine Anprobe für das lavendelfarbene Kleid anberaumen. Ich werde ihr bei der Gelegenheit diesen Stoff zeigen. Ich bin sicher, sie ist entzückt«, gab Corinna sich geschlagen.

»Na, das hoffe ich ja wohl. Alles andere wäre ein bisschen unverschämt, findest du nicht?« Theodor grinste verschmitzt. »Sie soll sich etwas Hübsches dafür ausdenken. Und halte sie bei dem Lavendelfarbenen zur Eile an. Ich möchte in Kürze August Wohlfert zum Essen einladen, und es wäre schön, wenn du es bei der Gelegenheit tragen würdest.«

Sie erkannte Theodors werbende Miene, und wieder einmal überfiel sie die verstörende Befürchtung, er erwarte von ihr, die Trauerzeit hinter sich zu lassen und nach einem neuen Ehemann Ausschau zu halten. War es das, was er erhoffte? Bislang hatte er das Thema taktvoll umschifft, da es zwangsläufig auch ihren Verlust und den Kummer um das Verlorene berührte. Sie hoffte sehr, dass er diese Schranke nicht fallen lassen wollte.

Ein Gatte, der nicht Felix Winterfeldt war, kam nicht infrage. Es war ausgeschlossen, jemals wieder jene Nähe zu einem Menschen zu empfinden, wie es bei ihm ganz selbstverständlich gewesen war.

Weil sie ihrem Onkel nicht in die Augen blicken wollte, studierte sie das Aquarell, an dem sie gearbeitet hatte, bevor er gekommen war. Es wellte sich. Sie hatte zu viel Wasser verwendet.

»Schöne Frauen sind Männern nie gleichgültig«, griff Theodor leichthin den Faden wieder auf. »In diesem besonderen Fall kommt mir das sehr gelegen, denn August Wohlfert ist enorm wichtig für mich. Die Geschäftsverbindung mit ihm wird sich als höchst lukrativ erweisen, und ich will ihn bei der Stange halten.«

»Wenn Lavendel dabei hilft, gern«, stimmte Corinna notgedrungen zu. Sobald sie mit dem Geldbeutel klimperte, brachte sie Madame Petit schon auf Trab. »Meinst du, ich soll es wegwerfen?«, wechselte sie energisch das Thema.

»Das Kleid?«

»Welches Kleid? Ach so. Nein, das Aquarell.«

»Sollst du nicht. Um noch einmal auf Wohlfert zurückzukommen«, Theodor zögerte kurz, sprach aber schnell weiter, als fürchte er, ihn verlasse sonst der Mut. »Er ist ein Mann im besten Alter, ein schlauer Kopf mit couragierten Ideen, und ich bin sicher, er wird es noch weit bringen. Und er ist unverheiratet.«

Corinna sah ihn voller Unbehagen an. »Ich meine immer noch, es würde reichen, sich auf geschäftliche Verabredungen zu beschränken.«

»Ich muss dir doch nicht erklären, wie wichtig es ist, ein freundschaftliches Verhältnis aufzubauen. Eine Partnerschaft wird nur gedeihlich sein, wenn man sich vertraut.« Theodor gab sich ungewohnt gnadenlos.

»Wenn *ihr* euch vertraut. Mich geht das doch gar nicht viel an.«

Theodor schwieg und versuchte sich an einer bedeutungsvollen Miene.

Hoffentlich zog sich da nicht ein unentrinnbares Netz um sie zusammen. Corinna unterdrückte ein Seufzen. »Na gut. Hoffentlich bemüht er sich mehr um Konversation als beim letzten Mal.«

»Er hat doch eine wunderbare Unterhaltung mit uns geführt!«, wandte Theodor empört ein.

»Allerdings. Falls man sich für Nähmaschinen und nichts sonst interessiert.« Entschlossen zerknüllte Corinna das verunstaltete Blatt. Sie musste von Neuem beginnen.

»Ich bin sicher, ein Mann seines Formats interessiert sich für jede Menge Dinge. Sprich ihn doch auf ein anderes Thema an. Du wirst schon sehen. Lern ihn erst einmal besser kennen. Wir könnten viel mehr Zeit miteinander verbringen ...«

»Das solltet ihr beide tun. In den Geschäftsräumen«, fiel Corinna ihm ins Wort. »Und in der Fabrik. Ganz nah bei den wunderbaren Maschinen.«

»Auch. Aber hier ist es viel gemütlicher, und wenn sich zwei Familien verbinden ...«

Corinna zog die Brauen hoch. »Das tun sie aber nicht. Es verbinden sich zwei *Geschäftsleute*. Keine Familien.«

»Das stimmt. Zurzeit. Aber was nicht ist, kann ja noch werden. Oder?«

»Kann es nicht.« Corinna dachte an die hageren Gesichtszüge, den strengen Blick, und rang den Drang nieder, sich zu schütteln. »Aber wenn es dir so wichtig ist, werde ich bei dem Abendessen gern zugegen sein.« Sie tätschelte zärtlich Theodors zart errötende Wange. »Das ist das Äußerste, wozu ich bereit bin, *Onkel*.«

7

Samstags zog sich Corinna am Vormittag für gewöhnlich in ihre Wohnstube zurück, zusammen mit einer Tasse Tee und der Wochenendausgabe der *Kölnischen Zeitung*. Ihr gefiel deren freimütiger Ton, wenn sie auch nicht jedes Thema gleichermaßen fesselte. Heute konnte sie sich im Grunde für keinen der Artikel erwärmen. Müßig blätterte sie durch die Seiten und sah doch keine Buchstaben vor sich; stattdessen wanderten ihre Gedanken immer wieder zu den Erlebnissen der letzten Wochen. Wer so viel Elend sah und nicht aus Stein war, wurde die Bilder schwer los.

Schwungvoll schlug sie die nächste Seite auf und überflog einen Artikel über die Hafenanlagen, die ständig um- und ausgebaut wurden und doch ewig zu klein blieben. Köln lebte vom Handel und nicht zuletzt von der Rheinschifffahrt, deshalb mehrten sich Stimmen, die für eine Erweiterung entweder des Freihafens oder des nördlichen Sicherheitshafens oder gar für den Bau einer gänzlich neuen, weiter südlich gelegenen Anlage plädierten. Die endlosen Streitigkeiten über diese Angelegenheit langweilten Corinna von Herzen, und sie blätterte um. Auch über diese Seite hätte sie beinahe achtlos hinweggesehen, wenn ihr nicht plötzlich eine Anzeige ins Auge gesprungen wäre. Sie war beinahe unanständig groß, in nüchternen Lettern gesetzt, von einem zierlichen Ornament umrandet, und sie war von August Wohlfert aufgegeben worden.

Er suchte nach Arbeitern für seine Nadelfabrik, nicht für die Confection. »Es können mehrere Knaben und Mädchen zwischen 5 und 15 Jahren Beschäftigung finden«, kündigte er an. »Zu den üblichen Bedingungen.«

Fünf Jahre! Theodors neuer Freund dachte daran, Kinder einzustellen, die der Amme gerade entwachsen waren. Und die »üblichen Bedingungen« bedeuteten Arbeit von Sonnenauf- bis -untergang, bedeuteten magere Kinder mit stumpfem Haar und hohlem Husten. Bedeuteten wenig Lohn für sie und jede Menge Gewinn für ihn.

Ja, das sah ihm ähnlich, diesem verknöcherten Leuteschinder.

Das wird er mir erklären müssen, dachte sie und wetzte das Messer. Wenn Kinder wie Rosa von Leuten wie Wohlfert verheizt wurden, konnte sie das nicht unkommentiert lassen. Das war sie der Kleinen schuldig.

Und Johann.

• • •

Als August am Samstag die Zeitung aufschlug und seine Annonce fand, war er außerordentlich zufrieden. Das Ornament, mit dem sie eingefasst war, verlieh dem Ganzen Eleganz und lenkte die Aufmerksamkeit darauf. Die Aufmerksamkeit von Eltern, Verwandten, Nachbarn vielleicht. Dem Wirt um die Ecke. Sie alle kannten Kinder, und manche von ihnen würden Arbeit suchen.

Er nahm einen kräftigen Biss von seinem Schinkenbrot – frühmorgens brachte er meistens nur wenig hinunter, und so nahm er häufig ein zweites Frühstück gegen elf – und lehnte sich auf seinem bequemen Bürostuhl zurück.

Falls sich der Einsatz dieser Annonce als erfolgreich erwies, ließe sich das auch auf andere Gebiete übertragen. Potenzielle Kunden mussten mit den Erzeugnissen der Confectionsmanufaktur vertraut gemacht werden, warum also nicht auf diese Weise. Vielleicht durch eine ganzseitige Anzeige, gespickt mit Beispielen aus der Kollektion. August nahm sich fest vor, bei nächster Gelegenheit mit Neuburg darüber zu sprechen. Es war nicht verkehrt, eigene Anregungen beizusteuern, wie sich der Verkauf ankurbeln ließe.

Er würde den Vorschlag aufgreifen, das wusste August. Der Mann war begeisterungsfähig wie ein Kind, und gefiel ihm eine Idee, leuchteten seine Augen unternehmungslustig. August lächelte. Er mochte Neuburg, denn er war umgänglich, nicht verkrustet im Denken und, was noch wichtiger war, geschäftlich erfolgreich. Ihn als Partner gewonnen zu haben, war ein wahrer Glücksfall.

Sogar eine Verknüpfung der Familien hatte er ins Auge gefasst. Nicht dass er plump vorgeprescht wäre, aber der Tenor war gut herauszuhören gewesen.

August fand den Gedanken nicht einmal abwegig, und bei den wenigen Malen, als er Neuburgs Nichte begegnet war, hatte er sie zunehmend interessiert beobachtet. Corinna

Winterfeldt war Witwe, sie wusste, was in einer Ehe auf sie zukam, und musste nicht wie ein fragiles, kaum erblühtes junges Ding in die Mysterien eines gedeihlichen Zusammenlebens eingewiesen werden. Sie besaß eigenes Vermögen – Neuburg hatte es durchblicken lassen, ohne sich zu weit aus dem Fenster zu lehnen –, folglich wäre eine fehlende Mitgift nicht von Belang. Möglicherweise dachte ihr Onkel gar daran, sie als Erbin einzusetzen. So oder so, Geld würde fließen, und das, was kam, ließ sich sogleich in die Firma stecken. Auf diese Weise hatten alle etwas davon.

August nahm noch einen Schluck Tee, aber der war inzwischen kalt geworden. Mit einer Frau an seiner Seite würde fraglos besser für ihn gesorgt als in seinem Junggesellenhaushalt. Seine Dienstboten waren zwar jeder für sich genommen taugliche Leute, doch fehlte die ordnende Hand, die alles zusammenhielt.

Außerdem gefiel ihm Frau Winterfeldt. Sie war ansehnlich, schlank und biegsam, mit feinen Gesichtszügen und wundervollem Haar, dessen lieblicher Duft ihm in die Nase gestiegen war. Wenn er ehrlich war, stahl sich diese Frau inzwischen viel zu oft in seine Gedanken.

Obwohl es schwer war, ihr näherzukommen. Bei den gemeinsamen Mittagessen blieb sie still und beteiligte sich kaum am Gespräch. Irritierenderweise wurde sie jedoch lebhaft, wenn die Rede auf die Lage in den Fabriken und Manufakturen kam. Dann prangerte sie beredt die Not an, unter der die dort schaffenden Menschen ihrer Meinung nach zu leiden hatten. Er selbst fand nicht unbedingt, dass sie *litten*, auch wenn er froh war, ein anderes Leben zu führen.

So war es nun mal. Es gab unterschiedliche Lebenswelten und Aufgaben. Das war der Lauf der Dinge, ob Frau Winterfeldt es nun einsah oder nicht.

Armut wird es immer geben, dachte August und steckte sich den letzten Bissen seines Frühstücks in den Mund. Nicht alle hatten dieselben Talente, und nicht jeder strengte sich in gleicher Weise an. Das war nicht zu ändern. Seiner Meinung nach war die Entwicklung auf dem Arbeitsmarkt rundum positiv, sie brachte vielen Menschen in den überall aus dem Boden schießenden Fabriken Lohn und Brot, auch wenn sie dort natürlich keine Reichtümer erwarben.

Neuburgs Nichte dagegen träumte von einer besseren Welt und war offenkundig nicht so friedfertig und fügsam, wie er es sich für seine Ehefrau gewünscht hätte. Aber irgendwann musste er schließlich heiraten. Neben allem anderen hatte er seinen Vater auch darin enttäuscht, ihm keine passende Ehefrau und erst recht keinen Erben präsentiert zu haben. Es war das Einzige, dem er sich strikt verweigert hatte. Aufs Ganze gesehen, hatte er seinen Vater durchaus zufriedenstellen wollen – nicht dass es ihm je gelungen wäre –, doch sein privates Glück hatte er zäh verteidigt. Wobei von Glück eigentlich gar nicht gesprochen werden konnte; es war ihm nie gelungen, sein Herz zu verschenken. Daher war es leicht, seine – nicht vorhandenen – Gefühle hintanzustellen und eine geschickte Wahl zu treffen.

Ein ungewohntes Empfinden saß in seiner Brust, und es dauerte eine Weile, bis er erkannte, was es war. Der Druck fehlte. Die Erwartung, immer und immer wieder darauf gestoßen zu werden, seinem Vater nicht zu genügen. Egal, was er tat und wie sehr er sich anstrengte.

Er war … frei.

Wieder dachte er an Corinna Winterfeldt, und ein Lächeln stahl sich ganz von selbst in seine Züge. Dann legte er mit großer Sorgfalt die *Kölnische* zusammen, schob den Stuhl zurück und erhob sich, um an die Arbeit zu gehen.

• • •

Hinter Corinna lag der Besuch bei einer Patientin, die sie nun schon mehrere Wochen betreute. Trotz all ihrer Bemühungen hatte die alte Dame, erschöpft und mutlos, wie sie war, einfach aufgegeben, das Essen eingestellt und war verschieden. Ganz still, ganz allein, und als Corinna bei ihr ankam, lag sie tot und kalt in ihrem Bett. Niemand in ihrer Umgebung hatte es bemerkt, und es schien auch keinen einen Deut zu scheren. Bekümmert stapfte Corinna auf dem Heimweg die Straßen entlang und freute sich beinahe über die Graupelschauer, die der Wind durch die Stadt fegte, als sei der Winter zurückgekehrt. Neben ihr ratterte eine Kutsche mit Zugpferden, die trübselig die Köpfe hängen ließen, durch eine tiefe Pfütze, und schmutziges Wasser durchnässte Corinnas Rock von oben bis unten.

Umso besser. Genau so war das Leben. Kalt, ungemütlich, rücksichtslos.

Eines der Pferde wieherte, als wolle es sich entschuldigen. Unter normalen Umständen hätte Corinna das zum Lächeln gebracht. Heute nicht.

»Du bist zu spät«, sagte Theodor vorwurfsvoll, als sie in der Eingangshalle auf ihn und seinen Begleiter stieß. »Wir warten schon seit einer halben Stunde auf dich.«

Mittagessen mit Herrn Wohlfert. Schon wieder! Theodor hatte es kurzfristig anberaumt und heute Morgen davon gesprochen, fiel ihr ein.

»Ich hatte es vergessen.« Keine Entschuldigung, keine höfliche Umschreibung.

»Nun sind Sie ja da«, sagte Wohlfert nachsichtig. »Ich hoffe inständig, Sie gesellen sich zu uns.«

»So?«, fragte Corinna und schüttelte ihre Röcke, die Tropfen flogen in alle Richtungen.

»Wir warten, bis du dich umgezogen hast.« Theodors Miene zeigte deutlich, wie unwohl er sich angesichts einer Nichte fühlte, die sich derart schlecht benahm.

»Fangt schon mal an. Ich komme später dazu«, schnappte Corinna. »Wenn Frau Reuther jetzt nicht auftragen lässt, ist alles verkocht. Das kannst du ihr nicht antun.«

Theodor, augenscheinlich kurz davor, die Hände zu ringen, bewahrte Haltung und geleitete seinen Gast ins Speisezimmer, während Corinna sich in ihre Schlafstube aufmachte, um sich endlich ihres feuchtklammen Kleides zu entledigen und ein warmes und vor allem trockenes anzuziehen. Ein bequemes Tageskleid. Sie hatte keine Lust, sich für diesen Gast in Schale zu werfen.

Theodor quittierte ihre Wahl mit unwilligem Stirnrunzeln, doch er schwieg, als sie sich endlich zu ihnen gesellte. Inzwischen ließen sie sich bereits den Hauptgang schmecken. »Ich habe keinen Hunger, danke«, wehrte Corinna Kerres ab, als er ihr eine Scheibe Sauerbraten auflegen wollte. »Sagen Sie, Herr Wohlfert, letzten Samstag habe ich Ihre Annonce in der *Kölnischen* gelesen …«

»Wie schön, sie hat Ihr Interesse erregt.« Wohlfert schnitt in aller Ruhe ein Stück von seinem Fleisch ab und warf ihr einen erfreuten Blick zu.

»Finden Sie es richtig, in Ihrer Fabrik Kinder allein zu Ihrem Vorteil auszunutzen?«, blies Corinna zum Angriff.

»Ganz so ist es nicht«, widersprach er und sah sie nun deutlich frostiger an. »Die Kinder haben natürlich ebenfalls Vorteile. Sie verdienen nämlich gutes Geld.«

»Zu wenig«, wandte Corinna ein, noch ehe er zu Ende gesprochen hatte.

»Angemessen«, widersprach er. »Sie werden entlohnt, wie es in den Unternehmen gemeinhin üblich ist.«

»Sie wachsen dort unter unerträglichen Bedingungen auf«, wechselte Corinna mitten im Ritt das Pferd, weil sie wusste, dass sie ihn nicht widerlegen konnte.

Wohlfert ließ sich nicht beirren. »Sie *arbeiten* in den Fabriken, wachsen dort nicht auf. Abends gehen sie nach Hause und genießen die freie Zeit im Kreis ihrer Familien.«

»Nein. Sie gehen nach Hause, fallen todmüde auf ihr Lager und haben von ihrer Familie überhaupt nichts.«

Wohlfert hob den sorgfältig manikürten Zeigefinger. »In diesen Familien müssen in der Regel alle gemeinsam zum Einkommen beitragen.«

»Es wäre besser, wenn den Kindern eine gründlichere Erziehung zuteilwürde«, sagte Corinna und ignorierte Theodor, der ihr offenbar Einhalt gebieten wollte. »Sehen Sie, Herr

Wohlfert, Sie und ich haben eine gute Ausbildung genossen. Wir haben uns mit Lektüre auseinandergesetzt, mit Sprachen, fernen Ländern, Sie vermutlich mit Naturwissenschaften und ich mit den schönen Künsten. Kinder wie Rosa können nicht einmal lesen und schreiben.«

»Was sollten sie auch damit anfangen?«, fragte er zurück und klang unnahbar, jedoch nicht gönnerhaft. »Sie werden diese Fertigkeiten in einer Fabrik nicht brauchen.«

»Aber es würde ihnen ermöglichen, eine qualifiziertere Arbeit zu bewältigen«, sagte Corinna und hatte Mühe, höflich zu bleiben. »Mit der sie dann einen höheren Lohn erhielten.«

»Die komplexeren Tätigkeiten werden sehr gut von den eigens dafür ausgebildeten Männern ausgeführt. Die eine Familie zu ernähren haben und natürlich mehr verdienen als Kinder, die das gemeinsame Einkommen nur aufbessern.«

»Kinder sollten zur Schule gehen und lernen, damit sie etwas aus ihrem Leben machen können.« Corinna griff ungestüm nach ihrem Weinglas, es klirrte, als sie damit an die Karaffe stieß.

»Was denn?«, fragte Wohlfert erstaunt. »Wir reden hier von Kindern aus einfachsten Verhältnissen. Was um Himmels willen sollten sie denn aus sich machen? Aus meiner Sicht darf sich glücklich schätzen, wer eine Arbeit hat und nicht auf der Straße betteln muss.«

»In den Fabriken müssen sie eine stumpfsinnige Tätigkeit in Lärm und Staub ausüben.«

»Corinna …«, schaltete sich Theodor ein.

»Was?«

»Du vergisst dich. Ich bitte um Entschuldigung, Herr

Wohlfert. Meine Nichte weiß sehr wohl, dass es von Nutzen ist, die Kinder von der Straße zu holen und ihnen ein Auskommen zu geben.«

»Dennoch ist es unredlich, die verheerenden Folgen für ihre Entwicklung nicht zur Kenntnis zu nehmen«, beharrte Corinna.

»Liebe Frau Winterfeldt, die Lage ist, wie sie ist.« Wohlfert tupfte sich mit der blütenweißen Serviette die Lippen ab. »Die Unternehmer brauchen Arbeitskräfte und die Leute einen Verdienst. Das passt doch ganz vorzüglich zusammen.«

»Und doch profitieren die Unternehmer so viel stärker als die Leute, die sie beschäftigen.«

»Corinna …«, versuchte Theodor es noch einmal, aber sie hatte noch einen Pfeil abzuschießen.

»Ich halte diese Rücksichtslosigkeit für zutiefst unchristlich«, sagte sie und unterdrückte den Drang, sich zu erheben und das Zimmer zu verlassen, Wohlfert und all dem, wofür er stand, einfach den Rücken zu kehren. »Aber ich erkenne, wenn ich auf verlorenem Posten stehe.« Im bitteren Gefühl, eine Niederlage erlitten zu haben, holte sie tief Luft und zwang sich zur Mäßigung. »Darf ich Kerres dann anweisen, das Dessert zu servieren?«, fragte sie.

• • •

Theodor hatte sich auf seinem Lieblingsplatz in Corinnas Sofaecke bequem gemacht und sah seine Nichte mit großen, unglücklichen Augen an. »Ich möchte dich wirklich nicht kritisieren«, sagte er und wagte es tatsächlich nicht, obwohl es ihn erkennbar drängte.

»Warum denn nicht?« Corinna versteifte sich. »Glaubst du, ich könne das nicht ertragen?«

Theodor begann, mit seinem an sich perfekt geschlungenen Halstuch zu spielen, und beobachtete Corinna, die ruhelos ihre Runden drehte. Bis es ihr auffiel und sie stehen blieb, um mehr Gelassenheit vorzutäuschen, als sie empfand.

Dann entschloss er sich zu offeneren Worten, als er ihr gewöhnlich zumutete. »Dein Betragen während Herrn Wohlferts Besuch war ungehörig. Und, gelinde gesagt, merkwürdig.«

»Ich war wütend.«

»Das war nicht zu übersehen. Aber musstest du es unbedingt an meinem Gast auslassen?«

Corinna verschränkte die Arme. »Ja. Das musste ich. Er scheint nicht das winzigste bisschen Herz zu besitzen.« Ihr gelang ein versöhnliches Lächeln, es lag ihr nichts daran, Theodor zu bekümmern. »August Wohlfert ist wichtig für dich, das ist mir klar, aber ist er deswegen vor aller Kritik gefeit?«, insistierte sie dennoch.

»Natürlich nicht. Aber er ist nun einmal Unternehmer. Und ja, er verdient damit Geld, aber seine Leute doch auch. Was ist falsch daran?«

»Sie erhalten nur sehr wenig Geld für sehr viel Arbeit. Es reicht nicht einmal aus, um ihnen ein Leben in halbwegs geordneten Verhältnissen zu ermöglichen. Begleite mich einmal auf meinen Wegen durch die Gassen, in denen die Fabrikarbeiterinnen wohnen, dann wirst du es selbst erkennen.« Der Wind trieb prasselnde Regenschauer an die Fenster, und allein das Geräusch ließ einen frösteln trotz der Wärme im Zimmer.

»Das werde ich auf keinen Fall tun.« Theodor schauderte, und sein Halstuch wirkte inzwischen reichlich derangiert. »Mir wäre es lieber, du würdest ebenfalls davon absehen. Um aber auf Wohlfert zurückzukommen: Er ist ein findiger Mann und hat ganz klar erkannt, dass durch die aufstrebende Wirtschaft mehr und mehr Menschen ihre erworbenen Reichtümer zeigen und sich gut kleiden wollen. Nicht nur die großen Unternehmer und Manufakturbesitzer, auch ihre Zulieferer, Handwerker mit gut gehenden Betrieben, Schreiberlinge, solche Leute. Auch die wollen anständige Garderobe, haben aber weder die Zeit, sich darum zu kümmern, noch das Geld für einen Schneider. Ich bin sicher, in der Confection liegt ein großes Potenzial. Und wenn August Wohlfert seine Rohmaterialien von mir bezieht, wird das einen beträchtlichen Gewinn abwerfen. Du siehst also, er ist wichtig für mich. Für *uns*, wenn du so willst. Ich brauche diese Partnerschaft. Sie sichert unsere Zukunft. Auch deine.«

Davon wollte sie nichts wissen, sie wollte nicht einmal darüber nachdenken, und doch war es besser, es endlich anzusprechen. »Ich hoffe, nicht in dem Sinne, wie es gerade scheint.«

»Lass ihm Zeit, sich dir vernünftig zu präsentieren. Und lass *dir* Zeit, in Ruhe darüber zu urteilen.«

Jetzt reichte es ihr. Langsam ging sie auf Theodor zu und ignorierte das Klopfen des Hausknechts an ihrer Tür.

»Es wird nie jemand anderen für mich geben als Felix«,

sagte sie bestimmt. »Wie kannst du mir nach Felix, dem sonnigen, liebevollen, verschwenderischen Felix, einen so … spröden Mann wie Herrn Wohlfert an die Seite geben wollen? Wie soll ich ihn ertragen?«

»Du wirst einen zweiten Felix nicht finden«, wandte Theodor behutsam ein.

»Denkst du, ich weiß das nicht?« Sie brach ab, arrangierte erneut ihren Rock, auch wenn die Stoffmassen in makellosen Falten lagen. »Deshalb frage ich mich, warum ich überhaupt danach suchen soll.«

»Das sollst du ja gar nicht. Nicht nach einem Felix. Aber du könntest …« Es fiel ihm schwer, die richtigen Worte zu finden, das sah sie.

»Ja?«

»Du könntest einem anderen Mann, einer anderen Art Mann, eine Chance geben«, vollendete er den Satz.

»Weshalb kommt da niemand außer Wohlfert infrage? Ausgerechnet er?«

»Aus zwei Gründen«, erklärte Theodor ruhig. »Einerseits ist er ein ehrenwerter Mann, charakterstark und intelligent. Hat einen Leumund, der keinen Zweifel an ihm weckt. Das freut mein Onkelherz, denn genau so einen Ehemann wünsche ich mir für dich. Andererseits hat er auch Geschäftssinn, besitzt Weitblick und Ehrgeiz. Das wiederum freut mein Unternehmerherz, denn eine familiäre Verflechtung unserer Geschäftsfelder wäre sehr von Vorteil.«

»Darum geht es in Wahrheit vorrangig. Das weiß ich.«

»Das nicht, Schatz«, widersprach Theodor. »Aber es ist von gleichrangiger Bedeutung. Und du bist noch jung. Du solltest nicht allein bleiben. Andere … andere Kinder haben.«

»Hör auf.«

»Ich werde dich nicht zwingen. Aber das Bündnis mit August Wohlfert ist mir zuträglich. Er ist energisch und tüchtig, und er will nach oben. Wenn ich Pech habe, sucht er sich einen anderen Kompagnon, und so schnell finde ich niemanden mit ähnlichen Qualitäten. Egal, ob du dir ein Leben an seiner Seite vorstellen kannst oder nicht, es hilft mir nicht, wenn du unhöflich zu ihm bist. So unhöflich, dass er womöglich abspringt.«

Corinna rang darum, sich einsichtig zu zeigen, aber sie konnte einfach nicht zurückstecken. »Mir missfällt die mangelnde Bereitschaft, seine Haltung gegenüber den Kindern wenigstens zu überdenken. Ist es nur Härte? Oder geschieht es aus Dummheit? Kann er es nicht erkennen, oder will er es nicht?«

»Du kannst den Lauf der Welt nicht aufhalten«, mahnte Theodor leise.

»Und wenn ich es versuche?«

»Dann wirst du scheitern.«

8

Theodor war satt und erdenschwer von dem Treffen mit den Kollegen bei der Handelskammer zurückgekehrt und zog sich sofort in sein Arbeitszimmer zurück. Anders als sonst ließ er sich nicht zu einem gemütlichen Nickerchen auf dem Sofa nieder, sondern sackte umgehend auf den bequemen Sessel vor seinem Schreibtisch. Dort lagen die Unterlagen ausgebreitet, um die er seinen Büroleiter gebeten hatte, und Theodor blickte seufzend auf die säuberlich verteilten Papiere, als wären sie der Feind.

Gemächlich und konzentriert stopfte er seine Pfeife, ein hübsches Exemplar mit rankenbemaltem Porzellankopf und Bernsteinmundstück. Sie war ein Geschenk seiner Frau, das er wie alle Erinnerungsstücke in Ehren hielt. Obwohl er nur selten rauchte. Eigentlich nur, wenn wichtige Entscheidungen anstanden und er Ruhe benötigte, um seine Gedanken zu ordnen.

Corinna bereitete ihm Sorgen. Das tat sie, seit sie, betäubt durch den Verlust ihres Mannes und ihres Sohnes, stumm und starr in ihrem Haus gesessen hatte und er verstört ihre Sehnsucht erkannte, den beiden zu folgen. Ohne langes Fackeln hatte er sie in den Landauer gepackt und nach Köln geschafft, wo sie allmählich zu gesunden schien. Wenn sich auch seine Befürchtung, sie spiele ihm Zufriedenheit und Lebensmut nur vor, niemals ganz verlor, so war mit der Zeit seine Überzeugung gewachsen, die eingeschlagene Strategie habe sich tatsächlich ausgezahlt.

Die alten Sorgen hatten sich verflüchtigt, doch waren neue an deren Stelle getreten. Eine Veränderung war mit Corinna vorgegangen, er spürte es genau, und das war ihm nicht geheuer. Plötzlich war sie widerspenstig – das machte es so schwer, zu erkennen, in welche Richtung er sie lenken sollte. Was das Richtige für sie war.

Tabak reichte nicht. Theodor griff nach dem Klingelzug, um sich von Kerres einen Armagnac servieren zu lassen. Nachdem er den ersten Schluck genommen hatte, fasste er Mut, um den Tatsachen ins Auge zu blicken.

Egal, was sie sagte, egal, wie lebhaft sie sich verweigerte, es war an der Zeit, ihr einen neuen Ehemann zu suchen. Mit dem sie einen ganzen Stall voll Kindern in die Welt setzen konnte, die sie über den Verlust ihres ersten Sohnes hinwegbrachten.

Zu ihrer aller Wohl wäre es das Beste, sie ließe sich für August Wohlfert doch noch erwärmen. Bündelten die Firmen Neuburg und Wohlfert ihr Kapital und verfolgten sie einen gemeinsamen Geschäftsplan, profitierten sie alle von dem erzielten Gewinn. Auch Corinna. Mehr Gewinn bedeutete mehr Geld. Mehr Geld bedeutete eine größere Verfügungsmasse für ihre karitativen Projekte und ermöglichte darüber hinaus stattliche Spenden.

Das war ein blendender Einfall. Theodor zögerte kurz, dann gönnte er sich einen weiteren Armagnac.

Stellte er es geschickt an, erkannte Corinna die positiven Aspekte am Ende selbst. Auch wenn sie Wohlfert langweilig fand. Du liebe Zeit, war das denn so schlimm? Eine Ehe war ein Verbund, der die Zukunft sichern sollte, nicht das Amüsement.

Außerdem musste sie im Vergleich zu Felix jeden als öde empfinden. Ihr so jung aus dem Leben gerissener Ehemann war von sprühender Lebenslust gewesen, und die Ungerechtigkeit, dass gerade ihm nicht vergönnt gewesen war, seine Vitalität bis zum letzten Tropfen auszukosten, schnürte Theodor auch heute noch die Luft ab. Der strenge Herr Wohlfert konnte trotz all seiner Vorzüge mit einem Charmeur wie Felix nicht mithalten, wenn er ehrlich war – und das blieb nach zwei üppigen Armagnacs nicht aus. Doch gab er nicht auf, nicht, bevor er nicht alles versucht hatte, um Corinnas starre Haltung doch noch zu korrigieren. Es konnte ihm gelingen, da war er sicher.

Oder zumindest nicht gänzlich ohne Hoffnung.

• • •

Corinna stand schon in Frau Behrends Kammer, noch bevor sie wusste, was sie eigentlich sagen wollte.

In dem kleinen Raum sah es aus wie immer. Sauber gefegt, die wenigen Möbel staubgewischt, das einzige Fenster hatte zwar einen Sprung, ließ aber das fahle Licht des grauen Tages durch. Nur war es kalt und klamm, und sie entdeckte nirgendwo auch nur das kleinste bisschen Essen. Die Behrends verwahrlosten nicht, sie hungerten auch nicht in unerträglichem Ausmaß. Aber alles war knapp. Alles war nahe dran.

»Wie geht es Ihnen?«, fragte Corinna. »Ich wollte sehen, ob ich etwas für Sie tun kann.«.

Frau Behrend maß sie mit einem langen Blick. »Is nich nötig. Ich bin Ihnen dankbar und all das, aber ich kann meinen Kram selbst regeln.«

Nie im Leben, dachte Corinna. Die Frau war dürr wie eine Zaunlatte und weiß wie ein Gespenst. »Ein wenig Unterstützung könnte dennoch helfen. Sie brauchen alle Kraft für Ihre Schwangerschaft, aber die Arbeit raubt sie Ihnen, und …«

Frau Behrend zögerte. Schließlich erhob sie sich von dem Stuhl, auf dem sie gesessen hatte, sah sich wohl im Nachteil gegenüber der hoch vor ihr aufgerichteten Corinna. »Geht schon. Meine Töchter müssen eben ’n bisschen mehr tun als bisher.«

Rosa starrte auf die Dielenbretter zu ihren Füßen, als ginge sie das Ganze gar nichts an.

»Noch mehr?«, fragte Corinna. »Wie sollen sie das denn schaffen? Sie sind doch noch so klein. Wenn wenigstens Rosa aufhören könnte zu arbeiten …«

Frau Behrend lachte auf. »Un könn’ Sie mir auch sagen, wie wir unseren Lebensunterhalt dann bestreiten sollen?«

Corinna griff nach der Stuhllehne. »Darf ich?«, fragte sie und setzte sich, ohne Frau Behrends widerwilliges Nicken abzuwarten. »Ich wollte Ihnen nicht zu nahe treten«, sagte sie, um einen versöhnlichen Ton bemüht. »Ich weiß, wie schwierig die Verhältnisse sind.«

Frau Behrend zog geringschätzig die Mundwinkel nach unten, und ihr an sich hübsches Gesicht sah plötzlich bitter und hässlich aus. »Die Mädchen müssen für uns sorgen«, erklärte sie müde. »Vor allem, falls ich ausfalle. Sie verdienen in der Fabrik was, und Gretchen putzt am Wochenende noch in 'nem Wirtshaus. Damit kommen wir über die Runden. 'ne Zeit lang.«

Corinna versuchte, irgendwo die Vernunft hinter all dem zu erkennen. »Das ist eine zu große Last für die beiden«, gab sie leise zu bedenken, und sie hasste es, dass Rosa das alles zu hören bekam.

Ihre Mutter verschränkte die Arme vor ihrer üppigen Brust, die wegen des mageren Leibes umso mehr ins Auge fiel. »Is nich zu ändern«, sagte sie kurz und bündig.

»Aber trotzdem. Ihre Probleme lassen sich bestimmt anders lösen«, wandte Corinna hilflos ein. »Ich kann Ihnen dabei helfen.«

»Ich will Ihre Hilfe aber nich. Wir sind immer ohne so was zurechtgekommen.«

»Wenn Sie mein Angebot nicht annehmen wollen, denken Sie vielleicht über einen anderen Ausweg nach«, gab sich Corinna geschlagen und erhob sich. »Dafür benötigen Sie Ruhe. Rosa kann mit mir kommen, ich bringe sie am Abend rechtzeitig zurück. Nehmen Sie sich die paar Stunden und nutzen Sie die Zeit. Ihnen wird schon etwas einfallen.«

• • •

Der März tat, was er konnte, um Verwirrung zu stiften, und wechselte nasskalte mit fast schon frühlingshaften Phasen ab. Heute war Samstag, und Theodor genoss die Stunden, die er mit seiner Nichte in einer windgeschützten Ecke des Gartens verbrachte. Die Sonne wärmte seine müden Knochen, die violetten Krokusse blühten noch, die gelben Narzissen schon, und es war Labsal für die Seele, den Blick auf all dieser verschwenderischen Pracht ruhen zu lassen.

Ich werde alt, dachte Theodor. Falsch, ich *bin* alt. Genau das war der Grund, warum er sich so viel Mühe gab, seine Angelegenheiten zu ordnen. *Corinnas* Angelegenheiten zu ordnen.

»Was siehst du mich so an?«, fragte sie, schloss träge die Augen und reckte das Kinn den Sonnenstrahlen entgegen.

»Ich dachte über dich nach«, erwiderte er wahrheitsgemäß. Der Moment war gekommen, in dem er endlich aussprechen musste, was ihn umtrieb.

»Spar dir die Mühe.« Es klang friedlich, aber er konnte sehen, wie ihre Augenlider kurz zuckten, obwohl sie sie demonstrativ geschlossen hielt.

Theodor unterdrückte ein Seufzen.

Sie hörte es trotzdem, richtete sich auf und verlor das Entspannte. »Du wirst mich nicht davon abhalten, karitativer Arbeit nachzugehen«, erklärte sie sehr bestimmt.

»Das hatte ich gar nicht vor«, erwiderte er. »Gleichwohl wünschte ich in manch schwachen Stunden«, er lächelte, um seinen Worten die Schärfe zu nehmen, »du würdest deinen Tatendrang in andere Kanäle lenken …«

»In Kirchenbasare?«

»Zum Beispiel. Doch sogar ich habe inzwischen einiges begriffen. Dich treibt etwas um, das nach praktischer Anwendung drängt und mit dem Spendensammeln allein nicht befriedigt werden kann. Ich bin ja auch stolz auf dich.«

Eine zarte Röte breitete sich über ihren Wangen aus. »Ich muss das wirklich tun, Theodor«, sagte sie. »Ich führe ein so privilegiertes Leben. Andere nicht. Falls ich irgendwo irgendjemandem helfen kann, will ich es tun. Und bevor du es ansprichst, ich weiß es selbst: Es ist wenig genug.«

Er sah sie an. Betrachtete die fein gezeichneten Züge, den misstrauischen Ausdruck in ihren Augen. Dann holte er unauffällig tief Luft. »Ich muss mit dir über August Wohlfert reden.«

Corinna schwieg. Ausgiebig. »Warum jetzt?«, fragte sie plötzlich.

»Weil es nötig ist«, sagte er so gelassen wie möglich. Die Wahrheit wäre gewesen: weil der Stadtausbau weiterhin ausschließlich in Richtung Westen betrieben wurde. Nicht nach Norden, wo seine brach liegenden Grundstücke als Klotz an seinem Bein hingen. »Mein Geschäft befindet sich im … Ungleichgewicht. In Turbulenzen. Um langfristig wieder friedlicheres Fahrwasser zu erreichen, muss ich Geschäftsfelder auffächern. Erweitern. Das geht besser mit einem Partner. Ich *brauche* einen Partner. Familiäre Partner geben mehr Sicherheit als Verträge zwischen Fremden, die über die trockenen Paragrafen hinaus einander moralisch nicht verpflichtet sind.«

»Und August Wohlfert und du, ihr ergänzt euch«, brachte es Corinna auf den Punkt.

Er nickte. »Es passt einfach hervorragend zusammen.«

»Nur passen *wir* nicht zueinander.«

»Das kann wachsen«, sagte er unglücklich. »Ich glaube, es *wird* wachsen. Wohlfert ist ein guter Mann.«

»Mit Ansichten, die ich nicht gutheißen kann.«

»Dann wirke auf ihn ein.« Dieses Argument war das einzige, mit dem er sie würde umstimmen können. »Ich werde dich als Erbin meines Vermögens und meines Unternehmens einsetzen und dir vertraglich ein Mitspracherecht bei weitreichenden Entscheidungen einräumen. Damit hättest du ein gewisses Maß an Kontrolle. Auch darüber, ob du Kinder beschäftigen willst und wenn ja, zu welchen Konditionen«, sagte er, weil es das war, was sie sich wünschte und worüber er endlos nachgedacht hatte. »Du könntest Wohlfert lenken, wärest du mit ihm verheiratet.«

»Du meinst, ich soll mich zu einem Mann ins Bett legen, um ihn zu manipulieren?«

Theodor zuckte zusammen. Mit einer derartigen Brutalität kam er schlecht zurecht. »Das hast du sehr … hässlich ausgedrückt, aber ja, es wäre eine Möglichkeit«, gab er dann ehrlich zu.

Corinna blickte äußerst skeptisch drein. »Herr Wohlfert erweckt nicht den Eindruck, als wäre er imstande, einmal gefasste Überzeugungen so einfach über Bord zu werfen.«

»Das weißt du doch nicht. Du kennst ihn ja kaum.«

»Er wird seine Haltung hinsichtlich der Kinderarbeit nicht aufgeben, Theodor«, beharrte sie.

»Vielleicht doch. Wenn du deinen Einfluss geltend machst.«

»Ich glaube, da überschätzt du meine Fähigkeiten. Die Kinder sind zu nützlich für ihn.«

»Corinna …«

»Ja. Ich werde darüber nachdenken.«

• • •

Corinna versuchte, Theodors Ansinnen in den Hintergrund ihres Bewusstseins zu drängen – es war zu beängstigend –, und widmete sich dem, was wichtiger war: Sie wollte für Kinder wie Gretchen und Rosa etwas tun. Sie brauchten jemanden, der für sie eintrat. Der das Bewusstsein dafür schärfte, dass mehr Fürsorge gesündere Kinder hervorbrachte. Gesündere Kinder waren zu besseren Leistungen imstande, und das war ein Argument, das die Verantwortlichen zu der Einsicht bringen sollte, den Kindern einen Teil ihrer Bürde zu erlassen. Und sie musste unbedingt mit jemandem darüber sprechen, der gleichen Sinnes war wie sie und ihr half, ihre Gedanken zu klären.

Das Hausmädchen der Ludewigs öffnete so prompt, als habe es direkt hinter der Tür gestanden und auf Besucher gewartet. »Es tut mir leid, aber der Doktor ist nicht da«, sagte sie bedauernd.

Corinna fühlte sich wie jemand, der einen Fanfarenstoß erwartet hatte und nun ein leises Klingeln vernahm. »Wann kann ich ihn denn sprechen?«, erkundigte sie sich enttäuscht.

»Ach, kommen Sie rein, Frau Winterfeldt.« Erna öffnete einladend die Tür. »Ich bringe sie einfach zur Frau Doktor.«

Erna war äußerst selbstsicher und durch die Patienten an eine gewisse Eigenmächtigkeit gewöhnt.

»Danke.« Es war aufdringlich, was Corinna unangenehm fand, aber nützlich. Frau Ludewig als Mitstreiterin zu gewinnen, konnte den entscheidenden Impuls bedeuten.

Die Gemahlin des Arztes erwies sich als zierliche Frau mit hellem Teint und dunklen, ungebärdigen Locken, und unter ihrem eher schlichten Tageskleid wölbte sich ein kleines, aber erkennbares Bäuchlein. Der Stich, den Corinna dieser Anblick versetzte, war wie gewohnt scharf, aber sie ignorierte ihn entschlossen.

»Mein Name ist Corinna Winterfeldt«, stellte sie sich vor. »Und ich unterstütze seit einiger Zeit Ihren Mann bei seiner Arbeit.«

»Ich weiß.«

»Bitte, verzeihen Sie mein unangemeldetes Erscheinen«, fuhr Corinna fort und trat einen Schritt auf ihre unfreiwillige Gastgeberin zu. »Eigentlich wollte ich zu Ihrem Mann, doch Ihr Mädchen hat mich zu Ihnen geführt.«

»Oh, ich freue mich, Sie kennenzulernen.« Frau Ludewig betrachtete sie neugierig. »Es ist äußerst ermüdend, ans Haus gefesselt zu sein. Mein Mann ist aber leider nicht da.«

»Ich würde auch sehr gern mit Ihnen sprechen«, fasste Corinna sich ein Herz. Fanny Ludewig hatte sie immer noch nicht aufgefordert, Platz zu nehmen, und allmählich kam sie sich vor wie eine Bittstellerin. »Ich habe mir Gedanken zu einigen seiner Patienten gemacht, und …«

»Zu deren medizinischer Behandlung?«, fragte Frau Ludewig ungläubig und schob sich mit beiden Händen die Locken hinter die Ohren. Soweit Corinna es erkennen konnte, ringelten sie sich in natürlicher Weise und mussten nicht allmorgendlich gebrannt werden, worum sie heiß zu beneiden war.

»Natürlich nicht. Sehen Sie, es geht mir um die Töchter einer Patientin und um deren Lebensumstände. Deren *fatale* Lebensumstände. Ich mache mir Gedanken darüber, wie man sie verbessern könnte.«

Frau Ludewigs klare graue Augen blieben unverwandt auf Corinna gerichtet. »Sprechen Sie von Rosa und Gretchen Behrend?«

»Genau«, bestätigte Corinna. »Darf ich fragen, woraus Sie das so schnell geschlossen haben?«

»Intuition.« Frau Ludewig hob die schmalen Schultern. »Oder weil die Assoziation naheliegend ist. Und traurig.«

Corinna starrte sie an, und jäh überfiel sie ein Gefühl drohenden Unheils, es schmerzte beinahe körperlich. »Was hat das zu bedeuten?«

»Es bedeutet, dass es eine Katastrophe gegeben hat.« Fanny Ludewig verschränkte die Arme und löste sie direkt wieder, stand unter ähnlicher Anspannung wie Corinna selbst. »Geben *könnte*. Frau Behrend …« Sie verstummte.

Ich will es nicht hören!, dachte Corinna und fragte doch: »Was ist mit ihr?«

»Bei Frau Behrend haben die Wehen eingesetzt, viel zu früh, wie Ihnen sicher klar ist«, erklärte Frau Ludewig, und die Sorge in ihren Augen strafte diese Sachlichkeit Lügen.

Corinna erstarrte. »Aber sie wird es schaffen?«, fragte sie und wusste, darauf konnte Fanny ihr keine Antwort geben.

»Keine Ahnung.« Frau Ludewigs zartes dreieckiges Gesicht verzog sich in banger Ahnung. »Philipp ist umgehend aufgebrochen, als Rosa gekommen ist und um Hilfe gebeten hat. Ach was, um Hilfe *gefleht* hat. Sie hat ja sonst niemanden. Er ist seit Stunden fort, und ich habe keine Ahnung, was passiert ist. Aber mir … schwant Übles.«

»Ich gehe sofort zu ihr.«

»Tun Sie das, unbedingt.« Frau Ludewig strebte wie von einem unsichtbaren Band gezogen zur Tür, blieb dort aber stehen. »Wenn ich in meinem Zustand dort erschiene, würde meine Anwesenheit Philipp bloß aufregen. Aber er kann sicher jede Schützenhilfe gebrauchen.«

• • •

Rosa saß mutterseelenallein auf der Treppe und wickelte den Saum ihres Kittels um die Faust. Immer wieder. Erst rechts–, dann linksherum. Sie durfte das nicht, Mama wurde böse, wenn sie es sah, weil es dem Kittel nicht guttat. Aber Mama konnte sie nicht dabei erwischen. Die lag oben im Bett und weinte. Manchmal schrie sie auch, und Rosa fuhr jedes Mal vor Schreck zusammen.

Sie hatte Rosa weggeschickt, weil sie wohl dachte, sie bekäme es auf diese Weise nicht mit. Aber das stimmte nicht. Die Schreie waren im ganzen Haus zu hören. Vielleicht sogar in der ganzen Stadt.

Sie hatte sich nicht anders zu helfen gewusst, als den Doktor zu holen, obwohl Mama ihr verboten hatte, das Haus zu verlassen. Auch wenn sie wahrscheinlich ausgezankt wurde, war Rosa froh, dass sie nicht gehorcht hatte und jemand bei Mama war, der ihr beistand. Trotzdem zerbrach sie sich den Kopf, wie sie ihrer Mutter noch helfen könnte, aber ihr fiel nichts ein. Sie war nicht Gretchen. Ihre Schwester wusste stets eine Lösung, nur war sie nicht da, und deshalb konnte sie sie nicht fragen.

Die Eingangstür flog auf und krachte gegen die Wand. Frau Schmeder wurde furchtbar böse, wenn das passierte.

Aber sie konnte natürlich jemandem wie Frau Winterfeldt nicht den Marsch blasen, und die war es, die jetzt hastig die Stufen hochkam. Außer Atem. Rosa hatte gedacht, feine Damen gerieten nie außer Atem, weil sie doch nie in Eile waren. Aber Frau Winterfeldts Honighaar war ganz in Unordnung, vielleicht war sie doch gerannt.

»Da bist du ja!«, rief sie. »Warum sitzt du im Dämmerlicht allein hier herum?«

»Ich darf oben nicht rein«, teilte Rosa ihr mit. »Sie aber schon, glaube ich. Mama ist zu Hause. Mit dem Doktor.«

»Ich weiß.« Frau Winterfeldt setzte sich kurzerhand neben sie auf die schmutzige Treppenstufe, auch wenn es dort so eng war, dass sie ihr feines Prinzessinnenkleid kaum unterbringen konnte. Vorsichtig strich Rosa mit der Hand über den Stoff, er war hellblau wie der Frühlingshimmel und weicher als alles, was sie je berührt hatte.

Mama würde ihr eins hinter die Ohren geben, wenn sie das sehen könnte, aber Frau Winterfeldt schien es gar nichts auszumachen. Trotzdem zog Rosa hastig ihre Hand zurück.

Frau Winterfeldt ergriff sie jedoch und drückte sie tröstend. »Erzähl mir, was los ist.«

Rosa sah sie an. Blickte in diese lieben Augen, goldbraun

und freundlich, und mit jemandem, der solche Augen hatte, konnte sie sprechen.

»Die Mama weint so«, flüsterte sie. »Und manchmal schreit sie auch. Ganz doll. Dann fürchte ich mich.« Unwillkürlich klammerte sie sich an die segensreichen Finger. »Ich weiß dann nich, was ich tun soll. Und ich kann auch gar nichts tun, denn ich darf nich rein.«

Der Druck von Frau Winterfeldts Fingern verstärkte sich, es tat weh, aber Rosa hätte niemals von selbst ihre Hand losgelassen. »Sie hat gesagt, es würde sie zerreißen. Da hab ich Angst bekommen. Noch mehr Angst, und deshalb bin ich losgelaufen und hab den Doktor geholt.«

»Gut gemacht, meine Kleine. Das war goldrichtig.« Frau Winterfeldt ballte ihre freie Hand zur Faust, ganz fest, Rosa konnte das erkennen, die Knöchel wurden weiß. »Doktor Ludewig tut alles, was er kann, um deiner Mutter zu helfen.«

Rosa nickte, fast getröstet, doch dann gellte abermals ein Schrei durchs Treppenhaus, und sie spürte, wie Frau Winterfeldt zusammenzuckte.

»Rosa, Schatz.« Frau Winterfeldts Stimme hörte sich anders an als sonst. Dünner. »Deine Mama hat es gerade schwer«, sagte sie. Beim letzten Wort versagte ihr die Stimme, und plötzlich war Rosa umfangen von weichen Armen, und Frau Winterfeldt schmiegte ihre Wange an ihren Kopf.

Etwas so Tröstliches hatte Rosa noch nie erlebt, sie hätte ewig so sitzen können. Aber dann drang erneut ein langes hohes und verzweifeltes Kreischen durch das Treppenhaus, als käme es von einem Tier, das gejagt wurde und den Kampf verlor. Frau Winterfeldt richtete sich kerzengerade auf. Sie war kalkweiß, das war trotz des düsteren Lichtes zu erkennen. »Ich glaube, ich sollte Doktor Ludewig ein bisschen zur Hand gehen. Kommst du zurecht?«

Rosa nickte wieder, obwohl sie lieber nicht auf dieser Stiege gehockt hätte. Es raschelte, als Frau Winterfeldt sich erhob, dann vernahm Rosa die leichten Schritte, mit denen sie die Stufen emporstieg. Kurz entschlossen sprang sie auf und lief ihr hinterher, sie wollte nicht allein bleiben. Ganz allein mit ihrer Angst und ihrem Kummer.

Frau Winterfeldt klopfte an und öffnete im selben Moment schon die Tür. Rosa hätte das niemals gewagt.

»Kann ich helfen?«, fragte Frau Winterfeldt in den dämmrigen Raum hinein, nur notdürftig erhellt durch eine funzelige Tranlampe.

»Sie können den Leichenbestatter holen.«

»Mama!« Rosa versuchte, sich an Frau Winterfeldts Röcken vorbeizudrängeln, aber sie hielt sie an der Schulter fest und ließ sie nicht durch.

»Deiner Mutter geht es den Umständen entsprechend gut«, sagte Doktor Ludewig, und seine Stimme klang unendlich müde. »Aber dein Bruder hat es leider nicht geschafft.«

9

»Das ist so … furchtbar«, sagte Corinna niedergeschlagen, als sie am Ende dieses schrecklichen Nachmittages auf dem Rückweg in heimische Gefilde waren. »Es mag unprofessionell sein, es auszusprechen, aber es ist einfach so.«

»Es zeigt nicht mangelnde Professionalität, wenn Sie Mitgefühl verspüren«, widersprach Doktor Ludewig sanft. »Es zeigt nur, dass Sie ein Herz haben.«

Corinna sah ihn von der Seite an, erkannte die Bartschatten auf seinen Wangen, die sorgenzerfurchte Stirn. Ob er wohl an seine Ehefrau und die in wenigen Monaten bevorstehende Niederkunft dachte? Sicher hatte er Angst um Fanny. Um sie und sein Kind. Sie hätte gern gefragt, aber das wagte sie nicht, es war zu persönlich.

Schweigend liefen sie eine Weile nebeneinanderher durch die milde Luft, das Licht wurde schon weicher, bald würde es dämmern. »Glauben Sie, es wäre anders verlaufen, wenn Frau Behrend in günstigeren Verhältnissen leben würde?«, fragte Corinna und war sicher, die Antwort zu kennen.

»Vermutlich. Sie ernährt sich nicht gut, hat kaum Erholungsphasen.« Ludewig wich behände einer Frau aus, die schwer an einem überreich beladenen Korb mit Kohlköpfen schleppte. »Aber sicher ist das nicht. Es gibt auch Totgeburten in besser situierten Familien. Ich kann Ihnen auch nicht sagen, worauf das zurückzuführen ist. Nur ganz allgemein auf eine schwächliche Konstitution der werdenden Mutter.«

Corinna beobachtete ein Mädchen, das in halsbrecherischem Tempo und lebensgefährlicher Manier eine Kreuzung überquerte, fast geriet es zwischen die stampfenden Hufe eines riesigen Pferdefuhrwerks. Eines der beiden Pferde scheute, als sie direkt vor dessen Nase entlangflitzte, was ihr ein empörtes Peitschenknallen des Wagenlenkers einbrachte. Gottlob traf sie der Hieb mit dem Lederriemen nicht, sie rannte unbeirrt weiter – und plötzlich erkannte Corinna, dass das Kind direkt auf sie zuhielt. Vielmehr auf Doktor Ludewig, vor dem sie schliddernd zum Stehen kam.

»Sie müssen mitkommen«, rief sie. »Dringend!«

»Du meine Güte.« Doktor Ludewig nahm sie erst jetzt wahr und schaltete angesichts der Aufregung des Mädchens direkt in den beruhigenden Arztmodus. »Du bist Else, nicht wahr?« Er wandte sich kurz an Corinna. »Ich habe die Furunkel ihrer Großmutter kuriert und …«

»Können wir gehen?«, fragte Else ungezogen dazwischen. »Es ist wichtig. Wirklich.«

»Was ist denn geschehen?«

»'n Unfall«, rief sie, griff nach Doktor Ludewigs Ärmel und schickte sich an, ihn einfach mit sich zu ziehen.

»Wo?«, fragte er unbeirrt und rührte sich nicht von der Stelle.

»Drüben in der Baumwollspinnerei vom alten Vielmann«, erklärte das Kind in drängendem Ton. »In der Mühlengasse. Ich soll 'n Arzt holen, aber ich wusste gar nich, wo ich einen finden kann, un' da sah ich Sie, un' das ist doch 'n Glück, oder nich?«

Doktor Ludewig setzte sich bereits in Bewegung, das Mädchen tänzelte neben ihm her, und Corinna beeilte sich, ihnen zu folgen. Ihr Bedarf an Leid war für heute zwar gedeckt, nur benötigte Ludewig vielleicht ihre Hilfe.

Der war im Laufschritt unterwegs, was ihn nicht hinderte, das Kind auszufragen. »Was genau ist passiert?«

»Da is eine zwischen den Webstühlen ausgerutscht un' gefallen.«

»Hat sie sich etwas gebrochen? Weißt du das?«

»Man konnte nix sehen.« Elses Hände flatterten beim Laufen ruhelos durch die Luft. »Aber die sah aus, als täte sie schlafen. Ich glaub, der ging's nich gut. Aber die Beine waren gerade un' so.«

Doktor Ludewig erhöhte das Tempo.

»Un' die Arme auch!«, rief Else ihm hinterher und begann zu rennen.

Genau wie Corinna.

• • •

August wurde die Sorge nicht los, sich ein weiteres Mal zu übernehmen, doch er ignorierte das mulmige Gefühl in der Magengrube und folgte Neuburgs Rat, zusätzliche Näherinnen anzuwerben. Der Mann war Feuer und Flamme, und genau diesen Enthusiasmus hatte August gewollt, nur jetzt war er ihm beinahe unheimlich. Niemand konnte vorhersagen, wie sich die Geschäfte entwickeln würden; sie waren ja noch nicht einmal angelaufen. Doch er zahlte und zahlte und zahlte.

Die Stoffe aus Monschau waren noch immer nicht eingetroffen.

Das Arbeitszimmer in seinem Haus war der Ort, an dem August stets zur Ruhe fand. Jedenfalls war das früher so gewesen, inzwischen jedoch beherrschte ihn sogar hier die Befürchtung, er setze mit Neuburg aufs falsche Pferd. Es hing so viel davon ab, dass er sich nicht verschätzt hatte, als er sich an ihn band. Vertraglich festgezurrt und notariell beglaubigt. Es wäre nicht einfach, aus diesem Arrangement wieder auszusteigen. Vor allem würde es nicht ohne finanzielle Verluste vonstattengehen. Finanzielle Verluste, die er nicht stemmen konnte.

Wie von selbst wanderte Augusts Hand zu der Karaffe mit schwerem, vollmundigem Rotwein, die Lehen vorsorglich bereitgestellt hatte. Nur wurde er der Lage mit diesem Trost vermutlich nicht gerecht, und so schob er energisch den Stöpsel zurück, erhob sich und begann, rastlos im Zimmer seine Runden zu drehen.

Gleichgültig, wie ausführlich er den Sachverhalt hin und her wälzte, im Grunde blieb ihm nur eine einzige Option: Er musste Neuburg stärker in die Pflicht nehmen. Der Mann mochte über Reserven verfügen, von denen August nichts wusste. Niemand ließ sich gern allzu genau in die Karten blicken, er selbst hatte es auch nicht getan.

Die Frage war, ob er seinem Kompagnon rückhaltlos vertrauen durfte. Bislang hatte er keinen eindeutigen *Beweis* für dessen Zuverlässigkeit, sein Urteil beruhte allein auf dem, was so allgemein über ihn zu hören war. Und auf seiner eigenen Menschenkenntnis.

Er sollte aufhören, sich verrückt zu machen.

Am effektivsten würde sein, Neuburg an der Ehre zu packen, nicht nur an seinem Vermögen. Ihn mit seinem guten Namen haften lassen, indem er die Verflechtungen enger zurrte.

August ließ sich in den bequemen Sessel neben den Kamin sacken, und wie häufig in letzter Zeit lenkte er seine Gedanken auf Neuburgs Nichte. Möglicherweise war sie die Lösung des Problems. Oder schaffte sie ein neues? Er wurde sich einfach nicht schlüssig, was er von ihr hielt.

Mit einem tiefen Seufzer goss August sich nun doch einen ordentlichen Schluck Wein ein und versuchte erfolglos, an etwas anderes zu denken.

• • •

Das Erste, was Corinna wahrnahm, war der Höllenlärm, der in der Halle herrschte. Das Zweite die Hitze.

Vor ihnen lag ein unübersichtliches, verschachteltes Gebäude mit einer Unzahl an offenen Räumen, vollgestopft mit klobigen Geräten, dazwischen Kinder, die durch handtuchschmale Gänge huschten und sich an den brüllenden Ungetümen zu schaffen machten. Kinder in Rosas Alter, in Gretchens Alter. Kinder, die entlang der ratternden Spulen und rotierenden Walzen ständig in Gefahr waren, dass sich Kleidung oder auch Haare darin verfingen. Oder in den Treibriemen, die über den Gängen hingen und durch die Luft peitschten.

»Gut, dass Sie da sind«, wurden sie am Eingangstor empfangen. »Mein Name ist Bornemann, ich bin hier der Werksleiter. Und ich glaube, der Kleinen geht es nicht gut, deshalb habe ich Sie holen lassen.«

»Wo ist sie denn?« Doktor Ludewig hielt sich nicht lange mit Präliminarien auf.

»Ich habe sie nach hinten bringen lassen, ins Büro. Der Chef ist nicht da.«

Und wo hättest du sie untergebracht, wenn er vor Ort gewesen wäre?, dachte Corinna gereizt. Offensichtlich hätte der »Chef« sich von diesem Missgeschick gestört gefühlt. Sie schwieg, denn ohne jeden Zweifel war Eile vonnöten, und sie wollte nichts verzögern. Aber es fiel ihr schwer.

»Was genau ist denn geschehen?«, brüllte Doktor Ludewig, um sich gegen das Gekreische und Gelärme der Maschinen durchzusetzen, und folgte Bornemann, der ihn mit einem Wink dazu aufforderte.

»Das Mädchen ist auf dem schmierigen Boden ausgerutscht und ungeschickt gestürzt.« Dem Werksleiter schien der infernalische Krach überhaupt nichts auszumachen. Er schritt flott voran, vorbei an den riesigen Öfen, die für diese drückende Hitze verantwortlich waren. Und Dampf, überall war Dampf, feuchte Tücher waren in unmittelbarer Nähe zu den Öfen ausgelegt, offenbar um genau diesen Effekt zu erzielen. Im ersten Moment glaubte Corinna, es ginge eine Gefahr davon aus, aber es war einfach nur Dampf.

Sie schloss zu dem wieselflink voraneilenden Bornemann auf und hörte Doktor Ludewig rufen: »Wie kommt es, dass der Boden schmierig ist? Sollte man ihn nicht reinigen, damit genau diese Art Unfälle nicht geschehen?«

»Wir sind da.« Eine mit Milchglas versehene Tür lag vor ihnen. »Die Maschinen müssen gewartet werden«, erklärte Bornemann achselzuckend. »Mit Öl. Das tropft herunter und mischt sich mit dem Staub, der durchs Ballenbrechen auf den Boden fällt. Da müssen sie halt aufpassen, die Blagen.«

»Sie sind also selber schuld?«, konnte Corinna nicht mehr an sich halten, aber in dem Spektakel bekam er das nicht mit. Oder er stellte sich taub.

Sie betraten einen karg mit Schreibtisch, ein paar Stühlen und einem Wandschrank ausgestatteten Raum, und in einer Ecke war auf ein paar leeren Säcken ein provisorisches Lager errichtet worden. Die Tür hinter ihnen fiel ins Schloss, der Lärm drang nur noch gedämpft zu ihnen, war aber nach wie vor deutlich zu vernehmen.

Ludewig überwand mit raschen Schritten die wenigen Meter und kniete sich neben das Kind in den Staub. »Ach, du liebes bisschen«, sagte er.

Doktor Philipp Ludewig war stets die Ruhe und Souveränität selbst und ließ sich so schnell nicht aus der Fassung bringen. Corinna wurde der Mund trocken. Mühsam setzte sie sich in Bewegung, umrundete Bornemann, der in der Nähe des Eingangs stehen geblieben war und sich augenscheinlich nicht besonders wohlfühlte, trat neben Ludewig und auf seine Rockschöße.

Sie blickte hinunter auf das Kind, das mit geschlossenen Augen dalag und ihr Kommen nicht zu bemerken schien. Alles war grau, alles war staubig, das Kittelchen, die Säcke, der Boden. Kreidebleich war die Kleine, stumm, reglos. Ein dünnes Rinnsal Blut lief aus ihrem Ohr.

Corinna schlug die Hände vor den Mund.

Gretchen.

• • •

Corinna hatte dem Kind in einem der Gästezimmer ein Krankenlager errichten lassen und instruierte Henni, Frau Reuther und selbst Anton, was nun zu tun war. Theodor war nicht da, aber das machte nichts. Er würde nicht einschreiten, das wusste sie. Eine Weile blieb sie an Gretchens Bett sitzen und versank in bitteren Gedanken, dann beauftragte sie Henni, sich um sie zu kümmern. Ihr Stubenmädchen schnappte ungewohnt befangen nach Luft, aber sie würde es schon schaffen. Mit zitternden Fingern griff Corinna achtlos nach ihrem Schultertuch und machte sich auf, Frau Behrend die traurige Nachricht über das Schicksal ihrer Tochter zu überbringen.

Kaum war sie unterwegs, konnte sie endlich wieder frei atmen. Durch die Straßen wehte ein frischer Wind, der den beißenden Dampf aus den Schloten vertrieb, in den Gärten blühten zaghaft junge Leberblümchen, und die Sonne ließ empfindliche Damen bereits nach einem Schirm greifen. Corinna war nicht so zartbesaitet, eilte ihrem Ziel entgegen und genoss die wärmenden Strahlen auf ihren verkrampften Schultern.

Doktor Ludewig hatte den gleichen Gedanken gehabt wie sie und war schon da. »Gut, dass Sie kommen«, begrüßte er Corinna und verstaute sorgfältig sein hölzernes Stethoskop in der verschrammten schwarzen Arzttasche. »Ich habe Frau Behrend bereits informiert, und natürlich war die Nachricht ein großer Schock für sie. Nun sehnt sie sich danach, zu erfahren, wie es Gretchen geht.«

»Deswegen bin ich hier.« Corinna trat einen Schritt näher an das schmale Lager. »Der Zustand Ihrer Tochter ist unverändert, aber ich tue, was ich kann, um ihre Lage zu erleichtern. Sie schläft jetzt. Hoffen wir, sie schläft sich gesund.«

»Schlafen ist gut«, meinte Doktor Ludewig mit einem besorgten Blick. »Es verschafft ihrem Körper die dringend nötige Pause, um sich zu erholen.«

Frau Behrend richtete ihren trostlosen Blick unbestimmt an die Zimmerdecke, als wäre es zu mühsam, irgendetwas konzentriert zu betrachten. »Danke«, flüsterte sie kaum hörbar.

In Corinna flammte unvermittelt hitzige Ungeduld auf. Sollte eine Mutter nicht mehr Gefühl aufbringen? Angst um ihr Kind zeigen? Sich aufraffen und zu ihm eilen? So wie sie selbst es danach verlangte, so schnell wie möglich zu Gretchen zurückzukehren. Sie biss sich auf die Lippen und zwang sich zur Ruhe. »Brauchen Sie etwas, Frau Behrend? Kann ich Ihnen irgendetwas bringen?«

»Nein.« Frau Behrend war erstaunlich störrisch für eine so

entkräftete Person. »Rosa kauft nach der Arbeit ein, was nötig ist.«

Corinna nickte und fühlte sich törichterweise gekränkt.

Doktor Ludewig ließ die unschönen Schwingungen unbeachtet. »Frau Winterfeldt, bitte, gehen Sie der Patientin zur Hand und helfen ihr, sich zu waschen und ein frisches Hemd anzuziehen.«

»Gern.«

Das war gelogen. In Wahrheit scheute sie davor zurück, einer völlig Fremden so nahe zu kommen, und Frau Behrend sah auch nicht sonderlich begeistert aus, war aber zu schwach, um sich zu wehren.

Corinna blickte sich um. »Wo ist eigentlich Rosa?«

»Ich hab sie zur Arbeit geschickt«, murmelte Frau Behrend.

»*Heute?*«, fragte Corinna ungläubig nach.

Frau Behrend warf ihr nun endlich einen Blick zu, wandte ihn jedoch rasch wieder ab. »Sin nur 'n paar Stunden. Bloß um zu zeigen, dass sie willig is. Nützt uns nix, wenn Rosa ihren Lohn auch noch verliert.«

Corinna überfiel unversehens heiße Scham, und sie hörte kaum, wie Doktor Ludewig sich verabschiedete. »Frau Behrend, schicken Sie nach mir, falls sich Ihr Zustand verschlechtert«, bat er. »Versprechen Sie mir das?«

Das »Ja« war kaum zu vernehmen und Corinna nicht sicher, ob es überhaupt ernst gemeint war. Rosas Mutter brachte nur wenig Interesse auf für das, was um sie herum geschah. Erschöpft von der Geburt, war die Anforderung, eine neuerliche Katastrophe bewältigen zu müssen, einfach zu groß, wurde Corinna klar. Fast unbezwingbar wurden ihre Augen heiß und nass, und nur mit Mühe rang sie das Bedürfnis, hier und jetzt in Tränen auszubrechen, entschlossen nieder.

Als Ludewig mit sorgenvoller Miene, aber resoluten Schritten das Krankenzimmer verlassen hatte, griff Corinna nach einer Schüssel mit abgestandenem Wasser und einem Lappen, der danebenlag. Widerstandslos ließ Frau Behrend sich das Hemd über den Kopf ziehen und ächzte nur einmal kurz auf, als Corinna behutsam mit dem Tuch über ihren noch geschwollenen Leib glitt.

Er glühte zwar nicht, war aber heiß, und als die unangenehme Waschung hinter ihnen lag, war das restliche Wasser in der Schüssel, in der Corinna den Stofffetzen immer wieder ausgewrungen hatte, ebenfalls warm.

»Es is mir entsetzlich, so viel Hilfe zu brauchen«, flüsterte Frau Behrend, und es gelang ihr nicht, ihrer unwillkommenen Pflegerin in die Augen zu schauen.

»Das sollten Sie ganz schnell vergessen.« Corinna sah sich um auf der Suche nach einem Ort, an dem sie das Tuch zum Trocknen aufhängen konnte.

»Ich nehme sie ja an. Aber sobald ich auf dem Damm bin, kümmer ich mich selbst um alles.«

»Natürlich. Doch jetzt ruhen Sie sich erst einmal aus. Ich komme wieder«, versprach Corinna und machte sich niedergeschlagen auf den Weg. Die Lage erschien ihr so hoffnungslos, und sie hätte gerne mehr getan. Nur wie, wenn Frau Behrend sich sträubte, ihre Hilfe anzunehmen? Kaum hatte sie den Mühlenbach hinter sich gelassen, schob sie diese Frage jedoch energisch von sich. Wichtig war vor allem, Gretchen beizustehen. Das Kind brauchte jede Unterstützung, die es bekommen konnte, um gesund zu werden. Corinna raffte die Röcke und lief los.

• • •

Corinna saß Tag für Tag an Gretchens Bett und litt, weil sie ihr nicht helfen konnte. Und weil sie zu viel Zeit hatte, um nachzudenken.

Über Theodor. Und Wohlfert. Das, was die beiden verband. Und über die Rolle, die sie dabei spielen sollte, aber nicht konnte. Wohlfert hielt Kinderarbeit für vernünftig, verhältnismäßig und gottgegeben und fand es selbstverständlich, die Gefahren, denen die Mädchen und Jungen dabei ausgesetzt waren, in Kauf zu nehmen.

Mit wehem Herzen betrachtete sie Gretchen, die unruhig schlief, mit flatternden Lidern und bläulichen Schatten unter den Augen. Unbegreiflich, wie wenig ein solches Leben anderen Menschen wert war. Sachte tupfte Corinna ihr mit einem feuchten Lappen den Schweiß von der Stirn und biss sich die Lippen wund, weil sie sich entsetzlich nutzlos fühlte.

So ein zartes Geschöpf, einfach dahingerafft. Vielmann, in dessen Fabrik sie verunfallt war, hatte niemanden geschickt, sich nach Gretchens Zustand zu erkundigen. Es war ihm egal. Vermutlich dachten er und seine Kollegen samt und sonders ähnlich. Wohlfert wäre gewiss keinen Deut besser. Anzuecken gefiel niemandem, Abweichler waren nicht beliebt.

Gretchen wimmerte, wachte aber nicht auf. Zum hundertsten Mal fragt sich Corinna bang, ob sie nach Doktor Ludewig schicken sollte, entschied sich aber zum hundertsten Mal dagegen. Er konnte nichts tun. Nicht mehr als sie. Sie zupfte an Gretchens Decke und richtete sie ordentlich her, dann lehnte sie sich wieder auf ihrem unbequemen Stuhl zurück.

Vielleicht war Wohlfert oberflächlich, möglicherweise nur konventionell, schlimmstenfalls ging er ohne Zögern über Leichen – es war ihr gleich. August Wohlfert war nicht ihre Angelegenheit, sondern Theodors.

Das war es jedoch, was es so schwierig machte. Sie stand tief in dessen Schuld, fühlte sich ihm sehr verbunden, wusste auch, im Grunde war er weich genug, um zu begreifen, was sie empörte. Aber jetzt, da er auf Wohlferts Geschäftsverbindung angewiesen war, redete er ihm nach dem Mund, so weh ihr die Erkenntnis tat.

Und genau das zeigte ihr das Dilemma auf, in dem sie steckte. Theodor war die Allianz mit August Wohlfert aus einer Not heraus eingegangen, über die er nicht gern sprach. Nun wollte er die Verbindung festigen, und natürlich war sie verpflichtet, ihm rückhaltlose Unterstützung zu gewähren nach all dem, was er für sie getan hatte und weiterhin tat.

Nur war sie außerstande, ihm entgegenzukommen. Es ging einfach nicht.

Sie schämte sich, schämte sich in Grund und Boden deswegen, aber so war es.

10

Ohne Gretchen war das Leben nicht mehr dasselbe, aber sie war nun bei Frau Winterfeldt und hatte es gut. Rosa war auch gar nicht eifersüchtig deswegen. Jedenfalls meistens nicht. Nur war sie jetzt immer allein, Mama lag im Bett und sprach kaum mit ihr. Wenigstens das war normal. Früher war nie genug Zeit geblieben für ein Gespräch mit ihren Töchtern. Früher hatte sie an den Sonntagen das Zimmer geputzt und die Kleider ausgebessert und das Essen vorgekocht.

Heute hatte Rosa den Haushalt allein erledigt, und sie war sehr stolz darauf. Sogar ein Frühstück hatte sie zubereitet, von dem Mama allerdings kaum etwas zu sich nahm, hatte gespült und gefegt und aufgeräumt. Als alles erledigt war, schickte Mama sie hinaus. Mit dieser flachen Stimme, vor der sich Rosa fürchtete, weil sie gar nicht wie die von Mama klang.

Jetzt lungerte sie auf dem Hof herum, und das war nicht schön, denn es fiel beständiger Nieselregen, der einen gründlich durchnässte, auch wenn man die Tropfen kaum sah. Andererseits hatte der Regen auch sein Gutes. Kreß blieb drinnen im Trockenen und kam nicht raus, um sie zu piesacken.

Als das Tor zur Straße klapperte, machte sich Rosa ganz klein. Egal, wer kam, sie wollte nicht gesehen werden. Aber das ging schief, so wie alles andere im Moment auch. In diesem Fall war das aber ein Glück, denn in ihr Sichtfeld geriet ein sehr hübscher, sehr weiter Rock in einer Farbe, die fast so aussah wie der Frühlingshimmel an den allerhellsten Tagen. Rosa mochte nicht länger den schlammigen Boden anstarren, sondern ließ langsam den Blick über das schöne Kleid nach oben wandern.

»Guten Tag, Rosa«, sagte Frau Winterfeldt freundlich. Sie hatte einen Regenschirm in der Hand.

Rosa hatte noch nie einen aus der Nähe gesehen und wünschte, sie besäße ebenfalls einen. Frau Winterfeldts Honighaare unter der Schute waren jedenfalls trocken, während aus Rosas Zöpfen Tropfen auf ihren ohnehin durchweichten Kittel fielen.

»Ist das nicht scheußlich heute?« Frau Winterfeldt lächelte, als fände sie es in Wahrheit gar nicht so schlimm. »Ich komme gerade aus dem Gottesdienst, aber ich habe gar nicht aufgepasst. Stattdessen dachte ich darüber nach, dass du sicher deine Schwester besuchen möchtest. Da habe ich mir überlegt, ich hole dich ab, und wir gehen zusammen zu ihr. Und anschließend essen wir ein großes Stück von dem köstlichen Kuchen, den Freu Reuther am Morgen gebacken hat. Du kannst ein paar Stücke für deine Mutter mitnehmen, wenn du nach Hause gehst.«

»Mama isst nicht viel«, sagte Rosa zaghaft.

»Kuchen vielleicht schon. Kuchen mag jeder.«

Sie wollte so schrecklich gerne mitgehen und Gretchen

besuchen. Aber Mama war krank, und sie durfte sie doch nicht sich selbst überlassen.

»Wenn ich weggehe, ist meine Mutter ganz allein«, flüsterte Rosa.

»Das stimmt. Andererseits ist sie jetzt auch allein, weil du ja im Hof stehst.«

Rosa nickte. In diesem Hof war es nass und ungemütlich, und sie wäre viel lieber bei Frau Winterfeldt in ihrem warmen Haus. Obwohl da die blöde Frau Reuther war und sie unfreundlich beobachtete, als wolle Rosa Verbotenes tun.

Frau Winterfeldt streckte die Hand aus, und Rosa legte ihre eigene, sehr kalte hinein. »Wir gehen hoch und fragen deine Mutter, was sie davon hält.« Frau Winterfeldt war hübsch und heiter, und ziemlich zäh war sie auch.

Mama war wach und sogar aufgestanden, aber Rosa wusste nicht, ob das etwas Gutes oder etwas Schlechtes bedeutete. Sie sah blass aus, weiß wie die Wand, und die Haare hingen strähnig über ihren Schultern. Plötzlich schämte sich Rosa. Frau Winterfeldt war so schön. Und sauber. Sie duftete süß wie Sommerblumen.

»Ich weiß nicht«, sagte Mama müde, als Rosa ihre Bitte vorgetragen hatte, und lehnte sich an die Tischkante, als wären ihre Beine zu schwach, um sie lange zu tragen.

»Ich kann auch bei dir bleiben«, bot Rosa zögerlich an. Sie wollte eigentlich unbedingt fort und in das schöne Prinzessinnenhaus, andererseits durfte Mama das nicht merken. Vielleicht tat es ihr weh. Das wäre dann gemein.

Mama wischte sich mit fahrigen Bewegungen über die Stirn. »Ist gut, Rosa. Geh nur. Und danke, Frau Winterfeldt, weil Sie die dauernde Plackerei mit meinen Kindern auf sich nehmen.«

»Das bereitet mir nicht die geringste Mühe«, erwiderte Frau Winterfeldt. »Und wenn doch, mache ich sie mir gern.«

• • •

Zwei Tage später war alles immer noch schlimm und Mama traurig und Gretchen nicht zu Hause, und alles blieb allein an Rosa hängen. Müde schleppte sie den Sack mit Kohlen, den sie nach der Arbeit hatte besorgen sollen, und versuchte angestrengt, an etwas Schönes zu denken. Manchmal gab es nämlich trotz all dem Kummer über Gretchen Momente, in denen plötzlich alles hell wurde. So als fiele ein Sonnenstrahl in eine finstere Ecke, die dann gar nicht mehr gruselig und bedrohlich war.

Frau Winterfeldt war so ein Licht. Schön und lieb wie die Fee im Märchen. Leider taten Feen, was sie wollten, tauchten auf und machten sich wieder davon, ganz nach ihrem eigenen Belieben. So war es mit Frau Winterfeldt gewiss auch, die war sicher bald wieder weg, doch bis dahin wollte Rosa genießen, dass sie da war. So dumm, sie durch Jammern oder lästige Fragen zu verärgern und damit am Ende zu verjagen, war sie nicht. Feen musste man pfleglich behandeln.

Hoffentlich glaubte Gretchen nicht, sie hätte sie vergessen, nur weil sie hin und wieder in die Feenwelt eintauchte. Ihre Schwester fehlte ihr furchtbar, und oft schnürte sich deswegen richtig ihr Herz ab. Besonders bei der Arbeit. Wenn sie ständig die gleichen Handgriffe verrichtete, konnte sie das

Denken nicht gut abstellen. Dann dachte sie an Gretchen und manchmal auch an ihren kleinen Bruder, den sie gar nicht kennengelernt hatte und deshalb auch nicht vermisste. Manchmal hatte sie Angst, Mama würde merken, dass sie um den Bruder nicht wirklich trauerte. Das war sicher böse. *Mama* wäre böse, wenn sie es wüsste, daher hütete Rosa sich, darüber zu sprechen.

Sie blieb stehen und verlagerte den schweren Sack Kohlen, den sie mühsam nach Hause schleppte, auf die linke Hüfte. Die andere hatte wahrscheinlich schon einen blauen Fleck.

Gottlob war sie gerade in den Mühlenbach eingebogen, es war nicht mehr weit. Auf dem abgebröckelten Mauerstück der Hütte von dem alten Griesgram, der immer die Faust ballte und schimpfte, wenn Kinder auf der Straße Radau machten, hockte eine grauweiße Katze und beobachtete aufmerksam, wie Rosa näher kam. Sie war sehr hübsch, diese Katze, und hatte bestimmt ein ganz weiches Fell. Es wäre schön, sie zu Hause zu haben und streicheln zu dürfen, wann immer man Lust dazu hatte. Aber Mama mochte keine Katzen, es war also sinnlos, sie mit sich zu locken.

Genau in dem Moment, als Rosa die Mauer erreichte, sprang das Kätzchen hinunter und ihr direkt vor die Füße. Rosa stolperte, der Sack rutschte ihr aus den Händen, und im Versuch, ihn zu halten, taumelte sie zur Seite und fiel schmerzhaft gegen einen scharfen Stein, der aus der Mauer ragte. Fassungslos starrte sie auf ihren Ärmel, der von der Schulter bis zum Handgelenk aufgerissen war. Dann auf den Sack, der in einer Schlammpfütze lag. Die Kohlen waren sicher nass und unbrauchbar, und alles war noch grässlicher geworden, als es sowieso schon war.

Rosa brach in Tränen aus. Sie kauerte in der Pfütze und schluchzte und umklammerte den Kohlensack und wusste einfach nicht mehr weiter. Wenn sie so bei ihr ankam, würde Mama sie ausschimpfen. Oder sie drehte sich weg und schwieg. Stundenlang. Rosa wurde ganz elend, wenn sie das tat.

»Jetzt hör schon auf zu flennen«, sagte eine Stimme hoch über ihr, und Rosa öffnete die zusammengekniffenen Augen. Ließ den Blick hochwandern über ein Paar dürre Beine und eine schäbige Jacke bis zu einem schmalen Gesicht und fettigen Haaren, die bis auf die Schultern hingen.

Kreß. Ausgerechnet. Er lauerte ihr immer wieder auf, und nur manchmal ging es glimpflich ab, meistens aber nicht. Die letzte Schramme, die sie davongetragen hatte, die auf der Nase, war gerade erst verheilt. Mama sagte oft, sie träume zu viel und achte nicht genug auf die Umgebung. Sie hatte recht. Rosa machte sich ganz klein und überlegte, ob sie versuchen sollte, sich an Kreß vorbeizudrücken. Vielleicht klappte es diesmal.

Kreß streckte die Arme aus und griff nach den Kohlen.

»Geh weg«, presste Rosa mit zittriger Stimme hervor. »Die geb ich dir nicht.«

»Ich will die blöden Dinger gar nicht. Gib schon her.«

Sie verstand das nicht. Aber da es von Kreß kam, wollte sie es auch gar nicht verstehen, sie wollte nur weg. Mühsam rappelte sie sich auf, der Ärmel zerfetzt, der Rest des Kittels verschlammt, und erwog einen Moment verzweifelt, einfach wegzulaufen, damit sie Mama in dem Zustand nicht unter die Augen treten musste. Aber wohin sollte sie gehen? Auf den Straßen und Gassen wurden düstere Geschichten über kleine Mädchen geraunt, die einfach verschwanden und nie wieder auftauchten. Davor hatte Rosa entsetzliche Angst. Obwohl sie sich gar nicht vorstellen konnte, was mit diesen Mädchen geschah.

»Du siehst aus wie'n weggeworfener Lumpen. Gib schon her.« Kreß stand turmhoch über ihr, und plötzlich packte Rosa die Wut.

»Nein! Das sind meine! Und Mamas! Die werde ich ihr jetzt bringen. Besorg dir lieber selber Kohlen, bevor du mir meine klaust!«

»Wenn du deine dämlichen Kohlen allein schleppen willst, bitte, von mir aus. Is mir doch egal.«

Rosa wusste nicht, was sie machen sollte. Ob sie ihm glauben konnte. Kreß hatte ihr noch nie geholfen.

»Was macht ihr denn da?«, ertönte hinter Rosa eine liebliche Stimme.

Richtig gute Feen hatten die Gabe, aufzutauchen, wenn man sie am dringendsten benötigte.

»Um Himmels willen, wie siehst du denn aus, Rosa?« Jetzt klang Frau Winterfeldt nicht mehr wie eine Fee, sondern wie Mama.

»Die ist doof in den Matsch gefallen, und jetzt will sie sich nich helfen lassen«, erklärte Kreß bereitwillig, und Rosa schämte sich, brach aber wieder in Tränen aus.

»Es ist sehr nett von dir, dass du es ihr angeboten hast. Rosa, hör schon auf zu weinen. Ich wollte gerade zu deiner

Mutter, um nach ihr zu sehen, und wir können doch zusammen gehen. Ein schmutziger Kittel wird sie nicht gleich umwerfen. Und dein Freund hier …?« Fragend blickte sie auf den schrecklichen Kerl, der *nicht* ihr Freund war.

»Kreß«, stellte der sich lammfromm vor.

»… Kreß ist so lieb und trägt den Sack. Der sieht wahrhaftig schwer aus. Hast du ihn ganz allein den weiten Weg vom Händler getragen?«

• • •

Ein weiterer Sonntag war ins Land gegangen und mit ihm ein weiteres Festmahl im *Rheinanker*. Es gab sahnige Erbsensuppe, geschmortes Perlhuhn mit Schalotten und als Abschluss Vanillecreme mit Biskuit – Theodor hatte jeden Bissen genossen. Er war mit Frau Reuthers deftiger Hausmannskost durchaus zufrieden, aber mit dem Künstler, der für diesen Gaumenschmaus verantwortlich war, konnte sie nicht mithalten.

Als sie die Tafel aufgehoben und Hermann Wrede und Richard Ghey verabschiedet hatten, schlenderten Theodor und Wohlfert in geruhsamer Geschwindigkeit Richtung Rhein, wie es ihnen in den letzten Wochen zur Gewohnheit geworden war. Eine fahle Sonne warf ihr Licht auf den Strom und ließ ihn schimmern wie poliertes Zinn, Frachtkähne pflügten durchs Wasser und ließen Wellen an die Böschung schwappen. Das letzte Hochwasser hatte verrottendes Laub und anderen Abfall am Ufersaum hinterlassen, es roch nach Moder.

»Auf ein Wort, Neuburg«, sagte Wohlfert in die mittägliche Sonntagsruhe hinein, und Theodors wohlige Schläfrigkeit löste sich in nichts auf.

»Conrad Simoni hat mir die Ware für kommende Woche sicher zugesagt.« Er hörte selbst, wie defensiv er klang, und ärgerte sich darüber. Wohlfert durfte auf keinen Fall spüren, dass er sich wegen des Monschauers inzwischen beträchtliche Sorgen machte.

»Ich bin erleichtert, das zu hören.« Wohlfert blickte stirnrunzelnd auf eine Schar Möwen, die sich um einen glitzernden Fischleib balgten. »Doch habe ich ein anderes Anliegen.«

Was mochte das wohl sein? Theodor wurde flau im Magen. Falls der Mann seine Partnerschaft zurückzog, sähe es schlecht aus. Theodor hatte alles auf diese eine Karte gesetzt.

»Es geht um Ihre Nichte.«

Fast hätte er es nicht mitbekommen, so tief war er in seine Gedanken verstrickt gewesen. Theodor riss sich zusammen.

»Sie ließen durchblicken, eine Konsolidierung unserer geschäftlichen Verbindung durch eine familiäre für nützlich und denkbar zu halten«, sagte Wohlfert. »Ich möchte Sie nun wissen lassen, dem nicht ablehnend gegenüberzustehen. Ganz und gar nicht ablehnend.«

»Das freut mich.« Theodors Gedanken überschlugen sich. Er konnte dem Mann unmöglich sagen, dass Corinna nicht im Traum daran dachte, seinen Antrag anzunehmen. »Ich müsste meine Nichte natürlich fragen, wie sie zu diesen Plänen steht«, bemerkte er vorsichtig.

Wohlfert sah ihn überrascht an. »Ich dachte, Sie hätten

das längst getan und setzte Frau Winterfeldts Einverständnis voraus.«

Theodor hielt es für angebracht, das unbefriedigende Ergebnis seines Vorstoßes zu verschweigen. Noch war ja nicht aller Tage Abend. »Ach, Sie wissen ja, wie Frauen sind«, sagte er lächelnd. »Sie wollen umworben und überzeugt werden, und sie hat sich noch nicht abschließend geäußert.«

Wohlferts Miene blieb gänzlich ausdruckslos. »Ich würde diese Eheschließung begrüßen, das wissen Sie nun. Allerdings nur, wenn auch Ihre Nichte die Vorteile erkennt, die darin lägen. Eine Frau, die nur widerwillig an meiner Seite zum Altar schreitet, werde ich nicht heiraten.«

»Selbstverständlich. Seien Sie versichert, wenn sie diesen Weg geht, tut sie es aus freien Stücken. Ich würde Corinna niemals in eine Ehe zwingen.« Das stimmte tatsächlich, dafür liebte er sie zu sehr.

»Nun, ich hoffe, Sie werden sie überzeugen«, sagte Wohlfert kühl. »Der Zusammenschluss unserer Familien scheint mir überaus sinnvoll zu sein.«

»Ich weiß.« Theodor lächelte mit aller Wärme, zu der er fähig war. Vielleicht übertrieben, aber er hegte den Wunsch, Wohlferts distanzierten Ton zu übertünchen. »Es wäre geradezu bestechend logisch. Meine Nichte sieht das genauso, sie weiß es nur noch nicht.«

Wohlfert nickte unverbindlich, und Theodor kam sich töricht vor. Der kleine Scherz hatte die Stimmung auflockern sollen, aber ihn beschlich das unbehagliche Gefühl, sich stattdessen lächerlich gemacht zu haben. »Ich rede mit ihr, Sie können sich ganz auf mich verlassen«, versprach er.

Bislang hatte er die passenden Worte noch nicht gefunden, aber es gab sie, da war er sicher. Corinna hing noch an der Vergangenheit, es war nicht einfach, ihr die Zukunft in rosigen Farben auszumalen. Aber Felix war tot, so bitter es war, und Corinna war es nicht. Irgendwann hatte Trauer auch ein Ende zu finden. Und Wohlfert war ein ehrenhafter Kandidat – dafür sprach nicht zuletzt sein Wunsch, nichts gegen ihren Willen zu tun. Diesen Beweis seiner Rechtschaffenheit konnte er Corinna quasi blumenumkränzt zu Füßen legen.

Es würde ihr guttun, ein neues Nest zu bauen, eine neue Aufgabe zu haben. Eine Frau brauchte einen Mann, und er selbst brauchte August. Das passte doch hervorragend zusammen.

Sie musste es nur noch einsehen.

• • •

August verließ Neuburg und machte sich auf den Weg zurück in die Nadelfabrik, denn er hatte auch am Sonntag zu viel zu tun, um sich dem Müßiggang hinzugeben. In den zurückliegenden Tagen hatte er keinen Moment Ruhe gehabt, um die Verträge durchzusehen, die er in der letzten Zeit geschlossen hatte. Je schleppender der Betrieb in der Confectionsmanufaktur anlief, desto weniger durfte er vergessen, dass vorerst in der Herstellung der Nadeln der wahre Verdienst lag. Der, der ihm die Erweiterung seines Geschäftszweiges überhaupt erst ermöglichte. Hoffentlich hatte Neuburg nicht zu viel versprochen, und die Lieferung aus Monschau traf bald ein, damit die Schneider und Näherinnen endlich die Arbeit aufnehmen konnten.

In einiger Entfernung wurde er Neuburgs Nichte gewahr und blieb wie angewurzelt stehen, hätte gern geglaubt, er bilde sich ihren Anblick nur ein. Als Folge davon, dass er gerade eben noch diese peinliche Unterhaltung mit ihrem Onkel geführt hatte. Im Übrigen hoffte er inständig, überzeugend gewesen zu sein, als er sich ausschließlich auf die geschäftlichen Vorteile berief, die eine Verbindung mit ihr schuf. Er wollte nicht, dass jemand merkte, wie sehr sie ihm gefiel. Weil er es nämlich selbst nicht verstand.

Corinna Winterfeldt war wie immer eine Augenweide, und sie stand am Eingang zum Botanischen Garten und hielt ein Kind an der Hand.

Was um alles in der Welt war das für ein Kind? Ohne lange darüber nachzudenken, setzte August sich in Bewegung und war bald schon nahe genug, um Zeuge einer lebhaften Unterhaltung zu werden.

»So viele Blumen hab ich noch nie gesehen«, sagte die Kleine. Sie trug einen äußerst schäbigen Kittel, war blass und mager und konnte unmöglich Theodor Neuburgs Großnichte sein.

»Dabei fängt die Pracht gerade erst an«, sagte Frau Winterfeldt und strich dem Mädchen mit einer zärtlichen Bewegung das Haar aus der Stirn. »Warte ab, bis die Hyazinthen aufgeblüht sind, dann duftet der ganze Park.«

Als August so unversehens vor ihr stand, lächelte sie ihn zumindest an. Höflich, wenn auch ohne echte Wärme. »Wie reizend, Herr Wohlfert«, begrüßte sie ihn so förmlich, dass es beinahe schmerzte. »Darf ich Ihnen meine Freundin Rosa vorstellen?«

Freundin? August warf einen verblüfften Blick auf das Kind, das seinerseits die Augen starr auf den Boden gerichtet hatte und sich weigerte, ihn anzusehen.

»Wir wollten uns gerade eine Zuckerstange gönnen«, fuhr Frau Winterfeldt fort. »Oder einen Kringel. Möchten Sie sich anschließen?«

»Meine letzte Zuckerstange habe ich vor etwa fünfundzwanzig Jahren zu mir genommen«, erwiderte August gemessen. Ihm fiel keine schlagfertige Antwort ein. Dazu bedrängte ihn die Frage zu sehr, was er von dem Ganzen halten sollte.

»Ihr Ton lässt durchblicken, dass Sie nicht beabsichtigen, nach all dieser Zeit wieder damit anzufangen.« Neuburgs Nichte legte in einer demonstrativen Geste den Arm um die Schultern des Mädchens, als wollte sie deutlich machen, wem sie sich hier verpflichtet fühlte.

Es war reichlich schmutzig, das kleine Ding.

Was um alles in der Welt machte eine Frau wie Corinna Winterfeldt mit einem Kind wie diesem im Botanischen Garten?

»Sieh mal, da drüben ist ein Straßenhändler«, sagte sie und fischte in ihrem passend zum Kleid mit gelben Margeriten bestickten Ridikül nach ein paar Münzen. »Lauf hinüber und kauf dir, was du magst.«

Die Kleine nahm ehrfürchtig die Geldstücke in Empfang und stob eilig davon, als nähme sie nicht an, ein derart großzügiges Angebot bliebe lange bestehen.

»Wer um alles in der Welt ist das?«, platzte August heraus, auch wenn ihn das eigentlich nichts anging. Oder doch? Immerhin hatte er vor, diese Frau zu heiraten. Oder auch nicht. Im Moment war er sich nicht mehr so sicher.

»Das habe ich Ihnen doch gesagt. Sie heißt Rosa. Rosa Behrend. Ihre Schwester hat einen schrecklichen Unfall erlitten, übrigens während der Arbeit in einer Fabrik«, sie sah ihm fest in die Augen, »und ich pflege sie, weil es bei mir komfortabler ist als bei ihr zu Hause. Und Rosa ermögliche ich ab und an ein paar unbeschwerte Stunden, denn die Tragödie lastet schwer auf ihr.«

August räusperte sich. »Sie scheinen eine recht innige Beziehung zu dem Mädchen zu unterhalten.«

Frau Winterfeldt wandte den Blick ab, und das verschaffte August die Gelegenheit, sie gründlich zu betrachten. Das zartgelbe Kleid stand ihr hervorragend, hob das dunkle Gold ihres Haares hervor, das warme Braun ihrer Augen. Corinna Winterfeldt war eine ansehnliche Frau und wäre eine vorzeigbare Gattin. Mehr als das, ein Mann konnte sich sehr wohl mit ihr schmücken.

Eigentlich würde er sie doch gern heiraten. Obwohl sie reichlich Flausen im Kopf hatte.

»Eine innige Beziehung, ja, da haben Sie wohl recht. Warum auch nicht?« Sie zuckte auf berückend elegante Weise mit den Schultern. »Mir geht es gut und ihr nicht. Es ist leicht, für ein wenig Freude in ihrem Leben zu sorgen. Mit einer profanen Zuckerstange.« Sie lächelte, den Blick auf das Kind geheftet, das inzwischen selbstvergessen und strahlend einem goldgelockten Hündchen hinterherlief.

»Kinder wie sie gibt es wie Sand am Meer«, sagte August und erkannte sofort die Erbarmungslosigkeit, die diesen Satz durchtränkte. »Tun Sie ihr einen Gefallen, indem Sie sie derart verwöhnen? Sie lassen sie von etwas kosten, das zu ihrem Dasein niemals gehören wird und ihr dessen Ödnis schmerzlich vor Augen führen muss.«

Frau Winterfeldt sah ihn an, in ihren Augen glomm ein beunruhigendes Funkeln. »Dann geben Sie es zu?«

»Was denn?« August zog die Brauen hoch, aber so viel war klar: Er hatte sich ein Bein gestellt.

»Dass Rosas Leben das Schöne, das Kindliche, das Sichere fehlt? Weil sie dieses Leben hinter engen Fabrikmauern verbringt und dennoch nicht genug Geld hat, um sich ein gemütliches Zuhause als Ausgleich zu schaffen?«

»Besser so als ein Leben auf der Straße«, wehrte August ab und versteifte sich.

Zum Glück wurde sie einer Antwort enthoben, weil das schmuddelige Kind angelaufen kam und mit wippenden Zöpfen vor ihnen anhielt. »Das Hündchen hat meine Zuckerstange geklaut«, sagte sie ohne die geringste Missbilligung. Ihre hellen grauen Augen strahlten.

Frau Winterfeldt lachte. »Wie schlau von ihm! Wir kaufen dir gleich eine neue, was meinst du?«

»Ich hatte schon die Hälfte aufgegessen«, teilte ihr die Kleine mit. »Das wäre ungerecht, wenn ich eine neue bekäme, die ganz ist.«

»Ich glaube, über *diese* Ungerechtigkeit können wir hinwegsehen«, sagte Frau Winterfeldt und zupfte augenzwinkernd an Rosas zerzaustem Zopf.

Die leuchtenden Augen, das glückliche Strahlen, dazu die Bescheidenheit – für einen Moment konnte August erkennen, was Frau Winterfeldt in dem Mädchen sah. Gerade noch rechtzeitig unterdrückte er ein abgrundtiefes Seufzen, fand das alles plötzlich gar nicht mehr so einfach und verabschiedete sich hastig, um in die Sicherheit seines Büros zurückzukehren.

• • •

Corinna sah ihm nicht hinterher, drängte die Begegnung beinahe beiläufig aus ihren Gedanken und widmete sich voll und ganz dem Kind an ihrer Seite. Zumal die gemeinsame Zeit dem Ende entgegenging, der Nachmittag neigte sich, und allmählich wurde sie unruhig. Sie wollte unbedingt nach Gretchen sehen, auch wenn sie Henni genaue Instruktionen für die Zeit ihrer Abwesenheit erteilt hatte.

»Ich denke, ich bringe dich jetzt nach Hause«, sagte sie zu Rosa und hielt das Bedauern sorgfältig aus ihrer Stimme heraus. Sie hätte das Kind gern mitgenommen, doch das wollte sie Frau Behrend nicht antun. Die Stunden ohne sie wurden ihr bestimmt lang.

»Das müssen Sie nicht.« Rosa hielt sich dicht an ihrer Seite. »Ich geh sonst auch immer allein. Mir macht das nichts aus.«

»Ich bin gern unterwegs. Nach dem endlosen Winter, in dem man dauernd in Räumen eingesperrt ist.« Corinna widerstand dem Impuls, der Kleinen erneut zärtlich über das dunkelblonde Haar zu fahren, das einen rötlichen Schimmer bekam, wenn ein Sonnenstrahl darauffiel.

»Ist dein Weg zur Arbeit weit?«, erkundigte sie sich, um das Gespräch in Gang zu halten. »Wo liegt denn die Baumwollspinnerei überhaupt, in der du arbeitest?«

»Ich arbeite nich in 'ner Baumwollspinnerei. Das tut bloß Gretchen. Und Mama. Sehen Sie mal, das Schwein da!«

Drüben auf der anderen Straßenseite war eine offensichtlich ausgebüxte riesige Sau und schubberte sich genüsslich an einer Häuserecke, während ihr ein Büschel Huflattich aus dem Maul hing.

»Ich dachte, du würdest auch in einer Spinnerei arbeiten.« Corinna konnte dem Anblick des Schweins nicht viel abgewinnen.

»Nee, tu ich nich. Frau Winterfeldt, kann ich bald noch mal zu Gretchen?« Rosa blickte sie schüchtern von der Seite an, unverkennbar sehnsüchtig.

»Auf jeden Fall«, versprach Corinna. »Aber heute wird es zu spät. Ich hole dich nächsten Sonntag wieder ab, und dann kannst du den Nachmittag mit ihr verbringen.«

»Geht es ihr dann schon besser?«, fragte Rosa leise.

»Das hoffe ich.« Der Zweifel schnürte Corinna die Luft ab. Gretchens Zustand war unvermindert schlecht, und es ließ sich kaum absehen, wann sich das ändern würde. Ob es das überhaupt jemals tat. Das war nichts, was sie Rosa zumuten wollte, und so sprach sie das Erste aus, was ihr einfiel, um rasch das Thema zu wechseln. »Sag mal, Rosa, wo arbeitest du denn?«

»Na, bei dem da«, sagte Rosa desinteressiert. »Gehen wir dann auch wieder in den Park? Und zu dem Hündchen?«

»Kommt aufs Wetter an. Wen meinst du mit ›dem da‹?«

»Den Mann, der eben mit Ihnen gesprochen hat. Den großen.«

»August Wohlfert besitzt keine Baumwollspinnerei.«

»Ich *weiß*.« Rosa zuckte mit den Schultern. »Ich arbeite ja auch nicht in einer. Ich bin in dem seiner Nadelfabrik.«

Corinna blieb stehen. »Was?«

Rosa sah sie an und zog die Nase kraus, als überlege sie, was denn nun schon wieder los war. »Ehrlich. Eine Nadelfabrik ist was anderes als eine Spinnerei, hat Gretchen gesagt, aber ich glaube, das stimmt gar nicht.«

»Die Betriebe haben völlig unterschiedliche Maschinen«, gab Corinna zu bedenken, obwohl sie in Wahrheit nicht die geringste Ahnung hatte. »Ist es wirklich die von August Wohlfert, in der du arbeitest?«

»Klar. Ich kenn den. Der geht immer quer durch die Halle rüber zu sei'm Büro.«

»Bist du dir ganz sicher?«, hakte Corinna noch einmal nach.

»Natürlich. Der steht oft hinter einer großen Scheibe und guckt. Aber er kommt nie runter, um mit uns zu sprechen. Das macht bloß der Otto.«

II

Wie von einem unsichtbaren Band gezogen, führte Corinnas Weg sie immer wieder zu Rosa, denn die Qual, unter der deren Schwester litt, schloss die Jüngere gewissermaßen mit ein. Was, wenn sie allein zurückblieb? Dann lud ihre Mutter die Last nur auf ihre Schultern, und Corinna fiel einfach nicht ein, wie sie ihr Los hätte erleichtern können.

Selbst auf den hässlichen Hof der Frau Schmeder hatte der endlich eingekehrte Frühling etwas Farbe gebracht. Ein paar leuchtend gelbe Schlüsselblumen fristeten ihr kümmerliches Dasein, sie passten sehr wenig zu Corinnas angespanntem Gemüt. Umstandslos öffnete sie die Haustür, überhörte das empörte Schnauben der abscheulichen Alten und lief die Treppe empor, achtete sorgsam auf die eingebrochene dritte Stufe. Und stieß oben auf Rosa, die zusammengekauert auf dem staubigen Treppenabsatz hockte, den Kopf auf die Knie gelegt und mit den Armen umschlungen. Sie sah aus, als trage sie das Elend der Welt auf ihrem kindlichen Rücken und zerbräche daran.

»Was ist los?«, fragte Corinna alarmiert.

Rosa blieb, wie sie war, und regte sich nicht.

»Sieh mich an«, befahl Corinna.

Nach kurzem Zögern hob das Kind ihr das tränennasse, verquollene Gesichtchen entgegen.

»Was ist passiert?« Corinna klang viel strenger, als sie wollte, aber Rosa scherte sich ohnehin nicht um sie. Stattdessen ließ sie die Stirn wieder auf die Knie sinken und vergrub sich in einem Kummer, der zu tief ging, als dass sie ihn hätte aussprechen können.

Corinna schoss ein entsetzlicher Gedanke durch den Kopf. »Ist etwas mit deiner Mutter? Geht es ihr nicht gut?«

Rosa blickte nicht auf. Aber wenigstens reagierte sie endlich und zuckte mit den schmalen Schultern.

»Was heißt das? Geht es ihr gut oder nicht?«

»Gut«, flüsterte Rosa.

Gut konnte gar nicht sein.

»Ich habe übrigens ein Geschenk für dich«, sagte Corinna mit falsch klingender Fröhlichkeit und streckte Rosa das Säckchen köstlicher Butterkekse entgegen, die sie ihr mitgebracht hatte.

Rosa blickte auf, starrte auf das Säckchen. Und brach in haltloses Schluchzen aus.

• • •

August hatte einen Entschluss gefasst. Einen genialen Entschluss, wie er fand.

Es war im Grunde ganz einfach.

Er brauchte Theodor Neuburg als Partner. Theodor Neuburg wollte seine Nichte Corinna Winterfeldt versorgt wissen. Corinna Winterfeldt grämte sich wegen der Fabrikkinder. Wenn die Kette nun einmal so verlief, wenn die Partnerschaft mit Neuburg über seine Nichte zu festigen und die Nichte über die Kinder zu bekommen war – dann, ja dann würde er in Gottes Namen etwas für diese tun.

So wäre am Ende allen gedient. Glückliche Kinder, strahlende Winterfeldt, erleichterter Onkel. Erfolgreicher August.

Eigentlich war es gar nicht so schwierig, wenn man erst einmal darauf gekommen war. Oder von einer Frau darauf gebracht wurde, die sich nicht beirren ließ. August seufzte kurz und läutete dann, um sich eine zweite Tasse Kaffee zu bestellen. Und ein weiteres Brötchen. Dann versank er erneut ins Grübeln.

Frau Winterfeldt hatte die fehlende Schulbildung der Kinder beklagt. Er begriff nach wie vor nicht, wofür es gut sein sollte, wenn sie Lesen und Schreiben lernten, das braucht schlechterdings niemand bei der Arbeit an den Maschinen. Aber schaden tat es vermutlich nicht.

Um Neuburgs Nichte entgegenzukommen, würde er eine Schule errichten.

Es musste ihn nicht einmal viel kosten. Das Materiallager konnte umgebaut werden, wenn man es geschickt anstellte, und in dem frei werdenden Teil ließen sich rasch ein paar Bänke und Tische aufstellen. Ottmann sollte einen armen Studenten auftun, der froh war, seine Einkünfte aufzubessern, indem er den Kindern zwei, drei Stunden Unterricht am Tag erteilte. Nach getaner Arbeit, nicht vorher, schließlich sollten sie sich nicht müde an die Maschinen stellen.

Er war tatsächlich stolz auf seinen Einfall und entschlossen, die Umsetzung alsbald in die Wege zu leiten. Das Ganze konnte er der rebellischen Madame Winterfeldt als Brautwerbung zu Füßen legen, vielleicht betrachtete sie ihn anschließend mit anderen Augen. Die Vorstellung, sie würde ihn mit Wärme ansehen, gefiel ihm. Es wäre das erste Mal.

Das wird schon, dachte er und biss genüsslich in sein Brötchen. Die schwierige Frau Winterfeldt bekam er noch an die Angel.

• • •

Frau Winterfeldt war fast genauso weiß im Gesicht wie Mama, aber sie sah dennoch ganz anders aus. Es lag an den Augen, ging Rosa nach einigem Überlegen auf. Frau Winterfeldts Augen funkelten und waren voller Leben und die von Mama stumpf und leer. Das machte Rosa Angst.

Mama machte ihr Angst. Sie war so anders als früher. Da war sie zwar oft streng gewesen und noch öfter wortkarg, aber jetzt war sie einfach immer müde und drehte sich weg, wenn Rosa zu ihr kam. Sie wollte gar nicht mehr aufstehen und hatte bestimmt inzwischen ihre Stelle verloren. Rosa hatte in den letzten Monaten etwas Ähnliches schon zweimal erlebt. Wenn Frauen ein paar Tage nicht kamen, wurden sie ersetzt. Wollten sie dann zurückkehren, war kein Platz mehr für sie.

Aber Rosa erhielt Lohn, und sie gab ihn Mama, damit sie Essen davon kaufen konnte. »Solange deine Schwester nichts verdient, ist es zu wenig für uns beide«, sagte Mama jedoch, und das verstand Rosa. Mutig hatte sie in dem Wirtshaus nach Arbeit gefragt, in dem Gretchen an den Abenden putzte, aber sie hatten sie weggeschickt, fanden sie zu klein dafür. Rosa hatte geglaubt, es würde trotzdem reichen, irgendwie, nur tat es das eben nicht. Mamas Mund wurde richtig verkniffen, wenn sie darüber sprach. Aber sobald sie aufstand und arbeiten ging und dazu noch Gretchen zurückkam, konnten sie alles zusammenwerfen, dann kamen sie bestimmt wieder hin, so wie früher. Bis dahin machte es Rosa nichts aus, weniger zu essen.

Sie verstand einfach nicht, warum ihre Mutter das nicht begriff.

Frau Winterfeldt stand jetzt vor Mama und legte ihre Hand auf Rosas Schulter und sagte, als wisse sie nicht, dass Mama alles verbieten konnte, was sie wollte: »Ich nehme Rosa für heute mit, Frau Behrend. Dann haben Sie ein bisschen Zeit für sich selbst.«

Im Nu überfiel Rosa eine neue Angst. Mama mochte es nicht, wenn sie bei Frau Winterfeldt war. »Is nich unsere Welt«, hatte sie gemurrt, aber Rosa jedes Mal mitgehen lassen. Dann war Rosa heimlich froh gewesen, dass Mama zu wenig Kraft hatte, um sich zur Wehr zu setzen. Sie war doch so gern in Frau Winterfeldts Prinzessinnenhaus, wo es warm war und bunt und fröhlich. In der Küche gab es so viel Essen, dass Rosa geglaubt hatte, es würde eine riesengroße Familie in dem Haus leben, aber Frau Winterfeld war ganz allein mit ihrem Onkel.

Mama starrte bloß vor sich hin und antwortete nicht, und Rosas Herz klopfte hart und laut. Dann ergriff Frau Winterfeldt plötzlich ihre Hand. »Bis heute Abend«, sagte sie und zog Rosa hinter sich her, schnell, Rosa stolperte ungeschickt, fing sich aber rasch wieder. Zum Glück, denn sonst fiel Mama vielleicht doch noch ein, dass sie sie nicht mitgehen lassen wollte.

Auf dem Weg durch die frühlingshafte Luft, begleitet vom perlenden Gesang eines Rotkehlchens, spürte Rosa, wie alle Last von ihr abfiel. Vor allem, als Frau Winterfeldt sagte: »Weißt du was, du kannst Corinna zu mir sagen. Wir sind doch Freundinnen, und da klingt Frau Winterfeldt zu förmlich.«

Rosa wusste nicht genau, was »förmlich« war, und auch nicht, ob sie sich jemals trauen würde, Frau Winterfeldt beim Vornamen zu nennen. So als sei gar nichts dabei. Vorsichtshalber blieb sie erst einmal stumm.

Aber irgendwann musste sie etwas sagen und suchte fieberhaft nach einem Vorschlag, der Frau Winterfeldt gefallen könnte. »Gehen wir in den Botanischen Garten?«, fragte sie hoffnungsvoll, aber Frau Winterfeldt – *Corinna* – schüttelte den Kopf. »Für heute ist es zu spät.«

Rosa überlegte, ob sie wagen durfte, ihre Hand in die weiche, feine von Frau Winterfeldt zu schieben. Ihre eigene war zumindest sauber, und so entschloss sie sich in einer Aufwallung von Mut, es zu versuchen. Es war ein sehr schönes Gefühl, wie sich Frau Winterfeldts schlanke Finger um ihre eigenen schlangen. Es fühlte sich – sicher an. Als ob nichts und niemand ihr etwas anhaben konnte. Nicht in diesem Moment.

»Wir sind da.«

Rosa staunte beinahe genauso wie beim ersten Mal, als

sie die Eingangshalle betrat, wo sie diesmal sofort auf ein Mädchen stießen. Sie war fast so groß wie Frau Winterfeldt, dünn und blond, und sie trug ein blaues Kleid mit einer weißen Schürze. Die Augen, mit denen sie Rosa musterte, funkelten neugierig, aber sie kam nicht dazu, etwas zu sagen, denn jetzt öffnete sich eine der vielen Türen, die Rosa überall sah und von denen sie sich nicht vorstellen konnte, wohin die denn wohl alle führen mochten. Plötzlich stand ein Mann vor ihnen. Ein alter Mann.

»Nanu, wen haben wir denn da?«, fragte er erstaunt und blickte von Rosa zu Frau Winterfeldt und wieder zurück.

»Das ist Rosa«, erklärte Frau Winterfeldt. Sonst nichts. Als ob er wissen müsse, wer sie war.

Er sah lustig aus, der Mann. Seine Haare waren fast weiß, ganz fein und oben irgendwie angeklatscht, aber im Nacken lockten sie sich.

Er sah zwar lustig aus, aber er war es nicht. »Ach, Corinna«, seufzte er.

Er war nicht erfreut darüber, sie in seiner Diele anzutreffen, das merkte Rosa. Aber es war ihr egal. Frau Winterfeldt hatte sie eingeladen. Die wollte sie hier haben. Deshalb durfte sie auch hier *sein*. Und wenn sie jetzt etwas Nettes sagte, würde er merken, dass sie gar nicht störte.

»Sie haben ein furchtbar schönes Haus«, sagte sie laut.

Für einen Moment erstarrten alle, dann sagte der Mann: »So, es gefällt dir. Ich bin geschmeichelt.« Er räusperte sich und wandte sich an Frau Winterfeldt. An *Corinna*. Daran würde sie sich niemals gewöhnen. »Verfolgst du mit diesem Besuch längerfristige Pläne?«

Rosa hatte keine Ahnung, was das heißen sollte, aber Frau Winterfeldt offensichtlich schon, denn sie funkelte den Mann geradezu an mit ihren haselnussbraunen Augen. »Mein Plan ist, einen netten Nachmittag mit einer guten Freundin zu verbringen«, erklärte sie, und ihre Stimme vibrierte ein bisschen.

In diesem Moment klopfte es an der Tür. Weil sie direkt danebenstanden, war es laut. Rosa fuhr erschrocken zusammen.

• • •

August schritt beschwingt die Stufen des Neuburgschen Hauses empor, froh und erleichtert, weil die so dringend erwartete Lieferung aus Monschau endlich eingetroffen war. An einem Sonntag, verblüffend, aber besser so als gar nicht. Er hatte die Wagen persönlich empfangen, den Erhalt quittiert und umgehend nach seinen Leuten geschickt, damit sie die Ware abluden und im Lager verstauten. Das bedeutete Zusatzkosten, doch die waren es wert.

Fast im selben Moment, als er gut gelaunt den Messingklopfer betätigte, öffnete sich die Tür, und er sah sich einer erstaunlich großen Ansammlung von Menschen gegenüber. Neuburg und seine Nichte, anscheinend fast das gesamte Hauspersonal und ein Kind. Es dauerte einen Moment, bis August begriff, dass es sich dabei um dasselbe handelte, das er mit Frau Winterfeldt im Botanischen Garten gesehen hatte.

»Ich hoffe, ich komme nicht ungelegen«, sagte er höflich,

hatte aber den Eindruck, genau das wäre der Fall. Jedenfalls scharten sich alle um dieses Mädchen, und dessen Anwesenheit löste sehr unterschiedliche Reaktionen aus. Neuburg war befremdet, wie an seinen hochgezogenen Brauen zu erkennen war, das Dienstmädchen neugierig, der Hausdiener blickte betont an ihr vorbei, und im Hintergrund tauchte gerade die Köchin auf und wischte sich die Hände an einem Tuch ab. Frau Winterfeldt reckte kämpferisch das Kinn.

»Aber nein«, sagte sie. »Wie Sie sehen, Herr Wohlfert, empfangen wir heute. Wir haben Besuch.«

Rosa! Dieses Kind hieß Rosa, jetzt fiel es ihm wieder ein. Was um alles in der Welt machte sie hier? War sie ganz unverblümt aufgekreuzt, in der Absicht, die Gutmütigkeit von Frau Winterfeldt auszunutzen, die sie im Botanischen Garten an den Tag gelegt hatte?

»Tatsächlich«, sagte er und sah Rosa direkt in die Augen. »Das ist … überraschend.«

Sie blickte scheinbar freimütig zurück, aber er sah wohl, wie sie einen winzigen Schritt näher an ihre Gönnerin trat, als suche sie deren Schutz. Die schien das ebenfalls zu bemerken und legte ihr tröstend den Arm um die Schultern.

»Genau wie Ihr unerwartetes Erscheinen«, wandte sie sich etwas spitz an August, der sich prompt unwohl zu fühlen begann. Er war der Meinung gewesen, die Verbindung zu Herrn Neuburg sei weit genug gediehen, um unangekündigt in dessen Haus zu erscheinen. Vielleicht hatte er sich geirrt.

Mit möglichst ausdrucksloser Miene betrachtete er Frau Winterfeldt, die ihm geradewegs in die Augen blickte. »Ich will Sie nicht aufhalten«, sagte sie kühl. »Oder bei Ihren zweifellos wichtigen geschäftlichen Besprechungen mit meinem Onkel stören. Ich ziehe mich also zurück. Kommst du, Rosa? Wir gehen nach oben.«

»Corinna …«, begann Neuburg, brach aber ab, weil diese ihn geflissentlich ignorierte.

»Frau Reuther, richten Sie bitte ein Tablett mit Pfefferminzwasser und Gebäck«, wies sie ihre Köchin an, die ein Tuch zwischen ihren Händen knüllte, als sei es ihr Erzfeind. »Nur eine Kleinigkeit. Damit Rosa und ich es bis zum Abendessen aushalten.«

In dem schmalen Gesicht der Kleinen leuchtete ein Strahlen auf, und sie nickte eifrig. Frau Winterfeldt lachte und strich ihr über den Schopf.

August hörte, wie Neuburg ein unterdrücktes Seufzen ausstieß. Er fand das Verhalten seiner Nichte offenbar ebenso verquer wie August selbst.

Aber rührend war es schon, wie sich die Kleine mit vertrauensvollem Blick an die Seite ihrer schönen Freundin schmiegte. Reiß dich zusammen, August, dachte er. Sonst wirst du am Ende noch so verrückt wie die Winterfeldt. Entschlossen wandte er sich an den Mann, dem sein Besuch eigentlich galt. »Ich habe Gutes zu berichten, Neuburg«, sagte er und hätte fast gegrinst, als er sah, wie sich pure Erleichterung in den Zügen des Älteren abmalte.

»Dafür bin ich immer zu haben«, erwiderte er. »Bitte, folgen Sie mir. Wir gehen in mein Arbeitszimmer. Kerres, bringen Sie uns Tee und einen guten Cognac. Kommen Sie, mein Lieber.«

12

Als Rosa aufwachte, war es noch dunkel, aber daran war sie gewöhnt. Sie stand immer um diese Zeit auf und konnte gar nicht länger schlafen. Aber hoffentlich schlummerte Mama noch. Der Doktor hatte gesagt, sie müsse sich ausruhen. Rosa glaubte aber nicht, dass sie das konnte.

Einen kostbaren Moment lang dachte sie an den gestrigen Tag, den sie bei Frau Winterfeldt verbracht hatte, und blendete tapfer aus, dass alle anderen im Haus nicht so freundlich gewesen waren wie sie. Davon ließ sie sich einfach nicht bekümmern. Oder nur ein ganz kleines bisschen.

Sachte, um kein Geräusch zu verursachen, schob sie die dünne Decke zurück und schlich fröstelnd zu dem Stuhl, über den sie ihren Kittel gehängt hatte. Wenigstens sangen draußen schon ein paar Vögelchen die warme Jahreszeit herbei. Rosa liebte das. Sie stellte sich gern vor, sie gehöre zu ihnen und würde ihre Flügel dazu nutzen, sich in die Luft zu schwingen und alle Nöte und Sorgen unten auf der Erde zurückzulassen.

»Rosa, hampel nicht in der Dunkelheit herum. Mach die Öllampe an«, sagte Mama müde. Sie schlief also nicht mehr, und Rosa musste gar nicht aufpassen, keinen Mucks von sich zu geben. Gehorsam, aber ängstlich ratschte sie mit dem Zündholz und zündete die Lampe an. Sie schaffte es gleich beim ersten Mal, und das war gut. Streichhölzer waren zwar nicht teuer, aber sie kosteten doch zu viel, um sie zu verschwenden, sagte Mama oft.

Rosa schob den Schemel in die Mitte des Raumes. Der Beutel, in dem sie das Brot verwahrten, hing an einem Haken von der Decke, damit die Mäuse nicht drankamen. Oder Ratten.

»Rosa, lass das.« Mamas Stimme war nur ein Hauch.

»Aber ich mache dir Frühstück!«

»Ich habe keinen Hunger. Du musst dich beeilen, sonst kommst du zu spät.«

Rosa kletterte unbeirrt auf den Schemel und hangelte nach dem Beutel. »Ich geh nicht weg. Ich bleib bei dir.«

»Rosa, das ist doch Unsinn. Mir geht es gut.«

Von wegen. Mamas Stimme knarzte, so schwach war sie.

»Aber mir nicht«, sagte Rosa und kletterte von dem Schemel herunter. »Ich vermisse Gretchen. Und ich will bei dir bleiben.«

Mama sagte nichts. Das tat sie, wenn sie eigentlich streng sein wollte, aber zu müde dafür war.

Rosa kratzte den Rest Butter auf das Brot. Beides war nicht mehr ganz frisch, doch besser als nichts, oder? Sie ging zu Mama und hielt es ihr direkt unter die Nase. »Das ist für dich.«

»Iss du es. Und dann geh.«

»Aber …«

»Kein Aber. Du gehst jetzt arbeiten, und ich bleibe hier und ruhe mich aus. Wie der Doktor es angeordnet hat.«

»Aber ich will dir helfen! Ich bin jetzt die Große, hat er gesagt.«

»Geh jetzt, Rosa«, sagte Mama erschöpft und drehte sich zur Wand.

Und Rosa ging.

• • •

Als Corinna schmutzig und erschöpft von ihrer Krankenbesuchsrunde zu Hause ankam, vernahm sie zu ihrem Verdruss aus dem Salon muntere Stimmen und fragte sich, wie sie ungesehen an der geöffneten Tür vorbeikommen konnte. Sie war viel zu ausgelaugt für höfliche Konversation.

»Corinna, leistest du uns Gesellschaft?«, fragte Theodor, der prompt in der Diele auftauchte und es somit unmöglich machte, heimlich, still und leise nach oben zu entfliehen.

»Natürlich«, erwiderte sie gottergeben, weil sie ihn nicht brüskieren wollte, und betrat an seiner Seite den Salon, wo sich der unvermeidliche August Wohlfert aus dem bequemen Sessel erhob, um sie zu begrüßen. Geradezu gut gelaunt, was ihn anziehender wirken ließ als sonst. Hinter der beherrschten Fassade mochte durchaus ein Mensch aus Fleisch und Blut stecken, dachte Corinna, und das erfüllte sie erstaunlicherweise mit Unbehagen.

»Herr Wohlfert hat einen wunderbaren Plan gefasst«, erklärte Theodor aufgeräumt, nachdem der Begrüßungsfloskeln Genüge getan worden war und Corinna sich in der Sitzgruppe am Fenster niedergelassen hatte. Der helle Platz erweckte an diesem herrlichen Frühlingstag fast den Eindruck, man säße im Garten.

»Ich gewinne allmählich den Eindruck, dies gelänge Ihnen im Wochentakt«, erwiderte sie.

Wohlfert lächelte bescheiden. »Ganz so viele sind es nicht. Und leider lassen sich nicht alle in die Tat umsetzen.«

»Die Besten aber schon.« Theodor schien geradezu euphorisch. »Wohlfert hatte nämlich eine Idee, die gewiss deinen Zuspruch findet. Ich wage zu behaupten, er hat sie aus genau diesem Grund entwickelt. Er bittet dich sogar um deine Mithilfe.«

Das war mysteriös. »Ich bin gern bereit, Sie zu unterstützen.« Sie brachte nicht den Mut zu harschen Worten auf. Sofern ich diesen Plan gutheißen kann, hatte sie eigentlich sagen wollen. »Worum geht es denn?«

»Nun, ich habe mir Ihre Beanstandung der mangelhaften Bildungsmöglichkeiten für Fabrikkinder durch den Kopf gehen lassen. Bei einigen Ihrer anderen Kritikpunkte lässt sich nicht viel korrigieren, bei diesem ist es machbar.« Wohlfert legte die Fingerspitzen aneinander und blickte Corinna über die wie zum Gebet gefalteten Hände aufmerksam an. »Ich möchte Ihrem Vorschlag folgen und einen Lehrer einstellen, der die Kinder nach der Arbeit ein paar Stunden am Tag unterrichten wird.« Er beugte sich etwas vor, und für den Fall, dass sie es nicht verstanden hatte, fügte er an: »Damit baue ich Ihnen Ihre Fabrikschule.« Er lehnte sich wieder zurück, offenbar sehr zufrieden mit sich. Jedenfalls sah er Corinna erwartungsvoll an.

»Ich erkenne Ihre Intention an, die Lage der Kinder zu verbessern«, sagte sie vorsichtig, ihre Gedanken überschlugen sich. »Doch erkenne ich *nicht*, worin genau diese Verbesserung besteht.«

»Das habe ich doch gerade erklärt«, erwiderte Wohlfert pikiert.

»Hatten Sie nicht erläutert, die Kinder sollen ebenso lange arbeiten wie bisher, müssen zusätzlich aber Schulstunden absolvieren?«

»*Können*, Corinna«, warf Theodor beschwörend ein. »*Dürfen.*«

»Natürlich freue ich mich über das großzügige Angebot«, gab Corinna widerstrebend zu. »Ich will es gar nicht verhehlen. Doch ist es damit nicht getan, das verstehen Sie sicher?« Sie blickte in die verständnislose Miene des Herrn Wohlfert. »Bekommen die Kinder genug Pausen zugestanden, damit sie nicht völlig erschöpft und bar jeder Aufnahmefähigkeit dem Unterricht folgen können?«, erkundigte sie sich. »Und, da wir schon einmal dabei sind: Ist eine warme Mahlzeit für sie geplant, damit sie nach ihrem gewaltigen Pensum nicht irgendwann an Entkräftung zugrunde gehen?«

»Corinna!«, raunte Theodor mahnend.

»Es wäre klug, neben der Bereitstellung von Schulunterricht auch die Arbeitsbedingungen der Kinder zu verbessern«, beharrte sie. »Dann würden auch nicht so viele krank.«

»Eins nach dem anderen, Frau Winterfeldt«, sagte Herr Wohlfert unbeirrt, und seine Augen blickten kühl. »Sie wollen sehr schnell sehr viel. Nun wird immerhin die Schule errichtet. Das war Ihnen doch wichtig?«

Corinna nickte stumm. Er begriff es einfach nicht. Und sie war offenbar unfähig, es ihm verständlich zu machen.

• • •

Die Sorge um Gretchen, deren Zustand sich nicht verbesserte, nahm nicht ab, und Corinna hatte beschlossen, Doktor Ludewig aufzusuchen und ihn um Rat zu fragen. Es musste irgendetwas geben, was sie noch tun konnte.

Sie war noch damit beschäftigt, ihren feuchten Rock auszuklopfen, als Ludewigs Mädchen ihr schon öffnete. »Es tut mir leid, Frau Winterfeldt«, sagte sie bedauernd. »Aber die Patienten rennen dem Doktor heute die Bude ein. Sie werden warten müssen.«

Erna hatte ein unbekümmertes Mundwerk, und Corinna musste unwillkürlich lächeln – es kam ihr so vor, als sei es das erste Mal seit Tagen. »Das kann ich doch sicher hier tun?«, bat sie. »Ich würde ungern durch den Regen zurück.«

»Aber natürlich.« Erna öffnete einladend die Tür. »Was für 'n Wetter heute. Fies, oder? Soll ich Sie zu Frau Fanny führen?«

»Wenn es ihr recht ist. Bitte frag nach, ob es ihr passt. Ich will sie nicht stören.«

»Ach was, Sie stören nicht. Die Frau Fanny mopst sich, weil sie zu wenig zu tun hat.«

Als sie den gemütlichen, leicht abgewohnten Salon der Ludewigs betrat, stellte sie fest, dass sie nicht der einzige Gast war. Frau Ludewig saß in trauter Gemütlichkeit mit Felix

Mandel beisammen, und beide blickten überrascht zur Tür, als Corinna angemeldet wurde.

»Selbstverständlich können Sie hier auf meinen Mann warten«, sagte Fanny strahlend. »Setzen Sie sich zu uns.«

»Oh, das müssen Sie unbedingt tun, Frau Winterfeldt«, bat Herr Mandel. »Ich muss gestehen, ich fing an, Sie zu vermissen.«

»Wenn ich Sie vernachlässigt habe, tut es mir leid. Es ist furchtbar viel passiert in letzter Zeit. Und das ist auch der Grund für mein Kommen.« Corinna lächelte mühsam, nahm auf einem altmodischen, aber bequemen Stuhl Platz und senkte dankend das Kinn, als Frau Ludewig ihr ungefragt eine Tasse Tee einschenkte. »Ich bin in großer Sorge um Gretchen. Ihr Zustand will sich einfach nicht verbessern.«

Frau Ludewigs Ausdruck wurde besorgt, sie setzte sich aufrechter hin und legte die schmale Hand auf ihren inzwischen sichtbar gewölbten Leib. »Sie wissen es noch nicht?«

Corinna stockte der Atem. »Nein. Was denn? Was sollte ich wissen? Ist etwas passiert?«

Nicht Rosa, dachte sie. Bitte, bitte nicht Rosa. Sie sah, wie Fanny Hilfe suchend zu Herrn Mandel blickte, sich dann aber einen Ruck gab und selbst das Wort ergriff. »Der Allgemeinzustand aller Behrends ist schlecht, wirklich sehr schlecht«, sagte sie. »Das wissen Sie.«

Corinna schwieg, betäubt von der Gewissheit, dass nun etwas kam, das sie nicht hören wollte.

»Die Frühgeburt hat die Mutter zusätzlich geschwächt«, fuhr Frau Ludewig sachlich fort, doch der Ausdruck ihrer

Augen war weh. »Dann hat sie auch noch ihre Arbeit verloren. Was vorauszusehen war.«

Corinna nickte schwach.

»Ich denke, am Ende kam alles zusammen.« Fanny Ludewig schluckte angestrengt. »Es war zu viel für sie. Sie hatte einfach keine Kraft mehr.«

»Und? «, flüsterte Corinna.

Frau Ludewig legte ihre schmale Hand auf Corinnas eiskalte. »Sie ist verstorben. Vorgestern«, sagte sie gelassen. Ganz Arztfrau. Geübt im Überbringen böser Nachrichten.

Corinna war nicht geübt darin, sie zu empfangen. »Wie entsetzlich«, flüsterte sie erstickt. »Wie furchtbar für Rosa.« Ihre Stimme war ganz flach, sie bekam kaum Luft. »Völlig allein muss sie große Angst verspüren. Sie ist doch nur ein kleines Mädchen in dem Alter, in dem mein Junge jetzt ungefähr wäre.«

Sie hörte, wie Frau Ludewig scharf die Luft einsog. »Wäre? Soll das heißen, Ihr Sohn …« Sie brach ab.

Corinna blickte auf. »Sprechen Sie es ruhig aus. Ich werde mich nie daran gewöhnen, aber davor weglaufen kann ich schließlich nicht. Nur ist es vielleicht taktlos, davon zu reden …«

»Was für ein Unsinn«, unterbrach Frau Ludewig sie temperamentvoll. »Oder gehören Sie etwa zu denjenigen, die der Meinung sind, eine Schwangerschaft führe bei den ohnehin schwachen Frauen dazu, dass man sie behandeln muss wie ein rohes Ei?«

Corinna schüttelte den Kopf. »Mein Mann war mit unserem Sohn auf einer Reise, als sie einen Unfall hatten«, berichtete sie mühsam, aber plötzlich wollte sie unbedingt darüber sprechen. Das hatte sie vor Fremden noch nie getan. »Mein Sohn, er hieß Johann. Und sein Vater Felix. Wie … Sie«, wandte sie sich an Mandel. »Das hat es mir am Anfang schwer gemacht, Sie anzusprechen.«

»Dafür müssen Sie sich nicht entschuldigen, Frau Winterfeldt«, sagte er voller Mitleid und drückte ihre Hand.

Sie nickte dankbar, es tat auch gut, aber etwas anderes war wichtiger. »Was ist denn jetzt mit Rosa?«, fragte sie. »Das Kind muss vollkommen verzweifelt sein.«

»Ich weiß es nicht.« Fanny schüttelte unglücklich den Kopf. »Sie war bei der Arbeit, als es geschah, und noch nicht heimgekehrt, bis mein Mann die Wohnung verließ. Ich nehme an, die Hauswirtin hat sich ihrer angenommen.«

»Die grässliche Frau Schmeder? Niemals.« Corinna schüttelte wild den Kopf. »Ich muss zu ihr. Irgendjemand muss diesem Kind jetzt helfen.« Sie blickte von Fanny zu Mandel und wieder zurück. »Oder … ach, herrje, geht es mich nichts an?«

»Auf jeden Fall geht es Sie etwas an«, erwiderte Frau Ludewig und beugte sich unbeholfen vor, um Corinnas Hand zu drücken. »Es geht uns alle an. Diese *Kinder* gehen uns etwas an.«

• • •

Das Haus der Ludewigs war etwa zwanzig Minuten von dem der Behrends entfernt, und wenn sie sich beeilte, schaffte sie es womöglich in fünfzehn. Corinna schürzte die weiten Röcke – es war ihr *egal*, dass die Knöchel zu sehen waren – und hastete durch die Straßen, sie rannte beinahe, lief mit großen, undamenhaften Schritten ihren Weg entlang und hatte doch genug Zeit, sich während des Laufes Gedanken darüber zu machen, was nun zu tun war. Das war im Grunde leicht. Gretchen lebte schon bei ihr, warum nicht auch Rosa? Sie würde das Kind zu sich holen und ihm helfen, mit der furchtbaren Situation fertigzuwerden.

Endlich am Mühlenbach angekommen, stieß sie auf den Schmeder-Sohn, der wie so häufig ziellos im Hof herumlümmelte.

»Sei gegrüßt, Kreß«, begrüßte sie ihn atemlos und sah, wie sein Kinn hochruckte. An Freundlichkeit war er anscheinend nicht gewöhnt. »Ich hole Rosa ab. Ist sie oben?«

»Nee.«

»Wieso nicht? Ihre Mutter ist gerade gestorben. Da wird sie doch wohl nicht arbeiten gegangen sein. «

Kreß verlagerte umständlich das Gewicht von einem dürren Bein auf das andere dürre Bein. »Die wohnt nich mehr hier.«

Das konnte nicht sein.

»Was meinst du damit?« Corinna hob das Kinn und funkelte ihn an. »Ihre Mutter ist doch erst seit zwei Tagen tot. «

Kreß zuckte die Schultern. »Is keiner mehr da. Die Alte is vom Leichenwagen abgeholt worden, und die Kleine ist weg.«

»Seit wann?«, herrschte sie ihn an.

»Seit vorgestern. Is doch wohl klar.«

Womöglich hatte sie sich eine günstigere Unterkunft gesucht. »Wohin?«

»Wohnt bei 'ner Tante. Glaub ich.« Kreß stieß mit der Stiefelspitze nach einer hässlichen Katze, die um seine Waden strich.

»Wie heißt die Tante? Und wo wohnt sie?« Corinna hätte ihn sehr gern geschüttelt, mäßigte sich aber, damit er nicht noch störrischer wurde und ihr das wenige verschwieg, was er – vielleicht – wusste.

»Keine Ahnung. Jedenfalls sin' se nich mehr hier. Die Behrend nich«, er lachte prustend. »Und das Hühnchen auch nich.«

13

Ob es Rosa gut ging?

Bestimmt. Aus irgendeinem Grund stellte Corinna sich die Tante mit Apfelbäckchen und gütigem Blick vor und malte sich aus, wie sie das Kind mit weit geöffneten Armen empfing und tröstend an ihren ausladenden Busen drückte. Was aber, wenn sie ein Drachen war, der den Kochlöffel vorzugsweise schwang, um ihn auf Rosas Rücken tanzen zu lassen?

Sie zwang ihre Gedanken energisch zur Ruhe und sah es ein: Rosa ging nun ihren eigenen Weg. An der Hand einer vertrauten Person fand sie die Sicherheit, die sie brauchte, und eines Tages nahm die reizende alte Tante ihre Schwester ebenfalls auf. Dann waren die beiden Mädchen wieder vereint. Bald. Nach Gretchens Genesung.

Die Besuche in den Armenvierteln beschränkte Corinna auf ein Mindestmaß, und Doktor Ludewig ließ sie gewähren. Nichts war so wichtig wie dieses Kind, an dessen Bett sie stundenlang saß und versuchte, allein dadurch seine Lage zu verbessern. Indem sie Gretchen spüren ließ, dass sich jemand kümmerte, sie nicht allein war.

Behutsam versuchte sie, mit ihr über ihre Schwester zu sprechen, ohne den Tod der Mutter zu erwähnen, was ihr in ihrem geschwächten Zustand nicht zuzumuten war. »Rosa hat mir gar nicht von eurer Tante erzählt. Ist sie nett?«, fragte sie flüsternd, aber Gretchen sah sie nur mit glasigem Blick an und dämmerte wieder weg.

Sie schlief fast die ganze Zeit, und Corinna waren die endlosen Stunden, in denen sie zum Stillsitzen verurteilt war, eine schwere Prüfung. Also beauftragte sie dann und wann Henni damit, an Gretchens Bett zu wachen – ihr Hausmädchen putzte dabei Silber, flickte die Haushaltswäsche und machte sich ansonsten einen Lenz. Corinna selbst begab sich emsig an die Erledigung von allerhand Aufgaben, die sie vor ein paar Wochen noch als überflüssig angesehen hätte, ihr jetzt aber eine willkommene Ablenkung verschafften. Erst scheuchte sie Frau Reuther damit auf, sich Gedanken wegen einer Verfeinerung des Speiseplans zu machen, dann ging sie die Truhen mit der Dienstbotenkleidung durch und sortierte das aus, was sich für die nächste Spendenaktion eignete. Anschließend widmete sie sich mit rastloser Energie ihrem überquellenden Kleiderschrank, an dem sie plötzlich jede Menge auszusetzen fand. Es hingen viel zu viele Gewänder darin, die ihr auf einmal fade und altbacken schienen. Das Graue zum Beispiel, das sie getragen hatte, nachdem die Pflicht zu dunkler Kleidung hinter ihr lag, gehörte unbedingt aufgehellt. Sie hatte damals schon nicht verstanden, wozu Trauerkleidung eigentlich gut war, man fühlte sich keinen Deut besser, indem man sich hässlich machte. Andererseits war ihr lange Zeit gänzlich gleichgültig gewesen, wie sie aussah. Offenbar war diese Zeit vorbei, und das Graue stand ihr zu gut, um es einfach wegzugeben. Die Taille war besonders schmal, der Ausschnitt besonders kleidsam und die Ärmel besonders wenig ausladend.

Das Dekolleté mit Spitze und die am Unterarm eng anliegenden Ärmel mit hübschen Knöpfen zu verzieren, würde dem Ganzen mehr Charme verleihen.

Sie huschte in Gretchens Krankenzimmer und legte Henni in einer ungewohnten Regung der Verbundenheit die Hand auf die Schulter, spürte mehr, als sie es sah, wie ihr Dienstmädchen ihr einen verblüfften Blick zuwarf. »Wie geht es ihr?«

»Unverändert. Ist 'ne Schande«, erwiderte Henni und griff nach dem Tuch, um Gretchen zum millionsten Mal die Stirn abzutupfen.

»Du bleibst hier«, wies Corinna sie an. »Ich bin zum Mittagessen zurück. Danach löse ich dich ab.«

• • •

Erleichtert, dem Haus zu entfliehen – und beschämt deswegen –, machte sie sich auf den Weg zu Herrn Mandel. Sie liebte seinen Laden, all die wunderhübschen Dinge, die er anbot, die überschäumenden Farben, schon die Türglocke hatte einen besonders melodischen Klang.

»Kann ich Ihnen helfen?«, fragte eine helle Stimme, die zu einem halbwüchsigen Mädchen gehörte. Einem bildhübschen Mädchen mit einer Flut kaum zu bändigender dunkler Locken, fast schwarzen Augen und eifrigem Lächeln.

»Ist Herr Mandel nicht da?«, fragte Corinna so erstaunt wie niedergeschlagen, denn seinen Beistand brauchte sie noch viel mehr als seine Waren.

»Er ist sicher gleich zurück. Vielleicht kann ich Ihnen in der Zwischenzeit behilflich sein?«

»Ich benötige ein Stück Spitze, um einen Ausschnitt einzufassen, und außerdem ein paar Ärmelknöpfe.« Wenn sie schon einmal hier war, konnte sie auch tun, wozu sie – vordergründig – gekommen war.

Das Mädchen legte die Fingerspitzen aneinander und führte diese nachdenklich an den Mund. »Bei der Spitze haben wir eine ansehnliche Auswahl, wir finden etwas, das Ihnen gefällt. Doch darf ich fragen, was Sie sich bei den Knöpfen vorgestellt haben? Welche Farbe hat zum Beispiel das Kleid, zu dem sie passen sollen?«

»Ein mittleres Perlgrau«, erwiderte Corinna. »Ich dachte an Knöpfe in derselben Farbe.«

»Das wäre sicher sehr hübsch. Aber«, die Kleine zog die Stirn kraus, »was halten Sie von Silbernen? Oder welchen aus Perlmutt? Das würde ausgezeichnet zu der Spitze passen. Und sie hellen das Kleid zusätzlich auf.«

Derartige Knöpfe waren deutlich teurer, passten aber zweifellos besser. »Zeigen Sie mir, was Sie zur Auswahl haben.«

»Sehr gern. Ich suche Ihnen die entsprechenden Exemplare heraus.«

Gerade als sie mit einem Tablett in den Händen auf Corinna zukam, um das Gewünschte zu präsentieren, betrat Felix Mandel atemlos den Laden; er hatte sich offensichtlich beeilt.

»Ruth, was *machst* du denn da?«, fragte er, ohne sich mit einer Begrüßung aufzuhalten.

»Ich zeige der Dame ein paar Knöpfe.«

»Aber ich hatte dir aufgetragen, Kunden zu bitten, auf mich zu warten. Das kannst du so schnell nicht vergessen haben. Oder hast du mir nicht zugehört?«

»Doch, aber …«

»Ihr Ladenmädchen hat sich als äußerst zugewandt und, wenn ich das so sagen darf, sehr geschäftstüchtig erwiesen«, ging Corinna dazwischen.

Herr Mandel seufzte tief. »Das ist kein Ladenmädchen. Darf ich vorstellen: meine Nichte Ruth Goldblum. Sie wohnt ein paar Tage bei mir, solange ihre Eltern auf Reisen sind.«

»Ich könnte aber dein Ladenmädchen *werden*«, sagte Ruth enthusiastisch. »Das macht wirklich furchtbar viel Spaß.«

»Deine Mutter würde mir den Kopf abreißen.«

»Ach nein. Mama regt sich immer sehr schnell auf, aber fast genauso schnell beruhigt sie sich auch wieder«, teilte seine Nichte ihm mit.

»Dann muss sie sich aber grundlegend geändert haben«, murmelte Herr Mandel.

»Gut, Sie sind zwar kein Ladenmädchen«, mischte Corinna sich ein, weil sie nicht ewig Zeit hatte und verhindern wollte, dass Ruth ausführlich der Kopf gewaschen wurde, »aber Sie haben mir trotzdem einen guten Vorschlag unterbreitet. Darf ich die Knöpfe sehen?«

»Selbstverständlich.« Ruth trat eifrig einen Schritt näher

und warf ihrem Onkel einen vorsichtigen Blick zu. »Darf ich Ihnen vielleicht einen weiteren Rat erteilen?«

Herr Mandel stöhnte auf, aber Corinna nickte. »Nur zu.«

»Was halten Sie davon, wenn Sie zu dem Spitzenkragen eine Schärpe aus demselben Material um die Taille legen? Vielleicht mit einer seitlichen Schleife?«

»Das ist eine ausgezeichnete Idee«, stimmte Corinna zu, ließ Herrn Mandel samt seinen entschuldigend erhobenen Händen links liegen und machte sich an die anspruchsvolle Aufgabe, eine Auswahl zu treffen, die ihre und vor allem Ruths ungeteilte Zustimmung erfuhr.

• • •

Im Waisenhaus war es ganz schrecklich, fand Rosa, aber irgendwo musste sie ja hin, nachdem Tante Hiltrud sie weggeschickt hatte. Das war gar nicht schlimm gewesen, denn sie war ziemlich oft betrunken, brüllte dann und knurrte, und Rosa hatte Angst vor ihr. So viel Angst, dass sie gar nicht um Mama trauern konnte, denn wenn sie weinte, gefiel das Tante Hiltrud überhaupt nicht, und sie hatte sie »undankbares Balg« geschimpft. Da musste sie dann das Weinen unterdrücken, bis sie abends unter der Decke lag und es ganz leise tun konnte.

Jetzt ging nicht einmal mehr das, denn sie wohnte mit dreißig anderen Mädchen zusammen in einem Raum, von denen je zwei in einem Bett schliefen. Nur sie hatte ein Lager ganz für sich allein, doch wurde ihr schnell klar, warum. Es stand unter dem einzigen Fenster des Saales, und durch das zog es erbärmlich, weil es nicht richtig schloss. Es war nachts noch empfindlich kalt, und es würde noch übler werden, wenn es regnete. Kein Wunder, dass das Mädchen, dem es vor ihr zugewiesen gewesen war, lieber mit zwei anderen zu dritt in deren Bett lag. Rosa traute sich nicht, zu fragen, ob sie bei jemanden unterkriechen konnte, sie kannte ja keines der anderen Kinder. Das würde sich auch nicht ändern, da niemand mit ihr sprach.

Frühmorgens – es war noch dunkel, wenn sie geweckt wurden – bekamen sie einen Teller lauwarme Wassersuppe, anschließend wurden sie zur Arbeit geschickt. Das Geld, das sie verdienten, mussten sie bei Frau Dünnes abgeben. Alles. Rosa hätte gern etwas davon behalten, um sich ein Brötchen zu kaufen, aber sie wagte nicht, darum zu bitten. Frau Dünnes, die den Laden fest im Griff hielt, wurde fuchsteufelswild, wenn eines der Mädchen unverschämt war, wie sie es nannte.

Kurzum, sie war einsam, fürchtete sich, und der Bauch tat ihr weh, weil sie immerzu Hunger hatte.

Am fünften Tag hielt sie es einfach nicht mehr aus. Als sich abends das Fabriktor hinter ihr und den anderen Kindern schloss, ging sie nicht zurück ins Waisenhaus, sondern nahm die alte Strecke in Richtung Mühlenbach. Den vertrauten Weg, der ihr das Herz gleich weniger schwer sein ließ. Bei Frau Schmeder angekommen, öffnete sie die Haustür; wie üblich war sie nicht verriegelt, das Schloss weiterhin kaputt. Frau Schmeder und Kreß saßen am Tisch und blickten ihr entgegen, die beiden Kleinen hockten wie gewohnt stumm auf dem Boden und brachten für nichts Interesse auf.

»Was willst ’n du?«, fragte die Schmeder ungnädig, und Rosas Blut rauschte unruhig in ihren Ohren.

»Kann ich wieder hier wohnen?«, fragte sie. Bange sein nützte ja nichts. Außerdem war die fiese Frau Schmeder lange nicht so gemein wie die Dünnes.

»Du spinnst wohl.« Frau Schmeder tippte sich an die Stirn. »Wie stellste dir das ’n vor?«

»Na, wie immer. Da oben.« Rosa richtete den Blick zur Decke, als könnte sie die Kammer sehen, in der sie ihr gesamtes Leben gewohnt hatte. Wo es zwar auch nicht schön war, aber vertraut.

»Da is wer anders«, erklärte Kreß und trank einen ordentlichen Schluck von seinem Bier. »Sin’ drei Betten mehr, da pennen jetzt Hafenarbeiter.«

»Und das bringt ne Menge ein. Kannste nich mithalten mit deinen paar Kröten.« Frau Schmeder säbelte eine Scheibe Brot ab und bestrich sie mit Butter. »Die sin’ auch lustiger.«

Rosas Magen knurrte vernehmlich. »Kann ich nicht hier unten schlafen?«

»Nee«, wiederholte Frau Schmeder und biss kräftig in ihr Brot.

»Unter der Treppe?«, kam Kreß Rosa unerwartet zu Hilfe, und jetzt schaffte sie es kaum, nicht doch noch in Tränen auszubrechen.

»Is kein Platz. Zu eng.«

»Das Gör ist klein«, gab Kreß zu bedenken.

Frau Schmeder zuckte mit den Achseln. »Nich klein genug. Hau ab!«

• • •

Gretchen schlief.

Doktor Ludewig betrachtete seine winzig und durchscheinend wirkende Patientin mit kritischer Miene, und Corinna versuchte angstvoll, aus seiner Miene ein wenig Zuversicht herauszulesen.

»Sagen Sie mir, was ich tun soll«, bat sie und hörte selbst den flehenden Ton in ihrer Stimme. »Der Unfall liegt schon Wochen zurück, und dem Kind geht es immer noch nicht besser.«

Ludewigs Blick wanderte von Gretchen zu ihr und maß sie fast ebenso sorgenvoll wie das Kind. »Es ist nichts auszusetzen an dem, was Sie unternommen haben.«

»Es ist nicht genug«, sprach Corinna ihre größte Sorge aus. »Ich weiß nur nicht, was ich noch unternehmen kann.«

Ludewig deutete mit einer vagen Handbewegung in den Raum um sie herum. »Sie haben ein wundervolles Krankenlager geschaffen«, erklärte er. »Das Zimmer ist hell und luftig. Das Bett frisch bezogen, Sie haben sogar für Blumen gesorgt.«

Die Narzissen stammten aus dem Garten und leuchteten sonnenhell und optimistisch auf dem Nachttischchen direkt neben Gretchens Bett. Corinna war nicht sicher, ob sie die Vase überhaupt bemerkt hatte. Wenn sie wach war, starrte Gretchen nur blicklos vor sich hin. Und sie sprach nicht. Niemals. Kein einziges Wort.

»Sie hat Fieber, und ich lege ihr Wadenwickel an, um es zu

senken«, erklärte Corinna. »Aber es wirkt nicht. Ihre Stirn ist unverändert heiß.«

»Trotzdem, bleiben Sie dabei. Außerdem muss sie viel trinken.«

»Ich versuch's. Aber sie schläft so viel. Dann kann ich ihr nichts verabreichen, und ist sie wach, dann dreht sie einfach den Kopf weg.«

»Nehmen Sie einen Löffel, befeuchten Sie ihn und streichen Sie damit über ihre Lippen. Sie wird sie ablecken. Es ist nicht viel Flüssigkeit, aber wenig ist besser als nichts.«

»Ich glaube, sie hat Schmerzen.« Corinna griff nach Gretchens Hand und streichelte sie. Keine Reaktion. Die Finger lagen kraft- und reglos in ihren Händen. »Sie wimmert oft. Könnten Sie ihr nicht ein wenig Laudanum verabreichen?«

Doktor Ludewig schüttelte den Kopf. »Das Risiko, dass es ihr mehr schadet als nutzt, ist zu hoch. Sie ist so klein, dazu geschwächt. Nimmt sie überhaupt irgendetwas zu sich?«

»Kaum«, bekannte Corinna kläglich. »Ich lasse ihr kräftige Brühen kochen und kämpfe darum, ihr täglich wenigstens ein paar Löffelchen davon einzuflößen. Anfangs ist es mir auch gelungen, jetzt nicht mehr. Manchmal bricht sie es aus, und weil sie das so anstrengt, verweigert sie sich inzwischen ganz. Ich habe Angst, dass sie mir verhungert.« Corinna rang tatsächlich die Hände.

»So schnell geht das nicht«, beruhigte Ludewig sie. Doch er machte sich Sorgen, das war nicht zu übersehen. »Ich weiß nicht, welcher Art Gretchens innere Verletzungen sind, man kann ja nicht in den Patienten hineinschauen. Aber es sind eindeutig ein paar Rippen gebrochen, und es mag sein, dass dabei innere Organe in Mitleidenschaft gezogen wurden. Das Blut, das aus ihrem Ohr floss, ist ebenfalls ein Alarmzeichen.« Er hob den Blick und sah Corinna an. »Und ganz klar ist Gretchens Allgemeinzustand ebenso miserabel, wie es der ihrer Mutter war. Geben Sie ihr einen Tee aus Schafgarbe, der reinigt und stärkt. Bleiben Sie darüber hinaus bei Ihren Bemühungen mit der Brühe. Ansonsten hilft nur abwarten.«

Corinna nickte, und ihrer Brust entfuhr ein tiefer Seufzer.

Doktor Ludewig sah sie an. »Warten ist das Schwerste, ich weiß.«

Corinna probierte ein Lächeln. »Ich werde es schon schaffen.«

Völlig unerwartet legte er die Hand auf ihren Rücken und dirigierte sie zur Tür. »Manchmal können wir einfach nichts ausrichten, egal, wie sehr wir uns bemühen«, sagte er leise. »Es gibt Patienten, denen der Mut zum Weiterleben fehlt. Und dagegen kommen wir nicht an.«

»Doch. Denn das lasse ich nicht zu.« Corinna straffte sich. »Gretchen wird es gut haben. Das verspreche ich Ihnen.«

14

August wusste allmählich nicht mehr, wo ihm der Kopf stand. Es gab unendlich viel zu tun, und die meisten Entscheidungen mussten bald getroffen werden. Der Zulieferer aus Monschau war zwar in die Gänge gekommen, aber war er potent genug, dauerhaft die erforderliche Menge an Ware zu liefern? Wäre es nicht angezeigt, die Bestellungen auf mehrere Anbieter zu verteilen? Allerdings mussten diese erst aufgetan werden. Wann und wie war es möglich, die Nadelfabrik auf Dampfkraft umzustellen? Vor allem: Was würde es kosten? Welche Um- oder Anbauten mussten dafür vorgenommen werden? Wie ließen sich die Maschinen umrüsten? Wen konnte er damit beauftragen? Wie viele zusätzliche Leute sollte er heute schon einstellen, und wie viele mussten es am Ende sein, wenn der Betrieb im Fahrwasser war?

Fragen über Fragen, und die Beantwortung der meisten war reine Spekulation.

Sein Kompagnon stand stets mit Rat und Tat und Ideenreichtum an seiner Seite und hatte sich als erfreulich hilfreich erwiesen. Neuburgs Nichte allerdings machte es ihm nicht so leicht.

Sie lenkte ihn ab. Unabsichtlich, wie er wusste. Was es nicht einfacher machte.

Meistens war nur schwer zu übersehen, dass ihr höfliches Gebaren lediglich als dünne Tünche über einer eher gereizten Gemütslage lag, wenn sie mit ihm sprach. Natürlich war sein Plan, ein Schulhaus zu errichten, nach ihrem Geschmack – er hatte ihr gefallen *müssen,* und es war schön gewesen, die Anerkennung in ihren Augen zu sehen. Auch wenn sie sich schwer damit tat, ihn zu loben. Eines Tages mochte es ihm gelingen, Frau Winterfeldt zu beeindrucken, und dann würden ihre Augen strahlen, wenn sie ihn anblickte. Der Gedanke gefiel ihm ganz außerordentlich.

Es war an der Zeit, diese Entwicklung zu beschleunigen. Was, wenn er die Schule um ein Arbeitshaus ergänzte?

So verbesserte er die Lage der Kinder, denn er schuf damit ein Dach über dem Kopf von Waisen, und diejenigen, die noch Familie hatten, müssten keine weiten Wege von ihren Heim- zu ihren Arbeitsstätten zurücklegen. In Gottes Namen könnte er auch dafür Sorge tragen, dass sie am Abend eine anständige Mahlzeit vorgesetzt bekamen.

Und das musste Frau Winterfeldt doch endlich einmal ein Lächeln in ihr hübsches Gesicht zaubern.

Natürlich war er kein Heiliger. Der Plan ging nur auf, wenn er ebenfalls von der Maßnahme profitierte. Die Produktion in der Nadelfabrik musste gesteigert werden, und die Confectionsmanufaktur kam bald in Gang. Daher brauchte er mehr Kinder, neue Kinder, und wenn diese in einem der Fabrik angeschlossenen Arbeitshaus untergebracht wurde, war das nicht von Nachteil. Technisch bot das Ganze auch kein Problem. Auf dem Gelände befand sich eine Remise, die kaum genutzt wurde. Sein Zweispänner und die Karren, mit denen ihre Erzeugnisse zu den Abnehmern transportiert wurden, konnten auch anders untergestellt werden. Der Unterstand ließ sich leicht und mit nicht allzu hohem finanziellen Aufwand umbauen.

Aber das war nur eine der anstehenden Entscheidungen. Gustav Linnemann mahnte schon jetzt mehr Näherinnen für die Manufaktur an. August allerdings war der Ansicht, sie sollten sich zurückhalten, bis das Geschäft angelaufen war. Näherinnen waren leicht zu rekrutieren. Jede, die schon dabei war, kannte mindestens drei andere, die danach lechzten, es ihr gleichzutun.

Ein kräftiges Klopfen am Türrahmen riss August aus den Gedanken.

»Darf ich?«, fragte Ottmann, und August winkte ihn herein.

»Ich hoffe, Sie bringen keine neuerlichen Hiobsbotschaften«, sagte er, weil vorhin eines der Rollbänder den Geist aufgegeben hatte. Vorübergehend zwar, aber es hatte ihm doch einen Schock versetzt. Falls sich das Gerät nicht reparieren ließ und am Ende ersetzt werden musste, konnte ihm das bei seiner knappen Kapitaldecke das Genick brechen. Wurden die Drähte nach dem Ausrichten nicht blank gescheuert, waren die Nadeln unbrauchbar und ließen sich nicht verkaufen.

Ottmann schüttelte den mächtigen Schädel. »Zum Glück nicht, alles läuft problemlos. Es geht um die zusätzlichen Kinder, die wir einstellen müssen, damit die Produktion hochgefahren werden kann.«

August verschränkte die Arme vor der Brust. »Darüber habe ich reiflich nachgedacht«, erklärte er, aber sein Werksleiter schnitt ihm ungehörigerweise das Wort ab.

»Ohne kommen wir nämlich nicht mehr viel länger aus«, murrte er. »Aber ich hab 'ne Idee, wie wir schnell und einfach an die Gören drankommen.«

• • •

Rosa hetzte durch die Straßen, so schnell sie konnte, und das war nicht sehr schnell, denn bei dem linken Schuh hatte sich die Sohle an der Spitze gelöst, und es war schwer, damit nicht zu stolpern. Sie war spät dran. Nach der Arbeit hatte sie sich mit dem Mädchen unterhalten, das an der Maschine neben ihrer stand. Sie war neu, hieß Rosemarie und hatte goldene Locken, die bei jeder Bewegung tanzten. »Rosa und Rosemarie«, hatte sie gesungen. »Du bist meine kleine Schwester.«

Und als Rosa zu weinen angefangen hatte, weil ihr Gretchen einfiel, die wirklich ihre Schwester und so schlimm krank war und ihr furchtbar fehlte, hatte sie Rosa nicht ausgelacht, sondern tröstend über den Rücken gestreichelt. Das war schön gewesen. Eine zweite große Schwester zu haben, war auch schön. Rosemarie war schon zehn. Sogar noch ein Jahr älter als Gretchen.

Weil Rosa sich so lange wie möglich in Rosemaries Nähe hatte aufhalten wollen, war sie nun in Verzug und voller Furcht vor dem Ärger, den sie deswegen gewiss bekam. Frau Dünnes war entsetzlich streng, wenn sich jemand nicht an die Regeln hielt. Sie sagte immer, sie habe schon alle Ausreden gehört und glaube grundsätzlich niemandem irgendetwas.

Rosa eilte gerade um die Ecke – den Fuß mit dem kaputten Schuh setzte sie sorgsamer als den anderen, weshalb sie ein bisschen humpelte –, als sie Mama entdeckte.

Aber Mama gab es nicht mehr. Die Frau da sah nur aus wie sie, ein bisschen wenigstens. Und doch anders. Fremd. Sie hatte rote Backen, ihre Haare drehten sich in Locken, und sie lachte laut – da wusste Rosa, dass es Mama nicht sein konnte. Die hatte kaum je gelacht, vor allem nicht in letzter Zeit. An früher konnte Rosa sich nicht genau erinnern.

Rosas Schritt stockte. Ob sie einfach so tun sollte, als ob die Frau Mama *wäre*? Dann würde sie zu ihr laufen und die Arme um sie legen, und vielleicht spielte sie mit und nahm sie mit zu sich nach Hause.

Der Mann neben der Frau sah riesig aus, weil er breit und muskelbepackt war, und irgendetwas sagte Rosa, dass er nicht erfreut wäre, wenn sie sich zu ihnen gesellte. Die Frau wohl auch nicht, denn sie lachte wieder, als er etwas zu ihr sagte. Das Lachen gefiel Rosa nicht. Es hörte sich überhaupt nicht nach Mama an, es war … zu schrill. Dann klopfte sie auch noch schelmisch auf den Unterarm von dem Mann und wippte mit den Hüften. Es sah komisch aus. So was hatte Mama nie gemacht.

Schließlich hakte die Frau sich bei dem gewaltigen Mann ein und ging gemeinsam mit ihm davon; er schien es eilig zu haben. Eiliger als sie, das konnte Rosa erkennen.

Plötzlich war sie froh, dass sie nicht zu ihnen hinübergegangen war. Kurz entschlossen zog sie den linken Schuh aus und begann zu rennen. Mit etwas Glück war die Tür des Waisenhauses noch nicht geschlossen.

• • •

Die Frühlingssonne wärmte die Stadt und tauchte die Straßen in ein fröhliches Licht, das nicht im Mindesten zu Corinnas Stimmung passte.

»Sie sehen aus, als bereite Ihnen etwas Sorgen«, bemerkte Doktor Ludewig, den sie wie jeden Montagnachmittag auf seinem Rundgang begleitete. »Hat sich Gretchens Zustand verschlechtert?«

»Nein. Er verändert sich gar nicht. Weder in die eine noch in die andere Richtung«, erwiderte Corinna und versuchte, nicht allzu mutlos zu klingen.

»Sie dürfen sich bei der Pflege nicht so aufreiben, Frau Winterfeldt. Sie sind zu blass. Fühlen Sie sich wohl? Wird Ihnen vielleicht alles zu viel? Oder sind Sie am Ende selbst krank?«

»Ich bin kerngesund. Meine Nöte sind von anderer Natur. Sehen Sie nur, da drüben ist Prünn Mährens«, unterbrach sie sich. »Er hinkt wieder.«

»Ich weiß. Es gibt Patienten, auf die können Sie mit Engelszungen einreden, und sie tun trotzdem nicht, was Sie ihnen raten. Mährens ist so einer. Er hat sein Bein erneut zu früh belastet. Kommen Sie, wir müssen hier entlang. Als Erstes besuchen wir Frau Mitten. Sie hat sich kochendes Wasser über die Hand geschüttet und sie unschön verbrüht. Wir müssen schauen, wie die Heilung vorangeschritten ist. Wollen Sie mir von Ihren Problemen erzählen?« Philipp Ludewig war ein Meister des plötzlichen Themenwechsels.

Corinna sah ihn prüfend von der Seite an. »Ich bin im Zwist mit Menschen, die mir nahestehen«, erklärte sie nach kurzem Zögern und drehte sich ab, da ihr die Sonne direkt in die Augen schien.

Ludewig warf ihr einen Blick zu. »Wenn Sie mögen, dürfen Sie ruhig ein wenig präziser werden.«

»Mein Onkel möchte, dass ich mich verheirate. Ich könnte beinahe glauben, er habe es nicht ernst gemeint, denn er spricht nicht mehr davon. Aber ich kenne ihn. Wenn er ständig um mich herumschleicht und beschwörend guckt, sagt mir das weiß Gott genug.«

»Er ist eben fürsorglich«, meinte Ludewig und bewies damit, dass er sie nicht verstand.

Corinna nickte. »Leider hat er einen Mann auserwählt, den ich nicht schätze, und ich kann mir kaum vorstellen, wie ein Zusammenleben mit ihm funktionieren sollte. Wir haben gänzlich unterschiedliche Ansichten.«

»Betreffen diese denn bedeutende Dinge?«, fragte Ludewig.

»Bedeutende Dinge«, bestätigte Corinna mit fester Stimme. »*Sehr* bedeutend. Und Gretchen ist der Brennpunkt, durch den mir das alles klar und klarer geworden ist. Der Unfall hat es doch bewiesen: Diese Kinder erleben überhaupt keine Geborgenheit, keinen Schutz, niemals Frieden. Haben nicht die geringste Chance auf ein wenig Glück.«

»Nun …«, hob Doktor Ludewig an, aber sie ließ ihn nicht ausreden.

»Mein Onkel – den ich im Übrigen aufrichtig liebe, weshalb es mich noch mehr bedrückt – ist nicht der Meinung, an diesem Lauf der Dinge sei etwas zu ändern. Und der Mann, dem ich seinem Wunsch gemäß meine Hand anvertrauen soll, sieht das genauso. Er gehört zu denen, die vom Elend dieser Kinder profitieren. Mir geht ihr Schicksal aber so unendlich nahe. *Gretchens* Schicksal. Dazu die ständige Angst um Rosa. Was, wenn sie ebenfalls einen Unfall erleidet?«

»Frau Winterfeldt.« Ludewig wurde langsamer, und ein Mann, der beinahe in ihn hineinlief, fuhr ihn unfreundlich an. Ludewig lüftete zerstreut den Zylinder und kümmerte sich nicht weiter darum. »Ihr Mitgefühl ehrt Sie«, sagte er, »und ich schätze Ihren wachen Blick auf die fatalen Umstände. Aber Sie werden die Kinder nicht vor allem Unbill schützen können.«

Corinna wich auf die Fahrbahn aus, um nicht in das Knäuel zweier wild knurrender und um sich beißender Straßenköter zu geraten. »Ich verstehe einfach nicht, wieso es anderen schwerfällt, die Lage so zu sehen wie ich«, sagte sie, als sie wieder zu Ludewig aufgeschlossen hatte.

»Ich auch nicht, weiß Gott. Dabei sind wir im Rheinland nicht einmal schlecht aufgestellt, es gibt durchaus Männer, die die Zustände anprangern. Regierungspräsident von Bodelschwingh wollte schon vor zwei Jahren mit einem Gesetzesentwurf dafür Sorge tragen, dass die in den Fabriken tätigen Kinder wenigstens eine Schulbildung erhalten.«

»Davon habe ich noch nie gehört.«

»Kein Wunder. Der Entwurf ist nie rechtskräftig geworden.« Doktor Ludewig hob die Schultern, und sein Blick war ungewohnt finster. »Dafür sind diese Kinder einfach zu praktisch.«

»Was soll das heißen?« Corinna war zu enttäuscht, um sich um verbindliches Betragen zu bemühen.

»Sie sind billig, ganz einfach. Billige Arbeitskräfte, die man nach Belieben in Anspruch nehmen kann.«

»Aber die Kinder werden dumm gehalten wie Vieh! Und leben unter Bedingungen, die auch sonst keinen Deut besser sind als die von Nutztieren. Sie sterben daran! Das kann doch nicht im Sinne der Unternehmer sein.«

»Das nicht. Aber ich vermute, es ist ihnen schlicht gleichgültig. Wissen Sie, diese Kinder sind sehr leicht zu ersetzen. Es gibt Tausende, die froh wären, für sie einzuspringen.«

»Das ist … entsetzlich.«

Ludewig nickte. »Die Kräfte, die sich diesen Nutzen nicht nehmen lassen wollen, sind stark. Diejenigen, die das anprangern, setzen ihre zu zaghaft ein. Doch sollten wir die Hoffnung nicht verlieren. Auf lange Sicht werden sich gesunder Menschenverstand und fromme Einsicht durchsetzen, davon bin ich überzeugt.«

»Sie sind ein Optimist.«

»Müssen wir das nicht sein, um nicht von vorneherein aufzugeben? Nun kommen Sie. Frau Mitten wartet.«

• • •

August hatte einen vielversprechenden Vormittag in der Manufaktur verbracht und verspürte neue Zuversicht, da die Produktion gut anlief.

Die Manufakturgebäude hatte er am Bickendorfer Weg im Westen der Stadt kurz hinter der Stadtmauer errichten lassen, wo es außer Landwirtschaft und einer Ziegelei nicht viel gab, was ins Auge stach. Das Grundstück lag abgelegen und war billig gewesen, dennoch nur so gerade eben erschwinglich. Die Gegend würde auf längere Sicht prosperieren, davon war August überzeugt, denn die Stadt wuchs, sowohl was die Einwohnerzahl anbetraf als auch die der Unternehmensgründungen. Westlich von Köln lagen die Niederlande, dorthin verliefen vielfältige Wirtschaftsbeziehungen – er war sicher, er hatte einen günstigen Standort gewählt. Während er sein Pferd geruhsam zurück in Richtung Heimat trieb – für den Weg hätte er zu Fuß mindestens eine Dreiviertelstunde benötigt, und das fraß eindeutig zu viel seiner Zeit –, hatte er Muße, seine Gedanken zu ordnen und eine Strategie zu entwickeln, die verhinderte, dass er in absehbarer Zeit pleite war. Mit aller Kraft rang er die aufkommende Panik nieder. Angst war noch nie ein guter Ratgeber gewesen, in geschäftlichen Belangen schon gar nicht. Die Nadelfabrik war etabliert am Markt und erfolgreich, ließ aber in naher Zukunft leider keine Überschüsse erwarten. Die aber benötigte er, um die anfallenden Kosten bei der Etablierung der Confection zu kompensieren. Das neue Geschäftsmodell war ein Wagnis, und es verschlang erst einmal jede Menge Kapital, bevor an Gewinn zu denken war. Sein eigener Kreditrahmen war bis auf den letzten Groschen ausgeschöpft, auf absehbare Zeit würde er kein weiteres Geld einschießen können.

Man mochte es drehen und wenden, wie man wollte: Er benötigte zusätzliches Kapital. Unbedingt.

Er brauchte Neuburgs Nichte. Wenn die Eheschließung half, ihrem Onkel die nötige Kapitalspritze abzuringen, Frau Winterfeldt gar eigenes Geld zuwenden konnte, war er gerettet. Nur hatte Neuburg sich immer noch nicht geäußert. Es war auch unschwer zu erkennen, dass Corinna Winterfeldt ihn nicht sonderlich zu mögen schien. Das schmerzte, auch wenn August sich kategorisch verbot, dem nachzuspüren. Eheleute, die einander nicht grün waren, gab es schließlich zuhauf, und wenn sie schlau waren, gingen sie sich einfach aus dem Weg.

Oder sie näherten sich einander an. Ausgeschlossen war das nicht, und an ihm würde es nicht scheitern. Er wollte ganz gewiss das Seine dafür tun, Frau Winterfeldts Augen dafür zu öffnen, dass er nicht so ein Scheusal war, wie sie offenbar annahm.

Er musste sich ihr allerdings besser präsentieren. Während des anstehenden Mittagessens zum Beispiel, zu dem er nicht pünktlich eintreffen würde, wenn er sich nicht beeilte. Energisch schlug er seinem Pferd die Hacken in die Flanken, ließ es in einen schnellen Trab fallen, und schon recht bald konnte er den Appellationsgerichtshof erkennen, in dessen Nähe die Schwalbengasse lag, wo Neuburg wohnte.

An der Straßenecke stand Corinna Winterfeldt und war in eine lebhafte Unterhaltung mit einem Mann vertieft. Sehr lebhaft. So hatte er sie noch nie erlebt.

Es war regelrecht aufreizend.

Wie vollkommen unpassend, mit diesem Kerl da in aller

Öffentlichkeit auf der Straße angeregt zu plaudern. Das war – ungehörig. Ohne lange darüber nachzudenken, ob es klug war oder nicht, ritt er zu ihr hinüber und blickte von seinem hohen Ross – buchstäblich – auf sie hinab.

»Ich grüße Sie, Frau Winterfeldt«, sagte er gemessen und übersah ihren Galan. »Darf ich Sie nach Hause geleiten? Es ist mein Ziel wie das Ihre. Ich denke, Ihr Onkel erwartet uns bereits. Und Ihre vorzügliche Frau Reuther.«

• • •

Corinna schritt neben Wohlfert und vor dem gelangweilt mit hängendem Kopf hinter ihnen hertrottenden Gaul und raffte ihren weiten Rock mit einer zierlichen Bewegung, die nur dazu diente, ihren munter aufsprudelnden Zorn unter Kontrolle zu bringen.

Wie konnte dieser Mann es wagen, sie abzuführen, als habe er auch nur das allergeringste Recht dazu?

Allerdings war sie in der Tat spät dran. Daher hatte sie notgedrungen darauf verzichtet, sich Wohlferts Aufforderung zu widersetzen – alles andere wäre wirklich kindisch –, und sich von Christoph Baumgärtner verabschiedet. Sie sprach sowieso nicht gern mit ihm.

Natürlich gab es genug, womit sie ihrem Ärger Luft machen konnte. »Sie sind doch neulich Rosa begegnet«, begann sie übergangslos. »Sicher konnten Sie erkennen, wie schlecht es um sie bestellt ist. Ihnen muss deutlich geworden sein, dass sich für Mädchen ihres Alters das Leben in einer Fabrikhalle nicht eignet.«

Wohlfert schwieg einen Moment. Wahrscheinlich hatte er nicht mit einem Angriff aus dieser Ecke gerechnet. Das hatte sie ja selbst nicht, jedenfalls nicht zu diesem Zeitpunkt.

»Nun, wir sprachen darüber. Mehrmals«, wies er sie in die Schranken. Um gleich darauf einzulenken: »Offenbar habe ich mich nicht verständlich ausgedrückt.«

Sie lächelte dünn. »Doch, hatten Sie, nur beurteile ich die Lage anders. Die Einschätzung einer Frau reicht Ihnen jedoch nicht.«

»Nun, Frau oder nicht, Sie haben wenig Erfahrung in der Arbeitswelt, oder?«

Corinna hätte es liebend gern abgestritten, aber das wäre albern gewesen. Es stimmte ja. »Dennoch …«

»Die Kinder *brauchen* die Arbeit«, unterbrach Wohlfert sie unhöflich, offenbar reichte es ihm jetzt. »Oder ziehen Sie es vor, sie verhungern zu lassen?«

Corinna schnappte nach Luft. »Das war … unsachlich.« Und unverschämt.

»Das ist wohl wahr«, pflichtete er ihr nach einigem Zögern und sehr zu Corinnas Überraschung bei. »Ich bitte um Entschuldigung. Doch fehlt mir das Verständnis dafür, dass Sie sich derart für etwas verkämpfen, das nicht zu ändern ist. Die Kinder und ihre Familien brauchen die Arbeit. Und die Firmeninhaber brauchen die Kinder.«

»Sie nutzen sie als billige Arbeitskräfte aus.«

»Wir nutzen sie, wir nutzen sie nicht *aus*. Die Handhabung der neuartigen Maschinen erfordert kaum Muskelkraft, Kinder können dort gut eingesetzt werden. Besser sogar, weil sie zierlicher sind und damit wendiger. Ich halte das für einen

Vorteil für alle. Die Männer erwirtschaften Geld in Arbeitsbereichen, die Kindern nicht offenstehen, und umgekehrt. Dadurch können die einzelnen Familien mehr verdienen, und alle zusammen haben ein höheres Auskommen.«

»Das klingt einleuchtend«, gab Corinna zu. »Hat jedoch einen Schönheitsfehler. Der Unternehmer gewinnt sehr viel mehr als seine Arbeiter, und damit meine ich nicht allein das Geld. Er führt ein Leben in Wohlstand und unter günstigsten Bedingungen, während die Kinder ihr Dasein im Elend fristen, ganz egal, wie viel sie leisten.«

»Wir steigern durch sie die Rentabilität des Unternehmens«, beharrte Wohlfert. »Und können dadurch mehr Leuten Arbeit geben. Daran kann ich nichts Falsches erkennen.«

Es war alles so bestechend logisch. Und doch verkehrt. Corinna warf entnervt die Hände in die Luft und schwieg, denn bei so viel Borniertheit waren Hopfen und Malz verloren. Sie standen immer noch am Fuß der Treppe, die zu ihrer Eingangstür führte, und keinem von ihnen fiel ein, sie emporzuschreiten und diesem Gespräch ein Ende zu bereiten.

»Sagen Sie, was *wollen* Sie eigentlich?«, fragte Wohlfert plötzlich und zog die Brauen hoch.

»Dass die Kinder eine Chance haben«, sagte Corinna, und plötzlich verließ sie die Kampfeslust. Es hatte keinen Zweck.

»Sie können die Dinge nicht einfach ändern«, wandte Wohlfert beinahe freundlich ein und reichte die Zügel seines imposanten Gauls Anton, der seit geraumer Zeit ergeben darauf gewartet hatte und sie nun mit banger Miene in Empfang nahm.

Nicht alle, dachte Corinna und rauschte an Wohlfert vorbei in die Eingangshalle. Nicht alle. Aber einige möglicherweise schon.

• • •

Corinnas Nacht war erfüllt von schlaflosen Stunden, angefüllt mit viel zu vielem, was sie beschäftigte. Die Angst um Gretchen. Rosa, die sich hartnäckig immer wieder in ihre Gedanken stahl. Eigenartigerweise kam ihr dabei stets der gehetzte Ausdruck in ihren Augen in den Sinn, als sie vor der schweren Aufgabe stand, ihrer Mutter nach dem Kohlensackunglück vom Missgeschick mit dem zerrissenen Kittel zu berichten. Der war von einer Qualität, die Henni nicht einmal zum Putzen verwendet hätte, und doch war der Verlust des Kleidungsstücks von einer Dramatik, die Corinna sich bislang nicht hatte vorstellen können.

Ihr Herz quoll über von Mitgefühl, und auch wenn die »gute Tante« dem Kind sicherlich längst ein neues Kleidchen genäht hatte, beschloss sie, ebenfalls eines zu schneidern. Und wenn es nur dazu diente, ihrer Rastlosigkeit ein Ziel zu setzen.

Bereits früh am Morgen zog sie sich also in Gretchens Krankenzimmer zurück und begann, an einem abgelegten Kleid von Henni die Nähte aufzutrennen. Der Stoff war von einem müden, unempfindlichen Blau, und sie wollte das Kleidchen herausputzen, indem sie die Ausschnittkante mit einem schmalen Band versah, auf das abwechselnd himmelblaue und weiße Margeritenblüten gestickt waren. Darüber müsste eigentlich jedes kleine Mädchen entzückt sein.

Emsig beschäftigt, warf sie ab und zu ein Auge auf Gretchen. Sie war ganz ruhig, kam ihr weniger fiebrig vor. Ein gutes Zeichen. Doch manchmal, wenn sie kurz erwachte, gab sie ein leises Stöhnen von sich, das nur schwer auszuhalten war.

Im hellen Tageslicht winzige Stiche aufzudröseln, war eine monotone Arbeit und erforderte nicht viel Konzentration. Corinnas Gedanken wanderten von Rosa und ihrem unglücklichen Gesichtchen zu der Nadelfabrik, in der sie arbeitete und von der Corinna sich nicht vorstellen konnte, wie ihre Tätigkeit dort wohl aussehen mochte. Von da war es nicht weit bis zu August Wohlfert.

Kantig, hager, streng, das Haar von unauffälligem Braun, resolut geglättet und zur Räson gebracht. Seine Augen blickten meistens kühl, als sei er entschlossen, niemanden in sein Innerstes blicken zu lassen. Aber jemand, der seine Gefühle verbarg, hatte immerhin welche. Vielleicht stellten sich die seinen als nicht so schlimm heraus, wie sie argwöhnte. Theodor hielt viel von ihm. Er würde ihr doch keinen Mann an die Seite geben, der ein Ungeheuer war?

Dabei empfand sie Wohlfert nicht einmal als Ungeheuer. Nur als enervierend, das schon. Als schwer durchschaubar, auch das. Aber wie er auf ihre Vorschläge mit der Fabrikschule reagiert hatte … gänzlich ohne Hoffnung war sie nicht. Sie fand es seltsam, auf diese Weise an ihn zu denken, und strengte sich an, es zu unterlassen. Es war einfach *zu* seltsam.

So, fertig. Der abgenutzte, aber noch taugliche Stoff lag ausgebreitet vor ihr. Corinna erhob sich, streckte leise ächzend den Rücken durch und beugte sich über Gretchen, die sich seit geraumer Zeit nicht gerührt hatte.

Ihr schmales Gesicht war von durchscheinender Blässe. Und still. So still.

Am ganzen Leib zitternd legte Corinna die Hand auf ihre Stirn, und anders als sonst blieb das Kind ohne jede Regung. Seufzte nicht, öffnete nicht die Augen, nicht einmal zu einem Blinzeln. Lag vollkommen starr.

Für immer starr und stumm.

Corinna schlug die Hände vors Gesicht und fing an zu weinen.

15

Corinna hatte getan, was ihre Schuldigkeit war. Hatte den Spiegel verhängt und das Fenster geöffnet. Nach dem Pfarrer geschickt. Doktor Ludewig informieren lassen. Sich gemeinsam mit Henni der traurigen Pflicht gewidmet, das tote Kind zu waschen und herzurichten. Hatte Hennis wütendem Gemurmel über den Zustand der Welt im Allgemeinen und den von Gretchen im Besonderen gelauscht.

Dann waren alle unmittelbaren Aufgaben erledigt, und plötzlich verließ sie alle Kraft. Sie ließ Henni zurück, schritt an Theodor vorbei, der hilflos im Gang stand und nicht wusste, was er tun sollte, und erreichte endlich ihr Schlafzimmer, das stets ihre Zuflucht war.

Sachte schloss sie die Tür hinter sich und lehnte sich dagegen, weil ihr die Beine im nächsten Augenblick den Dienst zu versagen drohten. Tränen brannten in ihren Augen, aber sie wollten nicht heraus, alles in ihr fühlte sich hart und heiß und wie verätzt an, brennend und geschunden, und sie konnte den Anblick des friedlichen, hübschen Raumes kaum ertragen. Nicht ohne das Bedürfnis zu verspüren, irgendetwas zu zertrümmern. Schwerfällig durchquerte sie das Zimmer, schlafwandlerisch beinahe, dann, ohne weiter nachzudenken, zog sie sich aus, ließ das Kleid zu Boden fallen und kroch ins Bett, ungeachtet der frühen Stunde und der Fragen, die sie damit hervorrufen würde.

Die wurden gestellt, aber sie hörte nicht zu.

Zwei Tage nach Gretchens Tod ließ sich Theodor nicht länger verscheuchen und betrat Corinnas Schlafzimmer nach kurzem Klopfen und ohne auf ihre Erlaubnis zu warten.

»Sag mir, was ist.« Er schob die zerwühlten Decken beiseite und ließ sich ohne Umschweife auf der Bettkante nieder. Eine Intimität, die er Corinna niemals zuvor zugemutet hatte und die verriet, wie beunruhigt er war. »Ich mache mir Sorgen um dich.«

Corinna zog den Kaschmirschal höher und kuschelte sich hinein, bis kaum noch ihre Nasenspitze herausschaute.

»Wie kannst du das nur fragen!«, schluchzte sie, und endlich, endlich! flossen die Tränen. »Gretchen ist tot! Jaja, ich weiß, es gibt immer wieder Unfälle bei der Arbeit. *Jeder* weiß es, keiner kümmert sich darum. Gretchen ist gestorben, und niemanden interessiert's.«

Nun, da sie nach den langen stummen Stunden zu reden begonnen hatte, konnte sie nicht aufhören. »Auch mein Kind ist durch einen Unfall gestorben, aber der war eine üble Laune des Schicksals, die Folge des schlechten Wetters samt aufgeweichten Straßen, dagegen kann niemand etwas tun. Aber Gretchen wurde sehenden Auges in den Tod geschickt. Sie war viel zu klein und schwächlich, um jeden Tag vierzehn Stunden zu arbeiten, und viel zu erschöpft, um die gebotene Vorsicht walten zu lassen.«

»Es ehrt dich, dass dich das Los dieser Kinder so berührt, aber du wirst daran nichts ändern.« Theodor faltete die Hände. »Erst recht nicht, wenn du noch länger hier liegst und grübelst und dich gehen lässt«, fügte er tapfer hinzu.

Ließ sie sich gehen? Corinna starrte ihn an und schob sich langsam höher, bis sie beinahe aufrecht in den Kissen ruhte.

»Die Arbeit mit Doktor Ludewig tut dir nicht gut, Corinna. Genau wie ich befürchtet habe«, fuhr er fort und winkte ab, als sie empört zum Widerspruch ansetzte. »Ich sehe sehr wohl, wie du dich aufreibst. Andererseits tätest du dies auch, bliebest du zu Hause. Deshalb werde ich es nicht von dir verlangen. Aber ich möchte, dass du jetzt aufstehst, dich anziehst und dein Leben wieder aufnimmst. So, wie du es dir nach deinem eigenen Schicksalsschlag aufgebaut hast. Es war mühsam genug, wirf das jetzt nicht einfach weg.«

• • •

Corinna wusste, Theodor hatte völlig recht, und sie schämte sich zu Tode, weil sie in ihrem Gram Rosa vergessen hatte. Ausgerechnet Rosa, die ihr so lieb und teuer war. Sie verstand sich selbst nicht, wollte es auch nicht ergründen, hatte keine Zeit dafür. Denn ihr wurde klar, was sie verabsäumt hatte.

Rosa wusste noch nicht von Gretchen. Und sie sollte, *musste* es von jemandem erfahren, dem sie vertraute, der ihr wohlgesinnt war. Corinna ging, nein, lief durch diesen trüben Tag, der vom Frühling so gar nichts wissen wollte, und bis sie sich genug beruhigt hatte, um einen gemäßigteren Schritt anzuschlagen, lag die Comödienstraße bereits zur Hälfte hinter ihr. Die Leute warfen ihr befremdete Blicke zu. Wenn eine Dame in einer Wolke aus blassgrünem Musselin und mit einer bedenklich in Auflösung begriffenen Frisur durch die Stadt hetzte, als sei eine Meute geifernder Bluthunde hinter ihr her, erregte das zwangsläufig Aufsehen.

Als sich ihr Atem und Herzschlag normalisiert hatten, gelang auch das Denken wieder besser.

Womöglich ließ man sie in der Fabrik gar nicht vor. Was, wenn sie darum bat, Rosa zu sprechen, aber abgewimmelt wurde, darauf beharrte und sich am Vorarbeiter die Zähne ausbiss? Es gab nur einen, dem man die Bitte nicht abschlagen würde. Dem Mann, dem das Ganze gehörte, konnte man sich nicht verweigern.

Sie betrachtete den schmuddeligen roten Backstein des hoch vor ihr aufragenden Gebäudes, richtete hastig das Haar, die Schute hatte sie in der Eile vergessen, und strich den Rock glatt.

»He, du«, rief sie einem großen, dünnen Halbwüchsigen zu, dem schon jetzt beide Schneidezähne fehlten. Entweder er raufte gern, oder er bekam nicht genug zu essen. »Ich möchte Herrn Wohlfert sprechen. Führ mich zu ihm.«

»Kann ich nich machen«, erklärte er mürrisch. »Aber ich frag mal nach.«

Vermutlich vergaß er sie, kaum hatte er ihr den Rücken zugekehrt. Corinna stand auf dem staubigen Hof und wusste nicht, was sie tun sollte. Einfach in die Halle gehen? Nur konnte sie nicht in jeder Ecke nachschauen, wo Wohlfert sich befand. Am Ende war er gar nicht da, sondern traf sich mit

Kollegen in sauberen Amtsstuben oder gediegenen Gasthöfen und hatte den Dreck hinter sich gelassen.

Ein Mann trat aus dem Dunkel der Halle und auf sie zu. Er hatte einen riesigen eisgrauen Schädel, sah auch sonst aus wie ein Ochse, und fragte mit allen Anzeichen absoluten Unwillens: »Kann ich etwas für Sie tun?«

• • •

Rosa war müde, so müde. Frau Dünnes, die ein schreckliches Gezeter veranstaltet hatte, weil Rosa am Freitag schon wieder zu spät gekommen war, hatte sie verdonnert, nach der Arbeit mit der Bürste den Flur und die Treppenstufen zu schrubben. Das war gemein, fand Rosa. Sie war nur deshalb zu spät gekommen, weil sie nicht genau gewusst hatte, wie viel Zeit ihr noch bis zum Einschließen blieb, und sie auf keinen Fall zu früh vor der Tür hatte stehen wollen. Da hätte die Dünnes gleich geargwöhnt, dass sie geschwänzt hatte, und was darauf gefolgt wäre, wollte sie sich lieber nicht genau ausmalen.

Am nächsten Morgen war sie direkt zu Werksleiter Ottmann gegangen und schwindelte ihm vor, ihre Tante sei gestern krank geworden. Dann hatte sie sich langsam den Daumen in den Mund geschoben und ihn treuherzig angesehen. Es hatte funktioniert. Ottmann war weich geworden, akzeptierte ihre Entschuldigung und winkte Rosa mit einer wedelnden Handbewegung fort.

Seit Samstag war sie jedoch an einer anderen Maschine eingeteilt. Vielleicht als Strafe. Nur war es keine, denn sie mochte diese Arbeit. Damit aus Drähten Nadeln wurden, mussten sie angespitzt werden. Das geschah, indem die Drahtstückchen in einer Rinne durch eine sich gemächlich drehende Scheibe vorangeschoben wurden und am Schleifstein vorbeirutschten. Rosa musste aufpassen wie ein Luchs, dass die Drähte die ganze Zeit ordentlich lagen und sich nicht untereinander verhedderten. Am Ende war schließlich auf geheimnisvolle Weise aus dem Draht eine Nadel geworden.

Ihr gefiel das. Aus einem Ding wurde ein anderes. Vielleicht ließen sich ja nicht nur Drähte verändern.

•••

August war aufs Äußerste verblüfft, als Frau Winterfeldt plötzlich in der Tür zu seinem Büro stand. Vor allem, weil er so entzückt war, sie zu sehen.

»Ich darf doch?«, fragte sie und drängte sich ohne Umschweife an Ottmann vorbei, der ihr verdattert und beleidigt hinterherblickte. Offenbar hatte er vorgehabt, sie mit dem nötigen Aplomb anzukündigen.

August musterte unauffällig ihre hoch aufgerichtete schmale Gestalt in diesem bezaubernden grünen Kleid und entdeckte dann verblüfft ein paar Strähnen, die Frau Winterfeldts stets sorgfältig arrangierter Frisur entwischt waren. Sie kringelten sich ungezogen, aber überaus kleidsam über ihren schmalen Nacken.

Den Hut hatte sie auch vergessen.

Frau Winterfeldt wirkte – derangiert.

»Was verschafft mir die Ehre?«, fragte er vorsichtig.

Die höfliche Formulierung wischte sie mit einer ungeduldigen Handbewegung beiseite. »Ich möchte mit Rosa Behrend sprechen. Und mit Ihnen«, fügte sie hinzu, spät, aber immerhin. Ottmanns struppige Augenbrauen wanderten in die Höhe.

»Sie wollen mit dem Kind sprechen? Jetzt?«, fragte August verblüfft.

»Das sagte ich doch gerade.«

Eisig. Eisig war ihr Blick, und er passte so gar nicht zu dem frühlingshaften Eindruck ihrer Erscheinung. Pures Eis war sie, hochmütig und unnachgiebig, August überkam allmählich das ungewohnte Bedürfnis, sich zu ducken. »Ottmann, holen Sie das Kind. Sie wissen, womit sie betraut wurde.« Er formulierte es als Tatsache, nicht als Frage, und hoffte sehr, es traf zu.

Sein Werksleiter sah aus, als hätte er versehentlich einen Schluck Essig zu sich genommen. »Natürlich. Sie steht an der Spitzmaschine.« Na bitte. »Soll ich sie wirklich holen?«

»Wenn es Frau Winterfeldt ein Anliegen ist.«

»Das ist es«, erklärte diese umgehend.

Sie drehte sich um, und für einen Moment fürchtete August, sie würde Ottmann folgen, als er davontrottete. Doch dann blieb sie an der Tür stehen, und nachdem er sich zu ihr gesellt hatte, betrachtete er den Raum dort unten zu ihren Füßen. Fast war ihm, als wäre es das erste Mal. Die Fläche war bis auf das letzte Fitzelchen ausgereizt, die Maschinen klug aufgestellt, dicht an dicht, es war kaum Platz dazwischen. Ein Stampfen und Klopfen lag in der Luft, ein beständiges Kreischen und Zischen, Eisen traf auf Eisen, es wurde geschnitten, gehämmert und geschliffen. Dazu der scharfe Geruch nach Metall und von Pferden, die die Maschinen antrieben, unablässig mit müde hängendem Kopf im Kreis trotteten und hie und da gewaltige Mengen an Äpfeln fallen ließen. Und Kinder sah er, überall Kinder, kleine und größere, die allesamt brav taten, womit sie beauftragt waren, und wenn eines zappelte, bekam es von den Aufsehern eins hinter die Ohren.

Mit einem Mal erkannte August die gewaltige Trostlosigkeit, die in der Enge und dem Lärm und dem Staub lag. Etwas, das er noch nie zuvor wahrgenommen hatte. Er warf einen schnellen Blick auf Frau Winterfeldt, deren Miene zu einer Maske erstarrt war.

• • •

Mit der Zeit fiel es Rosa schwer, ruhig an der Rinne zu stehen und zuzusehen, wie sich die haarfeinen Stäbchen ausrichteten. Sie vermisste Gretchen, aber vor allem Rosemarie, die sonst immer neben ihr stand. Es war fade ohne ihr freches Mundwerk und die ewige Bereitschaft, in lautes Gelächter auszubrechen, egal, wie öde der Tag war.

Rosa blickte den Drähten hinterher, die langsam die Bahn entlangrollten, und gähnte.

Die Luft war trocken, und Staub tanzte in dichten Schwaden durch den Raum, kaum konnte Rosa die Decke erkennen. Durch das Gähnen geriet ihr diese Luft in die falsche Kehle, und sie musste husten.

Hustete heftiger und heftiger, und je mehr sie hustete,

desto schlimmer wurde der Reiz in ihrem Hals. Sie bellte und keuchte, krümmte sich, während ihr die Tränen aus den Augen schossen und sie von der Furcht überrollt wurde, vor lauter Husten nicht mehr zum Atmen zu kommen.

Plötzlich sah sie die grau gewandeten Beine vom alten Otto neben sich und versuchte, den Hustenreiz endlich zu unterdrücken. Sie wollte keine Schimpfe kriegen, nicht schon wieder. Nicht jetzt, wo sie immer noch keuchte und es beim Luftholen seltsam pfiff.

Im Aufrichten erkannte sie, dass die Nadeln auf dem Band in Unordnung geraten waren, weil sie nicht aufgepasst hatte. Schnell ließ sie das Kinn wieder sinken und starrte lieber auf Ottmanns Stiefelspitzen. Ein gesenktes Haupt war kein gutes Ziel für eine Ohrfeige.

Aber Ottmann schlug nicht zu. »Mitkommen.«

Das war viel bedenklicher als ein Schlag. Angsterfüllt blickte Rosa auf, wischte sich das Wasser aus den Augen und versuchte, nicht zu husten. »Es geht schon wieder«, röchelte sie.

»Mitkommen«, wiederholte er, drehte sich um und stapfte los.

Ihr blieb nichts anderes übrig, als ihm zu folgen.

• • •

»Wenigstens dringt ausreichend Tageslicht in die Halle, dafür habe ich gesorgt«, sagte August in dem törichten Versuch, sich zu rechtfertigen. »Es gibt Fabriken, in denen es ganz anders aussieht.« Er hörte selbst, wie lahm es klang.

Frau Winterfeldt würdigte ihn dementsprechend auch keiner Antwort. Stattdessen verfolgte sie Ottmann mit ihren Blicken, der jetzt endlich den abgetrennten Raum erreichte, in dem die Spitzmaschine untergebracht war. Er verschwand hinter der Tür, kam wieder heraus, zog ein Mädchen am Arm mit sich, das sich krümmte.

»Was hat sie denn?«, fragte Frau Winterfeldt alarmiert.

»Sie hustet.« Das nahm er jedenfalls an. »Das Schleifen der Nadeln geschieht trocken, um Rostbildung zu vermeiden. Dabei bildet sich zwangsläufig Staub. Er wird aber abgesaugt.«

Er redete zu viel. Und dummes Zeug, denn wenn das Absaugen funktionieren würde, müsste sich das arme Ding da unten nicht die Seele aus dem Hals husten.

»Warum ist das Kind zusammen mit dem Staub in der Kammer eingesperrt?«

»Das Metall der Nadeln verträgt in diesem Stadium des Produktionsprozesses keinen Sauerstoff.« So war es nun mal. Simple Chemie. August räusperte sich und versuchte, trotz des unbehaglichen Gefühls, das sich in ihm breitgemacht hatte, jeden Ausdruck aus seiner Stimme fernzuhalten. »In frischer Luft oxidiert das Metall der Nadeln, daher gibt es keine Fenster, die geöffnet werden könnten.«

»Verstehe.« Frau Winterfeldt beachtete ihn kaum, ihre Aufmerksamkeit richtete sich allein auf Ottmann, der mit Rosa im Schlepptau durch die Halle auf sie zukam.

Sie verstand wahrscheinlich tatsächlich. Die Nadeln waren wertvoller als die Menschen, die sie herstellten. Besser, sie erstickten, als dass das verdammte Metall anlief. August überfiel eine unbestimmte Scham, als er das Ganze mit ihren Augen sah.

Zum Glück hatte Rosa sich beruhigt und räusperte sich nur noch, als sie die Stufen zu Augusts Büro hochschlich. Der ängstliche Ausdruck in ihrer Miene schwand, als sie Frau Winterfeldt erkannte, gleichwohl trappelte sie aufgeregt von einem Fuß auf den anderen, als sie endlich vor ihnen stand. Ganz sicher konnte sich das Kind nicht vorstellen, was man im Büro des Fabrikbesitzers von ihm wollen könnte.

August wusste es ja selbst nicht. Doch vielleicht gelang es ihm, die Wogen noch zu glätten, bevor Frau Winterfeldt sie wie eine riesige, unentrinnbare Welle auf ihn zurollen ließ.

»Mir scheint, die Arbeit an der Schleifmaschine bekommt dir nicht«, sagte August strenger, als er beabsichtigt hatte. »Dieses Husten klingt … nicht gut. Wir werden dich an einer anderen Stelle einsetzen.« Natürlich musste in der Folge eines der Mädchen ihre Arbeit übernehmen. Raue und stumpfe Drahtstücke waren keine Nadeln.

Er bekam mit, wie Ottmann den Kopf schüttelte, aber Frau Winterfeldt konnte es zum Glück nicht sehen, denn er hielt sich hinter ihr.

Rosas Blick glitt misstrauisch von ihm zu Frau Winterfeldt und wieder zurück, um dann eingehend den Boden zu ihren Füßen zu mustern.

»Gibt es eine Maschine, an der du gern arbeiten würdest?«, fragte August, und Ottmann verschränkte die Arme vor der Brust.

Rosa linste unter ein paar Haarfransen zu ihm empor.

»Ich mag die Glasköpfe von den Stecknadeln«, sagte sie scheu. »Sie glänzen. Das find ich schön.«

»Abgemacht. Du wirst bei den Glasköpfen eingeteilt. Ottmann, lassen Sie sie einarbeiten.«

Der Werksleiter nickte so knapp als möglich.

Rosa lächelte. Wie sonderbar, dass ein Kind wie sie, mager und ängstlich – er sah plötzlich, was Frau Winterfeldt schon immer gesehen hatte –, imstande war, strahlend und frei zu lächeln. »Ich hatte Angst, Sie schmeißen mich raus«, bekannte sie. Mutig geworden durch den Überschwang, weil ihr eine Sorge genommen worden war.

»Warum hätte ich das tun sollen?«

Rosas Lächeln gefror. Offenbar dämmerte ihr, sich gerade ans Messer geliefert zu haben.

»Aus überhaupt gar keinem Grund«, mischte Frau Winterfeldt sich ein, die das offenbar ebenfalls erkannt hatte.

»Dann ist es ja gut.« August wollte das Gespräch abkürzen, damit das Kind nicht noch irgendetwas sagte, worauf er hätte reagieren müssen. »Wenn eine derart erlauchte Besucherin deinetwegen vorspricht, tragen wir dem natürlich Rechnung. Morgen machst dich mit der Herstellung der Glasköpfe vertraut.«

»Morgen wird Rosa nicht erscheinen«, teilte Frau Winterfeldt mit, und ihre Stimme duldete keinen Widerspruch. »Übrigens werden wir jetzt gehen. Ich habe etwas mit ihr und ihrer Tante zu besprechen.«

»Tante Hiltrud ist nich da«, sagte Rosa mit angstvollem Blick. »Wir können jetzt nich zu ihr. Ehrlich nich.«

»Ganz, wie du willst.« Frau Winterfeldt legte einen Arm

um die Schultern des Mädchens, ignorierte Augusts Abschiedsgruß und Ottmanns verstörten Blick und ging mit Rosa einfach fort.

16

August erkannte sich selbst nicht wieder, denn er war eigentlich gewohnt, rasche Entscheidungen zu treffen. In Bezug auf Frau Winterfeldt war ihm diese Fähigkeit anscheinend abhandengekommen. Egal, was er mit ihr erlebte, es führte unweigerlich zu Irritationen. Oder zu Streitgesprächen, die nur zu einem Konsens gelangten, wenn er nachgab. Ihr exzentrischer Drang, sich in beängstigender Intensität eines fremden Kindes anzunehmen, befremdete ihn. Das flatternde Gefühl in der Magengegend, wenn er ihrer ansichtig wurde, noch viel mehr. Er hatte noch nie zu Schwärmereien geneigt, geraume Zeit gebraucht, bis er diese überhaupt als solche erkannt hatte. Nun wusste er nicht, wie er damit umgehen sollte.

Er wusste nur, dass er sich nicht zum Gespött machen lassen wollte. Was der Fall wäre, hätte sie ihr Herz einem anderen geschenkt und zöge seine eigene Bewerbung gar nicht erst in Betracht. Das Bild, wie sie mit diesem schlaksigen Blondschopf am Eingang zur Schwalbengasse beisammengestanden hatte, ging ihm nicht aus dem Kopf. Vielleicht war ihr gleichgültig, was ihr Onkel für sie wünschte.

Zwei Wochen lang wälzte er das Problem und schob es vor sich her, dann entschloss er sich, Neuburg aufzusuchen. So oder so war es besser, die Fronten zu klären, und plötzlich hatte er es eilig. Bei Neuburg, wo er unangemeldet erschien, hielt er sich daher nicht mit Präliminarien auf. »Sie haben mir Ihre Entscheidung bezüglich Ihrer Nichte noch nicht mitgeteilt«, sagte er ohne jedwede Einleitung. »Ich wüsste gern, woran ich bin.«

Neuburg lehnte sich in seinem bequemen Sessel zurück und lächelte, als sei er vollkommen entspannt. »Darf ich Ihnen ein Glas Portwein anbieten? Oder lieber Tee?«

Er streckte die Hand aus und betätigte den Klingelzug, obwohl August ablehnend den Kopf schüttelte. Er verspürte nicht die geringste Lust auf ein Getränk, das ein harmloses geselliges Beisammensein versinnbildlichte.

Er wartete ab, bis Neuburgs überaus gravitätischer Hausdiener ein Tablett mit Karaffe und Gläsern abgestellt hatte und mit einem »Ich schenke selbst ein, danke, Kerres« hinauskomplimentiert worden war. »Ich darf doch?«, fragte Neuburg jovial und befüllte die kristallenen Gläser mit der dunkel schimmernden Flüssigkeit, ohne auf eine Bestätigung zu warten.

»Danke.« August machte keine Anstalten, sein Glas zu ergreifen. »Neuburg, ich gewinne allmählich den Eindruck, Sie halten mich hin.«

Sein Kompagnon lehnte sich in seinem Sessel zurück und legte die Fingerspitzen aneinander. »Der Eindruck ist vielleicht nicht ganz falsch«, gab er überraschend zu, und August versuchte, das schale Gefühl zu unterdrücken, das sich seiner bemächtigte. »Es tut mir leid, es sagen zu müssen, aber meine Nichte ist nicht ganz so entgegenkommend, wie ich mir erhofft hatte. Sie befindet sich nach wie vor in Trauer und tut sich schwer damit, diese hinter sich zu lassen.«

»Ihr Gatte ist seit über zwei Jahren tot.« August beobachtete Neuburg aufmerksam. Aus seinem Mienenspiel war womöglich mehr zu erfahren als aus seinen Worten.

Neuburg seufzte. »Ich weiß. In Erinnerungen zu leben tut einer jungen Frau nicht gut. Niemand ist dankbarer als ich, weil sie in der Vergangenheit einen guten Ehemann hatte, aber ich wünschte, sie würde sich eine Gegenwart zusammen mit einem neuen, ebenfalls guten Ehemann schaffen. Denn das wären Sie doch, mein Lieber, oder nicht? Ein guter Ehemann für meine Corinna?«

August beugte sich vor, ergriff nun doch das im nachmittäglichen Sonnenlicht funkelnde Glas und nippte daran. »Wenn sie ein Duplikat ihres ersten Mannes sucht, wird sie scheitern«, erklärte er, und diese Wahrheit schmerzte ihn vermutlich mehr als Neuburg. Sorgsam stellte er das Glas zurück und war froh, dass es nicht auf der Tischplatte zerschellte.

Neuburg runzelte die Stirn. »Das fürchte ich auch.«

»Falls unsere Verbindung zustande kommen soll, muss ich sicher sein, dass Ihre Nichte weder der Vergangenheit verhaftet ist noch ihre Fühler in eine andere Richtung ausgestreckt hat«, fuhr August brüsk fort. »Falls Letzteres der Fall ist, wäre es mir lieber, ich erführe rechtzeitig davon. Ich bin nur äußerst ungern die notgedrungene zweite Wahl.«

Nun war es heraus, und beunruhigt stellte er fest, dass er

mehr offenbart hatte, als es seine Absicht gewesen war. Aber er musste es wissen. Lieber jetzt als später.

Corinna Winterfeldt war – eine Herausforderung. Bislang hatte er sich seine zukünftige Ehefrau weniger widerborstig vorgestellt, sanfter, lenkbarer. Langweiliger, fand er auf einmal. Wer zum Teufel wollte schon eine langweilige Gefährtin?

»Die Fühler ausgestreckt?«, wiederholte Neuburg und unterbrach damit seine jagenden Gedanken. Er klang so ungläubig, dass August die Situation augenblicklich noch peinlicher fand als ohnehin schon.

»Ich sah sie mit einem Herrn in einer äußerst lebhaften Unterhaltung begriffen«, erklärte er und kam sich töricht vor wie ein argwöhnischer Hanswurst.

Neuburg schüttelte den Kopf. »Da befinden Sie sich im Irrtum. Ich kann mir beim besten Willen nicht vorstellen, Corinna habe irgendwen in irgendeiner Weise in ihr Herz geschlossen, ohne mir davon zu erzählen.«

»Ich möchte nicht den Eindruck erwecken, sie habe einen unziemlichen Eindruck erweckt«, ruderte August steif zurück.

»Natürlich nicht. Das würde ja auch ganz und gar nicht zu ihr passen.« Neuburg sah ihn mit Unschuldsmiene an, und August hätte zu gern gewusst, ob der Mann so war, wie er wirkte, oder nur ein hervorragender Schauspieler. »Wissen Sie, ich suche *gemeinsam* mit ihr nach einer Lösung für die Zukunft. Meine Nichte ist durch ihre Herkunft und auch durch ihren ersten Mann einen gewissen Lebensstil gewohnt, und den würde ich ihr gern weiterhin gewährleisten. Da gefällt mir ein ehrgeiziger Mann natürlich gut. *Sie* gefallen mir darüber hinaus, weil die Zusammenlegung unserer Geschäftsfelder sehr profitabel zu werden verspricht. Zusammen ergeben die beiden Teile ein gutes Ganzes. Corinna ist Mitglied einer Tuchhändlerfamilie, Sie hingegen fertigen Dinge aus Tuch an. Das passt auf lange Sicht hervorragend zusammen.«

»Sehen Sie zu, dass Ihre Nichte das erkennt«, sagte August und biss sich im nächsten Moment schon auf die Zunge. Wie dumm, sich so unverblümt zu geben.

»Das tut sie doch. Sie weiß es nur noch nicht. Lassen Sie ihr ein wenig Zeit«, sagte Neuburg milde. »Ich darf nachschenken?«

• • •

Manche Tage dehnten sich endlos, andere hatten viel zu wenige Stunden. Jedenfalls dann, wenn im Haushalt alles drunter und drüber ging.

Die Wäscherin hatte sich krankgemeldet, und Berge schmutziger Laken und Tischdecken stapelten sich in der Kammer. Der Hefeteig für den Rosinenstuten, den Frau Reuther für den Nachmittag hatte backen wollen, war nicht aufgegangen, was die gesamte Küche in helle Aufregung versetzte. Eines der Pferde hatte einen trüben Blick und setzte den rechten Vorderhuf nur im Schongang auf, was Wellem, dem Kutscher, große Sorgen bereitete.

Weil sie hier beschwichtigen, an anderer Stelle ordnen, im Stall wenigstens Interesse bekunden musste, kam Corinna deutlich später aus dem Haus, als sie vorgehabt hatte, und erreichte Felix Mandels Laden erst kurz bevor er ihn für die Mittagpause schloss.

»Wie schön, Sie zu sehen«, sagte er dennoch und öffnete einladend die Tür. »Sie wollen sicher die bestellten Knöpfe abholen. Kommen Sie schnell herein.«

Corinna trat hinter ihm in den Laden und sah sich um. »Wo ist denn Ihre Nichte?«

»Schon wieder abgereist.« Er beugte sich vor und blinzelte Corinna verschwörerisch zu. »Ruths Besuch war ganz reizend, weil sie Leben in dieses stille Gemäuer gebracht hat. Wenn auch manchmal ein bisschen viel.«

»Aber sie hat Ihnen gutgetan.«

»Verraten Sie ihr das bloß nicht, denn sie hat mich andererseits ordentlich durchgewirbelt, und ich muss mich jetzt ganz neu sortieren.«

Corinna nickte. »Ich weiß, wie das ist. Man verflucht die Einsamkeit und will sie beenden und fürchtet sich gleichzeitig davor. Wird Ihre Nichte Sie denn vielleicht wieder einmal besuchen?«

»Nicht so bald, fürchte ich. Ihre Familie lebt in Ingelheim bei Mainz, das ist eine ordentliche Entfernung. Aber ich komme zurecht, das habe ich immer schon getan. Genau wie Sie.«

»Sind Sie da so sicher?«, fragte Corinna und spielte gedankenverloren mit den Knöpfen, die Herr Mandel längst auf der Theke aufgereiht hatte. »Ich bin es leider nicht.«

»Frau Winterfeldt«, mahnte er leise. »Helfen Sie mir, damit ich Ihnen folgen kann. Sie können völlig offen sprechen mit einem alten Mann, der schon alles gesehen und gefühlt hat.«

»Sie sind ein Schlitzohr.« Corinna durchlief eine warme Welle der Zuneigung. »Sie wollen nur hören, dass Sie gar nicht alt *sind*.«

»Ich fühle mich ertappt.«

Corinna blickte ihn an. »Mein Onkel ist der Ansicht, ich solle mir einen neuen Ehemann suchen. Das … ficht mich an.«

»Ich stimme ihm allerdings zu«, sagte Mandel bedächtig. »Eine junge Frau wie Sie sollte nicht allein sein.« Er begann umständlich, zwischen spitzen Fingern einen Streifen blassblaues Ripsband aufzurollen. »Der Wunsch Ihres Onkels ist verständlich. Ihr Vormund, wie ich annehme?«

Corinna nickte.

»Er will Sie versorgt wissen.«

»Und sich selbst«, platzte sie heraus und war sogleich bestürzt über ihre Offenherzigkeit. Es ziemte sich eigentlich nicht, so über ihren Onkel zu sprechen. Andererseits musste sie die Last endlich einmal loswerden, und sie vertraute Mandel. Als er schwieg, fuhr sie trotzdem fort. »Es geht ihm um eine günstige Eheschließung mit einem seiner Geschäftspartner.«

Mandel legte den Rips beiseite. »Aber das ist doch nicht unüblich. Es verbindet das Angenehme mit dem Nützlichen.«

»In diesem Fall verbindet es das Nützliche mit dem nicht ganz so Angenehmen«, erklärte Corinna. »August Wohlfert ist nicht … nach meinem Geschmack.«

»Was missfällt Ihnen denn an ihm? Ist er ein schlechter Mensch?«

»Nein. Ein sehr *konventioneller* Mensch.« Corinna dachte nach. »Nicht in geschäftlicher Hinsicht, was ihn für meinen Onkel anziehend macht. Ich richte mein Augenmerk jedoch auf andere Dinge. Er ist streng. Ernst. Kein Ausbund an … Lebensfreude.«

»Zuverlässig?«

»Ich glaube schon.«

»Klug?«

»Bestimmt.«

»Rechthaberisch?«

»Nicht so sehr, wie ich anfangs dachte.«

»Hat er Humor?«

»Kann ich mir nicht vorstellen.«

»Gut aussehend?«

»Fast. Hören Sie jetzt auf? Ich komme mir vor wie bei einem Verhör.«

»Das *ist* ein Verhör. Sie sollen sich darüber klar werden, ob Sie den Kandidaten akzeptieren können oder nicht. Wenn Sie an die Integrität des Mannes glauben, wäre seine Wahl nicht völlig inakzeptabel.«

»Nein, inakzeptabel ist er nicht«, offenbarte Corinna schweren Herzens. »Da waren Momente, als ich dachte …« Sie brach ab und zog unwillkürlich eine Grimasse. »Ich darf nicht erwarten, dass ein neuer Ehemann wie mein erster ist, oder? Darauf weist mein Onkel mich jedenfalls unermüdlich hin.«

»Und vollkommen zu Recht, das wissen Sie selbst. Geben Sie dem Mann eine Chance. Geben Sie *sich* eine Chance.« Mandel schob ihr einen Teller mit seltsam aussehenden Bällchen zu. »Hier, nehmen Sie von den Rugelach. Sehr süß, sehr köstlich. Sie werden Ihnen Kraft geben. Vielleicht brauchen Sie die, um die guten Seiten des Mannes zu erkennen.«

Gute Seiten. Es gab sie, das war ihr klar. »Er plant, für seine Fabrikkinder eine Schule einzurichten, wie ich es ihm vorgeschlagen habe«, bekannte Corinna. »Das gefällt mir.«

»Selbstverständlich. Er beweist damit, dass er kein Starrkopf ist, sondern ein Mann, der zuhört«, sagte Mandel und tätschelte Corinnas Hand. »Das spricht für ihn. Finden Sie nicht?«

»Ich entdecke gar nicht so gern gute Seiten an ihm.«

Mandel grinste breit und sah plötzlich um Jahre verjüngt aus. »Und doch haben Sie auf einmal ohne einen verkniffenen Mund von ihm gesprochen. Deshalb wechsele ich jetzt das Thema. Wollen wir schauen, ob die Knöpfe so geworden sind, wie Sie es sich vorgestellt haben?«

• • •

Eine Entscheidung über August Wohlfert zu treffen, war schwer, denn es gab zu viele Faktoren dabei zu berücksichtigen. Die Erinnerungen an Felix, ihre Verpflichtung gegenüber Theodor, Wohlfert selbst, dem mit Wärme zu begegnen ihr als eine Last erschien, egal, was Mandel ihr unterzujubeln versuchte. Außerdem war sie zu abgelenkt, um sich der Frage ausführlich zu widmen.

Immer wieder stiegen ihr die Tränen in die Augen, wenn sie an Rosa dachte. »Gretchen war nicht ganz allein, als die

Engel sie geholt haben«, hatte sie geflüstert, tapfer trotz der Hiobsbotschaft. »Sie waren bei ihr, oder?«

Corinna hatte mit einem dicken Kloß im Hals genickt, und das Schuldgefühl zerbröselte sie beinahe zu Staub. Denn in Wahrheit war sie gar nicht wirklich bei ihr gewesen. War zu beschäftigt gewesen mit den Näharbeiten, mit ihren Gedanken. Zu beschäftigt, um zu erkennen, wie das Mädchen still und leise von ihnen ging.

»Rosa, Schatz«, fand sie dann endlich Worte, und ihre Stimme klang dünn. »Gretchen … Gretchen war auf gar keinen Fall allein. Die Engel waren doch mit ihr.«

»Sind Sie auch traurig, weil sie nicht mehr bei uns ist?« Rosas Flüstern war leise wie ein Hauch, und Corinna umfing sie und schmiegte ihre Wange an das weiche Kinderhaar.

»Sehr traurig.« Sie hatte sie gedrückt und ihr Mut machen wollen. »Wenigstens bist du nicht allein. Du hast deine Tante Hiltrud.«

Rosa hatte beharrlich geschwiegen und Corinna nichts unversucht gelassen, ihr noch ein paar Worte zu entlocken. Vergeblich.

Sie wollte noch einmal mit ihr sprechen, unbedingt. Vielleicht sogar mit Tante Hiltrud, um ihr klarzumachen, wie viel Schutz und Trost die Kleine jetzt brauchte. Und so ging sie an einem Mittwochabend aufgewühlt auf der Straße vor dem Werksgelände auf und ab, grämte sich, weil es ungewöhnlich kalt war für die Jahreszeit und dunkel und unheimlich. Außerdem wusste sie nicht, was sie tun sollte, wenn sie Rosa nicht fand. Sie hatte nicht die geringste Ahnung, wo Tante Hiltrud wohnte.

»Frau Winterfeldt«, zirpte eine ungläubige Stimme direkt vor ihr, und Corinna fuhr zusammen. Jetzt, da das Kind in greifbarer Nähe war, hätte sie es beinahe übersehen, und ihr wurde heiß bei dem Gedanken, sie hätte es abermals verpasst, und das durch ihre eigene Schuld.

»Da bist du ja«, sagte sie und versuchte, ihre Stimme so normal wie möglich klingen zu lassen, während sie Rosa musterte. Sie war blass und hohlwangig und kam ihr noch kleiner vor als sonst. »Ich habe auf dich gewartet.«

Rosa brach in Tränen aus.

»Ach, du liebes bisschen.« Corinna fischte nach einem Tüchlein in ihrem Ärmel und tupfte die nassen Wangen ab. »Komm. Wir gehen.«

Heftiges Schluchzen. »Wohin denn?«

»Zu mir nach Hause natürlich.«

Rosa hörte schlagartig auf zu weinen und bekam einen Schluckauf. »Ich kann nicht.«

»Aber wieso denn nicht?«

»Ich war schon mal zu spät, und die werden böse, wenn man nicht direkt von der Arbeit zurückkehrt.« Rosa sah sie ängstlich an. »Ist … nicht schön, wenn die böse werden.«

»Das kann ich mir nicht vorstellen«, widersprach Corinna irritiert, denn das harmonierte nicht mit dem Bild der »guten Tante«, das sie so sorgfältig pflegte.

»Ich hab kein Abendessen gekriegt«, erklärte Rosa, was sie mit »böse werden« meinte. »Als Strafe.«

»Tante Hiltrud hat dir kein Abendessen gegeben?«

Rosa trat von einem Fuß auf den anderen und schaute zu Boden.

»Rosa? Macht sie das oft? Deine Tante Hiltrud?«

Rosa zuckte mit den Schultern.

Corinna hockte sich hin, und es war ihr gleich, dass ihr Rock sich im Dreck bauschte. Sie nahm das Kind in Augenschein und wusste, dessen Schmächtigkeit rührte nicht daher, dass es an ein paar Abenden nichts zu essen bekommen hatte.

Ohne weitere Diskussion ergriff sie Rosas schmuddelige Hand und machte sich auf den Weg. Mit zornigen, ausholenden Schritten, die Kleine kam kaum hinterher, und doch dauerte es zwanzig lange Minuten, bis sie vor August Wohlferts Haus standen. Als Theodor ihr das Gebäude gezeigt hatte, hatte Corinna aus der Kutsche geblickt und es nicht sehr vornehm gefunden, denn es befand sich beinahe direkt gegenüber des *Hahnenbräu*. Heute war ihr das egal. Sie sprühte vor Elan und Wut, und sollte es einer der Bezechten wagen, ihr dumm zu kommen, würde er sein blaues Wunder erleben.

Corinna fasste Rosas Hand fester und stieg die beiden Stufen zum Eingang empor. Dann holte sie tief Luft und ließ den Türklopfer auf die Messingplatte knallen.

• • •

Es war schon spät und August gerade auf dem Weg nach oben, als es kräftig an der Tür klopfte und sich sein Hausdiener mit indignierter Miene aufmachte, sie zu öffnen. »Ja bitte?«, fragte er mit einem spürbaren Mangel an Höflichkeit.

Allerdings hatte er seinen Meister gefunden. »Ich darf doch?«, vernahm August Frau Winterfeldts schnörkellose

Stimme und sah zu, wie sie an dem konsternierten Lehen vorbeirauschte und im Handumdrehen in der Diele und vor August stand.

»Welch unerwartetes Vergnügen«, begrüßte er sie und richtete den Blick dann auf Rosa, die sie dicht an ihre Seite gezogen hatte.

»Ich bitte um Verzeihung, weil ich Sie zu dieser späten Stunde behellige«, sagte Frau Winterfeldt so formvollendet wie kühl und augenscheinlich nicht im Allermindesten verlegen. »Aber Sie sollten sich selbst ein Bild machen.«

Rosa zog ungehobelt die Nase hoch. Das Geräusch zerriss die Stille, die eingetreten war, und August hob die Brauen. Hoffentlich war das Mädchen nicht krank und steckte alle anderen im Haus an.

Denn krank sah sie aus. Dünn wie ein Zaunpfahl und blass, mit dunklen Schatten unter den Augen. Unter Augen wie denen einer alten Frau, die von der Tageslast ermattet war und zermürbt durch eine unermessliche Zahl größter Sorgen.

Erschöpft. Erschöpft sah dieses Kind aus.

Er hob den Blick und sah Frau Winterfeldt an, die ihn stumm fixierte.

Rosa schob sich ein Stückchen hinter den ausladenden Rock ihrer Gönnerin. Dort hatte sie massenhaft Platz, um sich zu verstecken, klapperdürr, wie sie war.

Herrgott noch mal. »Lehen, schicken Sie nach Frau Brümmer. Sie soll unseren Gästen eine Kleinigkeit servieren.«

»Sie hatten Frau Brümmer bedeutet, sie für heute nicht

mehr zu benötigen.« Lehen verzog keine Miene. »Daher hat sie sich bereits zurückgezogen.«

»Ich habe meine Meinung geändert. Und bevor Sie in Sorge zerfließen: Frau Brümmer wird es überleben. Sie soll kein Festmahl herrichten, nur das, was in der Kammer vorrätig ist. Frau Winterfeldt? Wenn Sie mir bitte folgen würden.«

Ohne auf sie zu warten, ging er voraus ins Frühstückszimmer, in dem er auch zu Abend aß, wenn er allein war. Es war noch gemütlich warm, er hatte es erst vor wenigen Minuten verlassen.

Er wartete ab, bis sie Platz genommen und auch das Kind angewiesen hatte, sich zu setzen, was dieses mit sichtlichem Unbehagen tat. Dann wandte er sich zur Anrichte, nahm von dort eine Karaffe und schenkte zwei Gläser Sherry ein, ohne zu fragen, ob Frau Winterfeldt damit einverstanden war.

»Ich nehme an, Sie verfolgen einen ganz bestimmten Zweck mit diesem Besuch?« Ebenso gut hätte er »Überfall« sagen können.

»Andernfalls wäre ich wohl kaum gekommen.« Frau Winterfeldt ließ den Sherry unbeachtet und sah August direkt in die Augen. »Ich hielt es für sinnvoll, Ihren so wortreich geäußerten Theorien die Wirklichkeit gegenüberzustellen.«

»Die Wirklichkeit namens Rosa?«

»Sie haben sich ihren Namen gemerkt. Ich bin aufrichtig erfreut.« Allerdings sah sie eher überrascht aus, aber das war kein Wunder. Überrascht war er davon selbst. »Nur drücken Sie es nicht ganz korrekt aus. Ich meinte eher die Wirklichkeit *von* Rosa. Die zu schwer arbeitet. Kaum ausreichend Schlaf bekommt und noch weniger Nahrung.«

»Kinder haben schon immer gearbeitet«, wandte August ein. »Kennen Sie einen Bauern, der seine Kinder nicht mit aufs Feld nimmt?«

»Ich kenne überhaupt keinen Bauern«, erklärte sie. »Und Ihr Vergleich hinkt. Diese Kinder arbeiten, aber sie tun es im Schutz ihrer Familie. Nicht in riesigen Hallen, wo sich niemand um ihr Wohlergehen kümmert. Sehen Sie sich das Mädchen genau an«, forderte sie August auf, als ob er das nicht schon die ganze Zeit täte. »So sehen Kinder aus, deren Dasein sich in einer Fabrik abspielt.«

»Wie lange arbeitest du schon bei mir?«, erkundigte er sich auf der Suche nach einer Möglichkeit, das Ganze sachlich zu behandeln.

Die Kleine zuckte mit den Schultern und schob den Daumen in den Mund.

August räusperte sich, warf Frau Winterfeldt einen Blick zu, und ihm fiel einfach nicht ein, wie er dem Ganzen eine Wendung geben sollte.

In diesem Moment öffnete die segensreiche Frau Brümmer die Tür und kickte sie mit der Hüfte weit auf, um ein riesiges Tablett hindurchzubugsieren. »Ich hab kalten Braten, Pastetchen von gestern und ein paar Heringe«, verkündete sie unaufgefordert. Frau Brümmer war sehr viel unbefangener, als es für einen vornehmen Haushalt passend gewesen wäre, aber er scheute trotzdem davor zurück, sie zu entlassen. Sie kochte wunderbar, und außerdem war ihre gemütliche Art nach harten Arbeitstagen die reine Wohltat. »Lehen hat gesagt, wir ham 'n Kind da, daher gibt's auch noch Apfelkompott mit Sahne. Is recht so?«

»Selbstverständlich«, nickte August und sah Frau Winterfeldt lieber nicht an. In deren Haushalt arbeiteten ausschließlich Angestellte mit vorbildlichen Manieren

Rosa machte große Augen, als Frau Winterfeldt ihr ein Brötchen und eine dicke Scheibe Braten auf den Teller lud. Sie hörte auf, ruhelos ihren Blick von einem zum anderen und zurück wandern zu lassen, und widmete sich konzentriert und hingebungsvoll ihrem Abendessen.

August konnte sich nicht erinnern, jemals ein so glückliches Kind gesehen zu haben. Oder ein derart schmutziges in seinem Haus.

»Ich glaube, ich verstehe, was Sie meinen«, sagte er und hob den Blick von Rosa, um ihn auf Frau Winterfeldt zu richten.

17

Sie wollte so gern glauben, dass er verstand. Um der Kinder willen. Um ihrer selbst willen.

Nicht nur, um Theodor zu Gefallen zu sein. Die Aussicht, ihre Zukunft einsam zu verbringen, hatte nichts Erhebendes, wahrhaftig nicht. Sie sehnte sich nach einem Gefährten. Nicht nur nach Felix, und das zu erkennen, war ein Schock. Sie wollte einen lebendigen Mann, mit dem sie ihr Leben teilen konnte. Doch dazu gehörte, dass er ihre Ansichten ernst nahm, ihr Engagement für die Kinder nicht nur duldete, sondern befürwortete. Zu zweit zu kämpfen, war leichter als allein. Mit nichts hinter dem Berg halten zu müssen und auf Verständnis zu stoßen, war angenehmer, als allem allein gegenüberzustehen.

Sie wollte – doch Felix.

Aber Felix gab es nicht mehr. Nur August Wohlfert. War er der Richtige?

Noch vor wenigen Wochen hätte sie diese Frage im Brustton der Überzeugung verneint. Doch ganz unverhofft und gegen alle Wahrscheinlichkeit hatte Wohlfert erkannt, wie zerbrechlich und elend Rosa war, und ihr den Tisch bereitet.

Das war mehr, als sie erwartet hätte. Mehr, als sie erwarten *konnte*. Von ihm und von den meisten anderen auch.

Achtlos und grübelnd lief Corinna zwischen Spaziergängern und ratternden Kutschen zur Apotheke, sie wollte Ringelblumen besorgen, die für Umschläge bei Patienten mit schlecht heilenden Wunden unerlässlich waren. Es gab zwar welche in Theodors Garten, aber nicht zu dieser Jahreszeit, und die getrockneten waren längst aufgebraucht.

Fast schon am Ziel, erkannte sie in einiger Entfernung August Wohlfert, und im ersten Moment nahm sie an, ihre Fantasie spiele ihr einen Streich. Gaukele ihr seinen Anblick vor, weil sie unablässig an ihn gedacht hatte.

Doch nein, da stand er, im dunklen Gehrock und mit einer überraschend modischen gelb-grünen Weste, neben ihm der Werksleiter mit dem Ochsenschädel – seinen Namen hatte sie vergessen –, der gestikulierend auf ihn einredete.

August Wohlfert machte einen guten Eindruck. War selbstsicher, elegant, weltmännisch. Offener, als sie anfangs dachte. Vorausgesetzt hatte.

Möglicherweise war es doch nicht völlig undenkbar.

Doch dann erkannte Corinna, wo sie sich befanden. *Was Wohlfert tat.*

Er und sein Begleiter, dazu eine Anzahl weiterer Herren, die gemächlich über einen Platz spazierten, um die vor ihnen ausgestellte Ware zu begutachten.

Ware aus Fleisch und Blut. Hohlwangig und splitterdürr, mit stumpfen Mienen und trüben Augen. Menschliche Ware.

Kinder.

Corinna hatte natürlich von den Märkten gehört, auf denen Unternehmer für ihre Fabriken rekrutierten. Aber davon zu hören oder sie mit eigenen Augen zu sehen, waren zwei verschiedene Dinge. Sie hatte sich nicht vorstellen können, wie es wirklich war.

Wie ein Viehmarkt.

Das war zu viel. Ohne weiter darüber nachzudenken, setzte sie sich in Bewegung und hielt direkt auf Wohlfert und seinen Begleiter zu. »Was geht hier vor?«, fiel sie diesem ins Wort, noch bevor sie die Männer ganz erreicht hatte, und ihre Stimme klirrte.

»Frau Winterfeldt!« In Wohlferts widerlichem Gesicht – eben noch hatte sie ihn ansehnlich gefunden, doch das war vergessen – zeigte sich Verblüffung. »Was machen Sie denn hier?«

»*Ich* ging ganz harmlos meines Weges. Die Frage ist doch vielmehr, was *Sie* hier tun.« Es fehlte nicht viel, und sie hätte wie ein zeterndes Waschweib die Fäuste in die Taille gestemmt.

»Nun, ich habe Arbeit zu vergeben und stelle Kinder ein, die welche suchen«, erklärte er nach einem winzigen Zögern.

»Das überrascht mich«, erwiderte sie und zog hochmütig die Brauen hoch. »Ich wähnte Sie auf einem Viehmarkt und damit beschäftigt, Schlachtvieh zu begutachten.«

Die Miene wurde starr. »Sie wähnten falsch.«

»Das sind *Kinder*, Herr Wohlfert.« Ihre Wangen schmerzten vor Anstrengung, nicht die Fassung zu verlieren. »Kinder wie Rosa.«

»Sie dürfen sich die Kinder nicht so ans Herz wachsen lassen, das halten Sie nicht aus. Niemand tut das«, sagte er, und seine Worte dröhnten in ihren Ohren. »Sie wollen helfen? Dann brauchen Sie einen Abstand, um sachlich bleiben zu können. Sie müssen sich einen Panzer zulegen.«

»Einen Panzer wie den Ihren benötige ich ganz sicher nicht«, konterte sie wutschnaubend und vergaß ihre gute Erziehung.

»Sie wollen zu viel zu schnell«, sagte er.

Herablassend? Oder begütigend? Allein dafür hasste sie ihn.

»Diese Kinder müssen für ihren Unterhalt sorgen. Nur weil Sie es sich erträumen, fliegen ihnen nicht die gebratenen Tauben in den Mund.«

»Warum ziehen Sie meine Bedenken in den Schmutz?«, blies Corinna ihn an und ignorierte den Werksleiter, der seinen riesigen Schädel gesenkt hatte und auf seine Stiefelspitzen starrte. »Glauben Sie, ich weiß nicht, dass man Geld zum Überleben braucht? Doch *wie* sie gezwungen sind, es zu verdienen, ist falsch. Gretchen ist tot …«

»Wer ist Gretchen?«, unterbrach Wohlfert sie.

»Sie haben Sie *vergessen?*« Corinna starrte ihn schockiert an. »Gretchen ist Rosas Schwester. *War* ihre Schwester, denn sie hatte einen Unfall bei der Arbeit in einer Baumwollspinnerei. Ich habe sie gepflegt, doch nichts ausrichten können, ihre Verletzungen waren zu schwer und ihr Lebenswille zu geschwächt. Sie ist gestorben. Rosa nicht, aber sie ist halb verhungert. Das ist kein Leben für Kinder! Man muss die Weichen anders stellen. Wieso können Sie das nicht einsehen?«

»Weil die Welt nun einmal nicht nach Ihren Wünschen

funktioniert, Frau Winterfeldt.« Anders als ihr gelang es ihm, einen gemäßigten Ton beizubehalten.

Am liebsten hätte sie die Hand gegen ihn erhoben. Mit einer gewaltigen Anstrengung riss sie sich zusammen. »Das ist mir sattsam bekannt«, sagte sie steif. »Doch sollte man gewohnte Verfahrensweisen überdenken, wenn sie sich als kritikwürdig herausstellen.«

»Aber das sind sie nicht«, versetzte er behutsam. »Ich verstehe Sie ja, ich bin kein Unmensch. Ich begreife durchaus Ihre seit dem Tod Ihres Sohnes sentimental eingefärbte Haltung Kindern gegenüber«, Corinna schnappte nach Luft, »doch laufen Sie Gefahr, Ihr Mündel Rosa – und mit ihr sämtliche Fabrikkinder – mit Ihrem verstorbenen Sohn zu verwechseln. Sie können jedoch nicht all diesen Kindern die Daseinsweise bieten, die das natürliche Umfeld Ihres Sohnes gewesen wäre.«

»Mein Sohn geht Sie nicht das Mindeste an«, sagte Corinna mit vor Abneigung und Zorn bebender Stimme.

»Wie wahr. Doch erkenne ich, wie sehr er Ihnen fehlt. Dieser Umstand verleitet Sie dazu, der romantischen Idee von einer idyllischen Kindheit auf blumenbewachsenen Wiesen nachzuhängen.«

Ich hasse dich, dachte Corinna. Und lieber heirate ich den Teufel selbst.

Sie drehte sich um, ließ ihn stehen und ging mit zitternden Knien, aber festem Schritt einfach davon.

• • •

Rosa lief durch die Straßen und Gassen der Stadt und wusste nicht, wohin sie sollte. Ins Waisenhaus jedenfalls nicht, das wäre auch gar nicht möglich gewesen. Nicht zu dieser Tageszeit, es war noch nicht einmal Mittag. Natürlich hätte sie in der Fabrik sein müssen.

Sie war sogar dort gewesen. Aber Rosemarie nicht. Sie hatte gewartet und sich gesorgt und schließlich gefragt, ob jemand wusste, wo sie war. Eines der anderen Fabrikkinder hatte ihr am Ende erzählt, Rosemarie sei mit ihrer Mutter zusammen fortgegangen, um sich woanders eine besser bezahlte Arbeit zu suchen.

Sie hatte sich nicht einmal von Rosa verabschiedet.

Und da war ihr das Herz schwer geworden und die Hände zittrig, und sie hätte gern geweint, ihre Kehle war auch ganz eng, aber Tränen kamen keine. Dann hatte sie es nicht mehr ausgehalten und war einfach gegangen. Lief herum und hatte doch kein Ziel. Manche Leute wurden richtig böse, wenn sie an ihnen vorbeikam. »Verschwinde!«, keifte eine dicke Frau neben einem Gemüsestand. »Ich will Diebesgesindel hier nicht haben.«

Als ob Rosa etwas hätte stehlen wollen! Und was überhaupt? Die Frau bot Lauch und Kartoffeln an, und egal, wie groß Rosas Hunger war, so wusste sie doch, man durfte beides nicht roh essen. Lägen da Äpfel, wäre es anders. Vielleicht hätte sie in der Tat einen gemopst.

Noch schöner wäre ein dickes Stück Brot mit einer Scheibe Käse darauf. Rosas Bauch knurrte vernehmlich, aber weil so viel los war auf den Straßen, hörte es niemand außer ihr. Sie hatte gar nicht geahnt, wie viele Menschen um diese

Zeit unterwegs waren. Bierkutscher, die stolz auf ihren Böcken hockten und kräftige Pferde mühelos durch den dichten Verkehr lenkten, Scherenschleifer und Schuhputzer, ein Mädchen mit einem Tablett zu Sträußen gebundener Ranunkeln, Frauen mit Wassereimern, Männer mit Werkzeugen auf dem Weg zu einer Baustelle und solche im ordentlichen schwarzen Gehrock mit Papieren unter dem Arm. Alle hatten zu tun, und alle wussten, wohin sie gehörten.

Rosa bekam einen Stoß in den Rücken und stolperte auf die Straße, direkt vor die Hufe eines riesigen Pferdes, das schrill wiehernd stieg und ihr mit seinen tellergroßen Hufen beinahe an den Kopf trat. »Verdammtes Wechselbalg, kannst du nicht aufpassen?«, brüllte der Reiter, aber Rosa antwortete nicht, sondern kroch auf allen vieren zurück auf den Gehsteig.

»Komm, steh schon auf, Kleine«, sagte eine Stimme hoch über ihr, aber Rosa blieb einfach sitzen.

»Die Leute rennen dich hier über den Haufen und stoßen dich weg, am Ende landest du unter dem nächsten Gaul«, beharrte die Stimme und zog Rosa am Ärmel hoch.

Die Stimme gehörte einer sehr wohlbeleibten Frau in einem abgenutzten, aber ordentlichen Kleid, und sie trug ein Häubchen auf den dicken graubraunen Haaren. »Was hast du denn hier verloren? Musst du nicht arbeiten?«, fragte sie.

Rosa schüttelte den Kopf. Die Wahrheit ging die Frau nichts an.

»Na ja, wirst du selbst wissen«, sagte sie. Sie kramte umständlich in dem Korb, der schwer in ihrer Ellenbeuge hing, und vor Rosas Nase tauchte ein Brötchen auf. Es roch frisch und süß, und im ersten Moment glaubte sie, sie bilde es sich nur ein.

»Jetzt nimm es schon«, sagte die Frau. »Und die Schweinswurst hier, obwohl mich meine Herrschaft einen Kopf kürzer macht, wenn sie's merkt. Himmelherrgottnocheins. Jetzt lauf, Kind.«

Das tat Rosa. Sie schnappte die Wurst und das Brötchen, nahm die Beine in die Hand und rannte los, denn man wusste bei Erwachsenen nie, ob sie es sich nicht noch einmal anders überlegten. Erst zwei Straßen weiter hielt sie an, um im Schatten eines weißschaumig blühenden Birnbaums ihre köstliche Mahlzeit zu verzehren.

Als sie satt und zufrieden war und ihr der Bauch nicht länger wehtat, fiel ihr endlich ein, was sie tun musste.

• • •

Es hatte einen ganzen Tag gedauert, bis August nicht länger in selbstgerechter Entrüstung über Frau Winterfeldt den Kopf schüttelte, und einen weiteren, bis er sich eingestand, einen Fehler gemacht zu haben.

Es war der völlig falsche Ton gewesen, den er ihr gegenüber angeschlagen hatte. Wenn er an ihr kreidebleiches Gesicht dachte, den steifen Rücken, den sie ihm zukehrte, überrollte ihn eine Woge der Scham, und das schlechte Gewissen ließ ihm die Wangen heiß werden.

Einen quälend langen Moment sann er der Frage nach, wie wohl der verstorbene Herr Winterfeldt mit den Allüren seiner Frau umgegangen war. Wie ein Heiliger vermutlich, denn ein solcher war er ja offenkundig gewesen. Es war verdammt noch mal nicht leicht, mit einem Toten zu konkurrieren. Das brauchst du gar nicht erst zu versuchen, Wohlfert, dachte er grimmig. Das klappt sowieso nicht.

Natürlich nicht. Schließlich war sein Benehmen nicht das eines Heiligen, denn dann hätte er der armen Frau nicht ihren toten Sohn um die Ohren geschlagen.

»Was ist denn jetzt schon wieder!«, rief er, als es an seiner Bürotür klopfte. Nie, wirklich niemals hatte man hier seine Ruhe. Wie zum Teufel sollte er so seine Gedanken sammeln?

Wie zu erwarten, steckte Gustav Linnemann die Nase zur Tür hinein. »Tut mir leid, Sie zu stören«, entschuldigte er sich, nicht im Mindesten kleinlaut, »aber wir haben ein Problem bei den Maschinen.«

»Die Dinger machen mehr Ärger, als sie nutzen.« August war geneigt, sich die Haare zu raufen, konnte sich so gerade eben noch beherrschen. Ein Unternehmer, der den Kopf verlor, brachte sich um den Respekt seiner Untergebenen.

»Würde ich so nicht sagen«, widersprach Linnemann ungerührt. »Stecken halt noch in den Kinderschuhen.«

Genauso war es. Wenn alles erst einmal einwandfrei funktionierte, war die Zeitersparnis enorm und die sich daraus ergebende Steigerung der Stückzahl der Garant für deutlich höhere Gewinne. August riss sich zusammen.

»Das haben wir vorher gewusst, oder?«, hörte er seinen Werksleiter. »Kümmern wir uns darum, dass sie den Schühchen entwachsen und sich zu großen, kräftigen Tretern entwickeln.«

August nickte, gab es auf, so zu tun, als sei er bei der Sache, und ließ sich zurück in seinen Lehnstuhl sinken. Wie hatte es nur geschehen können, Frau Winterfeldt gegenüber jeden Anstand fahren zu lassen? Seine Manieren zu vergessen? Einer Mutter, die ihr Kind verloren hatte, durfte man doch nicht mit derartiger Unbarmherzigkeit begegnen!

Jedem, der ihm ganz normale Feinfühligkeit abgesprochen hätte, wäre er bislang entrüstet in die Parade gefahren. Das durfte er jetzt nicht mehr, so unverzeihlich harsch, wie er aufgetreten war. Entnervt stürzte er den letzten Schluck Kaffee hinunter und verzog das Gesicht, denn er war kalt und bitter und schmeckte scheußlich.

August stöhnte frustriert auf und beschloss, sich lieber dem drängenden Problem der kaputten Maschinen zuzuwenden. Wenigstens das war lösbar. Hoffentlich. Mit mehr Temperament als nötig warf er die vor ihm liegenden Papiere – die er noch keines Blickes gewürdigt hatte – in die Mappe und anschließend in die Schublade.

»Ist Schenker schon da?«, brüllte er in die von Lärm erfüllte Halle, wartete die Antwort nicht ab und stapfte voller wütendem Tatendrang zu den streikenden Nähmaschinen.

• • •

Corinna konnte sich nicht erinnern, je in ihrem Leben so aufgebracht gewesen zu sein. Sie war ein fröhliches junges Mädchen gewesen, neugierig auf die Welt und entzückt über die Möglichkeiten, die sie bot. Später eine glückliche Ehefrau, deren Mann ihre Lebenslust teilte, dann eine vor Zärtlichkeit überströmende Mutter. Am Ende, als ihr Mann und Kind genommen worden waren, wurde sie erst von Schmerz zerrissen und dann stumpf, als nähme sie die Welt durch einen dicht gewebten Schleier wahr.

Der war fort, zerfetzt, verweht. An seine Stelle getreten war dieser überwältigende Zorn auf alles und jeden. Auf Theodor, der von ihr erwartete, die Fäden wieder aufzunehmen, auf Wohlfert, der auf der Sonnenseite des Lebens stand und die Verantwortung nicht begriff, die damit einherging, auf Frau Behrend, die aufgegeben und ihre Töchter allein gelassen hatte. Auf sich selbst, weil sie an all dem nichts ändern konnte.

Die Empörung wollte nicht erlahmen, seit Tagen nicht – sie begleitete sie, wohin sie auch ging. Nicht nur, wenn sie die Kranken in den Armenvierteln aufsuchte, aber dort loderte sie besonders hell, weil die Verhältnisse dazu einluden. Sie war bei einem Mann gewesen, dessen würgender Husten sich nicht bessern wollte und der inzwischen bei jedem Anfall Blut spuckte. In seiner Wohnung standen Pfützen, weil es durchs Dach regnete und er nicht die Mittel besaß, für Eimer oder Schüsseln zu sorgen. Die klamme Luft trug ganz gewiss nicht zu seiner Genesung bei. Bei einer alten Dame, deren Gallensteine ihr grauenhafte Schmerzen verursachten, konnte sie ebenfalls nicht das Geringste ausrichten. Die warmen Wickel, die sie ihr auf den Leib legte, brachten kaum Linderung. Corinna blieb nichts anderes übrig, als eine halbe Stunde bei ihr zu sitzen, ihr die Hand zu halten und unnützes, aber hoffentlich tröstendes Zeug zu reden. Das die Patientin aber gar nicht hörte, weil sie die ganze Zeit jammerte und schrie, was wiederum die Kinder erschreckte, die mit ihr und einer offenbar riesigen Familie in diesem winzigen Zimmer hausten. Zu guter Letzt sah sie nach einem steinalten Hafenarbeiter, den ein akuter Gichtanfall plagte, der größte Schmerzen litt und daher unleidlich war. Er hatte sie unfreundlich angeblafft und ihr nicht erlaubt, das geschwollene Gelenk zu berühren, weshalb sie es weder kühlen noch hochlagern konnte. Als sie ihn verließ, war sie nicht nur zornig, sondern auch deprimiert und fühlte sich scheußlich.

Zu Hause angekommen, wurde es nicht besser, weil Henni munter sang, als gäbe es keinerlei Not auf der Welt, und Theodor nervös in der Diele auf und ab lief wie in einem zu engen Käfig.

»Da bist du ja endlich!«, rief er. »Ich warte seit Ewigkeiten auf dich!«

»Hat alles ein bisschen länger gedauert als gedacht«, erwiderte sie knapp und strebte an ihm vorbei nach oben in ihre eigenen Räume, wo sie vielleicht einen Weg fand, zur Ruhe zu kommen. Indem sie ein bequemes Hauskleid anzog, ihre Wunden leckte, ein Buch zur Hand nahm oder, falls sie sich nicht darauf konzentrieren konnte, die Aquarellpinsel. Hauptsache, sie war allein.

»Warte kurz«, sagte Theodor. »Da gibt es etwas, das ich dir mitteilen wollte.«

»Nicht jetzt.«

»Es ist aber wichtig.«

Noch etwas Wichtiges konnte sie nicht ertragen. »Später.«

»Ich würde es dir lieber sagen, bevor wir gehen.«

Sie blieb stehen. »Gehen?«, fragte sie verständnislos.

»Zu Wredes. Das weißt du doch. Wir sind dort zu einem Abendessen eingeladen.«

Corinna stöhnte auf, und Hennis Staubwedel ruhte sofort vergessen in ihrer Hand, die Federn wippten über den Fußboden, wo sie nicht hingehörten.

»Henni, pass doch auf«, sagte Corinna gereizt. »Und ich gehe nicht mit.«

Theodor verschränkte die Arme vor der Brust wie ein beleidigtes kleines Mädchen. »Doch, das tust du. Wir haben die Einladung angenommen und werden nicht so unhöflich sein, im letzten Moment abzusagen. Außerdem haben Wredes eine vorzügliche Köchin.«

»Geh allein. Ich bin krank.«

»Bist du nicht.«

»Aber ich werde es, wenn ich dort hingehen muss.«

Theodor seufzte. »Du benimmst dich wie ein Kind.«

Sie wollte von Herzen, sie wäre eines. Von der Last befreit, vernünftig sein zu müssen, von der Qual, nur von Ignoranten umgeben zu sein. Dann sah sie plötzlich klar.

»Dein vortrefflicher Freund Wohlfert ist ebenfalls geladen, und deshalb willst du, dass ich mitkomme.«

»Nein, soweit ich weiß, gehört er nicht zu Wredes engerem Bekanntenkreis. Aber über Wohlfert wollte ich mit dir sprechen.«

»Verschone mich«, sagte Corinna und rauschte mit erhobenem Kinn an ihm vorbei. »Im Übrigen denke ich gar nicht daran, mich ihm zum Fraße vorwerfen zu lassen. Deinen unredlichen Plan, ihn mir als Ehemann aufzuzwingen, kannst du getrost vergessen. Und jetzt entschuldige mich einen Moment. Ich ziehe mich um.«

18

Corinna stand am Fenster ihrer Wohnstube und blickte gedankenverloren auf die Straße hinaus. Unten ratterten Kutschen vorbei, ein paar vornehm gekleidete Herren in Frack und Zylinder schlenderten einem gesellschaftlichen Ereignis entgegen, direkt gegenüber standen zwei Dienstmädchen und tauschten Tratschgeschichten aus, was sie aus dem eifrigen Gesichtsausdruck der beiden schloss. Die eine versetzte einem Hund, der an ihrem Rock geschnüffelt hatte, einen Tritt, und er streunte beleidigt davon.

Alles war vollkommen normal. Die *Leute* waren normal. Sie selbst war es offenbar nicht, denn sie hatte erkannt, was niemand sonst sehen wollte: wie fürchterlich falsch es war, dass die einen im Luxus schwelgten und die anderen kaum das Nötigste zum Leben hatten.

Vielleicht will ich tatsächlich Unmögliches, dachte sie und seufzte, als sie bemerkte, wie sie den feinen Stoff ihres Rockes mit den Händen knetete und ihn hoffnungslos verknautschte. Undeutlich nahm sie wahr, dass hinter ihr die Zimmertür aufgestoßen wurde, und dann war auch schon Theodor neben ihr.

»Warum stehst du hier so herum?«, fragte er beunruhigt.

»Ich schaue bloß.« Sie konnte jetzt nicht mit ihm reden. Es war zu viel, was ihr im Kopf kreiste.

»Du schaust, und du machst dir Sorgen.« Theodor berührte sachte ihren Arm. »Aber nicht über die Ziege dort unten, die offenbar zum Gericht strebt, um ein wichtiges Anliegen zu verhandeln?«

Corinna richtete mühsam den Blick auf den weiß und grau gefleckten Bock, der geschäftig und anscheinend äußerst zielstrebig in Richtung Appellhofplatz lief.

»Du lachst nicht«, stellte Theodor betrübt fest und griff nach ihrer Hand. »Komm mit. Setzen wir uns. Ich habe dir etwas zu sagen.« Er wartete, bis sie sich gehorsam in den Sessel niedergelassen hatte. »Weißt du, ich bin nämlich kein Ungeheuer …«

»Ich auch nicht«, fiel sie ihm hastig ins Wort. »Es tut mir leid, dass ich gestern so ausfallend geworden bin. Und es tut mir leid, dass ich dich doch noch zu Wredes begleitet habe«, fügte sie an in dem Versuch, der Situation eine leichtere Note zu geben.

»Ich weiß.« Theodor lächelte mit der ganzen Liebenswürdigkeit, zu der er fähig war, und die war beträchtlich. »Es war in der Tat entsetzlich langweilig. Aber ich wollte über etwas anderes mit dir sprechen. Darüber, was du gestern zu mir gesagt hast.«

Corinna blickte ihn voller Unbehagen an. Es hätte sich gehört, es ihm einfacher zu machen, doch das durfte sie nicht tun. Das *konnte* sie nicht.

»Sieh mal, mir ist bewusst geworden, dass ich zu wenig

Rücksicht auf deine Gefühle genommen habe«, gab Theodor sichtlich beklommen zu, und augenblicklich verspürte Corinna ein schlechtes Gewissen.

»Aber das tust du doch«, widersprach sie. »Meistens«, schränkte sie dann ein.

»Sogar fast immer. Aber die Bitte, mit der ich an dich herangetreten bin, hatte ich wohl nicht gründlich genug durchdacht.«

Corinna schwieg, und weil sie nicht wusste, was sie sagen sollte, nahm sie sich eine Veilchenpastille aus dem Porzellandöschen auf dem Fensterbrett. Ein guter Grund, Theodor nicht anzublicken.

»Ich wälze die Sache andauernd hin und her und komme ehrlich gesagt fortwährend zu gegensätzlichen Schlüssen. Also gibt es wohl mehrere Möglichkeiten, die Sache zu sehen. Vermutlich ist die eine so gut wie die andere, daher habe ich mich entschlossen, dich aus der Verantwortung zu entlassen. Wir schaffen es auch so. Ohne Wohlfert.« Theodor atmete tief ein, und sein Blick wurde weich. »Du musst ihn nicht nehmen. Glaube mir. Ich werde ihm die Sache darlegen, und er wird es einsehen.«

Corinna nickte. Der Veilchengeschmack war widerlich. Sie konnte sich nicht vorstellen, diese Dinger jemals mit Genuss gelutscht zu haben.

Theodor wartete, nur fiel ihr nichts ein, was sie hätte erwidern können. Vielleicht dachte er, sie habe nicht erfasst, wovon er sprach, jedenfalls ergriff er erneut das Wort. »Ich habe eingesehen, dass du über Felix' Tod noch nicht hinweg bist«, erklärte er leise. »Es war zu früh, dir eine andere Ehe in Aussicht zu stellen. Viel zu früh, das erkenne ich jetzt.«

Sie nickte wieder und drückte seine Hand. »Es geht wirklich nicht«, sagte sie, obwohl sie wusste, dass sie ihm damit einen Dolchstoß versetzte, egal, was er ihr gerade anbot. »August Wohlfert und ich … das ist keine gedeihliche Kombination.«

»Ich werde nichts von dir verlangen, was dir zuwider ist«, versicherte Theodor. »Ich hätte es dir gern auch schon früher gesagt, aber …« Er brach ab und streichelte unbeholfen ihre Hand. »Ist jetzt alles gut?«, fragte er hoffnungsvoll.

»Das ist es«, stimmte sie folgsam zu. »Alles *ist* gut. Mach dir keine Sorgen.«

Alles wieder gut? Als wenn das so einfach wäre. Ihre Stimmung war und blieb im Bodenlosen.

• • •

Der Kirchenbasar am zurückliegenden Sonntag war ein voller Erfolg gewesen und Frau Drehsal überaus glücklich über die Einnahmen. Corinnas Aquarelle hatten Gefallen gefunden, und die Porträts, die sie mit flinken Strichen von den Besuchern zeichnete, waren ihr beinahe aus den Händen gerissen worden. Weil Frau Drehsal sie sehr dringend darum gebeten hatte – es ging fast schon als Nötigung durch –, hatte Corinna ihr ein Aquarell versprochen, das eine Szene des Ereignisses zeigen sollte. Das Thema war anspruchsvoll, da eine Vielzahl von Personen darzustellen war. Frauen in ausladenden Gesellschaftskleidern, begleitet von Männern in

Frack und Zylinder, und sie alle bewegten sich zwanglos umeinander im Raum.

Glättend strich Corinna über den Bogen Papier, auf dem sie eine erste Skizze anfertigen wollte, und griff nach dem Stift.

Es klopfte.

Ihrem ersten Impuls folgend, hätte sie gern so getan, als sei sie nicht da, aber das ging natürlich nicht. »Ja, bitte?«

Die Tür öffnete sich, und Kerres blieb auf der Schwelle stehen. »Sie haben Besuch, Frau Winterfeldt«, sagte er gemessen. »Soll ich davon ausgehen, dass Sie nicht zu Hause sind?«

Corinna hob die Brauen. »Das kommt ganz darauf an, wer der Besucher ist.«

»Herr Mandel.« Niemals hätte Kerres seine Missbilligung offen zur Sprache gebracht. Man konnte sie allerdings auch unmöglich übersehen.

»Wie reizend!«, sagte Corinna und sah zu, wie der Hausdiener darum rang, seine stoische Miene beizubehalten. »Und so unerwartet. Bitte, führen Sie ihn in den Salon. Ich komme sofort.«

Kerres zog sich wie üblich lautlos zurück, und Corinna entledigte sich rasch des Kittels, den sie über ihr Kleid gezogen hatte, damit es während der Arbeit keine Farbflecken abbekam. Nur wenige Minuten später trat sie zu ihrem Gast, der mit unbequem verrenktem Kopf die Titel der in der Glasvitrine eingestellten Bücher zu lesen versuchte.

»Möchten Sie sich eines ausleihen?«, fragte sie und sah amüsiert, wie er zusammenfuhr.

»Meine Güte, Sie haben mich erschreckt«, erwiderte er.

»Und ja, es sind interessante Werke dabei, die ich noch nicht kenne. Vielleicht komme ich bei Gelegenheit auf Ihr Angebot zurück.«

»Sehr gern. Darf ich Ihnen etwas anbieten? Eine heiße Schokolade vielleicht? Es ist morgens doch immer noch recht frisch, finden Sie nicht?«

»Unbedingt. Eine Tasse Schokolade wäre wunderbar.«

Corinna nickte Kerres zu, der gemessenen Schrittes verschwand, die Tür jedoch einen Spalt geöffnet ließ.

»Kommen Sie.« Sie hakte sich bei Mandel unter und führte ihn hinüber zu dem bequemen Sofa, von dem aus man einen hübschen Blick auf den Garten hinter dem Haus hatte. »Bitte, nehmen Sie Platz.«

Das tat er ein wenig umständlich, dann lächelte er sie an. »Ich hoffe, ich komme nicht allzu ungelegen.«

»Aber gar nicht. Ich freue mich doch, Sie zu sehen.« Sie zupfte mit den Fingerspitzen an dem Faden, der sich aus einem der Streublümchen des Sofabezugs gelöst hatte, und winkte Henni heran, die in diesem Moment mit einem Tablett erschien, auf dem sie eine Kanne und zwei Tassen balancierte, dazu einen Teller mit winzigen, marmeladegefüllten Pastetchen.

Corinna wartete, bis ihr Dienstmädchen mit kleinen und unwilligen Schritten den Raum verlassen hatte, dann schob sie die Platte ein Stück näher zu ihrem Gast. »Bitte, bedienen Sie sich«, sagte sie. »Und dann erzählen Sie mir, was Sie zu mir führt.«

Herr Mandel nahm mit spitzen Fingern ein Pastetchen und vergaß es dann. »Wissen Sie, ich habe viel über Sie nachdenken müssen«, erklärte er. »Darüber, was Sie mir von Ihrer Arbeit erzählt haben. Über die Kinder ohne jede Chance.«

Corinna schenkte ihm die duftende Schokolade ein. »Wenn Sie und ich so leicht erkennen, dass sie keine haben, warum begreifen es nicht viel mehr Menschen?«, fragte sie und gab sich die Antwort gleich selbst. »Weil sie ihren Eigennutz höher werten als die christliche Pflicht, sich auch um den Nächsten zu kümmern.«

Sie bekam heiße Wangen, als ihr einfiel, dass die Berufung auf christliche Nächstenliebe vor Herrn Mandel nicht ganz das richtige Argument war. Erstens war er kein Christ, und zweitens war den Angehörigen seines Glaubens seit Jahrhunderten nur sehr wenig der eben noch beschworenen Nächstenliebe zuteilgeworden. Herr Mandel lächelte verbindlich und übersah das Fettnäpfchen.

»Glücklicherweise sind Sie und ich und die Ludewigs nicht die Einzigen, die das so sehen«, erklärte er. »Allmählich macht sich doch der eine oder andere Gedanken darüber, wie sich die Arbeitswelt gerechter gestalten ließe. Berufene Leute. Solche, denen zugehört wird.«

»Tatsächlich?«, fragte Corinna etwas spitz und wusste nicht, ob sie bereit war, sich von hoffnungsvollen Worten aufmuntern zu lassen.

»Ja, tatsächlich. Oh, ich sehe, Sie glauben mir nicht.« Mandel winkte vornehm ab, als Corinna widersprechen wollte, und griff in die Innentasche seines Rocks. »Aber ich habe Ihnen etwas mitgebracht.«

Er breitete eine zur Rolle gebundene und mit einem feinen roten Bändchen zusammengehaltene Zeitungsseite auf dem Tisch aus.

»*Rheinisch-Westphälischer Anzeiger*«, las Corinna langsam vor. »Das Blatt kenne ich nicht. Wir lesen hier im Haus die *Kölnische*.«

»Das tut in dieser Stadt jeder. Aber ich habe Familie in Elberfeld und bin gern auch über die Ereignisse dort informiert.«

Corinna nickte verlegen. Sie selbst ging jedweder Kunde aus Bonn, wo ihre angeheiratete Verwandtschaft lebte, nach wie vor konsequent aus dem Weg.

»Ich habe in dieser Ausgabe einen aufschlussreichen Artikel gefunden«, sagte Mandel. »Und für Sie herausgesucht, was leider ein wenig gedauert hat. Ich sammele Zeitungen, wissen Sie. Fatalerweise, denn sie nehmen mit der Zeit entsetzlich viel Raum ein.« Er grinste schwach. »Aber manchmal ist mein Laster auch ein Glück. Sehen Sie, in dieser Ausgabe hat Johannes Schuchard …«

»Wer ist das?«, unterbrach Corinna neugierig.

»Er ist als Vertreter des dritten Standes der Stadt Barmen Abgeordneter im Rheinischen Provinziallandtag. Und er kämpft erbittert für einen adäquaten Standard in den deutschen Fabriken und gegen die Auswüchse der Kinderarbeit.«

Corinnas Tasse klirrte vernehmlich, als sie sie abstellte. »Tut er das.«

Mandel zwinkerte zufrieden. »Oh ja. Er hat schon vor Jahren in einem Artikel die Machenschaften in den Baumwollspinnereien angeprangert, aber leider weiß ich nicht, wann genau er ihn geschrieben hat, es liegt zu weit zurück.«

»So lange engagiert er sich schon.« Corinna sah Mandel niedergeschlagen an. »Aber wir würden heute nicht so reden, wenn er Erfolg gehabt hätte.«

»Steter Tropfen höhlt den Stein, oder? Und je mehr Tropfen, desto schneller geht es.« Er strich die Zeitung vor sich sorgfältig glatt. »Schuchard beschreibt, wie gerade bei uns im Rheinland den Fabriken so gut wie keinerlei staatliche Grenzen gesetzt werden. Das ist ein Mann nach Ihrem Geschmack, könnte ich mir vorstellen. Lesen Sie selbst.«

• • •

Der Liederabend, den sie gestern über sich hatte ergehen lassen müssen, hatte sich als genauso fürchterlich erwiesen, wie sie erwartet hatte, und nicht im Mindesten dazu beigetragen, Corinna zu besänftigen. An der Sängerin lag es nicht, deren Sopran war glockenhell, und sie traf jeden Ton, doch das gesellschaftliche Ereignis an sich hatte gehörig an ihren Nerven gezerrt. Herren mit überlegener Miene tauschten floskelhafte Höflichkeiten aus, zwitschernde Frauen in bunten Kleidern schwelgten in hohlen Gesprächsthemen – Corinna hatte sich beinahe zu Tode gelangweilt und war heilfroh, als sie dem Ganzen endlich entfliehen und zur Ruhe kommen konnte.

Nach einer Nacht mit langen schlaflosen Stunden war sie davon meilenweit entfernt. Unausgeruht und niedergedrückt vertrödelte sie den Vormittag, was gar nicht ihre Art war und sie zusätzlich deprimierte, und als ihr einsames Mittagessen endlich hinter ihr lag – wenigstens ohne zähe Konversation oder besorgte Blicke, denn Theodor war nicht da –, schlich sie nach oben in ihren Salon, sackte auf den bequemen Sessel am Fenster, haderte mit sich und der Welt und konnte sich zu nichts aufraffen. Als am Nachmittag, zu einer Zeit, die so gerade eben nicht gegen den guten Ton verstieß, Kerres die Ankunft August Wohlferts ankündigte, war sie beinahe erleichtert, weil ihr einsames und fruchtloses Grübeln nun ein Ende fand. Natürlich war er eigentlich der Letzte, den sie sehen wollte, doch eine Ablenkung von ihren trostlosen Gedanken bot er allemal. Nur wenn er noch ein einziges Mal den Namen ihres geliebten Sohnes in den Mund nahm, würde sie ihn ohne Wenn und Aber und für immer hinausschmeißen.

Dann stand er plötzlich im Raum, und sie wünschte, sie hätte schneller reagiert und Kerres angewiesen, ihn in den großen Salon zu führen, der dem Besuch von Fremden vorbehalten war. Hier, in der anmutigen Atmosphäre ihres persönlichen Wohnzimmers, dem vertrauten, heimeligen Rückzugsort, wirkte er größer als sonst, präsenter. Wie der Eindringling, der er war.

»Frau Winterfeldt, ich bin Ihnen dankbar, dass Sie mich empfangen«, begrüßte er sie artig.

»Tatsächlich.«

Er nickte, nicht im Geringsten eingeschüchtert durch ihre schroffe Reaktion. »Ich bin … nach unserer letzten Begegnung in mich gegangen und habe erkannt, wie unmöglich ich mich Ihnen gegenüber verhalten habe. Sehr schnell erkannt, was hoffentlich zu meinen Gunsten spricht.«

Corinna verschränkte die Hände vor ihrem Leib, bot ihm

keinen Platz an und hielt stumm die schwelende Flamme in ihrem Inneren am Leben.

Da sie schwieg, blieb ihm nichts anderes übrig, als von Neuem das Wort zu ergreifen. »Ich weiß, es ist eigentlich unverzeihlich, Sie in derart schändlicher Manier auf Ihren Sohn angesprochen zu haben, dennoch will ich mich in aller Form entschuldigen und hoffe aufrichtig auf Ihre Vergebung.«

Corinna räusperte sich. »Ich werde Johanns Tod niemals verwinden.« Das hatte sie gar nicht sagen wollen, es war viel zu persönlich. »Aber dieser Kummer hat mit Rosa nichts zu tun. Er begleitet mich, ist immer da, unabhängig von der Anwesenheit anderer Kinder oder der Frage, ob es ihnen gut geht oder nicht.«

»Frau Winterfeldt, es tut mir entsetzlich leid, an diese Wunde gerührt zu haben, und auch noch auf eine so fürchterlich taktlose Art.«

Wohlfert raufte sich wahrhaftig das straff frisierte Haar, und nun wellte es sich gefällig, was den kantigen Gesamteindruck milderte. Wobei der gerade gar nicht so kantig war, sondern zerknirscht. In Corinna keimte der befremdliche Wunsch auf, ihn zu trösten. Zu sagen, es sei nicht so schlimm gewesen. Aber das war so nicht richtig. Nur unverzeihlich war es vielleicht nicht.

Einem Mann entgegenzukommen, der Einsicht zeigen und um Verzeihung bitten konnte, war nicht unmöglich. Schließlich und nach beträchtlichem Abwägen hob sie den Kopf, um Wohlfert anzusehen. Er war groß, viel größer als Felix, der eher von mittlerer Statur und außerdem zartgliedriger gewesen war …

»Frau Winterfeldt?«, erkundigte sich Wohlfert. »Sind Sie noch da?« Er betrachtete sie unverwandt und aufmerksam, und ihr Herz leistete sich einen befremdlichen kleinen Hüpfer. Sie hätte den warmen Glanz in Wohlferts Augen lieber nicht bemerkt.

War dieser Ausdruck eigentlich früher schon da gewesen?

Nein. War er nicht. Ignorieren, Corinna, befahl sie sich und erschrak bei der Befürchtung, sie habe es laut ausgesprochen.

»Es geht nicht um meinen Sohn, um den schon gar nicht«, begann sie. »Auch nicht ausschließlich um Rosa. Ich hatte angenommen, Ihnen die unsäglichen Bedingungen verdeutlicht zu haben, unter denen die Fabrikkinder leiden.« Sie fand es gar nicht leicht, ihrer Stimme einen sachlichen Klang zu verleihen. »Nun muss ich mich fragen, ob ich mich geirrt habe. Kinder wie Ochsen und Mastschweine auf dem Viehmarkt zu begutachten und quasi zu erwerben, ist ... verstörend.«

»Ich finde immer noch, Sie sehen das Ganze aus einem zu emotionalen Blickwinkel«, wandte Wohlfert behutsam ein, und ganz offensichtlich wollte er keinen erneuten Streit provozieren. »Unternehmer und Arbeitskräfte müssen doch irgendwie zusammenfinden. Da ist der Markt eine bewährte Methode.«

Nicht nachgeben, Corinna, dachte sie. »Es handelt sich um Menschen, nicht um Nutzvieh«, insistierte sie. »Es darf einfach nicht sein, dass sie wie solches behandelt werden. Gehandelt.«

Zu ihrem Erstaunen nickte er. »Wäre es möglich, dass wir Platz nehmen?«, fragte er. »Ich war den ganzen Tag auf den Beinen, und allmählich verlangt es mich nach ein wenig Erholung.«

Corinna spürte, wie ihr die Röte in die Wangen stieg, wies auf die Sitzgruppe am Fenster und klingelte nach Henni. Schließlich gesellte sie sich zu Wohlfert und nahm auf der äußersten Sesselkante Platz.

»Sie haben hier ein wunderbares kleines Reich geschaffen«, sagte er versonnen. »Die Frische und Ausgeglichenheit des Raumes sind eine Wohltat für die Seele.«

Corinna blickte sich um und nahm ihr Zimmer für einen Moment ganz neu wahr. Die gefälligen Farben, die liebevoll und mehr nach Bequemlichkeit als nach der neuesten Mode gewählten Möbel aus erlesenem Kirschholz. Wenn man einen Ort benötigte, der einen zur Ruhe kommen ließ, musste es unbedingt einer wie dieser sein.

Endlich erschien Henni mit einem Tablett, beladen mit Geschirr und einer überraschenden Vielzahl von Köstlichkeiten, von denen Corinna gar nicht gewusst hatte, dass sie vorrätig waren, und nachdem das Mädchen eingeschenkt hatte und wieder verschwunden war, blieb ihr nichts anderes übrig, als die Unterhaltung fortzusetzen. »Vielleicht wäre es möglich, über unsere unterschiedlichen Ansichten zu sprechen, ohne jedes Mal in Streit zu geraten«, sagte sie. Es war ein Friedensangebot.

Er nahm es an. »Genau das bezweckte ich mit meinem Besuch«, erklärte er. »Ich habe mich inzwischen umgehört und erfahren, dass Sie sich mit Ihrer Haltung nicht allein auf weiter Flur befinden, sondern …«

»Sprechen Sie von Herrn Schuchard?«, fiel Corinna ihm ins Wort. »Dessen Leserbrief im *Rheinisch-Westphälischen Anzeiger* kenne ich schon. Ich würde den Mann liebend gern einmal treffen, um mich mit ihm auszutauschen.«

Wohlfert runzelte die Stirn, und zum ersten Mal nahm Corinna den dichten Kranz dunkler Wimpern wahr, der seine klaren graublauen Augen umgab. »Tut mir leid, ich weiß nicht, von wem Sie sprechen. Aber offenbar sind noch mehr Menschen Ihres Geistes, das meine ich übrigens positiv, bitte fallen Sie nicht direkt wieder über mich her. Ich wollte Ihnen von Herrn Buß berichten …«

»Wer ist das?«

»Ein Professor für Staatswissenschaft und Völkerrecht in Freiburg sowie Herausgeber und Redakteur verschiedener Zeitungen. Und«, er hob lächelnd den Zeigefinger, »er ist Abgeordneter der Zweiten Kammer der Badischen Ständeversammlung.«

Corinna blickte ihn in gespannter Erwartung an. Nun würde etwas kommen, das sie von August Wohlfert nicht erwartet hatte, sie spürte es genau.

»Er hat vor ein paar Tagen vor seinen Abgeordnetenkollegen eine Rede gehalten, in der er die Industrialisierung begrüßte, die Folgen für die Arbeiter allerdings heftig kritisierte und nach staatlichen Hilfsmaßnahmen verlangte, um ihr Los zu verbessern.«

Wohlfert blickte sie an und lächelte, als er die Freude erkannte, die ohne Zweifel aus ihren Augen leuchtete. »Ich bin also nicht allein mit meinem Urteil«, sagte sie. »Folglich nicht so verrückt, wie Sie höchstwahrscheinlich annehmen.«

»Ich bin überwältigt von Ihrem Talent, anderer Menschen Gedanken zu lesen«, erwiderte Wohlfert bierernst, doch sie erkannte zu ihrer Überraschung, wie er sich ein Lachen verkniff.

Sie lächelte, es ließ sich nicht länger unterdrücken. »Da schätzen Sie mich schon wieder falsch ein. In dieser Kunst übe ich mich zwar, doch oft und oft vergebens.«

»Sie machen Fortschritte«, konterte er galant. »Ich will ehrlich zu Ihnen sein, Frau Winterfeldt. Meiner Meinung nach ist die Zeit für eine Änderung der Verhältnisse einfach noch nicht gekommen.«

»Weil die Vorteile größer sind als die Kritik daran?«, fragte sie und versuchte, die Schärfe aus ihrer Stimme herauszuhalten. Zum ersten Mal sprachen sie wie zivilisierte Menschen miteinander, und das wollte sie nicht leichtfertig aufs Spiel setzen.

Wohlfert hob die Schultern. »Vielleicht. Doch genau wie Sie prangert Buß die Schmächtigkeit der Kinder an, die mangelhafte Gesundheit, die Aussichtslosigkeit ihres Daseins. Doch was ist die Alternative? Stelle ich sie nicht ein, landen die Mädchen womöglich auf der Straße. Gezwungen, unter Umständen sehr viel Schlimmeres tun zu müssen, um auch nur die Versorgung der grundlegendsten Bedürfnisse zu sichern.«

»Ich muss Sie darauf hinweisen, dass es nicht allein auf Sie ankommt«, sagte Corinna. »*Alle* müssten es erkennen, jeder sollte es begreifen. Diesen Kindern steht ein menschenwürdiges Leben zu. Sonst werden die Windmühlenflügel, gegen die ich kämpfe, nicht langsamer.«

»Aber sie sind zu bezwingen«, erwiderte er. »Ich weiß das. Kämpfe dieser Art bin ich gewohnt.«

»Sind Sie in der Regel erfolgreich dabei?«

»Gegen Windmühlen kommt man an mit Widerstandsfähigkeit, Geduld und einem dicken Fell. Oft, natürlich nicht immer. Es gibt Gegner, die lassen sich nicht besiegen.«

Er lächelte leicht, doch seine Augen blickten kummervoll. Corinna fühlte sich eigentümlich berührt, weil der strenge Herr Wohlfert seine weichen Seiten nicht vor ihr verbarg. »Vielleicht müssten Sie in diesen Fällen beharrlicher sein«, sagte sie leise.

»Den Rat würde ich beherzigen, doch kommt er zu spät. Wie Sie wissen, ist mein Vater vor einiger Zeit gestorben und die Chance, jemals etwas zu seinem Gefallen zu bewerkstelligen, damit endgültig vertan.« Wohlfert hob die Schultern und die Brauen gleichzeitig und schaffte es auch noch, dabei zu lächeln. »Was für düstere Gedanken an diesem wundervollen Tag. Frau Winterfeldt, darf ich Sie entführen und zu einem Spaziergang in den Botanischen Garten einladen? Nach all der Schwere des Augenblicks haben wir uns ein bisschen Sonne und die Farbenpracht der Natur verdient, meinen Sie nicht?«

• • •

Fast eine Woche zauderte Rosa, dann schoss sie jede Angst in den Wind. Sie behauptete, sie müsse einen Botengang für

Frau Dünnes erledigen, wartete nicht ab, was der ungläubig den Kopf schüttelnde Otto dazu zu sagen hatte, und schlüpfte aus der Fabrikhalle. Es dauerte lange, bis sie endlich die Straße gefunden hatte, in der Frau Winterfeldt wohnte, aber das Haus erkannte sie sofort. Es ragte groß und einschüchternd und so sauber vor ihr auf, dass sie erst einmal stehen blieb, ihren staubigen Kittel abklopfte und sich ein Paar ordentliche Zöpfe flocht. So ordentlich es eben ging, denn sie war erschöpft und hungrig, die Wassersuppe vom Frühstück lag Stunden zurück. Sie sprach sich Mut zu – es wäre doch albern, all das auf sich genommen zu haben und sich doch nicht zu trauen! –, stieg die Stufen empor und betätigte mit wild hämmerndem Herzen den Messingklopfer.

Fast umgehend öffnete sich die Tür. Über Rosa ragte das Dienstmädchen auf, und sie war froh, dass sie vor jemandem stand, den sie kannte.

»Was willst du denn hier?«, fragte sie allerdings und tat so, als hätte sie Rosa noch nie gesehen. »Hier wird nicht gebettelt.«

»Ich bettele gar nicht!« Rosa verschränkte die Arme vor dem Bauch. »Ich will zu Frau Winterfeldt. Zu Corinna«, fiel ihr ein. »Sie hat gesagt, ich darf Corinna zu ihr sagen.«

»Wer's glaubt. Nun hau schon ab.«

Rosa war entschlossen, sich nicht abwimmeln zu lassen. Sie hatte sowieso nichts zu verlieren, also stellte sie sich stur. »Corinna hat gesagt, sie ist meine Freundin. Deshalb will ich sie besuchen. Ich darf das.«

Die Dünne schüttelte den Kopf. »So was Albernes hab ich mein Lebtag noch nicht gehört.« Sie schickte sich an, die

Tür zu schließen, aber Rosa stellte rasch ihren Fuß dazwischen – den mit dem kaputten Schuh, der andere sollte nicht auch noch auseinanderfallen – und rief: »Sie müssen sie holen. Bitte!«

»Was ist denn da los?«, hörte sie eine Stimme aus der Tiefe der Diele, und die Tür schob sich wieder auf. Zum Glück. Rosa hatte Angst gehabt, ihr Fuß würde vielleicht zerquetscht, falls die Dünne sie einfach zuwarf.

Der alte Mann schob sich neben das Dienstmädchen. Ausgerechnet. Er war damals nicht erfreut über ihren Besuch gewesen, das hatte sie genau gespürt, und jetzt wollte er den ungebetenen Gast vielleicht endgültig verjagen. Oder verhauen, weil sie nicht gehorcht hatte. Rosa löste schnell die Arme voneinander, Erwachsene mochten trotzige Kinder nicht, das wusste sie.

»Ach, du meine Güte«, sagte der alte Mann. »Du bist doch die kleine … ach, ich weiß es nicht mehr. Es war eine Farbe, oder? Gelb? Du heißt Gelb, stimmt's?«

Rosa sah ihn misstrauisch an.

»Nein! Ich weiß es jetzt wieder. Lila.« Er lächelte sie an, und Rosa entspannte sich, weil seine Augen von lauter Lachfältchen umgeben waren und kein bisschen böse schauten. »Was ist denn los, Lila?«

»Ich heiße *Rosa*«, erklärte sie. Vielleicht wollte er sie bloß veräppeln, es konnte aber auch sein, dass er es wirklich nicht wusste.

»Rosa! Natürlich. Das ist ja auch viel hübscher.« Er zwinkerte ihr freundlich zu. »Nun, Rosa? Weshalb bist du hier?«

Er hatte nette Augen. Rund und braun wie von einem

ganz lieben Hund. »Ich wollte zu Frau Winterfeldt«, erklärte Rosa, weil sie sich nicht traute, sie auch vor ihm Corinna zu nennen.

»Meine Nichte ist nicht da.« Er sah sie nachdenklich an, und sie erkannte genau den Moment, in dem er sich entschied. »Du kannst auf sie warten, wenn du magst.«

Während Rosa schon eifrig nickte, mischte sich das Dienstmädchen wieder ein. »So, wie die aussieht? Sie macht uns alles schmutzig, wenn sie sich irgendwo hinsetzt.«

»Wieso?« Frau Winterfeldts Onkel sah verwirrt drein und blickte Rosa dann genauer an. »Ach, du je. Du blutest ja. Wie ist denn das passiert?«

Rosa beugte sich vor und betrachtete ihre verschrammten Knie, von denen rote Rinnsale bis hinunter in ihre Schuhe liefen. »Ich bin vorhin über den Besen gestolpert, mit dem der Metzger in der Breite Straße vor seiner Ladentür gefegt hat. Ich glaub, das war extra. So wie Beinchenstellen.«

»Na, so was.« Der alte Mann streckte plötzlich die Hand aus und ergriff ohne langes Fackeln die von Rosa. »Ich bin Onkel Theodor«, sagte er. »Wir gehen jetzt in die Küche. Henni kann dir die Knie sauber machen, und Frau Reuther hat bestimmt noch ein Stück Kuchen irgendwo. Magst du Kuchen?«

»Und wie«, sagte Rosa aus vollem Herzen.

19

Die Trauer um Gretchen und die Angst, Rosa drohe ein ähnliches Schicksal, ließen Corinna nicht los, und die Verwirrung, weil August Wohlfert doch nicht das Scheusal war, das sie in ihm gesehen hatte, tat ein Übriges. Ohne Wenn und Aber schlug sie Theodors Einladung aus, ihn zu einem Besuch bei einem Freund zu begleiten, dessen Landsitz im nahe gelegenen Bensberg lag. Es verlangte sie nicht nach müßiger Zerstreuung; was sie nötig hatte, war schweißtreibende Beschäftigung, um die sich im Kreise drehenden Gedanken zum Verstummen zu bringen.

Sie schaffte die Wintergarderobe in die nach Zedernholz duftenden Truhen im Dachgeschoss, begutachtete die Sommerkleider, reparierte hier einen gelösten Saum, da eine eingerissene Spitze und ersetzte dort ein fehlendes Band. Werkelte emsig im Garten, band verblühte Tulpenstängel zusammen, zupfte Verwelktes ab und stellte die letzten Pfingstrosen in eine Vase. Bat Frau Reuther um ein leichtes Mittagessen und aß allein und gemächlich einen Teller Hühnersuppe und Kirschkompott mit Sahne. Henni, die viel zu oft um sie herumscharwenzelte, sah aus, als wollte sie etwas sagen, ließ es aber sein. Corinna ignorierte sie, hatte keine Lust zu reden. Am Montag fühlte sie sich tatsächlich gestärkt und begleitete Doktor Ludewig im gewohnt flotten Tempo auf seiner Runde. Sie ermahnten eine Mutter von Zwillingen mit schrundigem Ausschlag, auf mehr Sauberkeit zu achten; legten einem gebrochenen Handgelenk eine Stütze an, wobei der Verletzte, ein riesiger Kerl mit Furcht einflößenden Muskelpaketen, vor Schmerz bitterlich weinte, und rieten einer erschöpften Frau mit fünf fiebernden Kindern, diesen einen Absud aus Lindenblüten und Weidenrinde einzuflößen. Alles in allem handelte es sich um minder besorgniserregende Fälle, und auch das empfand Corinna als willkommene Atempause.

Am Dienstag besuchte sie Helene Misendorf, wozu Theodor sie genötigt hatte. Seiner Ansicht nach benötigte sie weibliche Gesellschaft. Wie er darauf kam, dass ausgerechnet Helene dafür die Richtige war, blieb schleierhaft, doch erschien sie Corinna nicht mehr ganz so schlimm. Es gelang ihr beinahe, sich auf der Teegesellschaft im Kreise Misendorfscher Freundinnen wohlzufühlen.

Am Mittwoch saß sie das erste Mal seit Tagen mit ihrem Onkel zusammen und lauschte dessen Bericht über das zurückliegende Wochenende, offenbar hatte er es hemmungslos genossen. »Man kann sich als Stadtmensch nur wundern, wenn man sieht, wie Adam lebt«, sagte er kopfschüttelnd. »Das Haus steht in einem *Park*. Ich habe Hirsche gesehen. Hirsche! Kannst du dir das vorstellen? Die Overmerzens müssen ein ungeheures Vermögen besitzen.«

»Oder sie leben von der Substanz und lassen es niemanden wissen«, gab Corinna zu bedenken. »Im Übrigen kann ich nicht behaupten, auf Rehwild im Garten besonders versessen zu sein.«

Theodor lachte und tupfte sich die Mundwinkel mit der Serviette ab. »Auf dem Teller ist es mir auch lieber.« Er griff nach der Karaffe, und nach einem fragenden Blick auf Corinna und ihrem leichten Kopfschütteln schenkte er sich ein weiteres Glas Rheinwein ein. »Du musst das nächste Mal unbedingt mitkommen, wenn ich Adam besuche. Er wird dir gefallen.«

Corinna warf ihm einen schrägen Blick zu und hob die Brauen. »Ich hoffe, er ist dick und alt und hat keine ledigen Söhne.«

Theodor lächelte unbestimmt. »Ach, über dieses Thema wollte ich sowieso mit dir sprechen …«

Es klopfte, und Kerres betrat den Raum, um würdevoll zu fragen, ob sie eine Tasse Kaffee nach dem Essen wünschten.

»Sehr gern«, erwiderte Theodor. »Und ein paar Mandelplätzchen, falls es noch welche gibt«, fiel ihm ein. »Möglicherweise habe ich der Kleinen die restlichen mitgegeben.«

Corinna horchte auf. »Welcher Kleinen?«

»Dem Dreckspatz mit dem possierlichen, wenn auch wenig passenden Namen Rosa«, erklärte er mit unschuldsvoller Miene, was darauf verwies, dass ihn irgendetwas in Verlegenheit versetzte.

»Wieso hast du Rosa Plätzchen gegeben? Und wann?«

»Am Freitag.« Theodor schob die Karaffe ordentlich in die Tischmitte. »Sie tauchte am Nachmittag plötzlich auf und wollte dich sprechen.« Sein Glas wanderte neben die Karaffe.

Corinna richtete sich kerzengerade auf. »Und warum *habe* ich sie nicht gesprochen? Hast du sie weggeschickt?«

»Ich bin doch kein Unmensch!«, verteidigte sich Theodor und stellte das enervierende Aufräumen ein. »Du warst nicht da, erinnerst du dich? Du bist mit Herrn Wohlfert spazieren gegangen. Und plötzlich steht die Kleine in ihrer ganzen Dreckspatzenhaftigkeit vor der Tür. Ich habe sie in die Küche gebracht, wo sie von Frau Reuther ein Glas Milch bekam. Und einen Pfannkuchen mit Rübenkraut. Sie ist schon ein niedliches Ding. Rosa, nicht Frau Reuther. Aber worüber redet man mit einem Kind? Irgendwann war sie satt, und da habe ich sie fortgeschickt.«

»Mit Mandelplätzchen«, sagte Corinna langsam und schob ihren Stuhl zurück.

»Genau.« Theodor beobachtete sie wachsam.

»Ein Kind wie sie wagt nur, Leute wie uns aufzusuchen, wenn ein schwerwiegendes Problem es dazu zwingt.« Corinna erhob sich.

»Davon hat sie nichts erwähnt.«

»Natürlich nicht! Sie kennt dich doch gar nicht. Wie kannst du da annehmen, sie habe genug Vertrauen, um dir ihr Herz auszuschütten?«

Theodor nahm einen ausgiebigen Schluck aus seinem Glas. Dann murmelte er undeutlich: »Diskutieren wir hier allen Ernstes über das Gefühlsleben eines Gassenmädchens?«

Corinna sah ihn kühl an. »Rosa ist kein *Gassenmädchen.* Aber selbst wenn, so wäre sie auch dann ein Mensch, der es verdient, gehört zu werden. Dem man helfen sollte, wenn man dazu in der Lage ist.«

»Corinna, Liebes, tut mir leid. Es war nicht nett, was ich gesagt habe.«

Er sah sie mit seinem treuesten Onkelblick an, und Corinna hätte beinahe gelächelt. Aber dafür war es noch zu früh.

»Wo willst du hin?«, fragte er, als sie sich zur Tür wandte.

»Ich gehe sie suchen, was denn sonst? Wenn sie in Schwierigkeiten steckt und Hilfe braucht, hat sie lange genug darauf warten müssen, findest du nicht?«

• • •

Offenbar hatte ihr skandalöser Auftritt vor ein paar Wochen Eindruck hinterlassen, denn in August Wohlferts Nadelfabrik winkte man Corinna anstandslos herein. Der eilig herbeistapfende Werksleiter verstieg sich beinahe zu einem Diener. »Ich bedaure, aber Herr Wohlfert ist außer Haus«, erklärte er mit fester Stimme und sah sie an, als hoffe er inständig, sie würde auf dem Absatz drehen und wieder verschwinden.

Was die normale Reaktion gewesen wäre. »Ich bin untröstlich«, erwiderte Corinna jedoch in ebenso eiserner Tonlage. »Doch reicht es mir völlig aus, wenn Sie mich zu der kleinen Behrend bringen.«

»Jetzt?«

»Jetzt.« Corinna setzte sich in Bewegung, als ginge sie wie selbstverständlich davon aus, der Mann würde sich an ihre Seite begeben und sie leiten. Gottlob tat er es auch. Andernfalls hätte sie äußerst dumm ausgesehen.

Rosa stand neben einem Tisch und hielt in der einen Hand einen dünnen Glasstab, dessen Ende sie in eine lodernde Stichflamme tauchte. Mit der anderen steckte sie einen dünnen Eisendraht in die durch die Hitze weich gewordene Masse, nahm ein winziges Klümpchen ab und formte es durch eine fließende Bewegung zu einer Kugel.

Filigrane Arbeit, die großes Geschick erforderte. Von einem Kind mit winzigen Händen.

Die Linke war mit einem schmuddeligen Tuch umwickelt.

»Was ist da passiert?«, fragte Corinna verstört.

Rosas Kopf ruckte hoch, und in ihrem schmalen Gesichtchen mit den Rußflecken auf den Wangen leuchtete ein Strahlen auf. Dann rutschte ihr Blick auf den Mann an Corinnas Seite, und das Lächeln erlosch. »Nichts.«

»Aha. Gib mir deine Hand.«

»Das geht nicht. Die Arbeit muss im Fluss bleiben«, erklärte der Werksleiter.

»Herr Ottmann«, in ihrem Zorn war ihr sein Name wieder eingefallen, *»ich werde mir jetzt Rosas Hand ansehen.«*

Der Werksleiter verschränkte die Arme vor der Brust und dachte nach, leicht zu erkennen an seinem konzentrierten Blick und der gerunzelten Stirn. Dann entschied er sich für das kleinere Übel. Jedenfalls nickte er Rosa auffordernd zu.

Sorgfältig und nach einem unsicheren Blick in sein grimmiges Gesicht legte sie den Glasstab auf den Tisch und wickelte das Tuch von ihrer Hand. Ganz offensichtlich bereitete es ihr Schmerzen.

Natürlich. Die Haut unter dem Drecklappen war rot und warf Blasen.

»Warum kümmert sich niemand darum?«, fuhr Corinna auf.

Ottmann hatte den Anstand, sich kleinlaut zu räuspern. »Es hat sie in ihrer Arbeit nicht behindert«, sagte er. »Da schien es mir nicht allzu gravierend zu sein.«

Corinna wandte sich angewidert von ihm ab. »Du kommst mit«, befahl sie, legte ihre Hand auf Rosas schmale Schulter und drehte das Kind in Richtung Ausgang.

»Das geht nicht«, flüsterte Rosa ängstlich. »Ich hab noch nicht frei.«

Es war elf Uhr am Vormittag. Sie würde noch mindestens acht Stunden hier stehen. Neun. In dem Schmutz und der Hitze und dem Krach um sie herum. Mit einer Brandwunde, die sich jederzeit entzünden konnte, sofern sie es nicht längst getan hatte.

»Du darfst deinen Arbeitsplatz heute ausnahmsweise vorzeitig verlassen«, sagte Corinna, und Herr Ottmann öffnete den Mund, um zu protestieren, klappte ihn aber zu, als ihn Corinnas funkelnder Blick traf. »Wir gehen zu Doktor Ludewig. Die Wunde muss verarztet werden. Dann bringe ich dich zu deiner Tante Hiltrud.«

Rosa brach in Tränen aus. Weinte nicht einfach nur, sondern wurde von derart heftigen Schluchzern geschüttelt, dass ihre ganze kleine Gestalt bebte.

Ottmann begann, unbehaglich von einem Fuß auf den anderen zu treten.

»Rosa, Liebes, ist es so furchtbar schlimm? Hast du

schreckliche Schmerzen?« Corinna beugte sich zu Rosa hinunter und zog sie in die Arme.

»Geht schon«, flüsterte Rosa und bekam einen Schluckauf. »Es ist wegen Tante Hiltrud.«

Corinna richtete sich auf. »Was ist mit ihr?«

Rosa blickte mit tränenfeuchten Augen zu ihr hoch. Es sah zum Gotterbarmen aus. »Ich wohn da nich mehr.«

»Wieso nicht?«

»Ich stör. Da hat sie mich rausgeworfen«, erklärte das Kind, als sei dies der natürliche Lauf der Welt. »Seitdem bin ich im Waisenhaus.«

»Seit wann?«

Rosa überlegte. »Weiß nicht genau. Seit ein paar Wochen.«

Es war fast ein Ding der Unmöglichkeit, die Fassung zu bewahren. »Du lebst in einem Heim?«

Rosa nickte. »Ich hab Hunger«, wisperte sie. Die Tränen liefen wieder über.

Corinna packte Rosa an der unversehrten Hand, würdigte Ottmann keines weiteren Blickes und zog das Kind ans Tageslicht.

• • •

August hatte sich inzwischen an die regelmäßig stattfindenden Essen im Kollegenkreis gewöhnt und an Theodor Neuburg zu schätzen gelernt, wie er die Wogen glättete, wenn die Diskussion hitzig wurde. Was unweigerlich geschah, denn die Herren waren sich beileibe nicht in allem einig. Am heutigen Sonntag hatte sich das Tischgespräch fast ununterbrochen um Ludolf Camphausen gedreht, der die Regierung in Berlin unaufhörlich mit Eingaben bombardierte. Er war ein wortgewaltiger Befürworter des Schienennetzausbaus und wollte seine Vorstellungen auf Biegen und Brechen durchsetzen. Es würde ihm gelingen, nahm August an. Spätestens wenn er Handelskammerpräsident war, und er hätte seinen letzten Heller verwettet, dass dies unmittelbar bevorstand. Sobald Camphausen den Posten innehatte, würde der Mann den preußischen Laden so richtig aufräumen und Köln zu einem ernst zu nehmenden Handelszentrum ausbauen, davon war August überzeugt.

Als endlich der letzte Schluck Kaffee getrunken und die Tafel aufgehoben war, stand August mit Neuburg auf der Straße und stieß ungewollt und unkontrolliert einen tiefen Seufzer der Erleichterung aus.

Neuburg lachte. »Ja, ich weiß, manchmal sind sie ein wenig anstrengend. Aber im Grunde lautere und gewissenhafte Geschäftsleute, auf die man sich im Notfall verlassen kann. Wohlfert, begleiten Sie mich ein Stück? Ich würde gern etwas mit Ihnen besprechen.«

Das klang nicht gut. Außerdem sah sein Kompagnon ihm so betont in die Augen wie jemand, der gern das genaue Gegenteil getan hätte, ausweichen als Option jedoch ausschloss und sich so an der Kandare hielt.

Für einen kurzen Moment erwog August, ob er nicht lieber einen dringenden Termin vorschieben sollte. Andererseits ließen sich Geschäfte nicht führen, indem man den Kopf in den Sand steckte. »Ich bin ganz Ohr«, sagte er und schloss zu Neuburg auf, der sich bereits in Bewegung setzte. In Richtung Dom, nicht in die entgegengesetzte, in der sein Haus gelegen hätte. Augusts Unbehagen verstärkte sich. Wenn der Mann das eingeschossene Kapital zurückforderte, weil er den Glauben an das gemeinsame Unternehmen verloren hatte, wäre das eine Katastrophe.

»Gehen wir in den Botanischen Garten«, schlug Neuburg vor, und August stimmte zähneknirschend zu. Drängende Ungeduld zu demonstrieren, war falsch. Damit gäbe er seine Besorgnis deutlich zu erkennen, was ihn in eine schlechte Position versetzt hätte.

Als sie endlich den Park erreicht hatten, das Stampfen der Kutschpferde und das Klirren ihrer Geschirre hinter ihnen lag, Vogelgezwitscher und das Geplauder lustwandelnder Damen und Herren in der Luft schwebten, hielt August es nicht mehr aus. Er nötigte Neuburg auf die nächstgelegene freie Bank, setzte sich neben ihn und verschränkte die Arme. »Nun?«

»Es ist ein bisschen heikel«, bekannte Neuburg.

»Das ist nicht zu übersehen.«

»Es geht um meine Nichte«, gab sich deren Onkel einen Ruck.

Gott sei Dank! Im ersten Augenblick durchflutete August Erleichterung. Fast genauso schnell ebbte sie ab. »Was ist mit ihr?«

»Eigentlich nichts«, wand sich Neuburg. »Allerdings bin ich nach reiflicher Überlegung zu dem Entschluss gekommen, Sie zu bitten, von der Ehevereinbarung zwischen Ihnen und ihr zurückzutreten.«

Wie konnte das sein? Er hatte sich bei Frau Winterfeldt entschuldigt nach seinem Fauxpas. Die weiße Fahne gehisst. Ihr Herrn Buß auf dem Silbertablett serviert. Sie hatte eingelenkt, sich sogar bereitgefunden, einen Spaziergang mit ihm zu unternehmen. In eben diesem Park, der gerade viel von seiner Lieblichkeit verlor. Er hatte geglaubt, Frau Winterfeldt nähere sich ihm an. Hatte es *gehofft*.

Offensichtlich war er einem Irrtum unterlegen.

»Warum?«, erkundigte er sich. Frostig, denn nie und nimmer hätte er sich anmerken lassen wollen, wie verletzt er war. Es war unangenehm genug, diese Frage zu stellen, andererseits wollte er die Antwort wirklich hören.

»Es ist nicht unbedingt erforderlich«, fand Neuburg und heftete den Blick unbeirrt auf ein paar mit Reifen spielende Knaben. »Der Gesellschaftervertrag ist wasserdicht. Er hält auch so.«

Also war es nichts Geschäftliches. Es war – persönlich.

Fand Corinna Winterfeldt ihn so unerträglich? Soweit August wusste, war er als Partie nicht inakzeptabel, er war vermögend oder würde es in absehbarer Zeit wieder sein, sah nicht übel aus, jedenfalls nicht abschreckend, es gab keine Leichen in seinem Keller. Was war so entsetzlich an ihm, dass eine Verbindung plötzlich nicht mehr zumutbar schien?

Sie hatte einen anderen. Hatte sie einen anderen?

»Ihre Nichte verfolgt also doch abweichende Pläne«, vermutete er. Wusste nicht, wie er Neuburg nach einem Rivalen aushorchen konnte, ohne wie ein eifersüchtiger Trottel zu klingen. Der er aber war, wurde ihm erschreckend deutlich bewusst.

»Nein, nein«, erwiderte Neuburg eilig. »Es gibt keine … anderweitigen Interessenten.«

Das war im Grunde noch schlimmer. Überrascht und auch erschrocken, wie sehr ihn ihre Ablehnung traf, konnte August sich einfach nicht zusammenreißen. »Dann steht dem Vorhaben doch nichts im Wege«, sagte er und hätte sich im selben Moment am liebsten auf die Zunge gebissen. Wollte er ernsthaft derart bedürftig erscheinen?

Wollte er nicht, auch wenn er es war. In mehrfacher Hinsicht. Eine schöne Frau aus bester Familie in guten Verhältnissen war genau das, was er brauchte. Schon aus gesellschaftlichen Gründen; er hatte Einladungen auszurichten und zu erwidern. Außerdem – er *wollte* Frau Winterfeldt, wurde ihm in diesem ungünstigen Augenblick klar, und die Heftigkeit dieses Wunsches traf ihn wie ein Schock. Er wollte diese Frau als Gefährtin an der Seite haben. Wollte seine Pläne mit ihr besprechen, seine Sorgen mit ihr teilen. *Ihre* Sorgen mit ihr teilen.

»Ich befürchte, Corinna ist noch nicht so weit«, erklärte ihr Onkel bedächtig.

»Ich will beileibe nichts überstürzen.« August räusperte sich. »Benötigt Ihre Nichte mehr Zeit, soll sie mehr Zeit bekommen.«

Neuburg seufzte. »Sehr nobel von Ihnen, Wohlfert. Aber ob ich es bedauere oder nicht, ich glaube nicht, dass sie zustimmen wird.«

»Ich schlage vor, wir behalten die Ruhe«, regte August an, als spräche er über ein ganz normales Geschäft. »Sehen wir, wie die Lage sich entwickelt.«

Er wollte Neuburgs Nichte. Wollte sie unbedingt. Nicht, um sie zu brechen, wie sein Vater es mit seiner Mutter getan hatte, die am Ende nur noch ein Schatten gewesen war. Nein, er wollte ihr die Augen dafür öffnen, dass er einen recht passablen Ehemann abgab. Einen, der imstande war, ein Lächeln in ihren Augen hervorzurufen und ein unruhig schlagendes Herz in ihrer Brust.

Er wünschte, sie für sich zu gewinnen, und er *würde* sie für sich gewinnen. Und hatte bereits eine Idee, wie ihm das gelingen konnte.

20

Es war nun eine Woche her, dass Frau Winterfeldt sie praktisch aus der Fabrikhalle gezerrt hatte, und Rosa war erleichtert, weil sie nicht dorthin zurückmusste. Man wurde nicht beliebter, wenn einem eine Sonderbehandlung zuteilwurde. Die Jungen hatten sie gehänselt, seit Frau Winterfeldt das erste Mal aufgetaucht war, die Mädchen geschnitten, und am gemeinsten war Gertie gewesen. Schon fast erwachsen mit ihren vierzehn Jahren, wusste sie ganz genau, wie man die Kleineren piesackte. Immer wenn sie an Rosa vorbeiging, fiel ein Eimer um, bekam Rosa einen Stoß in den Rücken, gerieten die Drähte in Unordnung. Rosa muckte niemals auf. Beim ersten Mal war sie empört aufgefahren, aber dann hatte sie Gertie ins Gesicht gesehen. In die höhnischen Augen, auf den verkniffenen Mund. Es würde ihr schlecht bekommen, wenn sie aufbegehrte, das war sonnenklar.

Rosa hatte sich sehr darum bemüht, nichts falsch zu machen, wollte nicht noch mehr auffallen. Das war gar nicht so einfach gewesen, weil die Brandwunde höllisch geschmerzt hatte. Schonte sie den Arm, tat er zwar nicht so weh, dafür konnte sie aber die Nadeln nicht richtig halten und kam zu langsam voran. Was wiederum Ottmann in Rage brachte.

Jetzt war plötzlich alles anders. Nicht ausnahmslos schön – Frau Reuther war fies zu ihr, wenn es niemand mitbekam. Aber es war wunderbar, ohne die Angst, bei etwas Verbotenem erwischt zu werden, an Frau Winterfeldts Seite die Straßen entlangzulaufen und sie anschauen zu dürfen. Frau Winterfeldt schwebte federleicht und zartgelb wie eine Blüte durch den Staub und den Höllenlärm der ratternden Kutschen, und manchmal konnte Rosa es fast nicht glauben, dass sie tatsächlich da war.

»Sag mal, Rosakind, kannst du eigentlich lesen? Und schreiben?«, fragte Frau Winterfeldt aus heiterstem Himmel und wich zwei raufenden Hunden aus, die sich um einen unappetitlich aussehenden Fleischklumpen stritten.

»Nein.« Rosa hüpfte ein paar Schritte und setzte sich dichter neben Frau Winterfeldt, sie fürchtete sich vor den Hunden. »Gretchen konnte ihren Namen schreiben, und sie hatte versprochen, mir meinen beizubringen. Aber dazu ist's nicht mehr gekommen.«

»Das holen wir nach«, versprach Frau Winterfeldt. »Du wirst es schnell lernen, es ist nicht so schwer. Wenn du erst Rosa buchstabieren kannst, machen wir mit Gretchen weiter. Davon kennst du dann schon einen Buchstaben, nämlich das R, das kommt in beiden Namen vor. Verstehst du?«

Rosa nickte folgsam, auch wenn es gelogen war. Sie verstand es nicht. Was war ein *err?*

»Anschließend machen wir mit Corinna weiter. Da kommt auch das R vor, aber auch ein O und ein A, und beides kennst du von Rosa. Du wirst sehen, es lernt sich im Handumdrehen.«

Das glaubte Rosa zwar nicht, dennoch nickte sie wieder.

»Wir gehen hier hinein«, verkündete Frau Winterfeldt und betrat eine Bäckerei. Ohne zu prüfen, ob sie genug Geld dabeihatte, ging sie einfach so in ein Geschäft, um zu kaufen, was sie haben wollte. Rosa konnte nicht aufhören, darüber zu staunen. Als sie den Laden wieder verließen, hatte Rosa eine Tüte mit Zuckerkringeln in der einen Hand und in der anderen ein Rosinenbrötchen, in das sie glücklich hineinbiss. Sie hatte immer Hunger, obwohl sie in Herrn Neuburgs Küche so viel zu essen bekam wie noch nie zuvor in ihrem Leben.

»Gut, Schreiben bringen wir dir bei«, fuhr Frau Winterfeldt fort, als hätten sie ihr Gespräch nie unterbrochen. »Was ist mit Rechnen?«

Das war besser. »Ich kann zählen«, verkündete Rosa stolz und mit vollem Mund. »Aber die Zahlen aufmalen kann ich nicht«, gab sie zu. Es war besser, ehrlich zu sein.

»Ach, das ist wie Schreiben. Wenn du's einmal raushast, ist es nicht schwer.«

Wozu sollte es gut sein, all das Zeug zu lernen? Ihren Namen würde sie schon gern schreiben können, aber Rosa hatte keine Ahnung, was sie mit dem Rest anfangen sollte.

»Wir sind da«, erklärte Frau Winterfeldt, und Rosa blickte auf.

Sie standen vor einem Geschäft, durch dessen Schaufenster sie aufgerollte Bänder und Ballen mit Spitze erkannte. Und eine Tafel, auf der Knöpfe aufgenäht waren. Ganz viele

Knöpfe. Bunte und glänzende, große und kleine. Die Roten gefielen ihr am besten.

»Kommst du?«, fragte Frau Winterfeldt und öffnete die Ladentür.

• • •

Corinna schickte Rosa los, sich im Laden umzusehen – »Aber fass nichts an!«, das Kind hatte klebrige Hände nach den Zuckerkringeln –, und wandte sich an Herrn Mandel, der ihr Manöver mit flinken Äuglein beobachtete.

»Wie ich sehe, haben Sie Ihr Interesse an dem Mädchen nicht aufgegeben«, bemerkte er.

Sie lächelte. »Wie könnte ich? Sehen Sie sich die Kleine doch an.«

Rosa tänzelte mit behutsamen Schritten durch den Laden, ertrank in der Vielzahl von Farben, Mustern, Strukturen. Klemmte die Fäuste unter die Achselhöhlen, um nur ja nichts zu berühren.

»Ich wollte, alle meine Kundinnen wären derart hingerissen von meinem Angebot.« Mandels Mundwinkel hoben sich amüsiert.

»Oder ließen sich durch die richtige Ansprache dazu bringen«, sagte Corinna. »So, wie mich Ihre Nichte durch ihre Begeisterung davon überzeugte, die teureren Knöpfe zu kaufen.«

Er seufzte. »Sie war wirklich kaum zu bremsen. Tja, Ruths Eltern haben anderes für sie vorgesehen als den Staub eines Ladenlokals.«

Corinnas Blick wanderte wieder zu Rosa, die nun doch die Hand nach einem bestickten Schal ausstreckte und sich gerade noch rechtzeitig besann. »Leider dürfen sich nicht alle jungen Frauen an der Fürsorglichkeit einer Familie erfreuen«, sagte sie zerstreut.

»Ja, Mädchen wie Ihre Rosa haben es da schwerer«, stimmte Mandel ihr zu. »Doch nicht sie selbst. Immerhin haben Sie sie unter Ihre Fittiche genommen. Sie haben ein gutes Herz, Frau Winterfeldt.«

Sie winkte ab. »Das war zu leicht, um dafür gelobt zu werden. Überschätzen Sie mich nicht.«

»Und was darf ich nun für Sie tun?«, fragte Herr Mandel und wechselte in ein Verkaufsgespräch.

»Ich benötige zwei, drei Stoffe, um einige Kleidungsstücke für sie anzufertigen. Vielleicht bringe ich ihr auch die ersten Grundzüge bei, damit sie es später eigenhändig tun kann. Zeigen Sie mir doch etwas Passendes.«

Während Mandel Baumwollballen vor ihr aufflattern und sich blähen ließ, einen zartblauen, einen kräftig grünen und einen weiteren in Rot – den sie sofort mit einem Kopfschütteln ablehnte –, beobachtete sie, wie Rosa mit großen Augen näher kam.

»Wie schön!«, sagte sie ehrfürchtig. »Wenn ich vorsichtig bin, darf ich die dann anfassen?«

»Sofern du dir vorher die Hände wäschst«, erwiderte der pragmatisch eingestellte Herr Mandel. »Geh durch die Tür dort, dahinter ist ein Flur, und auf der Kommode steht eine Waschschüssel.«

Rosa stob davon, als habe er ihr das Eldorado versprochen, war aber erst nach geraumer Zeit zurück. »Ich war ganz, ganz gründlich«, erklärte sie stolz und streckte die rosigen Händchen aus.

»Dann nur zu«, erteilte Mandel seine Erlaubnis und lächelte, als er sah, mit welcher Ehrfurcht sie ihre Finger über die feinen Gewebe gleiten ließ.

»Das ist so, so schön«, wisperte sie und schenkte Mandel einen strahlenden Blick. Bei dem er dahinschmolz, Corinna sah es genau.

Rosa nicht, ihre Augen ruhten längst wieder auf den Stoffen.

Offenbar hatte sich das Paradies vor ihr aufgetan.

• • •

Als Wohlfert plötzlich und unangemeldet in Corinnas Wohnstube stand – Kerres war offenbar der Meinung, die Bekanntschaft sei weit genug gediehen für eine gewisse Ungezwungenheit –, wusste Corinna erst nicht, was sie davon halten sollte. Falls er sie wegen Rosa zurechtweisen wollte, bitte schön. Es war *sein* Betrieb, in dem die Mitarbeiter Risiken ausgesetzt wurden. Er als Unternehmer sollte wissen, was sich in seiner Manufaktur abspielte, und sich darum kümmern, wenn ein Unglück geschah.

»Gut, dass Sie mich aufsuchen«, nahm sie das Heft direkt in die Hand. »Es verschafft mir die Gelegenheit, mit Ihnen über Rosa zu sprechen.«

Um klarzumachen, nicht auf Feindseligkeiten aus zu sein, wies sie Wohlfert zu der Sitzgruppe am Fenster und ließ sich in einem der Sessel nieder, bemüht um eine zwanglose Würde. Keinesfalls wollte sie den Eindruck erwecken, sie habe ein schlechtes Gewissen. Oder sei bange vor einem Streit.

Wohlfert nahm folgsam ihr gegenüber Platz. »Schon wieder«, bemerkte er. »Wurde die Situation denn nicht zu Ihrer Zufriedenheit gelöst?«

»Wie könnte sie?«, fragte Corinna und rüstete sich zum Kampf. »Als ich das Kind aufgesucht habe«, Wohlferts Miene blieb undurchdringlich, »war sie zwar an den versprochenen Arbeitsplatz gewechselt«, nun zog er die Brauen hoch, weil es sich anhörte, als habe sie gezweifelt, dass er seine Zusage einhalten würde, »nur ist der viel zu gefahrenträchtig, um ein kleines Mädchen dort einzusetzen.«

Wohlfert schwieg, legte die Fingerspitzen aneinander und betrachtete Corinna wortlos. Was sie nötigte, fortzufahren, auch wenn es unangenehm war. Sie hatte keinen Monolog beabsichtigt.

»Rosa arbeitet mit Feuer und glühendem Glas«, verfolgte sie beherrscht den eingeschlagenen Pfad. »Und sie hat sich dabei verletzt, was jedoch für niemanden von Belang zu sein schien. Auch wenn Sie wegen meines eigenmächtigen Handelns vermutlich verärgert sind, habe ich mir erlaubt, das Kind zu Doktor Ludewig zu bringen, damit er die Wunde versorgt. Brandwunden können sich entzünden und …«

»Ich weiß.«

»Bitte?«

»Ich bin mir über die bösen Folgen von Brandwunden im Klaren«, sagte Wohlfert vollkommen gelassen. »Es war daher vernünftig, die Kleine zu einem Arzt zu bringen.« Er wirkte beinahe entspannt. »Völlig egal, was mein Werksleiter dazu sagt. Den Sie im Übrigen gehörig aus der Fassung gebracht haben, was ein seltenes und deshalb umso sehenswerteres Schauspiel abgab.«

Corinnas Mundwinkel zuckten, aber sie unterdrückte es gerade noch rechtzeitig. Sie wollte nicht amüsiert sein, und wenn doch, sollte Wohlfert es nicht merken. Sie hatten Frieden geschlossen, das schon, aber von Freundschaft waren sie noch weit entfernt.

»Ich wünschte mir Arbeitsplätze für Kinder, an denen sie weder am Staub ersticken noch an einer Stichflamme verbrennen«, sagte sie streng. »Wenn es sich nun einmal nicht vermeiden lässt, dass sie überhaupt einer Arbeit nachgehen, sollte diese wenigstens ihrem Alter angemessen sein.«

»Da haben Sie recht.«

Corinna erstarrte. Wollte er sie zum Narren halten? Mit mühsam unterdrückter Erbitterung – und was noch schlimmer war: voller Unsicherheit – sah sie Wohlfert an. Betrachtete seinen makellosen Gehrock, das perfekt geschlungene Halstuch aus schimmernder Seide von zurückhaltendem Muster, die braunen Locken, eisern glatt gekämmt. Sah ihm in die Augen. Graublaue Augen, die sich so sehr von Felix' braunen unterschieden. Nicht nur in der Farbe.

»Nun schauen Sie nicht so«, sagte er. »Ihr wohltätiger Eifer in allen Ehren, aber ich weiß inzwischen, dass es auch Leute gibt, die aus deutlich prosaischeren Gründen die Lage der Fabrikkinder unter die Lupe nehmen. Unsere Regierung zum

Beispiel. Sie grollt, weil ausgerechnet aus unserer prosperierenden Region keine Rekruten zur Verfügung stehen.«

Corinna schüttelte den Kopf. »Für Soldaten machen Sie sich stark? Für Kinder nicht?«

»Regierungsrat Gustav von Keller …«

»Wer ist das?«

Wohlfert sah sie strafend an. »Unser Minister für Kultur, Unterricht und Medizinalwesen.«

»Tatsächlich. Ich bitte ihn demütig um Verzeihung.«

»Tun Sie das. Er wird jeden Zuspruch brauchen. Jedenfalls begab er sich auf eine Erkundungsfahrt, auf allerhöchsten Befehl übrigens, und stellte fest, dass die körperliche sowie die geistige Verfassung der Kinder und Jugendlichen, die in Manufakturen und Fabriken arbeiten, zu wünschen übrig lassen.« Er machte eine kleine Pause, wahrscheinlich, um die Wirkung zu steigern. »Sie sind offenkundig in einem zu erbärmlichen Zustand, um sie dem Militär einzugliedern«, schloss er.

Corinna klatschte die Hände zusammen und richtete sich auf. »Also habe ich mich geirrt, als ich dachte, niemand nimmt davon Kenntnis außer ein paar verschrobenen Einzelwesen, wie ich es offensichtlich bin, und unsere Stimmen verhallten ungehört. *Man weiß es.* Warum tut niemand etwas dagegen?«

»Gute Frage.« Wohlfert beugte sich vor und legte besänftigend seine Hand auf ihre beiden verkrampft ineinander verflochtenen. Seine Finger waren warm und fest, allerdings sehr fremd. Und überraschend wohltuend. »Weil sich, worauf Sie gebetsmühlenartig immer wieder hinweisen, die hiesigen Unternehmer für das Geschick ihrer Arbeiter nicht interessieren«, erklärte er. »Es tut mir leid, es sagen zu müssen, aber Sie haben ins Schwarze getroffen. Es tut mir auch leid, dass ich in Ihren Augen keinen Deut besser bin. Oder war.«

»Bis ich kam und Sie in Ihrer beschaulichen Ruhe aufstörte?«

»So kann man es sehen.« Der Druck seiner Hand verstärkte sich, und Corinna zog ihre nun doch zurück. Das ging eindeutig zu weit.

Wohlfert lehnte sich zurück und schlug elegant ein Bein über das andere. »Vielleicht braucht es einen Donnerschlag, um gewohnte Überzeugungen zu überdenken«, sagte er. »Sie waren der Stachel in meinem Fleische. Aber den endgültigen Tritt – verzeihen Sie mir – hat mir Ihr alter Freund Johannes Schuchard versetzt.«

»Er ist mir kein Freund. Ich kenne den Mann doch gar nicht.« Ein dummer Einwand. Nur ausgesprochen, weil sie zu überreizt war, um still zu bleiben.

»Ich habe einen Artikel im *Rheinisch-Westphälischen Anzeiger* gelesen, den er verfasst hat«, erläuterte Wohlfert und sah sie unverwandt an. »Es geht darum, dass in seiner Heimatstadt Wuppertal eine Zwölfjährige mit offensichtlichen Absichten in den Fluss ging und nur zufällig durch einen Passanten gerettet wurde. Als Grund für ihre schockierende Tat nannte sie ihre Angst vor drakonischen Konsequenzen, weil ihr bei der Arbeit ein Fehler unterlaufen war.«

»Das arme Ding«, sagte Corinna leise.

Wohlfert nickte. »Das war der Moment, in dem ich erkannt habe, dass Sie mit Ihrer kritischen Haltung vielleicht nicht unrecht haben.«

Corinna lächelte schwach. »Wenn ich auch in meiner Unbeherrschtheit gelegentlich übers Ziel hinausschieße?«

»Ganz genau«, stimmte er trocken zu, und die Direktheit seines Blickes wurde allmählich ungehörig. »Denn sie ist enervierend und ungezogen und ein bisschen lästig.«

Corinnas Wangen wurden heiß. »Aber erforderlich«, verteidigte sie sich. »Um Männern wie Ihnen die Augen zu öffnen. Wenigstens einen Spalt. Ich wage nicht zu hoffen, Sie rissen sie weit auf.«

»Richtig. Übertriebene Erwartungen werden selten erfüllt.«

»Hin und wieder schon.«

Sie saßen da und sahen sich unsicher an. Natürlich war es Wohlfert, der sich als Erster sammelte. »Da ich keine Veranlassung habe, meine Kollegen vor ungemütlichen Begegnungen zu schützen, dachte ich, ich nehme Sie einfach mit und überlasse die Herren ihrem Schicksal.«

»Mitnehmen wohin?«, fragte Corinna misstrauisch.

»Zu einer Geselligkeit, die nächsten Dienstag von der Handelsgesellschaft ausgerichtet wird.«

»Sie wollen mich ausführen?«

»Wenn Sie es so nennen wollen«, erwiderte er und ließ sich noch ein wenig ungezwungener in den Sessel sinken. »Oder aber ich verschaffe Ihnen die Gelegenheit, die Krallen zu wetzen. Und den Herren einen unvergesslichen Abend.«

•••

»Rosa hier einziehen zu lassen, war eine fantastische Idee«, erklärte Theodor am Sonntagmorgen beim Frühstück, während Corinna die erste Tasse Kaffee des Tages zum Mund führte und er selbst den Brotkorb inspizierte, in der Hoffnung auf ein Rosinenbrötchen.

Corinna stellte die Tasse ab. »Aber?«

»Kein Aber.« Er warf ihr einen strafenden Blick zu und griff nach dem Butterfässchen. »Wo ist sie eigentlich?«

»Sie versucht, Freundschaft mit Henni zu schließen, und wollte ihr unbedingt beim Abstauben helfen.«

»Oh. Gut. Ich bin jedenfalls froh, dass es für den Dreckspatz gut ausgegangen ist, der dir so lieb und teuer geworden ist. Du hast meine volle Zustimmung, sie hier wohnen zu lassen.«

Er war äußerst zufrieden mit sich und betrachtete Corinna, die mit der Gabel in ihrem Omelett herumstocherte und es auf dem Teller hin und her schob.

»Das ist nett von dir«, sagte sie zurückhaltend.

»Ich weiß. Die Kleine hat nun das, was du dir für sie gewünscht hast. Geborgenheit, genug zu essen, ein Dach über dem Kopf. Unbeschwertes Aufwachsen.«

»Das wünsche ich mir für jedes Kind«, sagte Corinna, klang aber nicht so streng wie sonst bei dem Thema.

»Wir können nicht allen helfen. Dem Dreckspatz aber schon.«

»Ich wollte, du würdest sie nicht immer Dreckspatz nennen. Sie heißt Rosa. Und schmutzig war sie nur, weil ihre Verhältnisse es mit sich brachten. Seit sie hier wohnt, ist sie so sauber wie du und ich.«

Theodor legte sein Brötchen aus der Hand. »Mich beschleicht gerade der Eindruck, da käme noch etwas.«

Corinna legte das Besteck ordentlich auf dem Teller zusammen. Neben das Omelett, offenbar war ihr der Appetit vergangen.

»Ich habe Rosa neulich zu Mandels Laden mitgenommen«, sagte sie langsam. »Und ich habe sie noch nie so glücklich gesehen wie dort.«

»Das ist schön«, sagte er sanft. »Oder hast du dir Sorgen gemacht, sie stelle irgendetwas an?«

»Nein.« Sie schob die Vase mit den ersten Rosen des Jahres in die Mitte des Tisches. Dann blickte sie auf. »Ich frage mich, ob ich Mandel nicht bitten sollte, sie als Ladenmädchen bei sich aufzunehmen.«

Theodor schwieg und beobachtete die rastlosen Finger seiner Nichte, die nicht aufhören konnten, die Dinge auf dem Tisch herumzuschieben. »Sie kann *langfristig* bei uns unterschlüpfen, Corinna. Auf einen Esser mehr oder weniger kommt es nicht an.«

»Rosa wäre zufriedener dort«, sagte Corinna leise, als habe sie ihn nicht gehört. »Sie fühlt sich hier nicht rundum wohl, glaube ich. Das große Haus, alles ist so fremd, sie hat nicht genug zu tun, ist viel allein …« Ihre Stimme verlor sich.

»Wäre das in Mandels Laden denn anders?«, fragte Theodor. Es tat ihm weh, Corinna so schutzlos zu sehen, so gefangen in ihrem Schmerz.

»Ich glaube schon.« Sie straffte sich und blickte ihn an. »Sie fühlte sich dort … besonders, denke ich. Mandel hat ihr erlaubt, ihm bei den Knöpfen zu helfen. Simple Knöpfe, die sie angesehen hat, als seien es Diamanten.« Sie lächelte wehmütig. »Entzückend, bemitleidenswert, irritierend, alles zugleich. Sie konnte kaum glauben, dass er genug Vertrauen zu ihr hatte, um ihr zu erlauben, die Knöpfe anzufassen. Knöpfe!«

Theodor sammelte die Kraft, die es benötigte, die naheliegende Frage zu stellen. »Lässt du sie denn ziehen?«

Corinna sah ihn an. »Natürlich. Bevor du wieder davon anfängst: Ich weiß, sie ist nicht Johann. Und wenn sie sich bei Herrn Mandel wohler fühlt, werde ich ihr das keinesfalls verbauen.«

Erleichtert erkannte er, wie ihr Gesichtsausdruck weicher wurde, und auch, dass sie die Wahrheit sprach. »Es ehrt dich, Rosa ihr Leben leben zu lassen und nicht …«, er suchte nach Worten, doch sie fielen ihm nicht ein.

»Die Leere mit ihr fülle?« Corinna schüttelte den Kopf. »Das habe ich nie getan, egal, was du darüber denkst. Du oder Herr Wohlfert, der mir genau dasselbe vorgeworfen hat.«

»Das wusste ich nicht«, meinte Theodor betroffen. August Wohlfert war ein Tölpel. Wie konnte er sich da wundern, wenn Corinna eine Ehe mit ihm ablehnte?

Corinna hob die Schultern. »Wird Rosa geholfen, ist das wunderbar, aber Tausenden anderen Kindern, die unter ähnlichen Bedingungen ihr Dasein fristen, nutzt das nicht das Geringste. Ein grundsätzliches Problem sollte genauso angegangen werden. Nächste Woche gibt die Handelskammer eine Gesellschaft«, wechselte sie unvermittelt das Thema. »Dort werde ich Gelegenheit haben, mit ein paar Herren über mein Anliegen zu sprechen.«

»Ich hatte eigentlich nicht vor, dort hinzugehen«, wandte Theodor ein.

»Das ist schade. Aber ich werde ohnehin in Begleitung von Herrn Wohlfert sein.«

»Wohlfert?«, vergewisserte Theodor sich ungläubig, und Corinna blickte ihn unter hochgezogenen Brauen an.

»Du hast doch nichts dagegen?«, fragte sie, und er wusste genau, sie nahm ihn auf den Arm.

»Keineswegs«, erwiderte er gemessen. »Ich bin nur erstaunt. Ausgerechnet Wohlfert? Bist du nicht entschieden gegen ihn?«

»Onkel«, sagte sie strafend, und wenn sie ihn so nannte, wurde es ernst, »er hat mir zugesagt, mir dabei zu helfen, an einige der Unternehmer heranzutreten. Was sein muss, wenn ich sie über die Unhaltbarkeit der Zustände in ihren Fabriken aufklären will.«

»Die werden sie kennen.«

»Aber sie berücksichtigen sie nicht. Gib dir keine Mühe, du kannst mich nicht umstimmen. Ich gehe nächste Woche mit ihm dorthin.«

Verstehe einer die Frauen, dachte Theodor und seufzte tief. Dann widmete er sich endlich seinem Frühstück.

21

Es war schon lange nach Mitternacht, aber Corinna viel zu aufgedreht, um zu schlafen. Nach einigem Herumwälzen und ungeduldigem Kampf mit der Bettdecke stand sie auf und zog die Vorhänge zur Seite. Der Mond stand bleich über den Baumwipfeln und blickte ungerührt auf das sinnlose Treiben der Menschen hinab.

Denn sinnlos war es. Und lächerlich.

Zum Totlachen, wenn man zum Maßstab nahm, wie sie sich aufgeblasen hatte. So überzeugt von der Richtigkeit ihrer Gedanken und ihres Tuns – und von sich selbst. Als sie sich vornahm, sich in die Politik einzumischen und die Herren, die das Sagen hatten, auf die Probleme der Kinderarbeit aufmerksam zu machen. Ihnen die Augen öffnen wollte für eine Wirklichkeit, die sie entschlossen außer Acht ließen.

Lächerlich und dumm war sie gewesen. Und so aufgeregt, voller freudiger Erwartung, als sie zu Wohlfert in die Kutsche stieg, mit der er überpünktlich erschien, um sie zu der Veranstaltung der Handelsgesellschaft abzuholen. Auf der sie ihre Pfeile verschießen wollte.

Kurz vor dem Gürzenich hatte er sie angesehen und gesagt: »Ich mache das für Sie, das wissen Sie, oder?«, und plötzlich ergriff er ihre Finger. Ganz einfach, ohne Umschweife, sie war nicht schnell genug gewesen, hatte es nicht rechtzeitig bemerkt oder verhindert, dass er einen Kuss darauf hauchte. Wie ein kleines Mädchen hatte sie empört die Hand zurückgerissen, zickig, unbeholfen und peinlich. Zu sagen hatte sie auch nichts gewusst und nur stumm genickt, überwältigt von Gefühlen, die sie nicht haben wollte.

Doch vergaß sie alles, was nicht wichtig war, als sie herausgeputzt und vor Vorfreude auf den Zehenspitzen wippend an Wohlferts Arm durch den Festsaal schwebte. Er machte sich gut, und sie fühlte sich in seiner Gegenwart überraschend wohl, beinahe beschwingt. Elegant in einem hervorragend geschnittenen Frack, das blütenweiße Halstuch nach der neuesten Mode geschlungen, die Weste aus perlgrauem Brokat und kunstvoll mit pfauenblauem Faden bestickt, tat er sein Bestes. Ihre Hand fest in seiner Ellenbogenbeuge verankert, führte er sie von Gruppe zu Gruppe und lenkte, wann immer es möglich war, das Gespräch in die Richtung, auf die es ankam.

Überall biss sie auf Granit.

An ihm lag es nicht, dass der Freihandel weit größere Beachtung fand, ein Thema, für das Corinna sich nicht im Mindesten begeisterte. »Sie müssen das verstehen«, raunte Wohlfert ihr zu. »Es ist eine übergeordnete Frage von größter Wichtigkeit, wie die Politik die Handelsströme lenkt.«

»Das Schicksal der Menschen, die für sie arbeiten, ist doch nicht von nachrangiger Bedeutung!«, wisperte Corinna hitzig, aber in diesem Raum galt das nur für sie.

»Wenn die Geschäfte schlecht laufen, werden weniger Waren produziert und in der Folge auch weniger Arbeiter gebraucht, die sie herstellen. So gesehen berührt es Ihr Anliegen sehr wohl.« Er drückte ihre Finger. »Im weitesten Sinne, ich gebe es zu.«

Immer wieder standen sie an der Seite von Herren, deren eifrige Diskussion keinen Themenwechsel zuließ. »Der Wohlstand aller Länder ist am größten, wenn es keine staatlichen Beschränkungen des internationalen Handels gibt«, dozierte Peter Joseph Mülhens. »Je weniger Zölle es gibt, desto ungehinderter verläuft der Austausch von Gütern und Dienstleistungen.«

»Der Mann verkauft sein Eau de Cologne bis nach Asien«, murmelte Wohlfert. »Er will dies ohne lästige Kontrolle tun. Wen wundert's ...«

»Wir sollten unser Engagement auf das Wesentliche richten«, wandte Johann Heinrich Pallenberg ein. »Was geht uns die Volkswirtschaft anderer Länder an?«

»Er liefert seine Möbel in die nähere Umgebung. Die Überwindung von Landesgrenzen interessiert ihn da wenig«, flüsterte Wohlfert dicht an ihrem Ohr, und der Duft eines herben Parfüms stieg ihr betörend in die Nase.

Schließlich hatten sie sich bis in die Nähe von Ludolf Camphausen vorgearbeitet. »Jetzt. Hier ist Ihre Chance, Frau Winterfeldt. Dies ist der Mann, auf den es ankommt.« Wohlfert setzte ein verbindliches Lächeln auf. »Mein lieber Camphausen, darf ich Ihnen Corinna Winterfeldt vorstellen? Theodor Neuburgs Nichte.«

»Sehr erfreut.« Camphausen, der ganz ähnlich wie Theodor das Haar straff quer über den Schädel gezogen hatte, wobei es sich im Nacken unbezwingbar lockte, verneigte sich dezent. »Ich hoffe, Sie verbringen einen angenehmen Abend.«

»Vor allem einen faszinierenden«, log Corinna strahlend. »Aber wie sollte das auch anders sein, wenn so viele bedeutende Männer beisammen sind? Es ist überaus aufschlussreich, ihren Gesprächen zu lauschen.«

»Wohl vielmehr trocken und wenig inspirierend für eine schöne Frau wie Sie«, erwiderte Camphausen galant. »Doch wird sich erfahrungsgemäß die Stimmung im Laufe des Abends lockern, dann kommen auch die Damen auf ihre Kosten.«

Corinna knirschte nicht mit den Zähnen, obwohl ihr danach war, und zirpte: »Sie täuschen sich, Herr Camphausen, hier könnten durchaus Themen verhandelt werden, für die ich mich erwärme. Nur spricht sie niemand an. Was ist mit der sozialen Frage, die angeblich überall rege diskutiert wird?«

»Auch hier, auch hier, Frau Winterfeldt.«

Camphausen lächelte, und Corinna strengte sich an, ihn nicht allzu herablassend zu finden.

»Aufgrund des allgemeinen Bevölkerungsanstiegs müssen deutlich mehr Menschen mit Gütern versorgt werden. Kleine Handwerksbetriebe können das nicht leisten, die industrielle Produktion sehr wohl, das verstehen Sie sicher. Natürlich ist es bedauerlich, dass althergebrachtes Handwerk verdrängt wird und traditionelle Berufe wegfallen, doch leider unvermeidbar. Andererseits steigt der Bedarf an Arbeitern, und so verläuft die Entwicklung auf lange Sicht zum Wohle aller, auch wenn die Konsequenzen im Einzelfall sicher unangenehm sein können.«

»Sie übersehen dabei«, erwiderte Corinna und beobachtete, wie sich Camphausens Brauen befremdet hoben, »dass die Menschen *verelenden.* Nicht nur die, die ihr Handwerk nicht mehr ausüben können. Alle haben unter den Folgen der Umstellung zu leiden. Sofern sie überhaupt Arbeit in den Fabriken finden, ist diese nicht auskömmlich.«

»Aber auskömmlicher, als hätten sie keine.« Die Freundlichkeit in Camphausens Augen erlosch. »So schmerzlich es ist, in Übergangszeiten kommt es stets zu Verwerfungen. Das bringen sie nun einmal mit sich.«

»Zumindest für die Sicherheit der Kinder muss gesorgt werden.« Corinnas Mundwinkel begannen zu schmerzen, aber wenn sie das gefällige Lächeln unterließe, würde Camphausen einer Frau wie ihr überhaupt nicht mehr zuhören. »Gesunde und gut ausgebildete Kinder wachsen zu nützlichen Männern und Frauen heran. Sie bringen mehr Ertrag als diese kränklichen, abgestumpften Wesen, die heute in den Fabrikhallen ihr ärmliches Leben verbringen.«

Wohlfert befahl ihr durch einen unauffälligen, aber unmissverständlichen Druck seines Armes, den Bogen nicht zu überspannen. Er hatte recht. Ludolf Camphausen brachte für Weiber, die aus der Rolle fielen, ganz gewiss nur wenig Verständnis auf. Corinna atmete tief durch und versuchte, ihr hämmerndes Herz zur Räson zu bringen.

»Das derzeitige Verfahren wird allseits akzeptiert«, belehrte Camphausen sie, und Langeweile schlich sich in seinen

Ton. »Denn es ist sehr erfolgreich. Nicht einmal Bodelschwingh hat sich dagegen durchsetzen können.«

»Ich weiß«, sagte Corinna und konnte es immer noch kaum fassen. »Dabei ist er immerhin der Oberpräsident der Rheinprovinzen.«

»So ist es.« Camphausen sah sich nach einem ersprießlicheren Gesprächspartner um. »Sein Gesetzesentwurf zur Bereitstellung des Schulunterrichts für Fabrikkinder hat nie Rechtskraft erlangt. Ach, da drüben ist Wittgenstein, wenn Sie mich bitte …«

»Warum?«, fragte Corinna und war so anmaßend, Camphausen am Ärmel festzuhalten. »Wenn es einen vernünftigen Vorschlag gab, warum wurde er nicht wenigstens in Erwägung gezogen?«

»Weil niemand rechtzeitig davon erfuhr. Kultusminister von Altenstein blockierte die Weitergabe des Entwurfes an den Rheinischen Landtag. Aus einem Grund, der Ihnen, wie ich vermute, löblich erscheint. Er hielt es für nicht zweckmäßig, regionale Verfügungen zu installieren, und sah stattdessen eine landesweite Regelung als erstrebenswert an.«

»Zu der es jedoch nicht kam«, versetzte Corinna.

»In der Tat. Jetzt müssen Sie mich leider entschuldigen. Ich habe ein paar Worte mit Herrn von Wittgenstein zu reden.«

Corinna sah ihm hinterher, wie er mit steifem Rücken und hocherhobenem Haupt davonging, offenbar verdrossen wegen des lästigen Gesummes einer Dame, die sich zu Dingen äußerte, von denen sie nichts verstand.

Urplötzlich war sie von einer grenzenlosen Mattigkeit erfüllt gewesen. »Bringen Sie mich nach Hause«, hatte sie Wohlfert befohlen, zu erschöpft, um sich mit höflichen Bitten aufzuhalten. Nach einem besorgten Blick hatte er sie am Ellenbogen gefasst und durch raschelnde Roben und steife Frackschöße nach draußen zu seiner wartenden Kutsche gebracht.

Nun lag sie hier in ihrem gemütlichen Bett, zu deprimiert, um sich zu entspannen, und zu durcheinander, um einen klaren Gedanken zu fassen. Sie knuffte das Kissen in eine leidlich bequeme Position und versuchte erfolglos, in den Schlaf zu finden.

• • •

»Ich störe Sie nur ungern«, sagte Frau Winterfeldt, rauschte in Augusts Büro, ließ sich auf dem unbequemen Stuhl vor seinem Schreibtisch nieder und hielt sich mit einer freundlichen Begrüßung gar nicht erst auf. »Ich zermartere mir seit zwei Tagen unablässig das Hirn über die Herren der Handelskammer, doch konnte ich zu keinem einzigen aufmunternden Schluss gelangen.«

August erkannte das Stolpern seines Herzens als das, was es war, brachte dennoch eine hoffentlich gelassene Miene zustande und unterzog Frau Winterfeldts Auftritt einem genauen Studium. Er war gut in so etwas. Ein beträchtlicher Teil seines geschäftlichen Erfolgs beruhte auf der Fähigkeit, sich in andere hineinzuversetzen und zu begreifen, was sie wirklich anstrebten, selbst wenn sie es nicht offen aussprachen.

In diesem Fall hätte er sich die Mühe sparen können. Corinna Winterfeldt dachte gar nicht daran, mit ihrer Meinung hinter dem Berg zu halten. »Ich hatte die Hoffnung, ich fände irgendwo einen Lichtblick«, fuhr sie fort. »Sei er noch so klein und schwach. Aber es gab keinen.«

»Nicht den geringsten«, pflichtete August ihr bei und nahm erheitert zur Kenntnis, wie ihr Blick einen Moment lang flackerte. Gleichwohl saß sie beherrscht und kerzengerade auf dem grässlichen Stuhl, gewandet in ein lindgrünes Kleid, das jede andere blass hätte wirken lassen, bei ihr jedoch den Eindruck kraftstrotzender, schäumender Frühlingslieblichkeit erweckte. Der Ausschnitt wurde durch ein schimmerndes Band in derselben Farbe gesäumt und war weit über die Schultern gezogen, August hätte unmöglich sagen können, warum es dennoch hielt.

»Sie wollen sich über mich lustig machen?«, erkundigte sie sich. »Nur zu. Ich habe das verdient. Wenn ich daran denke, wie unbefangen und optimistisch ich dieser Veranstaltung entgegensah, erbleiche ich vor Scham.«

Das stimmte nicht. Auf ihren Wangen lag ein rosiger Schimmer, den ihr die Empörung dort hineingetrieben hatte. Es sah bezaubernd aus, fand August.

Angestrengt riss er sich zusammen. »Ich mache mich überhaupt nicht lustig über Sie«, erklärte er. »Und Sie können sich zugutehalten, zumindest mir die Augen geöffnet zu haben. Genauer gesagt«, jetzt lächelte er, er konnte gar nicht anders, »Rosa hat das getan.«

Frau Winterfeldt wölbte die hübschen Brauen. »Ich weiß, die Kleine ist niedlich«, sagte sie spröde. »Allerdings stehen

Tausende neben ihr, denen es ähnlich schlecht geht. Oder schlechter, wenn wir ehrlich sind.«

August lehnte sich zurück und verschränkte die Arme vor der Brust, um nicht versehentlich nach ihrer Hand zu greifen. »Sie zielen auf Grundsätzliches. Glauben Sie nicht, ich hätte das nicht verstanden. Nur sind Sie zu ungeduldig. Oft zahlt sich eine Politik der kleinen Schritte am Ende mehr aus.«

»Überaus kleine Schritte in diesem Fall.« Unfein stieß sie mit dem Zeigefinger in seine Richtung. »Sachtes Herantasten bereitet mir große Mühe«, bekannte sie. »Zeigen sich die Verantwortlichen derart uneinsichtig, fällt es mir schwer, mich zurückzunehmen. Eine Untugend, ich weiß. Äußerst unweiblich noch dazu. Onkel Theodor wäre entsetzt.«

August lächelte sie immer noch an, ein bisschen wie ein Idiot vielleicht, aber er konnte es nicht abstellen. »Niemand, aber auch wirklich niemand könnte Sie des Unweiblichen zeihen«, sagte er, und es klang zwar nach einem abgedroschenen Kompliment, doch meinte er es genau so. Entzückt erkannte er, wie sich ihre Mundwinkel ein wenig hoben, wenn auch offensichtlich unwillig, denn sie versuchte, es zu unterdrücken.

»Wüsste ich es nicht besser, würde ich glauben, Sie wollten mit mir schäkern«, sagte sie streng wie ein Kindermädchen zu einem ungezogenen Sprössling.

»Aber vielleicht wissen Sie es gar nicht besser.« Das hatte er nicht sagen wollen, und das Eis, auf das er sich begeben hatte, war hoffentlich nicht zu dünn, um ihn zu tragen. So oder so zog er sich besser auf sicheres Terrain zurück. »Wenn

Sie Ihre Ungeduld nicht zu zügeln verstehen, sollten wir Ihre nächsten Vorhaben planen«, schlug er vor und erkannte halb belustigt, halb gekränkt die Überraschung, die sich in ihren Zügen abmalte.

»Genau darin besteht mein Problem«, erklärte sie. »Meine Möglichkeiten sind naturgemäß beschränkt. Hat selbst der Regierungspräsident es nicht geschafft, das Thema auf die Tagesordnung zu setzen, wird es mir erst recht nicht gelingen.«

August tat ohne jeden Skrupel den Schritt, mit dem er sich endgültig für eine Seite entschied. »Ihre Verbindungen sind nicht weitreichend genug, für meine gilt das Gleiche. Folglich müssen wir jemanden finden, den wir für unser Anliegen einspannen können.«

Frau Winterfeldt sah ihn an, und für einen Moment war das Schweigen im Raum so dicht, als könne man es mit den Händen ergreifen. »Wir?«, hakte sie schließlich nach. »Unser?«

August schob mit einer energischen Bewegung seinen Stuhl zurück. »Sieht ganz danach aus. Und darüber, wen wir einschalten könnten, zerbrechen wir uns am besten gemeinsam den Kopf. Bei einem Mittagessen, denn ich habe Hunger, und wenn ich Hunger habe, kann ich nicht vernünftig denken. Darf ich Sie einladen, mich zu begleiten?«

Erleichtert sah er, wie sie ohne jedes Zögern nickte und sich erhob, um ihm zu folgen.

• • •

Es hatte sich eingebürgert, dass Corinna nach der montäglichen Runde mit den Ludewigs in deren gemütlichem Wohnzimmer beisammensaß und gemeinsam mit ihnen das Erlebte Revue passieren ließ. Meistens war sie erschöpft und bedrückt nach dem, was sie hatte ansehen müssen. Heute auch. Sie war dabei gewesen, als eine Frau, die eine Verletzung nicht rechtzeitig hatte behandeln lassen, dem Wundbrand erlag. Eine andere hatte gestern ihr zehntes Kind geboren und sah aus wie ein Gespenst, entkräftet und bleich wie der Tod. Der Säugling war mickrig und trank nur unlustig, Doktor Ludewig rechnete nicht damit, dass das Kleine durchkam. Vielleicht war das ein Segen. Es lag nahe, den Eltern Enthaltsamkeit zu empfehlen, aber Corinna biss sich auf die Lippen und schwieg. Es ging sie nichts an. Zuletzt trafen sie einen Mann, dem Ludewig vor einem Dreivierteljahr das halbe Bein hatte abnehmen müssen und den jetzt der Fuß schmerzte. Der abgenommene. Doktor Ludewig hatte gesagt, das sei normal. Corinna fand es verrückt.

Fanny Ludewig hatte längst begriffen, dass Corinna in die Armenpflege nicht nur ihre Tatkraft investierte, sondern ihr diese zur Passion geworden war, und sie umgluckte und umsorgte sie an diesen Montagen, als sei sie mindestens ebenso bedürftig wie die Menschen, denen sie bei ihrer Arbeit begegnete. Auch jetzt legte sie ungefragt ein großes Stück Rosinenkuchen auf Corinnas Teller, und die stöhnte innerlich. Sie verspürte nicht den geringsten Appetit.

»Vielen Dank«, bedankte sie sich jedoch artig und richtete den Blick auf Erna, die plötzlich in der Tür stand. Und auf den Besucher, der sich an ihr vorbei in die gemütliche Stube schob.

August Wohlfert. Corinnas Herz tat einen kleinen Satz, als er ihren Blick suchte und sich mit ihr verband wie in einer geheimen Komplizenschaft und doch so, als schwebe viel Ungesagtes im Raum. Schließlich trat er einen Schritt nach vorn, als müsse er sich aus einem Bannkreis lösen.

»Ich darf doch?«, fragte er, und Erna wandte sich verschnupft ab, als Doktor Ludewig ihn zu sich winkte.

»Es ist erschütternd dreist von mir, Sie zu überfallen«, setzte Wohlfert an, nachdem er sich kurz vorgestellt hatte, »aber ich habe eine Idee, die ich gern mit Frau Winterfeldt besprochen hätte, und wollte nicht warten. Ihr Onkel hat mich zu Ihnen geschickt. Sehr gern, vielen Dank.« Letzteres bezog sich auf den Teller, den Fanny ihm entgegenhielt. Ihre Augen sprühten vor Neugierde.

Corinna sah von einem zum anderen und versuchte, mit dem Gefühl der Unwirklichkeit fertigzuwerden. Sie saß hier an diesem Tisch, in einer anständigen, wenn auch nicht luxuriösen Umgebung, Seite an Seite mit dem Ehepaar Ludewig, das seine ganze Vitalität für Menschen einsetzte, die selber keine hatten, und mitten in diese Atmosphäre brach ausgerechnet August Wohlfert ein mit seinem makellosen Gehrock, seiner himmelblauen Weste und dem Zylinder, den er abgenommen und sorgfältig auf die Anrichte gelegt hatte.

»Mein Vorschlag betrifft Sie ebenfalls, Doktor«, fuhr Wohlfert fort. »Daher habe ich gewagt, unangemeldet bei Ihnen aufzuschlagen.«

»Sie machen es ja recht spannend«, bemerkte Ludewig

und rückte seine Gabel auf dem gefüllten Teller zurecht, ohne etwas zu essen.

Wohlfert blickte ihn fest an. »Ich komme direkt zur Sache«, begann er. »Frau Winterfeldt hat Gefallen an der Arbeit des Abgeordneten Johannes Schuchard bekundet.«

Ludewig nickte, lehnte sich zurück und legte den Arm auf die Stuhllehne seiner Frau.

Wohlfert hielt nach wie vor unbeirrt den Blick auf ihn gerichtet. »Um wiederum ihr zu Gefallen zu sein«, Fannys Miene nahm einen äußerst interessierten Ausdruck an, »bin ich der Frage nachgegangen, ob Schuchard in Kölner Politikerkreisen eventuell Mitstreiter hat. Blamabel oder nicht, das ist nicht im Entferntesten der Fall.«

»Der Abend bei der Handelsgesellschaft war furchtbar«, bestätigte Corinna und versuchte, Fannys zwischen ihr und Wohlfert hin und her flitzenden Blick nicht zur Kenntnis zu nehmen. »Wahrhaftig niederschmetternd. Ich hatte so gehofft, auf jemand Maßgeblichen zu stoßen, der mein Anliegen versteht. Darum gebetet habe ich, wurde aber bitter enttäuscht.«

»Kommen wir zurück zu Schuchard«, übernahm Wohlfert wieder, aber Corinna war zu aufgewühlt, um stillzuhalten.

»Der ist offenbar der Einzige, der sich ernsthaft über Kinderarbeit aufregt«, warf sie ein. »Und selbst er, der doch so viel näher an den Schaltstellen der Macht sitzt als ich, bewirkt nicht das Geringste.«

»Das ist richtig«, gab Wohlfert zu. »Doch tat er immerhin einige erste Schritte.«

»So, wie es ist, kann es tatsächlich nicht bleiben«, mischte sich Doktor Ludewig ein. »Das wäre wider jede Vernunft. Diejenigen, die den wirtschaftlichen Erfolg erst möglich machen, werden nämlich irgendwann an Entkräftung zugrunde gehen.«

»Und dann stehen die Unternehmer in ihren leeren Hallen und sehen sich entsetzt um«, stimmte Fanny zufrieden zu und legte schützend ihre Hände auf den inzwischen unfein schwangeren Bauch.

Corinna stellte fest, dass ihr der Anblick längst nicht mehr so viel ausmachte wie noch vor ein paar Monaten.

»Ich möchte Ihnen nun eine Idee vorstellen«, ergriff Wohlfert in gemessenem Ton erneut das Wort und hatte plötzlich nur noch Augen für sie.

»Möchten Sie uns die denn bald verraten?«, fragte Fanny. »Oder wollen Sie uns so lange auf die Folter spannen, bis wir völlig aufgerieben sind?« Das Ganze bereitete ihr anscheinend großen Spaß.

Wohlfert hob abwehrend die Hände und strahlte jetzt Frau Ludewig an. Er sah gut aus, wenn er lächelte, dann wurde sein strenger Mund weich. »Das könnte ich mir niemals verzeihen«, erwiderte er. »Sehen Sie, es ist sogar ziemlich einfach. Auch ein Johannes Schuchard braucht Mitstreiter, Leute, die ihm den Rücken stärken, Munition liefern. Und genau das werden wir tun. Gemeinsam, wie ich hoffe. Wir werden ihm Informationen über die regionalen Betriebe zukommen lassen, in denen die schlimmsten Zustände herrschen.«

»Und streuen, was wir beabsichtigen? Damit bringen wir

die Fabrikbesitzer schon ganz von allein auf Trab.« Fanny war Feuer und Flamme, ihre Locken wippten unternehmungslustig.

»Reden wir von Erpressung?«, erkundigte sich Corinna stirnrunzelnd.

»Gott bewahre. Wir reden von Politik«, widersprach Wohlfert so ernst, dass sie wusste, er zog sie auf.

»Sie werden doch wohl nicht zimperlich werden, Frau Winterfeldt!«, rief Fanny, und ihr Mann legte mahnend die Hand auf ihre Finger.

»Zimperlichkeit liegt mir völlig fern«, wehrte sich Corinna. »Aber wie wollen wir an die Unternehmer herantreten? Wie sollen wir sie ausfragen, um herauszufinden, unter welchen Bedingungen sie ihre Leute schuften lassen? Mein Versuch bei der Handelsgesellschaft ist grandios gescheitert, das wissen Sie doch.«

»Ich übernehme das.« Wohlfert hob lässig die Schultern, als läge sein Angebot wie selbstverständlich auf der Hand. »Es ist wesentlich leichter für mich als für Sie alle, beiläufig auf das Thema zu sprechen zu kommen.«

»Falls nötig, werde ich medizinische Gutachten erstellen, um den miserablen Gesundheitszustand der Leute zu dokumentieren«, bot Ludewig an und konnte seine Begeisterung für die Entwicklung nicht verhehlen.

»Wunderbar«, sagte Wohlfert und erhob sich. »Gehen wir es also an. Ich lasse Sie wissen, wenn ich etwas herausgefunden habe.«

22

Rosa war so glücklich wie noch nie zuvor in ihrem Leben und wäre vor lauter Lebensfreude am liebsten die Straße entlanggehüpft. Aber das passte nicht zu ihrer neuen würdevollen Stellung, und deshalb strengte sie sich an, es nicht zu tun. Obwohl sie satt und ausgeruht war und genug Kraft in den Beinen gehabt hätte. Seit zwei Wochen lebte sie nun in Herrn Mandels Laden, und in der ersten Zeit hatte sie vor Aufregung gar nicht schlafen können, weil alles so neu war und fremd roch. Vor allem, weil es so still war, niemand raschelte mit seinem Bettzeug oder stöhnte im Schlaf. Aber manchmal knackten die Dielenbretter in den einsamen Nachtstunden laut wie ein Schuss. Rosa erschrak dann ganz furchtbar und drückte sich zitternd in die Ecke ihrer Bettstatt, weil sie sicher war, es käme jemand, der nicht kommen *sollte.*

Nach ein paar Tagen hatte Herr Mandel gemerkt, dass Rosa bange war und unausgeruht, und da hatte er verlangt, sie solle ihm erklären, was los war. Er wurde auch gar nicht böse, als Rosa endlich mit der Sprache herausrückte, nahm sich die Zeit und erklärte ihr, wie das Holz die Geräusche selbst machte. Weil es arbeitete. Genau hatte Rosa es nicht verstanden, und es war ihr auch egal. Hauptsache, es kam kein Räuber oder ein anderer böser Mensch, weil sie dann nicht gewusst hätte, was sie tun sollte.

»Ich kann doch nicht gegen einen Dieb kämpfen«, sagte sie verzweifelt und voller Angst, Herr Mandel würde es dennoch von ihr verlangen.

Aber er schüttelte den Kopf. »Das verbiete ich dir sogar ausdrücklich. Falls jemand unbefugt in den Laden eindringt, läufst du so schnell du kannst nach oben und holst mich.«

Herr Mandel wohnte in der Etage direkt über den Verkaufsräumen. »Ist Ihre Wohnung denn nicht abgeschlossen?«, traute sich Rosa zu fragen.

»Nein. Das muss sie auch nicht sein, die Ladentür unten ist doch verriegelt. Was auch der Grund dafür ist, warum gar keine Diebe hier eindringen können.«

»Dann höre ich jetzt auf, mich zu fürchten«, versprach sie, und Herr Mandel hatte genickt und war nie wieder auf das Thema zu sprechen gekommen.

Seitdem hatte das Knarren und Knarzen seinen Schrecken verloren, und das Einzige, was sie ab und zu noch aufscheuchte, war die Ladenkatze, wenn sie auf ihren Streifzügen eine Maus erwischte. Aber dafür war sie da, und allmählich gewöhnte sich Rosa auch daran.

Nachdem die Nächte nicht mehr so angsteinflößend waren, genoss Rosa die Tage umso mehr. Sie waren damit ausgefüllt, an Herrn Mandels Seite jede Menge Dinge über Stoffe in schier unübersehbarer Zahl zu lernen und über etwas, das »Brüsseler Spitzen« hieß. Er schickte sie niemals weg, wenn er Kundinnen bediente, und so sammelte Rosa erstaunliche

Kenntnisse über die Kleider, die feine Damen wie Frau Winterfeldt trugen. Dass sie mehrere Unterröcke anhatten zum Beispiel, und diese durch eingenähte Schnüre versteift wurden, damit der Oberrock darüber ausladender fiel. Rosa hatte sich schon gefragt, wie Frau Winterfeldt es hinbekam. Ihr Kleidersaum war viel weiter als der von Mama oder von Frau Dünnes.

Sobald ihr das Waisenhaus in den Sinn kam, schüttelte Rosa sich unwillkürlich. Sie versuchte immer ganz schnell, an etwas anderes zu denken, und seit sie bei Herrn Mandel lebte, war das leicht. Heute besonders. Da hatte er ihr nämlich einen Auftrag erteilt, der sie mit heller Freude erfüllte. Er drückte ihr ein Säckchen mit Marzipangebäck in die Hand und trug ihr auf, es Frau Winterfeldt zu bringen. »Die isst sie doch so gern«, sagte er. »Außerdem würde sie sich sicher freuen, dich wiederzusehen. Kennst du den Weg?«

Natürlich kannte sie den, und es war auch gar nicht weit. Ganz bald schon stand sie vor dem Prinzessinnenhaus in der Schwalbengasse und stapfte die Stufen hoch. Ohne Scheu, denn heute würde man sie ohne fragende Blicke oder mäkelnde Worte einlassen. Weil sie im Auftrag von Herrn Mandel kam.

Frau Winterfeldt öffnete sogar selbst die Tür, und sie war ganz eindeutig erfreut, Rosa zu sehen. »Du hier!«, rief sie. »Das ist wie ein kosmisches Zeichen, weißt du das?«

Nein, das wusste sie überhaupt nicht, und sie hatte auch keine Ahnung, was das war oder was sie damit meinte. Aber es war ihr auch vollkommen egal, denn Frau Winterfeldt beugte sich zu ihr hinab und zog sie ohne Umschweife in die Arme. Das war das Einzige, was zählte. Die Arme waren warm und weich, und das Kleid, in das sie ihre Nase drückte, duftete wie die Veilchen im Garten.

Rosa schloss glückselig die Augen und dachte an gar nichts mehr.

• • •

Es grenzte beinahe an ein Wunder. Das Kind in ihren Armen war kaum noch als das Mädchen wiederzuerkennen, das sie vor ein paar Monaten kennengelernt hatte. Rosige Wangen, ein ordentlich geflochtener Zopf, glänzende Augen. Nicht zu vergessen saubere Finger. Und ein hübsches Kleid mit einer blütenreinen Schürze.

»Komm, wir gehen in den Salon«, sagte Corinna und drückte Rosa einen letzten Kuss aufs Haar. »Wir haben das ganze Haus voller Gäste.«

Rosa sah sie erschrocken an. »Ich soll nur was abgeben«, flüsterte sie. »Von Herrn Mandel. Für Sie.«

Es gab sie noch, die alte Rosa. Stets auf der Hut, immer bedacht, nicht unangenehm aufzufallen. Seife und eine sichere Umgebung reichten nicht aus, einen neuen Menschen zu formen. Jedenfalls nicht so schnell.

»Erstens störst du nicht. Und zweitens ist mein Besuch im Grunde wegen dir da. Jetzt komm.«

Corinna griff Rosas schmale Schulter und drehte das Kind in die richtige Richtung, dann schritt sie voran und verließ sich darauf, dass es ihr folgte.

»Sehen Sie nur, wer da ist«, sagte sie in das im Salon bei ihrem Eintreten entstandene Schweigen hinein.

»Der Auslöser dieses konspirativen Treffens.« Doktor Ludewig grinste breit, und Corinna bemerkte zufrieden, wie Rosa zurücklächelte. Unsicher, aber immerhin.

»Ich hab Marzipanplätzchen«, sagte sie, wahrscheinlich, weil ihr sonst nichts einfiel. Sie konnte unmöglich verstanden haben, was der Arzt gemeint hatte.

»Hoffentlich will Frau Winterfeldt die nicht für sich allein.« Fanny blickte begehrlich auf das Säckchen mit dem Gebäck, und in ihren Mundwinkeln bildete sich ein mutwilliges Grübchen.

»Doch. Das will sie«, gab Corinna in sehr bestimmtem Ton zurück. »Eigentlich. Jedoch will ich heute großzügig sein. Rosa, hol den Teller von dem Tischchen am Fenster, sei so gut.«

Sie blickte dem Mädchen hinterher, das eifrig durch den Salon lief und mit der Schale in den Händen so vorsichtig zurückkam, als hielte sie eine heilige Monstranz.

Es ließ sich nicht länger hinausschieben. Corinna wandte sich an Wohlfert, der stumm die Begrüßungszeremonie verfolgt hatte und dessen Blick, wie sie jetzt bemerkte, ruhig und konzentriert auf ihr ruhte. Was ihr die Röte in die Wangen steigen ließ. »Ich freue mich über Ihrer aller unverhofftes Erscheinen«, sagte sie eilig. »Aber nun will ich endlich erfahren, was Sie zu mir geführt hat.«

Seit seiner Ankündigung, ihr die nötige Unterstützung zu verschaffen, hatte sie nichts mehr von Wohlfert gehört, und nach ein paar Tagen war sie sicher gewesen, aufs falsche

Pferd gesetzt zu haben. Nun, sie hatte mit Felix wenigstens ein Mal in ihrem Leben ein gutes Händchen bewiesen. Das *entscheidende* Mal. Offenbar war ihr dieses Talent abhandengekommen. Sie hatte ein sehr schweigsames Wochenende verbracht, an dem sie so tat, als merke sie nicht, wie Theodor sie die ganze Zeit mit Argusaugen verfolgte.

Doch heute war Wohlfert plötzlich mit den Ludewigs im Schlepptau aufgetaucht, und der Schluss lag nahe, dass er gekommen war, um sein Versprechen einzulösen. Sonst wäre er allein erschienen. Oder gar nicht.

»Soll ich die Plätzchen in die Schale legen?«, fragte Rosa schüchtern.

Corinna nickte und wandte den Blick nicht von August Wohlfert. Hochgewachsen, schmal und dennoch kraftvoll, stand er in ihrem Salon, und der durchs Fenster einfallende Sonnenstrahl ließ sein braunes Haar aufleuchten. »Mich hatte die Befürchtung beschlichen, Sie hätten das Interesse verloren«, sagte sie, schaffte es nicht, sich zu bremsen, war zu aufgewühlt.

Wohlfert räusperte sich und sah sie unverwandt an. »Es war schwierig.«

Sie hatte es gewusst. Er war ein Blender. Wie alle anderen. Alle außer Felix. Corinna fühlte, wie ihr die Luft aus der Lunge wich, und hatte Mühe, nicht auf ihrem Stuhl zusammenzusacken. »Wie schade«, sagte sie leise.

»Nun lassen Sie ihn doch erst einmal ausreden.« Fanny Ludewig schien bei Weitem nicht so ernüchtert, wie Corinna sich fühlte. »Ich kann mich des Eindrucks nicht erwehren, da käme noch etwas.«

Wohlferts Mundwinkel kräuselten sich zu einem schwachen Lächeln, dann wurde er wieder ernst. »Ich will es kurz machen«, sagte er, »da ich die Nerven von Frau Winterfeldt keinesfalls überstrapazieren möchte. In der Tat habe ich einiges gesehen und erfahren und muss zugeben, derart besorgniserregend hatte ich es mir nicht vorgestellt. Die Unfallquote in den Baumwollspinnereien zum Beispiel ist einfach erschütternd hoch. Da, wo die Vliese zwischen Walzen gepresst werden, geraten die Kinder gar nicht selten mit ihren Fingern oder gar den Haaren dazwischen.« Wohlfert schüttelte sich unwillkürlich, während seine Zuhörer entsetzt schwiegen. »Man mag es sich gar nicht ausmalen.«

Ludewig räusperte sich. »Wir haben bereits einen Eindruck gewonnen, als wir zu Gretchens Unfall gerufen wurden. Der geschah, weil sie durch die fettige Schicht auf dem Boden ausgerutscht war.«

Wohlfert nickte. »In den Spinnereien scheint es nach Lage der Dinge besonders schlimm zuzugehen, aber auch sonst gibt es wenig Anlass zur Freude. Die Zustände sind … skandalös. Es gibt genügend Belege, mit denen Sie Ihr Anliegen untermauern können, Frau Winterfeldt.«

Corinna räusperte sich und sah ihn an, konnte den Blick nicht abwenden. Fast war es, als seien sie allein im Raum. »Dabei ging es mir anfänglich nur um die Anzahl der abzuleistenden Stunden, den kümmerlichen Verdienst, um die fehlende Schulbildung der Kinder. Offenbar habe ich das Ausmaß der Belastungen nicht einmal erkannt.« Sie holte tief Luft und versuchte sich zu beruhigen. »Ich weiß, dass ich zunächst auf Ihr Unverständnis gestoßen bin, Herr Wohlfert.

Umso mehr muss ich mich für Ihre Mühe bedanken, mich – uns! – zu unterstützen. Ich bin Ihnen für Ihren Beitrag wirklich dankbar.« Es war nicht länger unangenehm, ihm in die Augen zu sehen. Sehr wenig unangenehm, weshalb ihr eine Röte in die Wangen stieg, von der sie hoffte, die anderen würden sie nicht bemerken.

»Ich denke, Wohlferts Erkenntnisse reichen für unsere Zwecke aus«, ergriff Doktor Ludewig das Wort. »Vergleicht man die Einlassungen des Generals von Horn – oder des Regierungsrats von Keller zehn Jahre später, der im Übrigen exakt dasselbe bemängelte – mit den heutigen Zuständen, lässt sich offensichtlich nachweisen, dass sich trotz aller Kritik überhaupt nichts geändert hat. Das ist doch wider jede Moral!«

»Und deshalb werden wir jetzt handeln«, mischte Wohlfert sich wieder ein. Gänzlich gelassen, wie es seine Art war, und allmählich regte Corinna das wieder auf.

»Aber wie?«, fauchte sie. Jedenfalls hätte sie gern gefaucht, bekam aber zuwege, es nicht zu tun, sondern sich zu einem beherrschten Tonfall zu zwingen.

»Oh, ich hätte da eine Idee«, erklärte er. »Darf ich mir eines der Marzipanplätzchen nehmen? Sie sehen köstlich aus.«

»Bedienen Sie sich.« Diesmal fauchte sie tatsächlich.

»Gern.« Wohlfert verzehrte bedachtsam sein Gebäck, wischte sich die Hände an seinem blütenreinen Taschentuch ab – inzwischen hätte Corinna ihn sehr gern geschüttelt – und geruhte schließlich, sich vernünftig zu äußern. »Es kommt darauf an, ein Sprachrohr zu finden, durch das sich Ihr Anliegen vorbringen lässt. Als Privatmann – oder -frau –

hat man da schlechte Karten. Ich habe mich daher mit Karl Thomassen ins Einvernehmen gesetzt. Einem Freund von mir, der Abgeordneter im Rheinischen Provinziallandtag ist. Allerdings für Düsseldorf, nicht für Köln.«

»Oder Barmen«, warf Fanny mit glänzenden Augen ein. »Wie Herr Schuchard.«

»Genau.« Wohlfert warf Fanny ein bewunderndes Lächeln zu. Sie sah aber auch zu hübsch aus mit ihren dunklen Locken und den rosigen Wangen. Und dem abwesend-glücklichen Ausdruck, mit dem ihre schmale Hand den gewölbten Leib massierte.

»Thomassen wiederum wandte sich an Schuchard«, erklärte Wohlfert in beiläufigem Ton und griff nach einem weiteren Plätzchen. »Und der erklärte sich bereit, Sie anzuhören. Es eilt allerdings, der nächste Provinziallandtag findet bereits am sechsten Juli statt.«

»Das ist in zehn Tagen!«, rief Fanny.

Corinna hatte es die Sprache verschlagen.

»So ist es.« Wohlfert saß ganz still da, und es war Corinna, die er anblickte, nicht Fanny. »Ich dachte mir daher, wir sollten nicht trödeln. Also habe ich mir erlaubt, für nächsten Donnerstag eine Kutsche zu bestellen, die Sie nach Barmen zu Johannes Schuchard bringen wird.«

»Übermorgen«, sagte Corinna leise.

»Richtig. Übermorgen«, nickte er. »Und ich werde Sie begleiten.«

Auf Corinnas Gesicht breitete sich ein Strahlen aus, sie konnte es spüren. Und es fühlte sich gut an. »Schuchard muss auf dem kommenden Provinziallandtag eine Petition auf den

Weg bringen, die die Kinderarbeit einschränkt«, sagte sie. »Nicht mehr und nicht weniger.«

• • •

Am Donnerstagmorgen stand Corinna in Allerherrgottsfrühe auf, hörte die Dienstboten hantieren und zwei Zimmer weiter sogar Theodor, der stets behauptete, vor neun Uhr sei er kein Mensch. Gemeinsam nahmen sie das Frühstück ein, wobei Theodor sie unentwegt nötigte, beherzt zuzugreifen – »Du hast einen langen Tag vor dir, Liebes« –, aber sie brachte kaum etwas hinunter. Irgendwann gab er es auf, strich sich über den rundlichen Leib, der zur Feier des Tages in seiner besten Weste steckte, der silbriggrauen mit den eingestickten gelben Pünktchen – und trug Kerres auf, in der Küche nachzuschauen, ob Frau Reuther den Proviantkorb ausreichend bestückt hatte. Vermutlich war die Köchin beleidigt, weil durch diese Frage ihre Umsicht angezweifelt wurde, aber Corinna sah sich an diesem Morgen außerstande, die Wogen zu glätten.

Irgendwann war es acht Uhr, und sie trat mit Theodor vor die Tür auf den Treppenabsatz. Der Himmel über der Stadt war hoch und blau und noch nicht vernebelt von dem Qualm, der tagsüber unablässig aus den Schornsteinen der Fabriken aufstieg, die sich der Dampfkraft bedienten. Auf der Schwalbengasse waren kaum Passanten zu sehen, nur ein früher Lastenträger und ein Mann, der einen Karren mit Federvieh schob, das in Körben hockte und ein entsetzliches

Geschrei veranstaltete. Von einer Kutsche war weit und breit nichts zu sehen.

»Wo bleiben sie denn?«, fragte Corinna nervös, aber Theodor wusste es natürlich auch nicht.

»Ich würde am liebsten mitfahren«, sagte er unglücklich. »Wenn sie denn überhaupt kommen.«

»Jetzt mal den Teufel nicht an die Wand! Und du passt nicht rein.«

»Das weiß ich doch.«

Es war Viertel nach acht.

»Da ist was.«

Theodor legte die Hand hinters Ohr und beugte sich vor, als könne er so besser hören. »Nein.«

Doch dann ratterte es und quietschte, Huftritte hallten durch die stille Straße, und gleichzeitig mit einem sowohl stattlichen wie auch leicht ramponierten Zweispänner bogen Felix Mandel und Rosa um die Ecke, die die Kutsche im Laufschritt begleiteten.

Mandel war vollkommen außer Atem, als er vor Corinna anhielt. »Ich hatte schon befürchtet, wir kämen zu spät«, schnaufte er.

Rosa, bildhübsch mit ihrer blütenweißen Schürze samt Rüschen an den Trägern und karierten Schleifen im Haar, hopste vor Aufregung auf und nieder wie ein ganz normales Kind und hatte jede Drangsal vergessen. »Darf ich mitkommen?«

»Nein. Ich auch nicht«, erwiderte Theodor und griff nach ihrer Hand. »Wir müssen uns gedulden und brav hierbleiben und darauf vertrauen, dass sie das Richtige tun.«

»Das werden wir. Ihre Nichte kann äußerst überzeugend sein«, bemerkte Wohlfert, der als Erster aus dem Gefährt geklettert war. Gefolgt von Doktor Ludewig, der zum Kutschbock trat und auf den Fahrer einredete. Fanny beugte sich aus dem Fenster und zwitscherte eine aufgeregte Begrüßung. Rosa wiegte sich glücklich hin und her, an der rechten Hand ihren väterlichen Dienstherrn, an der linken Theodor, der sich mit der anderen das spärliche Haar raufte. Der Einzige, der halbwegs die Ruhe bewahrte, war Wohlfert.

Als Frau Reuther erschien und empört rief: »Nun haben Sie sie doch vergessen, meine Fressalien! Dabei habe ich mir solche Mühe damit gegeben!«, war das Chaos komplett, weil nun alle auf sie einredeten und sich gleichzeitig bemühten, den riesigen Korb auf das Gepäckbrett zu schnallen.

Nur Corinna stand kopfschüttelnd und von einem unangemessenen Lachreiz gequält daneben. Und Wohlfert, der plötzlich dicht neben ihr war und mit hochgezogenen Brauen das lautstarke Durcheinander betrachtete.

»Machen Sie sich keine Sorgen«, tröstete Corinna ihn mit vor unterdrücktem Gelächter zitternder Stimme. »Die kriegen sich schon wieder ein. Spätestens, wenn wir in diesem schäbigen Ding sitzen und auf Nimmerwiedersehen verschwinden.«

»Ich vertraue auf Ihre prophetische Kraft«, erwiderte Wohlfert, wandte den Blick von dem Wirrwarr ab und richtete ihn auf Corinna. Freundlich. Zärtlich? Eine Strähne seines hellbraunen Schopfes fiel ihm sehr vorteilhaft in die Stirn, und für einen winzigen Moment hätte Corinna gern die Hand ausgereckt und ihm die widerspenstige Locke zurückgestrichen. Gottlob merkte er nichts davon. Oder doch? Jedenfalls trat er einen Schritt heran, stand jetzt ganz nah vor ihr, sie roch das Leinen seines blütenweißen Hemdes und eine leichte würzige Note wie Harz. Unvermittelt griff er nach ihrer Hand, und ein freudiger Schauer überlief sie, als er mit dem Daumen leicht über die ihre streichelte. »Möglicherweise bergen die Pläne, die Ihr Onkel für uns geschmiedet hat, doch nicht einen derart großen Schrecken für Sie, wie Sie anfangs dachten«, sagte er.

Jetzt ließ es sich nicht länger vermeiden, Corinna fing an zu lachen, aber sie verschlang ihre Finger mit seinen. »Da irren Sie sich«, widersprach sie. »Das tun sie sehr wohl. Aber wir werden es schon schaffen, denke ich.«

»Ich entnehme dem, dass Sie meine Brautwerbung anzunehmen gewillt sind«, erwiderte er gemessen, aber in seinen Augen lag ein Glanz, der etwas ganz anderes erzählte.

»Das tue ich, so seltsam diese auch sein mag.«

»Ich betrachte das als großes Glück«, sagte er so leise, dass Corinna beinahe dachte, sie habe sich verhört. »Als wirklich großes Glück.«

Höflich hielt er ihr den Schlag auf, und immer noch lachend stieg sie ein.

Dann setzte sich die Kutsche schwankend in Bewegung, und sie machten sich auf den Weg, den Stein ins Rollen zu bringen.

Nachwort

Kindheit vom Mittelalter bis zur Frühen Neuzeit

Der Begriff Kindheit definierte in diesen Jahrhunderten keinen Lebensabschnitt, sondern bezog sich auf die Familienzugehörigkeit (Johann, *Kind von* Corinna und Felix). Ohne Abgrenzung zum Erwachsenenleben hatten Kinder einen hohen Stellenwert, waren überlebenswichtig, da ihre Arbeitskraft zum Auskommen beitrug. Außerdem sicherten sie die Versorgung der Eltern im Alter und bei höhergestellten Familien den Fortbestand der Linie. Deren Nachwuchs genoss eine umfangreiche Unterweisung, alle anderen lernten, ihren Platz in der Erwachsenenwelt durch Nachahmung einzunehmen – bei der Arbeit in der Familie, in der Landwirtschaft oder bei einem Lehrherrn im Handwerk.

Erst ab dem 18. Jahrhundert wurde Kindheit mehr und mehr als eine Phase begriffen, in der sich Charakter, Verstand und Körper entwickeln und aus dem unmündigen Kind ein mündiger Erwachsener wird. Man legte zunehmend Wert darauf, in dieses Geschehen lenkend einzugreifen, und während der Aufklärung bildete sich schließlich die Vorstellung heraus, Kinder würden eine geschützte Zeit benötigen, um das zu lernen, was in der und für die Gesellschaft nützlich ist. Und doch wurden sie bis weit ins 19. Jahrhundert hinein in großen Teilen der Bevölkerung als kleine Erwachsene gesehen und entsprechend behandelt.

Kinderarbeit im 19. Jahrhundert

Kinder in den Arbeitsprozess der Erwachsenen einzugliedern, galt als probates Mittel, ihren Charakter zu formen und sie darüber hinaus frühzeitig mit der schweren Arbeit vertraut zu machen, die ihr Leben bestimmen würde. In Hinblick auf die rasant wachsende Zahl derer, die in der Hoffnung auf eine auskömmliche Arbeit die Städte fluteten, wurde sie außerdem als sozialpolitische Maßnahme gewertet. Erhielten die Armen- oder Waisenkinder einen Lohn, ließ sich dadurch ein Abrutschen ins Betteln und Stehlen verhindern.

Als während der Industrialisierung althergebrachte Erwerbsformen schwanden und in weiten Bevölkerungsschichten das Einkommen wegbrach, bildete sich quasi im Gegenzug ein ganz neuartiges Arbeitsumfeld heraus. Die im Handwerk unerlässliche Muskelkraft und durch eine lange Ausbildung spezialisierten Fertigkeiten waren nicht länger gefragt, stattdessen kamen Maschinen zum Einsatz, deren Bedienung mit unkomplizierten Handgriffen auch Kinder auszuführen vermochten – und diese kosteten erheblich weniger als die Arbeitszeit eines ausgewachsenen Mannes. Von Frauen wollen wir hier gar nicht sprechen, sie waren ebenso unterprivilegiert wie Kinder und verdienen eine ganz eigene Betrachtung.

Kinderarbeit in Fabriken und Manufakturen war also gang und gäbe, und zwar unter Bedingungen, die nach heutigen Maßstäben katastrophal zu nennen sind. Sie führten dazu, dass die sogenannten »Fabrikkinder« häufig an beträchtlichen körperlichen wie seelischen Schäden litten. Auch ihre intellektuelle Förderung lag brach, da die eigentlich bestehende Unterrichtspflicht von den Arbeitgebern diskret ignoriert wurde (eine »Schul*pflicht*« gibt es in Deutschland erst seit 1918). Doch auch wenn sich das Interesse des preußischen Staates lange Zeit in Wirtschaftspolitik und Begünstigung der Industrie erschöpfte, so drangen allmählich immer wieder Schilderungen der unheilvollen Zustände an die Öffentlichkeit, und der eine oder andere Beobachter erkannte die schlechte Verfassung der Kinder.

Eine erste Überprüfung der Verhältnisse fand 1824 durch Preußens Unterrichtsminister Karl vom Stein zum Altenstein statt; vier Jahre später folgte die des Generals von Horn. Er instruierte König Friedrich Wilhelm III., dass die körperlichen Schädigungen der Jungen und jungen Männer aus den Fabriken es nicht erlaubten, sie als Rekruten dem Militär einzugliedern. Es dauerte Jahre, bis die Regierung in Berlin auf diese alarmierende Nachricht endlich reagierte: Erst 1834 wurde der Geheime Regierungsrat Gustav von Keller mit einer weiteren Prüfung beauftragt, wie es in den industriellen Zentren des Rheinlandes um den Soldatennachwuchs für den preußischen Staat tatsächlich bestellt war. Schlecht, war sein unumwundenes Fazit. Dennoch geschah – nichts, erste halbherzige Bestrebungen versandeten wirkungslos.

Dann jedoch wurde 1837 der Selbstmordversuch einer Zwölfjährigen bekannt, die durch einen Fehler während ihrer Fabrikarbeit mit einem Lohnabzug bestraft worden war und sich aus Angst vor der Reaktion ihrer Eltern ertränken wollte. So schlimm das persönliche Schicksal des Mädchens auch war, lenkte es immerhin die Augen der Gesellschaft auf die Erbarmungswürdigkeit ihres Daseins, und die Sache nahm endlich Fahrt auf.

Johannes Schuchard

Der Fall versetzte auch Johannes Schuchard in Wut. Der Barmer Unternehmer und Abgeordnete war einer der wenigen, die seit Jahren die haarsträubenden Zustände nicht nur erkannt hatten, sondern auch öffentlich anprangerten.

Den Selbstmordversuch des Wuppertaler Arbeitermädchens nutzte er, um die anwachsende Empörung gegenüber den Bedingungen in den Fabriken zu schüren (auf die tatkräftige Unterstützung von Corinna und ihren Mitstreitern musste er allerdings verzichten, schließlich entspringen sie meiner Fantasie). Am 6. Juli 1837 brachte er in den Rheinischen Provinziallandtag den ersten jemals gestellten Antrag auf ein Kinderschutzgesetz ein, das diesen Namen verdiente. Und der führte letzten Endes zum sogenannten »Preussischen Regulativ«.

Das »Preussische Regulativ« von 1839 ...

... war zwar ein Meilenstein, jedoch nur ein erster Schritt.

Es legte fest, dass Kindern bis zum 9. Lebensjahr die Arbeit in Fabriken, in Berg–, Hütten- und Pochwerken verboten war, Nachtarbeit von 21 Uhr bis 5 Uhr sowie Sonn- und Feiertagsarbeit desgleichen. Die Arbeitszeiten wurden begrenzt (auf zehn Stunden), analphabetischen Kindern die Fabrikarbeit generell untersagt.

Wie so oft in Regelwerken, hielt auch dieses die Möglichkeit weitreichender Ausnahmen offen, und da eine Kontrolle zwar angeordnet, jedoch kaum durchgeführt wurde, zeigte es insgesamt wenig Wirkung. Daher wurden mehrere Novellen und Ergänzungen nötig, die Erste wurde bereits am 16. März 1853 erlassen.

Die Entwicklungen ab der 2. Hälfte des 19. Jahrhunderts

Nach einigem Hin und Her und schleppend verlaufenden Fortschritten wurde 1903 ein umfassenderes »Reichsgesetz betreffend Kinderarbeit in gewerblichen Betrieben« erlassen. Die nationalsozialistische Neufassung des Gesetzes vom 30. April 1938 wurde erst 1960 außer Kraft gesetzt, als das »Gesetz zum Schutze der arbeitenden Jugend« rechtskräftig wurde. Schlussendlich und erst 1992(!) wurde durch das UN-Übereinkommen über die Rechte des Kindes endlich ihr Schutz vor wirtschaftlicher Ausbeutung festgeschrieben.

• • •

Wer sich mehr mit dem Thema auseinandersetzen will, für den gibt es eine Fülle von Publikationen. Eine stattliche Anzahl ist für jeden erreichbar im Netz zu finden. Exemplarisch seien genannt:

- Die Seite der Bundeszentrale für politische Bildung: http://www.bpb.de/apuz/146095/zur-geschichte-der-kinderarbeit?p=all
- https://www.tagesspiegel.de/gesellschaft/panorama/die-geschichte-die-ausbeutung-der-kinder/1852056.html
- http://www.zeitspurensuche.de/02/kinder1.htm
- Nikolas Dörr, 165 Jahre Einschränkung der Kinderarbeit in Preußen. Ein Beitrag zum Beginn der Sozialgesetzgebung in Deutschland. Universität Potsdam MenschenRechtsMagazin; 2004, S. 141–150.

Historische Personen

Johannes Schuchard (1782–1855)

Preußischer Kaufmann und Fabrikant von Westenstoffen und Schlipsen, Vertreter des dritten Standes der Stadt Barmen am Rheinischen Provinziallandtag mit Sitz in Düsseldorf. Immer wieder nahm er im »Rheinisch-Westphälischen Anzeiger« oder der »Elberfelder Zeitung« zu wirtschaftlichen und politischen Fragen kritisch Stellung. Vor allem setzte er sich für eine gesetzliche Einschränkung der Kinderarbeit ein und hatte auch Erfolge dabei zu verzeichnen: Auf seine Initiative hin erwirkte der Provinziallandtag 1837 eine Petition an König Friedrich Wilhelm III., die zwei Jahre später zum sog. »Regulativ über die Beschäftigung Jugendlicher Arbeiter in den Fabriken« führte und neue Regeln für die Beschäftigung von Kindern festlegte.

Ernst von Bodelschwingh (1794–1854)

Wurde 1834 Oberpräsident der Rheinprovinz und übernahm das Amt in unruhigen Zeiten, in denen ein erstarkendes Bürgertum politische Mitwirkungsrechte beanspruchte, die katholische Kirche mit der protestantischen im Widerstreit lag (die sog. »Kölner Wirren« werden dem damaligen Oberregierungsrat Bodelschwingh ordentlich Kopfzerbrechen verursacht haben), die Industrialisierung erforderte Antworten auf neue Fragen, und auch die Kommunalverhältnisse mussten neu geregelt werden. Mit all dem hatte Bodelschwingh sich zu beschäftigen, bis er 1842 zum preußischen Staatsminister für Finanzen ernannt wurde und 1845 zum Innenminister.

Franz Joseph von Buß (1803–1878)

Jurist und Politiker, Professor an der Universität Freiburg für Staatswissenschaft und Völkerrecht, Mitglied der Badischen Ständeversammlung. Seine berühmt gewordene *»Fabrikrede«* vom 25. April 1837 gilt als die erste sozialpolitische Rede vor einem deutschen Parlament. Dabei befürwortete Buß die Industrialisierung zwar, erkannte aber auch die bedenklichen Folgen für die Arbeiter und verlangte staatliche Entscheidungen, um diese abzumildern. Er regte eine Arbeiterschutz-Gesetzgebung an, strebte erfolglos nach einer sozialeren Wirtschaftsordnung und versuchte, nachdem der Staat sich dem verweigerte, Kirche und Klerus für eine sozialpolitische und karitative Arbeit zu gewinnen.

Gottfried Ludolf Camphausen (1803–1890)

Rheinischer Bankier und Politiker, seit 1838 Präsident der Kölner Handelskammer. Sein Hauptanliegen bestand darin, die Stadt zum dominierenden Handels- und Verkehrszentrum des Rheinlands ausbauen. Er war unbedingter Befürworter der Industrialisierung und legte besonderes Augenmerk auf den Ausbau der Verkehrsinfrastruktur, sowohl was die Rheinschifffahrt betraf als auch die Einführung einer Eisenbahnlinie.

Johann Peter Weyer (1794–1864)

Architekt und Kölner Stadtbaumeister, der bis zu seinem Abschied 1844 nachhaltig die Entwicklung der Stadt prägte und sie grundlegend neu gestaltete. Er sanierte die vorhandene Bausubstanz, schuf neue Verkehrsachsen, Straßen und Plätze, auch urbane Grünanlagen, und entwickelte auf der Grundlage seiner Pariser Erfahrungen den Typus des Kölner »Dreifensterhauses«, womit er jahrzehntelang das Stadtbild bestimmte.

Auch die erwähnten Kölner Unternehmer hat es gegeben: Peter Joseph Mülhens stand dem Familienunternehmen 4711 vor; Johann Heinrich Pallenberg war Möbelfabrikant und Kunstmäzen; Georg Albert Reinecker und August Poppe leiteten konkurrierende Nadelfabriken.